風再度吹起

克莉絲汀．漢娜——著　顏湘如——譯

The FOUR WINDS

目次

爸，這本書獻給你

楔子

希望是我隨身攜帶的一枚硬幣：價值一分錢，是我愛上的一個男人送給我的。在人生旅途中的某些時刻，我會覺得這枚硬幣與它象徵的希望，是唯一推著我往前走的動力。

我向西行尋求更好的生活，但我的這個美國夢卻因為貧窮、艱困與貪婪而變成噩夢一場。過去這幾年，一直都在失去：失去工作、家、食物。

我們遭到深愛的土地背叛，一敗塗地，無一倖免，就連經常談論天候、為了當季小麥作物大豐收互相道賀的頑強老人也不例外。**男人得拚命才能在這裡謀生**，他們會對彼此這麼說。

男人。

說的總是男人。他們似乎覺得煮飯打掃、生養小孩、照顧園子，根本不算什麼。可是我們這群大草原上的婦女也是從日出忙到日落，在小麥農場上辛勤耕耘，直到和自己深愛的土地一樣被太陽烤得又乾又焦。

有時候，閉上雙眼，我發誓我還能嘗到塵土味⋯⋯

一九二一年

「傷害土地就等於傷害後代子孫。」

——農夫詩人溫德爾．貝里

1

多年來，愛瑟．沃考特都被迫孤獨地活著，藉由閱讀虛構的冒險故事想像其他人的生活。小說環繞著她寂寥的臥室，成為她的朋友，讓她偶爾也膽敢作一個屬於自己的冒險之夢，只是並不頻繁。家人一再地說，她是因為幼年染病後活了下來，人生才起了變化，變得脆弱又孤單，心情好的時候，她是相信的。心情不好的時候，譬如今天，她知道自己在家裡始終是個局外人。家人早早便感受到她的缺陷，並看出她格格不入。

不時受到否定讓她感到痛苦，彷彿失去一樣無可名狀、不得而知的東西。愛瑟靠著安靜內向，靠著不強索或尋求關注，靠著接受自己雖然被愛卻不討喜的事實，熬了過來。那份痛楚已變得稀鬆平常，她幾乎鮮少注意到。她被排擠通常歸因於那場疾病，但她知道其實毫不相干。

而現在，她坐在客廳裡她最喜愛的椅子上，闔起腿上的書思索起來。《純真年代》喚醒了她心中某種感覺，清清楚楚地提醒她時光的流逝。

明天是她的生日。

二十五歲生日。

以大多數人的標準還算年輕。男人在這個年紀會喝浴缸琴酒，會莽莽撞撞地開車，會聽散拍音樂，會和戴頭飾帶、穿流蘇裙的女人跳舞。

女人，就不一樣了。

女人一滿二十，希望便開始變得渺茫。到了二十二歲，城裡和教會裡會開始傳出閒言閒語，人們個個拉長臉，面露憂色。到了二十五歲，人生已成定局。未婚的女子就是個老姑娘。「嫁不出去了，」大夥兒這麼說她，同時一面搖頭，一面嘖嘖嘆息她痛失良機。通常眾人會好奇是為什麼，是什麼原因讓一個出身好人家、再正常不過的女子變成老姑娘。但說到愛瑟，人人都明白。他們想必以為她聾了，看看他們是怎麼說她的：**可憐的東西，瘦到都皮包骨了，論長相跟她妹妹可差得遠了**。

長相。愛瑟知道這正是關鍵所在。她不是個有魅力的女人。若是在她狀況最好的日子，穿上她最美的衣裳，不相識的人或許會說她端莊文雅，但也僅止如此而已。她的一切都「太過」了——太過高、太過瘦、太過蒼白、太過沒自信。

愛瑟去參加了兩個妹妹的婚禮，她們誰也沒有請她當伴娘，愛瑟可以理解。身高將近一米八的她，比所有伴郎都高，她會破壞照片畫面，而沃考特家是最注重形象的。她父母把形象看得比什麼都重要。

不需要天賦異稟就能想見愛瑟未來人生道路的景況。她會留在這裡，在岩石路上，她父母的家裡，受瑪麗亞照顧，這名女傭已經打理他們家打理了一輩子。哪天，等瑪麗亞退休後，照顧父母的工作會落到愛瑟頭上，然後等他們都走了，就剩她孤伶伶一人。

那麼，她這一生有什麼能拿得出手的？她活在人世的這段時間會被如何標記？有誰會記得她，又是為什麼？

她閉上雙眼，讓一個長期以來熟悉的夢悄悄滲入：她想像自己住在其他地方。在她自己的家裡。她可以聽見孩子們的笑聲。**她的**孩子。

真正的生活，不只是存在而已。她的夢想就是：在那麼一個世界裡，她的人生與選擇都不必受限於十四歲那年罹患的風濕熱；有那麼一個人生，讓她能展現前所未知的力量，讓他人不再只以外表評斷她。

前門砰一聲打開，家人踩著重重的步伐進屋。他們移動的方式一如往常，一夥人大聲地說說笑笑，身材肥胖的父親走在最前面，臉上酒氣泛紅，她那兩個漂亮的妹妹夏綠蒂和蘇珊娜，則有如天鵝展翅般靠在他左右，她優雅的母親殿後，一邊和英俊的女婿們聊天。

父親停下腳步，說道：「愛瑟，妳怎麼還沒睡？」

「我想跟你談談。」

「這麼晚？」母親說：「妳臉好紅，是不是發燒了？」

「我已經很多年沒發燒了，媽，妳是知道的。」愛瑟站起身，扭絞著雙手，直勾勾地看著家人。

就是現在，她心想。她非做不可。這回不能再退縮。

「爸。」起初她說得太輕聽不見，便又試著喊一聲，確確實實地提高嗓門。「爸。」

他看著她。

「我明天滿二十五歲了。」愛瑟說。

母親似乎被她這句提醒惹惱了。「這我們知道，愛瑟。」

「是啊，當然了。我只是想說，我作了一個決定。」

家人全都安靜下來。

「我……芝加哥有間大學有文學課，而且收女學生。我想去上課……」

「愛瑟諾兒，」父親說道：「妳有什麼必要去受教育？反正妳身體這麼差也完成不了學業。真是荒唐。」

站在這裡，看著自己的缺點反映在這麼多雙眼眸中，實在難熬。**要替自己爭口氣，勇敢一點。**

「可是，爸爸，我已經成年了。我打從十四歲以後就沒有生過病。我覺得那是醫生……一時輕率的診斷。我現在很好。真的。我可以成為老師，或是作家……」

「作家？」父親說：「妳有什麼隱藏的天分會是我們都不知道的？」

他的注視挫了她的銳氣。

「有可能。」她囁嚅著說。

父親轉向愛瑟的母親。「沃考特太太，給她吃點藥鎮定一下。」

「我完全沒有歇斯底里，爸。」

愛瑟知道沒戲唱了。這不是她能打得贏的仗。她只能靜靜地、低調地待著，不能走進外頭的世界。「我沒事，我上樓去了。」

她背轉向家人，如今已事過境遷，誰也沒看她。她幾乎可以說是從客廳消失，一如她向來總會適時地銷聲匿跡。

她若是從沒讀過《純真年代》就好了。那許多未說出口的渴望有什麼用？她永遠不會戀愛，永遠不會有自己的孩子。

爬上樓梯時，她聽見下方傳來音樂聲。他們在聽新買的 Victrola 黑膠唱機。

她停下來。

下樓去，拉一張椅子坐下。

她用力關上臥室門，隔開樓下的聲音。她下去不會受歡迎的。

她從臉盆架上方的鏡子看見自己的倒影，一臉蒼白，好像有一雙刻薄的手把她下巴拉得尖尖的。她那頭有如玉米鬚的金色長髮細直毛躁，當時十分流行波浪鬈髮，母親卻不許她剪時興的髮型，說頭髮剪短只會更難看。愛瑟全身上下都黯淡無色，只有那雙藍色眼眸例外。

她點亮床邊檯燈，從床頭櫃取出她最珍惜的小說之一《蕩女回憶錄》。

愛瑟爬上床，一頭栽進那駭人聽聞的故事裡，感覺到一股可怕的、邪惡的自慰需求，而且幾乎就要屈服。伴隨書中字句而來的疼痛感簡直教人難以忍受，一種肉體強烈渴盼的痛。

她將書闔上，被放逐的感覺比一開始看書的時候更深刻。焦躁不安。不滿足。

若是不趕緊做點什麼，不採取點激烈的手段，她的未來會和現在毫無二致。她會一輩子都待在這間屋子裡，日日夜夜受限於十多年前得的病與無法改變的不起眼外貌。她永遠體會不到被男人觸碰的悸動或是同衾共枕的慰藉。她永遠無法懷抱自己的孩子，永遠不會有自己的家。

●

那一晚，愛瑟被渴望所纏擾。翌日早晨，她知道自己必須做點什麼以改變人生。

但要做什麼呢？

並不是每個女人都明豔動人，或甚至有些姿色。也是有其他人幼年時染了熱病，卻仍過著完整的人生。

在她看來，她內心遭受的傷害全都來自醫生的揣測，它從來不曾停止跳動或造成真正值得恐慌的情形。儘管從未接受過考驗或被揭露過，她不得不相信自己擁有堅強毅力。誰能確實知道呢？家裡從不允許她跑步、遊戲或跳舞。她十四歲就被迫休學，所以從未交過男友。她大半個人生都待在自己房間，讀冒險小說、虛構故事、自行完成學業。

外頭一定有機會，但她要上哪去找？

圖書館。每個問題書裡都有答案。

她鋪好床走到洗臉架前，將及腰的金髮梳成大旁分，編起辮子，然後穿上素色的深藍縐紗連身裙、絲襪和黑色高跟鞋。最後戴上一頂鐘形帽、一雙羔羊皮手套，再拎起手提包，便打扮完畢。

她步下樓梯，暗自慶幸時間尚早，母親還睡著。除了週日上教會，母親不喜歡愛瑟太勉強自己，做禮拜時她總會請教友們為愛瑟的健康祈禱。愛瑟喝了一杯咖啡，隨即出門走進五月中旬清晨的陽光中。

位於德克薩斯州鍋柄平原區的城鎮達爾哈特在她眼前延展開來，此時正在燦陽下逐漸甦醒。木板道沿路的店門都開了，「已打烊」的告示牌已經翻面。鎮上再過去，在那浩瀚無垠的藍天底下，平坦的大草原無邊無際，一片繁茂的農田大海。

達爾哈特是郡府所在，此時正是經濟起飛繁榮的時期。自從堪薩斯通往新墨西哥的鐵路線打這兒經過，達爾哈特就發展起來了。一座新建水塔高聳於天際線上。第一次大戰已將這些農地變成小麥與玉米的聚寶盆。「**小麥會打勝仗！**」這句話至今依然讓農民滿心驕傲。他們盡了一己之力。

拖拉機的即時出現讓農活更為輕鬆，豐收的年月——有雨，價錢又好——讓農民耕更多地、種更多小麥。老人家長久掛在嘴邊的一九〇八年那次乾旱，早已被拋到九霄雲外。多年來雨水下得穩定，使得城裡人人賺大錢，尤其是她父親，販售農具的他既收現金也收支票。

今天早上，農民齊聚在餐車飯館外商量莊稼價格，婦女則帶著成群的孩子去上學。才不過幾年前，街上還能見到輕便馬車，如今汽車響著喇叭、冒著滾滾煙霧，軋軋地駛進光輝燦爛的黃金未來。在達爾哈特這座小鎮——正快速發展成為城市——有餐盒募款餐會、有方塊舞會，還有主日晨間禮拜。辛勤努力、志趣相投的人憑靠土壤創造舒適的生活。

愛瑟步上沿著大街鋪設的木板道，每踩一步，木板便微微陷落，讓她有種蹦跳的感覺。有一些花盆垂掛在店家的屋簷下，為四周增添了幾許亟需的色彩。鎮上的美化聯合會十分用心地照顧這些花草。她經過信用合作社和新開的福特車行。想到可以在一天當中走進車行、挑一輛車，然後開回家，她仍然覺得不可思議。

旁邊的百貨行開了門，店主賀斯特先生拿著一支掃帚跨出門來。他穿著襯衫，袖子捲起露出粗壯的前臂，紅潤的臉上一個鼻子活像消防龍頭，圓嘟嘟地蹲踞在中央，十分醒目。他是鎮上數一數二的有錢人，百貨行、餐車飯館、冰淇淋店和藥房都是他的。只不過沃考特家族在鎮上住得比較久。他們也是第三代德州人，而且引以為傲。愛瑟摯愛的祖父瓦特終其一生都自稱為「德州騎警」，死而後已。

「嘿，沃考特小姐，」店主招呼道，同時將僅剩的幾綹頭髮從紅通通的臉上撥開。「看起來會是個大晴天啊。妳要去圖書館嗎？」

「是的，」她回答道：「不然還能上哪去？」

「店裡剛進了一批紅絲綢，跟妹妹們說一聲吧，可以做件漂亮的連身裙。」

愛瑟停下腳步。

紅絲綢。

她從沒穿過紅絲綢做的衣裳。「請讓我瞧瞧。」

「啊！當然沒問題。妳可以給她們一個驚喜。」

賀斯特先生連忙領她進店裡。愛瑟放眼望去，盡是五彩繽紛：一箱箱的青豆與草莓，堆得高高的薰衣草香皂，每一塊都用薄棉紙包起來，一包包的麵粉與糖，還有一罐罐醃菜。

他帶引她通過成套的瓷器與銀器，摺疊整齊、色彩多樣的桌巾與圍裙，來到一疊布匹前。他大手翻動，拉出一匹鮮紅絲綢。

愛瑟脫下羔羊皮手套放到一旁，伸手去摸絲綢。她從未觸摸過如此柔滑的東西。而今天**還是**她的生日……

「以夏綠蒂的膚色……」

「我買了。」愛瑟說。她是否以略顯無禮的口氣強調了**我**呢？沒錯，肯定是。所以賀斯特先生才會用古怪的眼神打量她。

賀斯特先生用牛皮紙將布包起，再以細麻線紮好，交給她。

愛瑟正要離開時，一眼瞥見一條晶亮閃耀的銀色鑲珠頭飾帶。《純真年代》裡的奧蘭斯卡伯爵夫人戴的很可能正是這樣的飾品。

●

愛瑟從圖書館走回家時，將牛皮紙包裝的紅絲綢緊緊摟在胸前。

她打開華麗的黑色渦卷雕花鐵門，跨入她母親的世界——修剪得整齊美觀，種著茉莉與玫瑰並飄著花香的庭園。沃考特家的大宅坐落在一條樹籬小徑盡頭，是她祖父在南北戰爭結束不久後為他心愛的女人建造的。

愛瑟依然天天想念祖父。他是個脾氣火爆的人，經常喝酒吵架，可是一旦愛上了，就會義無反顧。妻子去世後，他傷心了許多年。沃考特家族中除了愛瑟，他是唯一喜歡閱讀的人，而且家人意見分歧時，他往往會站在她這邊。**不要怕死，愛瑟，要怕不能好好地活。要勇敢。**

自從他死後，再也沒有人對她說過這種話，她隨時都好想念他。他常常說起早年在德州的拉瑞多、達拉斯、奧斯汀和大草原上，一些法外之徒的故事，那是她最美好的記憶。

他一定會鼓勵她買下紅絲綢的。

母親從玫瑰叢中抬起頭來，將遮陽帽微微往後一斜，說道：「愛瑟，妳跑哪去了？」

「圖書館。」

「妳應該叫爸爸開車載妳去，走這麼遠妳會吃不消。」

「我沒事，媽媽。」

說真的，有時候他們好像巴不得她生病。

愛瑟將絲綢包裹抱得更緊。

「去躺一會兒，天要變熱了。叫瑪麗亞弄點檸檬汁給妳喝。」母親又回頭繼續剪花，丟進編織籃裡。

愛瑟朝大門走去，步入陰暗的屋內。遇上可能炎熱的日子，所有的窗簾都會放下，在德州的這一帶，這樣的做法就意味著許多時候屋裡都是陰陰暗暗。反手關上門後，她聽見瑪麗亞在廚房裡，自顧自地唱著西班牙語歌。

愛瑟悄悄穿過屋子，上樓到自個兒的臥室。進房間後，她打開牛皮紙包裝，低頭盯著那如紅寶石般紅豔豔的絲綢布。她忍不住伸手撫摸，那柔細感令她內心平靜，不知怎地，也讓她想起小時候吸拇指時捏在手裡的緞帶。

她做得到嗎？她能達成內心冷不防冒出來的瘋狂念頭嗎？從外表開始……要勇敢。

愛瑟將自己及腰的長髮抓起一把來，剪到下頦的長度。她覺得自己有點瘋了，但仍然站著繼續剪，直到最後一綹綹淡金色長髮便散落在腳邊四周。

忽然傳來敲門聲，愛瑟嚇一大跳，手裡的剪刀都掉了，哐噹一聲落在梳妝臺上。門打開來，母親走進房裡，看見愛瑟胡亂剪短的頭髮立刻停下來。「妳做了什麼好事？」

「我想要……」

「頭髮長長之前，妳不許出門。別人看了會怎麼說？」

「母親，現在年輕女孩都剪鮑伯短髮。」

「正經的年輕女孩不會，愛瑟諾兒。我會給妳一頂帽子。」

「我只是想變漂亮。」愛瑟說。

母親眼裡的同情眼神讓愛瑟難以承受。

2

一連數日，愛瑟都躲在自己房裡，推說身子不舒服。事實上，她是無法頂著一頭像狗咬的頭髮並懷著頭髮所暴露的需求去面對父親。起初她試著看書，書本向來是她的慰藉，只要在她自己的想像中，小說都能賦予她大膽、勇敢、美麗的空間。

但紅絲綢在悄聲呼喚她，最後她終於放下書，開始用報紙剪出連身裙的版型。剪裁完後，不繼續下去似乎有點白費功夫，於是她將布料裁好開始手縫，純粹只為了自娛。

縫製時，她漸漸興起一種奇特的感覺：**希望**。

終於，在一個週六晚上，她高高舉起完工的連身裙。那是大城市的時尚縮影：合身的V領上身、低腰線，加上手帕式的垂墜裙襬；徹底而大膽的現代化設計。這是給那種徹夜跳舞、沒有絲毫煩憂的女人穿的衣裳。**飛來波女郎**，她們有這麼個名號。一群炫耀著自己的獨立自主、會喝私酒抽菸，會穿著露腿衣裙跳舞的年輕女子。

至少得試穿一回吧，就算永遠穿不出這四面牆。

她洗了澡、刮除腿毛，將絲襪拉上裸露的肌膚後撫平。她用髮捲捲起溼髮，暗自祈禱能產生些許波浪捲度。頭髮乾了之後，她偷偷溜進母親的房間，借用梳妝臺上的一些化妝品。她聽見樓下的黑膠唱機在播放著音樂。

最後，她梳開波浪般微微彎曲的頭髮，額頭繫上光彩耀眼的銀色頭飾帶。接著穿上連身裙，裙襬飄垂就定位，輕飄飄地有如雲彩。手帕式裙襬更加襯托出她修長的雙腿。

她上身湊向鏡子，在藍眼睛周圍塗上黑色眼影，在高高的顴骨刷上少許淡玫瑰色的粉。紅色口紅讓她的嘴唇顯得較豐滿，婦女雜誌裡總是這麼說，果不其然。

她照著鏡子心想：**我的天哪，我幾乎稱得上漂亮了**。

「妳可以做到的。」她大聲地說。**要勇敢**。

當她走出房間步下樓梯，竟感覺到一股驚人的自信。從小到大，別人總說她不好看。但現在可不一樣……

是母親先發現的。她用力打了丈夫一下，力道大到足以讓原本在看《農場雜誌》的他抬起頭來。

他的臉糾結成許多皺紋。「妳穿的那是什麼衣服？」

「是——是我自己做的。」愛瑟緊張地雙手緊緊交握。

父親啪一聲闔起雜誌。「妳的頭髮。搞什麼啊。還有那件妓女穿的衣服。回房裡去，別再丟人現眼了。」

愛瑟轉向母親求助。「這是最新的流行……」

「這不適合信仰虔誠的女人，愛瑟諾兒。妳的膝蓋都跑出來見人了，這裡可不是紐約市。」

「快去，」父親說：「馬上。」

愛瑟正準備聽從父命，但隨即想到順從意味著什麼，便停了下來。瓦特爺爺會叫她不要屈服。

於是她強迫自己抬頭挺胸。「今天晚上我要去地下酒吧聽音樂。」

「想都別想。」父親站起身來。「我不許。」

愛瑟跑向大門，唯恐一慢下來就會止步。她踉踉蹌蹌奪門而出，不停地跑，毫不理會背後呼喊的聲音。

她一直跑到幾乎喘不過氣才停下腳步。

城裡的地下酒吧夾在一間舊馬車出租店（如今進入汽車時代，已經封閉了）和一家麵包店之間。自從通過憲法第十八條修正案，開始實施禁酒令後，她目睹過男男女女消失在地下酒吧的木門後面。而且與母親看法不同的是，有許多年輕女子的穿著打扮就跟愛瑟一模一樣。

她走下木梯來到關閉的門前敲門。她原先未曾注意到的一道縫隙輕輕打開，露出一雙斜著看人的眼睛。門縫間飄出爵士樂鋼琴曲音與雪茄味。「暗號。」一個熟悉的聲音說。

「暗號？」

「沃考特小姐，妳迷路了嗎？」

「沒有，法蘭克。我很想聽聽音樂。」她說道，同時也對自己的口氣能如此鎮定感到自豪。

「我要是讓妳進來，你們家老爺子會把我的皮給剝了。回家去吧。妳這樣的姑娘家不必穿成這副德行上街，這樣只會惹上麻煩。」

木板門輕輕關上。她仍聽得見上鎖的門背後的音樂聲——〈我們玩得多開心〉。空氣中殘留著一縷雪茄菸味。

愛瑟在那兒站立片刻，困惑不已。她連進去都不能進去？為什麼？當然了，禁酒令的頒布使得喝酒變成違法，但城裡每個人都還是會到這種地方來喝一杯，警察也會視若無睹。

她漫無目的地朝著郡法院的方向走去。

忽然看見一個男人迎面而來。

他呢，瘦瘦高高的，濃密的黑髮以油亮的髮油梳得半服貼，一條滿是塵土的黑褲緊貼著他的窄臀，釦子一路扣到衣領的白襯衫外面套了一件米色毛衣，只露出方格花紋的領帶結。一頂皮製報童帽以瀟灑的角度翹放在他頭上。

他走近後，她才發現他有多年輕——頂多十八歲吧，有著黝黑的肌膚與褐色眼睛。「迷濛性感的雙眼」，她讀到的浪漫小說裡是這麼形容的。

「妳好，小姐。」他停下來微笑著說，同時脫下帽子。

「你在跟——跟我說話？」

「這裡好像沒有別人了。我叫拉斐羅．馬提奈尼。妳住在達爾哈特嗎？」

義大利人。老天爺。她父親不會允許她看這小伙子一眼，更遑論交談。

「是的。」

「我不是。我來自靠近奧克拉荷馬邊界上一座熱鬧非凡的大城孤樹鎮，妳得睜大眼睛，否則一眨眼就會錯過。妳叫什麼名字？」

「愛瑟．沃考特。」她說。

「那位賣拖拉機的沃考特？嘿，我認識妳爸爸。」他微微一笑。「妳一個人穿著那身漂亮衣裳在這裡做什麼，愛瑟．沃考特？」

要學蕩女芬妮．希爾。要大膽。這可能是她唯一的機會了。等她回到家，爸爸很可能會把她鎖起來。

「我……大概因為寂寞吧。」

拉斐羅的深色眼眸頓時睜大，他很快地嚥了一下唾液，喉結跟著上下移動。

她等著他開口，感覺時間漫漫。

「我也很寂寞。」

他伸手去拉她的手。

愛瑟幾乎就要轉身離開，她實在太驚愕了。

上次被觸摸是什麼時候的事？

只是摸一下而已，愛瑟，別像個傻子。

他太過俊秀，讓她覺得有些噁心。他會不會像學校裡那些男生一樣捉弄她、欺負她，還在背後喊她「沒人愛」？月光與陰影雕塑出他臉的輪廓——高顴骨、寬而平的額頭、堅挺的鼻梁，嘴唇更是豐滿到讓她忍不住想起自己讀過的敗德小說。

「跟我來吧，小愛。」

他替她取了一個別名，就這樣將她變成另一個女人。這份親密讓她全身一陣顫慄。

他帶著她走過一條幽暗空盪的巷弄，穿過暗暗的街道。〈小、小、小妞！再會了！〉的歌曲聲從地下酒吧敞開的窗戶飄出。

他帶著她經過新的火車站，出了城，走向一輛嶄新時髦的福特T型農場貨車，後面有個大大的車斗，側面用木板圍起。

「車真不錯。」她說。

「小麥豐收的一年。妳喜歡晚上駕車嗎？」

「當然。」她爬上駕駛座旁的位置，他便發動引擎。往北行駛之際，駕駛座艙不停地抖動。還不到一公里半遠，達爾哈特便被拋到後照鏡中，四周再也看不到什麼。沒有山丘、沒有谷地、沒有樹、沒有河，只見一片星空浩浩渺渺，彷彿吞噬了全世界。

他駛過坑坑疤疤、凹凸不平的道路，轉入舊日的史都華農莊。這座農莊曾一度因穀倉碩大名聞全郡，卻在上次鬧旱災後荒廢，穀倉後面的小房舍也已封釘多年。

他把車停在空穀倉前，熄了引擎，然後怔怔地注視前方，呆坐片刻。唯一打破他們之間的靜默的，只有他們的呼吸聲與引擎熄滅前的噗噗聲。

他關掉車頭燈，打開自己這側的門，然後繞過來替她開門。

她凝視著他，看著他伸手牽起她的手，扶她下車。

他本可退後一步，但他沒有，因此她能聞到他氣息中的威士忌酒味與一股薰衣草香味，想必是他母親熨燙或清洗他的襯衫用的。

他對著她微笑，她也報以微笑，希望之感油然而生。

他在車斗的木床上鋪了兩條拼被，兩人隨即爬了上去。

他們並肩躺下，凝視著廣袤無邊、繁星點點的夜空。

「你幾歲？」愛瑟問道。

「十八，我母親卻還把我當小孩對待。今晚我還是偷溜出來的。她太在意別人的想法了。妳真幸運。」

「幸運？」

「妳可以在晚上穿著那襲連身裙，一個人到處走，不必有人陪。」

「你不知道，我父親可不高興了。」

「但妳還是做到了，妳擺脫了。小愛，妳有沒有想過人生絕對不只是我們眼前看到的這些？」

「有啊。」她說。

「我是說……其他地方和我們差不多年紀的人都在喝浴缸琴酒，在聽著爵士樂跳舞，女人會公然抽菸。」

他嘆了口氣。「而我們卻待在這裡。」

「我把頭髮剪了。」她說道：「看到我父親的反應，你會以為我殺了人。」

「老一輩就是老一輩。我爸媽從西西里來的時候，身上只有幾塊錢。這事他們怎麼也說不厭，還會拿那枚替他們帶來幸運的一分錢硬幣給我看。好像落腳在這種地方也稱得上幸運。」

「你是個男人，拉斐羅。你什麼事都能做，哪裡都能去。」

「叫我拉菲吧，我媽說這樣聽起來比較像美國人，不過如果他們真的那麼在乎像不像美國人，就應該替我取名叫喬治，或是林肯。」他嘆了口氣。「終於有機會大聲說出這些話，真好。妳是個好聽眾，小愛。」

「謝謝你……拉菲。」

他翻身側轉。她感覺到他直盯著她的臉看，不禁努力地保持呼吸勻稱。

「我可以親妳嗎，愛瑟？」

她好不容易輕輕點了點頭。

他於是湊上來親吻她的臉頰。他的唇一碰到她的肌膚就變得柔軟，這一接觸，她感覺自己活了過來。

他順著她的頸子往下親吻，讓她很想撫摸他，卻又不敢。良家婦女八成是絕對不會做這種事的。

「我可以……再進一步嗎，愛瑟？」

「你是說……」

「愛妳？」

這是愛瑟夢寐以求、向天祈禱的一刻，也是她依著書上讀到的零星片段雕琢而成的一刻，但如今已垂手可得。夢想成真了。有一個男人要求想要愛她。

「可以。」她小小聲地說。

「真的嗎？」

她點點頭。

他身子往後一拉，胡亂摸索著自己的腰帶，解開帶釦，一手將皮帶整個拉掉，拋到一旁。帶釦哐噹一聲撞到貨車側邊，他也同時脫去了褲子。

他將她的絲綢紅衫裙掀高，衣裙滑過她的身體，搔得她發癢，並激起她的慾望。他脫下她的燈籠襯褲時，她看見自己裸露的雙腿晾在月光下。暖和的夜風輕輕拂過，讓她打了個哆嗦。她雙腿併攏，直到他慢慢將它們扳開，整個人壓到她身上來。

上帝啊。

她闔上眼睛，他奮力進入她的身體，痛得她忍不住呼喊出聲。

愛瑟隨即緊閉住雙唇，不再作聲。

他發出呻吟，身子一陣抖動，然後癱軟趴在她身上。她感覺到他粗重的氣息吐在她的頸窩處。

他從她身上翻下來，但仍挨得很近。「太棒了。」他說。

他的聲音中彷彿帶著笑意，但怎麼可能呢？她肯定做錯了什麼。不可能會是……這樣。

「妳真的很特別，愛瑟。」他說。

「你覺得……很好？」她壯起膽子問道。

「是**好極了**。」他說。

她想要側轉身子，端詳他的臉，親吻他。這些星星她已經看過百萬遍，而他是新鮮的，而且他想要她。這對她的世界造成驚濤駭浪、翻天覆地的影響。這是個她從未認真想像過的機會。**我能愛妳嗎？**他會如此問道。也許他們會一起入睡，然後……

「好啦，我想我還是趕緊送妳回家吧，小愛。天一亮，我要是還沒坐上拖拉機，老爸會剝了我的皮。明天我們要再翻七百多畝地的土，好種更多麥子。」

「噢，」她說：「好啊，當然了。」

●

愛瑟關上貨車門，透過打開的車窗盯著拉菲看，只見他面帶微笑，緩緩舉起手來，然後就開車走了。

這是什麼樣的道別方式？他還想不想再見她？

看看他那樣子。當然不想了。

再說，他住在孤樹鎮，遠在將近五十公里外。就算她真能在達爾哈特與他巧遇，也於事無補。

他是義大利人，天主教徒，年紀又輕。沒有一點是她家人能接受的。

她打開鐵柵門，進入母親的花香世界。從今往後，愛瑟聞到夜來香總會想起他……

到了屋前，她打開前門，跨入幽暗的客廳。

關門時，她聽見吱嘎一聲，立刻停下動作。月光從窗口流瀉進來，她看見父親站在Victrola唱機旁。

「妳是誰？」他問的同時朝她走來。

愛瑟的銀色鑲珠頭飾帶滑了下來，她將它往上扶正。「你——你女兒。」

「那可不。我父親拚上一條命讓德克薩斯變成美國的一部分，他加入騎警隊，在拉瑞多奮戰，結果中槍，差點丟了性命。這片土地裡有我們的血。」

「是。我知道，可是……」

愛瑟沒看見他抬手，要躲已經來不及。他結結實實賞了她一個耳光，讓她一時重心不穩跌倒在地。

她往回爬向角落想要逃避。「爸——」

「妳把我們的臉都丟光了。滾，別讓我再看到妳。」

愛瑟歪歪倒倒地起身，奔上樓去，重重關上房門。

她抖著手點亮床邊檯燈，開始更衣。

她胸部上方有個紅紅的印子。（是拉菲造成的嗎？）她的下頦已經開始瘀青變色，頭髮也因為交歡亂成一團——如果那能稱為交歡的話。

即便如此，要是能夠，她還是會再來一遍。任由父親打她、罵她、詆毀她，或剝奪她的繼承權。

如今她得知了以前所不知道，甚至想都想不到的事：只要能被愛，哪怕只是一晚，她什麼事都能做，什麼苦都能吃。

翌日早晨，陽光從開著的窗子灑入照醒了愛瑟。紅衣裙掛在衣櫃門上。下巴的疼痛，還有與拉菲歡愛後的痛感，都讓她想起昨晚。一個她想忘記，另一個她想記住。

燙衣板上堆放著她做好的拼被，寒冷的冬月裡她經常就著燭光做這些女紅。床尾邊擺著她的嫁妝箱，裡面仔細周到地放滿了繡花布巾、一件精緻的白色薄棉睡衣和喜被，這喜被愛瑟從十二歲就開始縫製，當時眾人尚未發現她缺乏魅力不只是暫時，而是永久。當愛瑟開始來月事後，母親很快就不再談論愛瑟的婚禮，也不再繡製阿朗松珠片蕾絲。足夠做半件禮服的蕾絲花邊就這麼摺疊著放在布片當中。

有人敲門。

愛瑟坐起身來。「進來。」

母親進入房裡，她那時髦的外出鞋踩在覆蓋了大部分木頭地板的地毯上，無聲無息。她身材高大，肩膀寬闊，態度神情正經八百；她的人生無可挑剔，不僅擔任教會執事會主席、管理美化聯合會，即使生氣也不會拉高嗓門。面對任何人事物，密涅娃．沃考特都能處之泰然。她說這是家族遺傳的性格，想當日祖先遷移到德克薩斯來的時候，連續六天的騎馬行程中，除了他們看不到其他白人面孔。

母親在床沿坐下。她染黑的頭髮往後纏成髻，讓她突出的五官更顯嚴肅。她伸出手摸了摸愛瑟疼痛瘀青的下頦。「要是我父親會打得更凶。」

「可是……」

「沒有**可是**，愛瑟諾兒。」她傾身向前，替愛瑟將一綹剪短後參差不齊的金髮塞到耳後。「我猜我今天在城裡會聽到風言風語。**風言風語啊**。關於我的一個女兒。」她重重嘆了口氣。「妳有沒有闖禍？」

「沒有，媽媽。」

「這麼說，妳還是個好女孩嘍？」

愛瑟點點頭，謊言實在說不出口。

母親的食指往下移，扶著愛瑟的下巴，將她的臉微微抬起。她端詳著愛瑟，一邊打量一邊慢慢皺起眉頭。「親愛的，漂亮的衣服不會讓人變漂亮。」

「我只是想……」

「我們不談這件事，以後類似的事再也不會發生。」

母親站起身，順了順淡紫色的縐紗裙，雖然裙子沒有皺也不敢皺。她們之間隔出了距離，一如籬笆牆般堅固無法逾越。「哪怕以我們家的財富地位，妳也是嫁不出去的，愛瑟諾兒。有身分的男人不會想娶一個既不好看又高高在上的妻子。就算真的出現一個男人能無視妳的缺點，對於敗壞的名聲肯定也無法視而不見。妳就學著滿足現狀吧。把那些荒唐的浪漫小說給丟了。」

母親臨走時順手拎起那件紅色絲綢連身裙。

3

自從大戰以來的這些年，達爾哈特居民的愛國心高漲。此外，加上雨水豐足、小麥價格上揚，使得人人都有充分的理由慶祝七四國慶。城裡頭，商店櫥窗張貼著獨立紀念日的促銷廣告，店家為了節慶囤積許多食物飲料，而隨著客人進進出出，店門鈴鐺也愉快地叮噹響。

平時愛瑟總是很期待慶祝活動，但過去這幾個星期並不好過。打從與拉菲共度那一夜後，愛瑟便覺得被困在籠子裡，躁動不安，悶悶不樂。

家裡倒是沒有人細心到看出她的變化。因此她沒有說出自己的不滿，反而埋藏在心裡，照常度日。除此之外，她也不知道還能怎麼做。

她低垂著頭，假裝若無其事。即使夏日炎炎，她也盡量都待在自己房裡。她請人從圖書館送書過來——得體的書——並從頭到尾看完。她繡花做擦碗巾和枕頭套。飯桌上，她會聆聽父母談話，適時地點頭。上教會時，她會戴上鐘形帽遮蓋可恥的短髮，也會以身子不舒服當藉口，別人便不會再煩她。

偶爾當她壯起膽子從某本心愛的書抬起頭來，凝視窗外，她會看見一個老姑娘的空虛未來不斷朝平坦遼闊的天邊與更遠處延伸。

逆來順受。

下頦的瘀青已退，誰都沒提起過，連她兩個妹妹也一樣。沃考特家的日子又恢復了正常。

愛瑟將自己想像成詩歌中虛構的夏洛特姑娘，一個被困在高塔中、受詛咒、無法離開自己房間的女子，一輩子注定只能旁觀熙攘熱鬧的外界生活。即便有人注意到她突然安靜下來，他們也不會指出來或是詢問原因。事實上，差別其實不大。她早已經學會如何在適當的時機隱身。她就像某些動物會混雜入背景中，隱形消失，藉此自衛。這便是她面對遭人摒棄的方式：一語不發地消失。絕不反抗。只要她夠安靜，別人終究會忘記她的存在，不來煩擾她。

「愛瑟！」父親衝著樓上喊。「該走了。別害我們遲到。」

愛瑟戴上羔羊皮手套——儘管熱得要命還是得戴——用髮夾將草帽固定住，然後下樓。

愛瑟下樓到半途時忽然停住，無法再往下走。萬一拉菲去參加派對怎麼辦？

七四國慶是這一帶遠近民眾大聚會的罕見節慶之一。通常，各城鎮會在自己的會堂舉辦慶祝活動，但這場派對，方圓數里內的人都會來。

「我們走吧，」父親說：「妳母親最討厭遲到了。」

愛瑟隨父母出門，走向父親那輛全新的深綠色T型Runabout輕便敞篷車。他們上了車，並列坐在厚皮革座椅上，發出吱吱嘎嘎的摩擦聲。雖然他們住在城裡，鎮民會堂也不遠，但有很多食物要帶，而母親更是死都不會走路去參加派對。

達爾哈特鎮民會堂裝飾著層層疊疊的紅白藍色彩旗，大門外停了十來輛車，車主多半是過去幾年歲稔年豐的農民和為這所有農作提供資金的資本家。由於美化聯合會的婦女們耗費了偌大心力，才使得前院草地一片青蔥翠綠，通往正門的階梯旁，更是花團錦簇五彩繽紛。堂外廣場上滿是孩童在玩耍、嬉笑、奔跑。愛瑟沒看見半個青少年，但他們一定在某個地方，八成是在陰暗角落裡倉卒地偷偷親吻。

父親把車停在路邊後熄火。

愛瑟聽到音樂聲。派對的嘈雜聲音從敞開的門口飄出來：嘰嘰喳喳的說話聲、咳嗽聲、笑聲。一雙小提琴與一支五弦琴、一支吉他合奏著：〈二手玫瑰〉。

父親打開後車廂，裡頭有瑪麗亞花了好幾天準備的食物。而準備這些食物的功勞會歸到母親頭上。是她的德州創業祖先留下的祖傳食譜——糖蜜疊層蛋糕、伯莎姑婆的辛香薑餅、翻轉蜜桃蛋糕，以及瓦特爺爺最愛的玉米粥配紅眼肉汁火腿——每件每樣都是為了提醒大家沃考特家族在德州歷史上的深遠影響。

愛瑟亦步亦趨地跟隨父母走向木造會堂，懷裡抱著一只依然溫熱的鑄鐵荷蘭鍋。

會堂內，從裝飾到桌布，用的全是花花綠綠的拼被。最內側牆邊擺了幾張長桌，桌上放滿食物：有烤豬肉和濃稠深暗的濃湯，有一大盤一大盤用培根油炒的四季豆。另外肯定少不了雞肉沙拉、馬鈴薯沙拉、肉腸汁佐比司吉、麵包、玉米麵包、蛋糕和各式各樣的派餅。郡裡的人個個都喜愛派對，婦女們更是使盡渾身解數互別苗頭。菜色包括煙燻火腿、兔肉腸、塗上自製新鮮奶油的麵包、水煮蛋、水果派和一個個裝滿熱狗的大淺盤。母親帶路走向角落的桌子，美化聯合會的婦女正在那兒忙著重新擺盤。

愛瑟看見妹妹與聯合會的婦女站在一塊兒。蘇珊娜穿著用愛瑟那塊紅絲綢做的上衣，夏綠蒂頸間則繫著一條紅絲巾。

愛瑟頓時停住；看見妹妹們穿戴著那塊紅絲綢讓她心痛。

父親加入了聚在舞臺邊高聲交談的男人圈。

儘管在禁酒令下飲酒是違法的，這些男人想喝卻多的是。這是一群性格剛毅堅韌的俄國、德國、義大利與愛爾蘭移民，初來乍到時一無所有，卻硬是從無中生出有來，他們可不喜歡別人對他們該怎麼過日子說三道四，不管是彼此，還是一個似乎連有大草原區存在都不太知道的政府。雖然他們外表往往有些憔悴，多數人的銀行存款卻都不少。當小麥每蒲式耳賣一塊三，栽種成本卻只要四十分錢，城裡所有人都高興。只要土地夠大，就可能致富。

「達爾哈特要發達了。」父親扯開嗓門壓過音樂聲說道：「明年我要給大夥兒蓋一座什麼勞什子的歌劇院。我們要想有點文化，為什麼就得上阿馬里洛去？」

「城裡需要電。這才是重點。」賀斯特先生補了一句。

母親仍繼續重新擺放食物，她不在，事情的做法永遠達不到她的標準。夏綠蒂和蘇珊娜正和她們那些衣冠楚楚的漂亮友人說說笑笑，其中多半都是年輕媽媽。

愛瑟看到了拉菲，他和其他義大利家庭的人站在角落裡一張食物桌旁。他那頭黑髮需要剪一剪了，耳鬢部分雖然較短，頭頂上卻因為太長變得軟塌，抹了髮油只是讓頭髮發亮，不太撐得住。他穿了一件手肘處破損的素色襯衫，棕色長褲，棕色的馬鞍皮吊帶，還打了一個格紋領結。有位深色頭髮的漂亮女孩挽著他的胳臂。

自從上次見到拉菲之後的這六週當中，他因為長時間下田，臉變得更黑了。

看我這邊，她心裡暗想，隨即又改變主意：**不，不要**。

他會假裝不認識她，或者更糟，根本對她視而不見。

愛瑟強逼著自己往前走，耳中響著自己鞋跟踩在硬木跳舞地板的喀嗒聲。

她將荷蘭鍋放到鋪著白色桌巾的桌上。

「天哪，愛瑟。把火腿放在甜點桌？妳到底在想什麼啊？」母親說。

愛瑟端起鍋子，移到隔壁桌，每走一步便離拉菲更近一步。

她盡可能輕輕地放下鍋子。

拉菲望向這邊，看見了她。他沒有微笑，更糟的是，他立刻憂心地將目光轉向身旁的女孩。

愛瑟倏地看向他處。她不能如此滿懷渴望地站在這裡，快悶得她透不過氣了。而她最不希望的就是整夜被他忽視。

「媽媽？」她移步到母親身旁。「媽媽？」

「妳沒看見我正在跟塔利佛太太說話嗎？」

「是，對不起。只是……」**別看他**。「我覺得不太舒服。」

「妳大概是太興奮了。」母親說著瞄了友人一眼。

「我想我應該回家去。」愛瑟說。

母親點點頭。「當然好。」

愛瑟走向開著的大門，並小心地不去看拉菲。經過舞池時，雙雙對對的舞者從她身邊旋轉而過。

她走出大門，步入溫熱、金黃夕照的傍晚。門在身後砰一聲關上，小提琴的緊繃弦聲與跳舞的重踏聲隨即轉為柔和。

她緩緩穿過停放的車群，經過一輛輛馬車，錢賺得較少的莊稼人進城來參加這種活動都是搭馬車。此時大街上安安靜靜，沉浸在一種有如奶油糖果的光輝中，很快就會融入夜色。她跨上木板道。

「小愛？」

她停下腳步，慢慢轉身。

「對不起，小愛。」拉菲一臉不自在地說。

「對不起？」

「在裡面的時候我應該跟妳說說話。應該招手還是什麼的。」

「噢。」

他靠上前來，近到她能感覺到他身上散發的熱氣，並聞到些微的小麥味。

「我了解，拉菲。她很美。」

「紀雅．康波斯托。我們還不會走路的時候，兩家爸媽就說好要讓我們結婚了。」他身子湊近，她的臉頰感覺到他呼出的熱氣。

「我夢到妳了。」他急促地說。

「真——真的？」

他點頭，露出略顯尷尬的表情。

她覺得自己簡直像是一步步走向懸崖，一跌落就可能粉身碎骨。他的神情、他的聲音。她直視他的雙眼，那眼眸幽暗如夜、深情款款，就是有些悲傷，至於他究竟為何事悲傷，她無法想像。

「今晚來見我。」他說：「午夜。在史都華舊穀倉。」

●

愛瑟躺在床上，全身衣著整齊。

她不該去，這點不在話下。她下頦的瘀青痊癒了，但表皮底下仍留著傷痕。良家婦女不會做拉菲要她做的事。

她聽見父母回家了，爬上樓梯，打開又關上他們位在走廊另一頭的臥室門。床邊時鐘顯示九點四十分。

愛瑟躺在那裡，呼吸淺促，同一時間屋裡漸漸安靜下來。

她等待著。

她不該去。

不管她在腦子裡說幾遍都沒用，因為她從無一次、從無一刻，打算聽從自己的忠告。

十一點半，她下了床。房內依然悶熱，但房間的窗戶面向著大草原的夜空，這是她兒時冒險的門戶。她曾多少次站在這扇窗前，將自己的夢想送進那片未知的天地？

她打開窗，爬到外面的金屬花格架上，感覺有如直接爬進了繁星照耀的天空。

當她摔落在濃密草地上，整個人定住，緊張地等著被發現，但屋內的燈都沒亮。她悄悄溜到屋子側邊，牽了妹妹的一輛舊自行車，跨坐上去後便踩著上路，沿著大街騎出城去。

夜晚的世界偌大而寂寥，當地人都已經習慣這種感覺，漆黑的世界只有點點白色針尖般的星光照亮。這城外沒有人家，只有連綿數里的幽暗。

她來到舊穀倉前停住下車，將自行車放在路邊大片的野牛草地裡。

他不會出現的。

當然不會。

他只對她說了寥寥幾句話，但她一字一句都記得，也記得他說話時臉上每個表情的細微變化。比方他微笑時先從一邊嘴角開始，然後笑容才有點慢慢移正。比方他下巴有一道疤痕宛如一個淡淡的逗號，還有一顆門牙微微地往外凸。

我夢見妳了。

今晚來見我。

她回答了嗎？或者只是站在那裡，一聲未吭？她記不得了。

但是她來了，一個人站在一座廢棄的穀倉前面。

好個傻瓜。

萬一被發現，可得付出天大的代價。

她往前一步，棕色牛津鞋的鞋跟踩在路面的小石子上吱嘎作響。穀倉巍然聳立在眼前，尖尖的屋頂彷彿勾掛在魚鉤似的月亮上。外牆板條不見了，脫落的木板散落一地。

愛瑟抱住自己的身子像是覺得冷，但其實她熱得很不舒服。

她站了有多久？久到已經開始覺得反胃。她正要放棄時聽見了汽車引擎聲，便轉過身，看見一對車頭燈循路而來。

愛瑟驚嚇過度，動彈不得。

他開得太快、太魯莽。碎石從輪胎向外噴射，喇叭發出巨響：**阿嗚嘎**。

他想必緊急踩了剎車，因此貨車一個擺尾才停下來，四周塵土瀰漫。

拉菲匆匆跳下車。「小愛。」他咧嘴一笑喊道，同時遞出一束紫色與粉紅花朵。

「你——你帶花來給我？」

他伸手進駕駛座取出一只瓶子。「還有一點琴酒！」

這兩樣東西都讓愛瑟不知所措。

他將花遞給她。她直視著他的眼眸，心想：**這個**。她願意付出任何代價。

「我想要妳，小愛。」他呢喃道。

她跟著他上了貨車車斗。

被子已經鋪好。愛瑟微微撫平後躺了下來。四下只有那彎彎的月亮透出一線細細的光。

拉菲在她身旁躺下。

她可以感覺到他的身體貼近她，可以聽到他的呼吸。

「妳想我嗎？」他問道。

「想。」

「我也是，我是說想妳，想這個。」他開始動手解她上半身的衣釦。

他碰及處灼熱似火，一切赤裸裸呈現，她無法鎮定，無法隱藏。

他將她的裙子往上推，褪下她的襯褲，她感覺到夜晚的空氣襲上肌膚。這一切都在在刺激著她：皮膚接觸到的空氣、自身的裸露、他呼吸的方式。

她渴望著想摸他、想嘗他、想告訴他什麼部位希望——需要——他撫觸，但唯恐丟臉便始終保持沉默。

她不管說什麼，都很可能會出錯，會不夠矜持，而她又是那麼想讓他快樂。

她還沒準備好，他便進入她的身體，猛力地推進，發出呻吟。幾秒鐘後，他癱軟壓著她，全身微微顫抖，呼吸急促。

他低聲在她耳邊不知說了什麼，她但願是一些甜言蜜語。

愛瑟摸了摸他下巴的鬍碴，摸得很輕、很虛，他應該沒感覺。

「我會想念妳的，小愛。」他說。

愛瑟急忙縮手。「你要去哪？」

他打開琴酒瓶，長長喝了一口，然後遞給她。「我爸媽逼我去上大學。」他翻身側躺，一手拄著頭直盯著她看，她在他的注視下喝了一口熱辣辣的酒，隨即用手摀住嘴巴。

他再喝一口。「我媽希望我念完大學，好當個真正的美國人。總之大概就這麼回事。」

「大學。」她滿懷企盼地說。

「是啊，很蠢哦？我不需要讀書學習。我想去看看時報廣場和布魯克林大橋和好萊塢。靠行動學習。去看看外面的世界。」他又喝一口。「妳有什麼夢想，小愛？」

聽他這麼問，她驚訝極了，過了半晌才回答。「生小孩吧，我想。也或許是有自己的家。」

他咧嘴一笑。「咳，那不算。女人想要孩子就像種子想長大。還有什麼？」

「你會笑我。」

「不會的，我保證。」

「我想要勇敢。」她的聲音幾乎細不可聞。

「妳在怕什麼？」

「什麼都怕。」她說：「我祖父是德州騎警，他常常叫我要挺身爭取，可要爭取什麼呢？我也不知道。我這麼說出來自己都覺得傻……」

她感覺到他凝視的眼神，只希望夜色能善待她的臉。

「妳跟我認識的女孩都不一樣。」他說，一面替她將一綹髮絲塞到耳後。

「你什麼時候走？」

「八月。所以我們還有一點時間。如果妳願意再跟我碰面的話。」

愛瑟微微一笑。「願意。」

她要接收拉菲能給她的一切，不惜付出任何代價。哪怕是下地獄。過去二十五年來，從未有人像他在這一瞬間讓她覺得自己如此美麗。

4

到了八月中旬，在達爾哈特鎮上寥寥無幾的吊盆與窗臺花箱裡的花，都被晒得枯乾，剩下細長的莖。在這溽暑中，更少有商家提得起勁去修枝澆水，何況不管做什麼也不能讓花撐得更久。愛瑟從圖書館回家時遇見賀斯特先生，他有氣無力地朝她擺擺手。

愛瑟一打開鐵柵門，花園裡那令人反胃生膩的甜味讓她承受不住，連忙用手摀住嘴巴，卻壓不下噁心的感覺，就這麼吐在母親最心愛的紅玫瑰花叢中。

即使吐到胃早已空空如也，愛瑟仍繼續乾嘔。最後好不容易才抹抹嘴，直起腰桿，人還是覺得晃晃悠悠。

她聽見身旁一陣窸窣聲。

母親正蹲在花園裡，戴著一頂編織遮陽帽，白天穿的棉布連身裙外面加了一條圍裙。她放下剪刀站起來，園藝圍裙的口袋被剪下的莖枝塞得鼓鼓的。她怎麼不擔心那些花刺呢？

「愛瑟，」母親的語氣意外地尖銳。「妳不是幾天前才吐過嗎？」

「我沒事。」

母親一根手指一根手指地脫下手套，一面走向愛瑟。

她將手背貼在愛瑟的額頭上。「妳沒發熱。」

「我沒事，只是胃不舒服。」

愛瑟等著母親開口。她顯然若有所思，整張臉皺了起來，這是她從來都盡量不做的事。**淑女要喜怒不形於色**，這是她最喜愛的格言之一。每當愛瑟因為寂寞或是哀求要去參加舞會而哭的時候，就會聽到這句話。

母親打量著愛瑟。「不可能。」

「什麼？」

「妳讓我們蒙羞了嗎？」

「什麼？」

「妳有男人了？」

她當然能看穿愛瑟的祕密。愛瑟看過的每本書無一不美化母女的關係。即便母親不常表露愛意（感情也是淑女應該隱藏的），愛瑟知道她們之間的牽絆有多深。

她伸出手拉起母親的手，感覺到母親不由自主地抖縮一下。「我本來是想告訴妳的，真的。我被一些感覺攪得心煩意亂，又沒有人能幫我。而他……」

母親猛地將手抽回。

愛瑟聽見鐵門呀然打開，又砰地關上，打破了籠罩愛瑟與母親的寂靜。

「我的老天，這大熱天的，妳們兩個女人家站在外面幹麼？來杯冰茶才是正經事。」

「你女兒有身孕了。」母親說。

「夏綠蒂？也該懷上了。我還以為……」

「不是，」母親厲聲打斷。「是愛瑟諾兒。」

「我？」愛瑟說。**有身孕**？

不可能是真的。她和拉菲只在一起幾次，而且每次交合都是迅雷不及掩耳，幾乎還沒開始就結束了。這樣肯定懷不上孩子吧。

但她對這些事又明白多少呢？在女兒出嫁之前，母親不會對她解釋性事，而愛瑟從未出嫁，母親便從未與她談論過激情或受孕，她總以為愛瑟永遠不會經歷這些。愛瑟對於性愛與生產的了解全部來自小說，而老實說，書中的細節少之又少。

「**愛瑟？**」父親說。

「對。」母親只輕輕說了這個字，幾乎聽不見。

父親一把抓起愛瑟的胳臂，用力將她拉近。「是誰糟蹋了妳？」

「沒有，爸爸……」

「馬上把他的名字說出來，要不然我對上帝發誓，我會挨家挨戶去問鎮上每個男人，是不是他糟蹋了我女兒。」

愛瑟腦中浮現出畫面：父親拖著她挨家挨戶地去，她成了現代版的《紅字》女主角海絲特・白蘭；他則用力敲門，質問賀斯特先生或麥雷尼先生這些男人：是不是你糟蹋了這個女人？

遲早，他們父女會出城前往各個農場……

他會這麼做，她知道他會。她父親一旦下定決心，便什麼也攔不住。「我走，」她說：「我現在馬上就走。我自己一個人離開。」

「那一定是……你知道的……犯罪。」母親說：「不會有男人……」

「不會有男人想要我？」愛瑟說著轉身面向母親。「絕對不可能有男人想要我。從小到大妳老是這麼跟我說。你們每個人就深怕我不知道自己又醜又不討人喜歡，可是事實不是這樣。拉菲想要我，他……」

「馬提奈尼。」父親的口氣充滿嫌惡。「義大利人。他爸爸今年才跟我買了一台脫穀機。我的天啊，要是傳到別人耳裡……」他推開愛瑟。「回妳房間去。我需要想想。」

「不，瑪麗亞，我不好。」

愛瑟踉蹌著走開。她想說點什麼，但該說什麼才能彌補？她步上門廊台階，進入屋內。

瑪麗亞站在通往廚房的門口，手裡拿著一支銀燭臺和一塊抹布。「沃考特小姐，妳還好嗎？」

愛瑟奔上樓回房。她感覺淚水開始湧現，卻不敢奢望流淚能有撫慰作用。

她摸著自己平坦、近乎下凹的腹部，不敢相信體內有個嬰兒正在悄悄成長。這種事情，女人肯定會知道的吧。

一個小時過去，又過了一小時。他們在談些什麼呢，她的雙親？他們會怎麼處置她？打她、把她鎖起來、找警察通報一起假想的罪案？

她踱步，坐下，又重新踱步。她看見窗外夜幕逐漸低垂。

他們會將她趕出家門，她會在大草原上遊蕩，窮困潦倒，身敗名裂，直到臨盆之際，獨自在骯髒污穢的環境中產子，她終將體力耗盡，難產而死。

孩子也一樣。

夠了。爸媽不會這麼做，他們不可能。他們是愛她的。

過了許久，臥室門終於打開。母親站在門口，顯得出奇地苦惱而狼狽。「收拾一下行李，愛瑟。」

「我要去哪？像葛楚德．藍柯那樣嗎？她和西奧多鬧出醜聞以後，有好幾個月不見人影。後來她回家了，那件事就再也沒人提起過。」

「收拾妳的行李。」

愛瑟跪在床邊，拖出行李箱。上次用到這只行李箱是她去阿馬里洛住院的時候。十一年前了。

她沒有想法也沒有計畫，只將衣服從衣櫥拉扯出來，摺進打開的行李箱中。

愛瑟直瞪著塞得滿滿的書架，書不只堆到上面去，還堆疊在旁邊的地上，連床頭櫃上也有。要她從中作出選擇無啻於要她選擇空氣或水。

「我可等不了妳一整天。」母親說。

愛瑟挑了《綠野仙蹤》、《理性與感性》、《簡愛》和《咆哮山莊》。她留下了《純真年代》，它可以說是這一切的開端。

她把四本小說放進去後，關上了行李箱。

「沒有聖經，我明白。好了，我們走吧。」母親說。

愛瑟隨母親走出屋子，兩人穿過花園，走向站在敞篷車旁的父親。

「不能反而要我們承擔後果，尤金。」母親說：「女兒得嫁給他。」

愛瑟忽然停步。「嫁給他？」剛才她不得不花好幾個小時想像自己的可怕命運，卻根本沒思考過這個可能性。「妳不是認真的吧。他才十八歲。」

母親發出厭惡的聲音。

父親打開駕駛座另一邊的車門，不耐地等著愛瑟上車。她才剛坐定，他便砰一聲關上門，自己坐上駕駛座，發動引擎。

「只要載我去火車站就好。」

父親打開車頭燈。「妳怕妳那個義大利人不要妳嗎？太遲了，小姐。妳不能就這麼消失，那可不行。妳要去面對妳的罪過的後果。」

出了達爾哈特數公里後，除了一對車頭燈的黃光之外什麼也看不到。每一分鐘、每一里路都更加深愛瑟的恐懼，到最後她覺得自己可能一碰就會四分五裂。

孤樹鎮是隱身在奧克拉荷馬州界附近，一座小不拉嘰的城鎮。他們以三十公里的時速駛離城區。過了三公里，車燈照見一個信箱，上面寫著：馬提奈尼。父親轉入一條長長的泥土車道，路的兩旁有三角葉楊夾道，還架了鐵絲網，這片土地大半都沒長樹，馬提奈尼家人能找到什麼木頭就拿來固定鐵絲。車子駛進一個十分用心照顧的院子，停在一棟粉牆農舍前面，農舍有個加了頂蓋的前門廊和幾扇面向道路的老虎窗。

父親按了喇叭。按得很響。一聲、兩聲、三聲。

穀倉裡走出一個男人，一把斧頭隨意地荷在肩上。當他走進車頭的燈光中，愛瑟看見他身上是這一帶莊稼漢的一貫裝束：有補丁的吊帶褲與捲起袖子的襯衫。

有個婦人從屋內走出來站到男人身邊。婦人身材嬌小，一頭黑髮編成辮子盤在頭上，身穿綠格紋連身裙和一條純白圍裙。她的美麗與拉菲的俊秀不相上下，兩人都有精緻五官、高顴骨、豐唇，以及同樣的橄欖膚色。

父親下車後繞到另一邊，打開車門，將愛瑟拉下車站好。

「尤金，」那莊稼漢說道：「我的脫穀機該繳錢了，是不是？」

父親沒理他，高喊道：「拉菲．馬提奈尼！」

愛瑟真恨不得地上裂出一個大洞將她吞噬。她知道自己在這對農夫農婦眼裡是什麼樣子：一個老姑娘，瘦得像根麻繩，還跟大多數男人一樣高，頭髮剪得亂七八糟，瘦窄又尖下巴的臉毫無姿色可言，就像一片沒有作物只有泥土的農田。她的薄唇乾裂，有些流血。她一直在緊張地咬嘴唇。提在右手上的行李箱小小的，證明了她是個幾乎一無所有的女人。

拉菲出現在門廊上。

「什麼風把你吹來的，尤金？」馬提奈尼先生問道。

「你兒子糟蹋了我女兒，東尼。她有身孕了。」

愛瑟看出馬提奈尼太太一聽立刻變了臉色，也看出她的眼神從友善轉為懷疑。她那帶著評量、批判的眼神，顯然認定愛瑟若非撒謊就是水性楊花，再不就是兩者皆然。

現在鎮上的人都會如此看待愛瑟：去色誘小伙子的老小姐被糟蹋了。愛瑟全憑意志力保持鎮定，才沒讓滿腦子的尖叫發出聲來。

羞恥。

她原以為自己已經知道羞恥是怎麼回事，甚至會說那是家常便飯，但此時她看出了差異。在家裡，她因為沒有女人味、嫁不出去覺得丟臉，她讓這份羞恥成為自己的一部分，讓它穿梭在自己的身心之間，變成支撐著她的連結組織。然而在這份羞恥中存有一絲希望：總有一天他們會看穿這一切，見到真正的她，見到她內心的那個姊姊兼女兒。就像一朵緊閉的花，等著陽光照在蜷縮的花瓣上，迫不及待想要綻放。現在這份羞恥不同。這是她自己招惹上身，而更糟的是，她還毀了這個可憐年輕人的一生。

拉菲步下階梯，來到父母身旁。

馬提奈尼一家站在車燈亮晃晃的光線中，直瞪著她看，那眼神只能以惶恐形容。

「你兒子占我女兒便宜。」父親說。

馬提奈尼先生皺起眉頭。「你怎麼知道……」

「爸爸，」愛瑟小聲地說：「拜託不要……」

拉菲跨上前來。「小愛，」他說：「妳還好嗎？」

這小小的體貼之舉讓愛瑟想哭。

「不可能。」馬提奈尼太太說：「他和紀雅．康波斯托訂婚了。」

「訂婚？」愛瑟對拉菲說。

他紅了臉。「上星期。」

愛瑟艱難地嚥了口唾液，平淡地點點頭。「我從來沒想過你……你知道的，我是說我明白。我會走。這是我該承擔的事。」

她後退一步。

「不，不，這可不行，丫頭。」父親看著馬提奈尼先生。「沃考特家是好人家，在達爾哈特很受敬重，我希望你兒子能好好處理這件事。」他向愛瑟投以最後一個嫌惡的眼神。「不管怎樣，我永遠都不想再看見妳了，愛瑟諾兒。妳不是我女兒。」

話畢，他大步走回仍未熄火的敞篷車，隨即駛離。

被丟下的愛瑟站在原地，手拎著行李箱。

「拉斐羅，」馬提奈尼先生目光轉向兒子說道：「是真的嗎？」

拉菲畏縮了一下，不太敢正視父親。「是。」

「**Madonna Mia**（**聖母呀**），」馬提奈尼太太驚呼一聲，又繼續用義大利語嘰哩呱啦說上一串。憤怒，這是愛瑟唯一的感知。她往拉菲的後腦勺呼了一巴掌，響亮的啪一聲，然後開始大喊：「叫她走，安東尼奧。**Puttana**（**賤女人**）。」

馬提奈尼先生將妻子拉離開他二人。

「對不起，拉菲。」兩人獨處後，愛瑟說道，自覺羞愧到無地自容。她聽見馬提奈尼太太叫嚷著：「不行，」接著又是那句：「Puttana。」

片刻後，馬提奈尼先生回到愛瑟這兒來，看起來比方才離開時更蒼老。他有張粗獷的臉——額頭開闊，長著兩道濃密如鼠尾草的眉毛；鼻梁凹凸不平，似乎斷了不只一次；大大的下巴有如一塊圓角板。一把老派的鬍子狀似火車頭排障器，幾乎遮蓋了整個上唇。德州鍋柄區的惡劣氣候一點一滴都顯露在他黧黑的臉上，並在額上刻畫出皺紋，宛如樹幹的年輪。「我叫東尼，」他接著把頭往站在大約四米半外的妻子一偏。「我老婆……蘿絲。」

愛瑟點點頭。每一季會有許多農民以賒帳方式向她父親買耕作用品，等莊稼收成後再付錢，她知道他便是其中之一。他們在幾次郡民聚會上碰過面，但次數不多。沃考特家是不會和馬提奈尼這樣的人家交往的。

「拉菲，」他看著兒子繼續說：「正式介紹一下你的小姑娘吧。」

你的小姑娘。

不是你的野女人，你的耶洗別。

愛瑟從來就不是誰的**小姑娘**。何況她年紀已經太大，稱不上小姑娘。

「爸爸，這位是愛瑟．沃考特。」拉菲說到最後一個字時，聲音變得沙啞。

「不行，不行，不行。」馬提奈尼太太高喊道，雙手猛地往腰上一插。「他再過三天就要去上大學了，東尼。訂金都已經繳了。再說我們怎麼知道這個女的是不是真的有了？說不定是騙人的。孩子……」

「孩子會改變一切。」馬提奈尼先生說。接著他又說了幾句義大利話，妻子聽了便不再作聲。

「你要娶她。」馬提奈尼先生對拉菲說。

馬提奈尼太太用義大利話大聲咒罵；至少聽起來像是咒罵。

拉菲朝父親點頭，表情就跟愛瑟感覺的一樣害怕。

「他的未來怎麼辦，東尼？」馬提奈尼太太說：「我們寄託在他身上的所有夢想呢？」

馬提奈尼先生看也不看妻子。「一切都結束了，蘿絲。」

●

愛瑟靜靜站在一旁。當拉菲注視著她，時間彷彿變慢變長，若非有窩裡的雞咯咯叫，還有一頭豬懶洋洋地在翻土覓食，他們四周可以說是萬籟俱寂。

「我會把她安頓好，」馬提奈尼太太一臉不快，語氣僵硬地說：「你們父子倆去把晚上的活兒做完。」

馬提奈尼先生和拉菲不發一語走開。

愛瑟心想，**離開吧，直接走開**。這是他們希望她做的。要是她馬上走開，這家人就能繼續過他們的日子。

但她要上哪去？

她要怎麼度日？

她一手按著平坦的肚子，思忖著正在裡頭成長的生命。

一個嬰兒。

陷在這充滿羞愧與懊悔的漩渦中，她怎會竟錯漏了唯一重要的東西？

她就要當母親了。**母親啊**。將有一個會愛她，她也會愛的嬰孩。

一個奇蹟。

她背轉向馬提奈尼太太，起步沿著長長的車道走去。她聽見自己的每個腳步聲，還有三角葉楊在微風中的沙沙聲。

「等等！」

愛瑟停下來，回轉身。

馬提奈尼太太就站在她背後，雙手握拳，嘴唇抿成一條線顯現不滿的神情。她是那麼嬌小，只要一陣輕風就可能把她吹倒，但她所散發出的力量卻無庸置疑。「妳要去哪？」

「妳在乎嗎？我要離開。」

「妳都破身了，妳爸媽還會讓妳回去嗎？」

「很難。」

「那……」

「對不起，」愛瑟說：「我不是故意要毀了妳兒子的一生，或是讓你們寄託在他身上的希望破滅。我只是……反正都不重要了。」

愛瑟俯視著這個異國長相的矮小女子，自覺像隻長頸鹿。

「就這樣？妳就這麼走了？」

「這不正是妳希望的嗎？」

馬提奈尼太太跨步向前，抬頭仰視，細細端詳愛瑟。過了一段漫長又教人坐立不安的時刻。「妳幾歲？」

「二十五。」

馬提奈尼太太對這個答案似乎並不滿意。「妳願意皈依天主教嗎？」須臾過後愛瑟才明白這是怎麼回事。她們正在交涉。

天主教徒。

她父母將會顏面掃地。家人將會與她斷絕關係。

他們已經這麼做了。**妳不是我女兒。**

「願意。」愛瑟說。她的孩子會需要信仰的慰藉，而馬提奈尼一家將會是她僅有的家人。

馬提奈尼太太很快地點一下頭。「那好……」

「妳會愛這個孩子嗎？」愛瑟問道：「像妳愛紀雅生的孩子一樣？」

馬提奈尼太太面露驚詫。

「或者妳只是勉強容忍這個puttana的小孩？」愛瑟不知道這個字是什麼意思，卻知道不是好話。「因為我知道在一個感受不到愛的家庭長大是什麼滋味。我不會這麼對待我的孩子。」

「等妳當了母親，就會知道我現在什麼感覺了。」馬提奈尼太太最後說道：「寄託在孩子身上的夢想是那麼……那麼……」她住口不語，淚水盈眶望向他處，隨後才又接著說：「妳沒法想像，為了讓拉斐羅能過上比我們更好的日子，我們作了多大的犧牲。」

愛瑟這才發覺自己給這個婦人帶來多大痛苦，不由得更加羞愧。她能做的就只是不要再次道歉。

「孩子，我會愛他。」馬提奈尼太太對著靜默的她說道：「這是我的第一個孫子。」

愛瑟清楚而響亮地聽到剩下未說出來的話：**而妳，我不會**。然而光是一個**愛**字便足以安定愛瑟的心，並支撐她脆弱的決心。

她可以像外人一樣與這些陌生人一起生活，她已然練就了隱身的技能。現在要緊的是孩子。

她手撫腹部，暗忖：**你呀你這個小東西，你會擁有我的愛，也會以愛回報我**。

其他一切都無所謂。

我就要當媽媽了。

為了這個孩子，愛瑟會嫁給一個不愛她的男人，加入一個不歡迎她的家庭。從今往後，她都會以此作出所有的選擇。

為了她的孩子。

「我的東西要放哪？」

5

馬提奈尼太太健步如飛，讓她幾乎跟不上。

「妳肚子餓嗎？」這個嬌小玲瓏的婦人邊問邊跨上台階，大步穿過門廊上許多張不成套的椅子。

「不會，太太。」

馬提奈尼太太打開前門進屋。愛瑟尾隨而入。她看見客廳有一組木頭家具和一張刮痕累累的橢圓形矮几，椅背上披著鉤針織的白色飾巾。兩面牆上掛著大大的耶穌受難十字架。

天主教徒。

這究竟意味著什麼？愛瑟答應了要變成什麼？

馬提奈尼太太行經起居室，走進一道窄廊，經過一扇開著的門，門內有個銅製浴缸和一個盥洗臺。沒有馬桶。

室內沒有管路嗎？

到了走廊盡頭，馬提奈尼太太推開一扇門。

是個年輕男孩的房間，斗櫃上擺滿運動獎盃。凌亂的床面向一扇掛著藍色青年布窗簾的大窗。愛瑟看見床邊小桌上放了一張紀雅．康波斯托的照片，還有一口行李箱——無疑是為了去上大學準備的——平放在床上。

馬提奈尼太太很快地拿起照片，並將行李箱推到床底下。「妳就睡這裡，一個人，直到結婚。拉菲可以睡穀倉。反正晚上熱的話，他也喜歡睡那裡。」馬提奈尼太太點亮一盞燈。「我會盡快去找邁克神父談。這事也不必再拖。」她皺起眉頭。「我還得跟康波斯托家說一說。」

「也許應該讓拉菲去說。」愛瑟說。

馬提奈尼太太抬頭往上看。這個矮小女人是矛盾的最佳典範：她行動起來像鳥一樣矯捷俐落，外表也看似脆弱，但愛瑟感受到的無論如何都是強大的力量，是精悍。她想起了拉菲家的經歷，想起東尼和蘿絲從西西里來到美國，身上只有幾塊錢。他們倆齊力耕耘這塊土地，艱困謀生，多年來都住在自己挖的簡陋的半地下草皮屋。只有強悍的女人才能在德州農地上熬得下去。

「我覺得這是他欠那女孩的。」愛瑟補了一句說。

「梳洗一下，把妳的東西收拾好。」馬提奈尼太太說：「明天早上見了。在太陽光底下，什麼都會比較好看。」

「我不會。」愛瑟說。

馬提奈尼太太打量了愛瑟好一會兒，久得讓人備受折磨，顯然是發現她的不足。之後她才走開，同時反手將門帶上。

愛瑟往床沿坐下，忽然覺得喘不過氣。

這時響起輕輕的敲門聲。

「進來。」她說。

拉菲打開門站在門口，一臉土灰。他脫下帽子，拿在手裡擰絞。

然後，他慢慢關上身後的門，走向她，來到床邊坐下。多了一份重量讓彈簧出聲抗議。

她斜眼瞄他，看見他完美的側臉。**太俊美了**。

「對不起。」她說。

「唉，算了，小愛，反正我本來就不想去念大學。」他勉強對她微微一笑；掉落的黑髮遮住他一隻眼睛。「我也不想留在這裡，可是……」

他們互看著對方。

過了許久他才拉起她的手握住，說道：「我會努力做個好丈夫。」

愛瑟也想反握他的手，捏一捏，讓他知道這些話對她意義何其重大，但她不敢。她害怕假如真的依靠上他，將再也放不了手。從現在起，她必須小心翼翼，像對待一隻膽怯的貓一樣對待他，要留意著絕不能動作太快或需求太多。

她未發一語，最後他鬆開她的手，將她留在他的房間，獨坐在他的床上。

●

隔天早上，愛瑟起晚了。她撥開臉上的頭髮，細細的髮絲黏在臉頰上，她在睡夢中哭過。也好，夜裡哭比較好，不會有人看見。她不想在新家人面前示弱。

她走到臉盆架前往臉上潑了點溫水，然後刷牙、梳頭髮。

昨晚拿出行李箱的衣物時，她才發覺自己的衣服與農家生活有多麼格格不入。她是出生城鎮的女孩，仰賴土地的生活她哪懂得什麼？她帶的全是縐紗連身裙和絲襪和高跟鞋。上教會穿的衣服。

她穿上她最樸素的日間連身裙，全身炭灰色，衣領處有珍珠鈕釦和蕾絲，然後穿上絲襪和昨天穿的那雙黑色高跟鞋。

屋裡有培根和咖啡味。她飢腸轆轆，這才想起昨天午餐過後便沒吃東西。

廚房——貼著鮮黃色壁紙，掛著格子棉布窗簾，還有白色油氈地板——空無一人。放在料理檯上晾乾的盤碟，證實了愛瑟已睡過早餐時間。這些人是什麼時候起床的？現在也才九點。

愛瑟走到外面，看見馬提奈尼家人正在大太陽下做農活。數千畝地割下的小麥朝四面八方散開，割斷後乾枯的金黃麥稈一望無際，位於正中央的農宅僅僅占了數十畝地。

車道從田中穿過，一條絲帶般的褐色泥土路，兩側有三角葉楊和網籬夾道。農場本身涵蓋了屋舍、一間木造大穀倉、一處戶外馬欄、一片放牛場、一座豬圈、一間雞舍、幾間倉房和一座風車磨坊。屋子後面有一片果園、一個小小的葡萄園和用籬笆圍起的菜園。馬提奈尼太太正在菜園裡，彎低了腰。

馬提奈尼先生從穀倉出來走向她。「早啊，」他說：「跟我走走吧。」

他帶她沿著收割過的麥田邊緣走，割下的作物讓她覺得殘敗，有點滿目瘡痍。跟她很像。一陣微風吹過麥茬，發出窸窸窣窣的聲音。

「妳是城裡的女孩。」馬提奈尼先生用濃濃的義大利口音說。

「已經不是了吧。」

「這個回答好。」他彎身拾起一把泥土。「如果妳用心聽，我的土地會告訴妳它的故事。關於我們家的故事。我們下種、照料、收割。我用我從西西里帶來的枝條種葡萄釀酒，而我釀的酒會讓我想起我父親。這塊土地，它把我們連繫在一起，彼此相連，世世代代都是這樣。現在它也會把妳和我們連繫在一起。」

「我從來沒照料過什麼。」

他看著她。「妳想要改變嗎？」

愛瑟從他深色的眼眸裡看見憐憫，彷彿知道她這一生有多麼戰戰兢兢，不過一定是她自己的想像吧。他對她的瞭解也只不過是她如今人在這裡，還拖著他兒子一塊兒下水。

「一開始只要這樣就夠了，愛瑟。我和蘿莎芭從西西里過來的時候，只帶著十七塊錢和一個夢想。那是我們的開始，卻不是我們現在能過上這好日子的原因。我們有這塊地是因為我們努力，因為不管生活多麼辛苦，我們都留在這裡。這塊土地供養我們，它也會供養妳，只要妳願意。」

愛瑟從來沒有這樣想過土地，沒有想過它能讓你安身立命，給你一個人生。想到能待在這裡，找到好的生活與歸屬的地方，讓她感受到前所未有的心動。

她會盡最大努力成為道道地地的馬提奈尼家人，以便能加入他們的故事，說不定甚至可以把它當成自己的故事傳給她腹中的孩子。她願意做任何事、變成任何人，只求這家人能把這孩子當成自己人，付出無私的愛。「我想，馬提奈尼先生。」過了許久她終於說道：「我想屬於這裡。」

他微微一笑。「我看得出來，愛瑟。」

愛瑟正要開口向他道謝，卻被馬提奈尼太太打斷，她邊呼喊丈夫邊提著滿滿一籃熟番茄與青菜朝他們走來。「愛瑟，」她止步停下，說道：「真高興看到妳起床了。」

「我……睡過頭了。」

馬提奈尼太太點了點頭。「跟我來。」

進了廚房，馬提奈尼太太從籃子拿出蔬菜放到桌上：圓滾滾的紅番茄、黃色的洋蔥、綠色香草植物、一球球蒜頭。愛瑟從未一次看到這麼多蒜頭。

「妳會煮什麼？」她問愛瑟，一面繫上圍裙。

「咖……咖啡。」

馬提奈尼太太頓時打住。「妳不會做菜？都這個年紀了？」

「對不起，馬提奈尼太太。我是不會，可是……」

「會打掃嗎？」

「這個嘛……我有把握學得會。」

馬提奈尼太太抱起手來。「妳會做什麼？」

「縫紉、刺繡、打補丁、看書。」

「千金小姐啊，Madonna mia。」她環顧一塵不染的廚房。「好吧，那我就來教妳做菜。我們先從arancini（炸飯糰）開始。還有，叫我蘿絲就可以了。」

婚禮辦得偷偷摸摸、匆忙倉卒，前後都沒有慶祝儀式。拉菲將一枚樣式簡單的戒指套進愛瑟的手指，說道：「我願意。」差不多就完成了。簡短的過程中，他整個人顯得十分痛苦。

新婚之夜，他們在黑暗中結合，以肉體鞏固誓言，兩人的激情也一如話語聲，一如四周的黑夜一樣靜悄悄。

接下來日復一日、週復一週、月復一月，他努力當個好丈夫，她努力當個好妻子。

起初，至少在蘿絲眼裡，愛瑟好像什麼事都做不好，切番茄會切到手指，將剛烤好的麵包拿出烤箱時會燙到手腕，西葫蘆分不清生熟，而像愛瑟這麼笨手笨腳的人，要做櫛瓜花鑲肉幾乎是不可能的事。她皈依了天主教，會聆聽拉丁語彌撒，雖然一個字都聽不懂，通篇的美麗音律卻給她一種奇特的撫慰作用；她還背下祈禱文，學讀玫瑰經，而且圍裙口袋裡隨時都放著一串念珠。她會作告解，會坐在陰暗的小隔間裡，將自己的罪過告訴邁克神父，他會為她祈禱並赦免她的罪。一開始，這一切對她都沒有太大意義，但隨著時間過去就變成熟悉的例行公事，成了她新生活的一部分，譬如每個星期五或是他們要慶祝的無數聖人紀念日裡，都不吃肉。

愛瑟領悟到自己不是會輕言放棄的人——這點讓她和婆婆都很訝異。每天早晨她會比丈夫早起許多，及時進廚房煮好咖啡。她學會了去做、去吃、去愛那些她以前聽都沒聽過的食物，還會使用前所未見的食材——橄欖油、義大利寬麵、炸飯糰、義大利培根。她也學會如何隱身於農場：要比任何人都努力，而且不要抱怨。

最後，一種新的、出乎意料的歸屬感開始慢慢產生。她長時間跪在菜園的泥土中，看著自己埋下的種子發芽，從土裡冒出頭來，轉為青綠，每一棵感覺都像一個新的開始，一個未來的希望。她學會了挑揀深紫色的黑達沃拉葡萄釀酒，東尼還信誓旦旦地說跟他父親釀的一樣好。她學會了在望著窗外新翻過土的田地時，去感受那份平靜與田地賦予的希望。

有時站在自己照料的土地上，她會如此暗想：**這裡**，她的孩子會在**這裡**發育成長，會奔跑、玩耍，會聽聞到大地、葡萄與小麥說的故事。

●

整個冬天都在下雪，他們縮在農舍裡，逐漸適應新的生活模式：女人花大把時間打掃、裁縫、打補丁、織毛線，男人則照顧牲畜，備妥來年春天要用的農具。下雪的晚上，他們圍坐在火邊，愛瑟朗讀故事，東尼拉他的提琴。愛瑟得悉了一些關於丈夫的小事——他打呼聲很響，睡不安穩，半夜經常在叫喊聲中醒來，飽受噩夢驚嚇。

這片土地安靜到讓人發瘋，他偶爾會這麼說，愛瑟便試著去了解他的意思。多半時候她只是聽他說，並等著他的手伸向她，他的確會這麼做，但非常難得而且總是在黑暗中。她知道自己日漸隆起的肚子讓他看了害怕。好不容易對她開口時，他身上通常都有葡萄酒或威士忌酒味；此時的他會面帶微笑，編織他們想像的、將來有一天去好萊塢或紐約生活的情景。事實上，面對自己嫁的這個長相英俊、情緒善變的男人，愛瑟從來不太知道該說些什麼，但她向來不善言辭，也沒有勇氣將自己的感受告訴他，說她來到這座農場後在自己身上發現一股意想不到的力量，說她對丈夫與公婆的愛能讓她變得近乎凶猛。她沒有開口，而是和平常面對令人痛苦的排拒時一樣：她隱身起來，默默地（有時是萬分迫切地）等著丈夫看出她變成了什麼樣的女人。

二月裡，雨水降臨大草原，滋潤了播在土壤裡的種子。到了三月，長滿新苗的農地欣欣向榮，青蔥綠意綿延十數里。傍晚時分東尼會站在田邊，凝望著逐漸長高的麥子。

這一天，天空蔚藍陽光照耀，愛瑟將屋裡的每扇窗都打開。涼風習習吹過，夾帶著新生命的氣息。她站在爐子前，用雜貨店買來、帶有堅果香且風味絕佳的進口橄欖油，翻炒麵包丁。廚房裡瀰漫著蒜頭在熱油中變色後的濃烈香味。他們會將這些麵包丁混合起司和新鮮香芹，從蔬菜到麵食，無論什麼都配著吃。

她身後桌上有一只大陶碗裝滿麵粉，是用去年豐收的麥子碾的，正等著揉成麵團。客廳裡的Victrola唱機播放著〈聖塔露琪亞〉，聲音大到讓愛瑟忍不住想跟著唱，儘管她聽不懂歌詞。

忽然間無預警地一陣疼痛，刺入她的腹部深處，她痛得彎下腰。她盡可能保持不動，抱著肚子，等候疼痛過去。

不料，幾分鐘後又來一波，還比第一次更痛。「蘿絲！」

蘿絲衝進屋內，兩手抱著一堆要洗的衣物。

「我……」愛瑟羊水破了，嘩然流下她穿著褲襪的雙腿，積聚在地上。愛瑟一見，立刻驚慌失措。過去幾個月，她覺得自己愈來愈堅強，但此刻被疼痛顛覆的她腦中幾乎一片空白，只記得好久好久以前醫生告訴過她，不要太激動，不要讓心臟有負荷。

萬一醫生說對了呢？她驚恐地抬起頭。「我還沒準備好，蘿絲。」

蘿絲放下髒衣物。「從來沒有人準備好過。」

愛瑟喘不過氣。又是一陣痛楚襲來，擰絞著她的胃。

「看著我。」蘿絲將愛瑟的臉捧在手中，不過她得踮起腳尖才辦得到。「這是正常的。」她牽起愛瑟的手，帶她進臥室，接著掀掉被子和床罩丟到地上。

她脫去愛瑟的衣服，愛瑟挺著個大肚子、四肢臃腫難看，本該覺得羞慚，但實在痛到無暇他顧。好一口利牙呀，這疼痛。齧咬著她，然後鬆口讓她暫時喘口氣，又接著咬。

「妳就扯開嗓子叫吧。」蘿絲攙扶著愛瑟上床說道。

愛瑟對時間、對一切都失去頭緒，只感覺到痛。必要時她會放聲大叫，不叫的時候就像狗一樣喘氣。

蘿絲像對待玩偶般擺弄愛瑟，將她赤裸的雙腿打得開開的。「看到頭了，愛瑟。妳可以使出力了。」

愛瑟使盡力氣推擠，放聲尖叫。「我……我的心臟快停了。」她喘著氣說。早知道應該告訴他們她身子不好，不應該生小孩，她可能會死掉。「如果真的停了……」

「說這種話不吉利，愛瑟。加把勁。」

愛瑟拚盡最後的力氣死命一擠，頓時感覺有東西快速湧出，渾身舒暢，隨即精疲力竭重重倒回枕頭上。

房裡充斥著嬰兒的哭聲。

「是個漂亮的小女嬰，肺很健康有力。」蘿絲將臍帶剪掉打結，然後拿起她們利用漫長冬日編織的許多被毯中的一條包住嬰兒，將整個襁褓遞給愛瑟。

愛瑟接過女兒抱在懷裡，俯視著她，暗自驚嘆不敢置信。她心中愛意滿盈，滿到溢成了淚水。這種感覺她從未有過，是一種混雜著喜悅與不安，令人飄飄然又興奮的感覺。「妳好，小女嬰。」

嬰兒安靜下來，眨著眼睛看她。

蘿絲伸手去拿她掛在脖子上的絲絨袋裡的東西。袋子裡頭放著一枚一分錢美元。蘿絲親吻一下硬幣，遞過去給愛瑟看。硬幣背面印著兩穗小麥。「這是東尼在我父母家門外的街上撿到的，就在我們要搭船來美國的那天。這麼好的運氣，妳能想像嗎？小麥揭露了我們的命運。這是個預兆，我們這麼對彼此說，事實也的確如此。現在這枚硬幣將要照看再下一代了。」蘿絲看著愛瑟說：「我漂亮的孫女兒。」

「我想替她起名叫蘿芮妲，」愛瑟說：「紀念我祖父，他的故鄉在拉瑞多。」

蘿絲大聲念出這個不熟悉的名字。「蘿——芮——妲。很美。非常美國化吧，我想。」她說著將一分錢放進愛瑟手裡。「相信我，愛瑟，將來這個小女孩對妳的愛無人可比……她也會讓妳發瘋，會試煉妳的靈魂。這一切往往是同時存在。」

在蘿絲淚光閃爍的深色眼眸中，愛瑟看見自己情緒的完美反射，並在靈魂深處深深體會到千百年來女人所共有的這份連結——母性。

她還看到她從未在自己母親眼中看過的愛。「歡迎成為我們家的一份子。」蘿絲用平淡的語氣說道，愛瑟知道她是同時在對她還有蘿芮妲說。

一九三四年

「我看到三分之一的國民住不好、穿不好、吃不好……國家進步的檢驗標準並不在於能否為富者錦上添花，而在於能否讓貧者衣食無缺。」

——小羅斯福

6

天氣實在燠熱，偶爾便會有鳥兒從天而降，輕輕「啪」一聲落在夯實的泥土上。雞群棲坐在地面的塵土堆，懶洋洋地往前伸著頭，最後僅存的兩頭牛站在一塊兒，熱到動都懶得動。一陣微風無精打采地穿過農場，扯動空空的晾衣繩。

通往農舍的車道兩旁依然圍著湊合著用的木樁與鐵絲網，只不過有幾根樁子已經倒下。夾道樹木乾巴巴的，幾乎了無生氣。這座農場經過風與乾旱的改造，被雕塑成遍地盡是風滾草與奄奄一息的牧豆樹。

連年的旱災加上大蕭條時期的經濟摧殘，大草原地區已被徹底擊垮。

他們在德州鍋柄平原區經歷多年乾旱之苦，但由於全國飽受一九二九年股災的蹂躪，導致一千兩百萬人失業，因此在大城市的報社看來，旱災不值一提。政府沒有提供任何補助，反正農民也不想要，傲氣不容許他們領取救濟金。他們只希望天降甘霖軟化土壤，使種子萌芽，好讓小麥玉米能再次將金黃臂膀伸向天空。

一九三一年，雨水便開始減少，過去這三年更幾乎沒下過一滴。今年到目前為止，雨量還不到十三毫米，甚至不夠盛滿一只茶壺，更甭提澆灌數萬畝的麥田。

這一日，八月底又一個破紀錄的熱天，愛瑟坐在老舊馬車的駕駛座上操控韁繩，戴著麂皮手套的雙手汗溼發癢。家裡再也沒錢買汽油，貨車也就成了收藏在穀倉裡的古董，還有拖拉機和犁田機也一樣。

一頂原是白色，如今蒙上灰塵變成褐色的草帽，低低壓在她晒黑的額頭上，她頸間還繫著一條藍色方巾。她被沙塵迷得瞇起眼睛，一面用舌頭發出嗒嗒聲，驅馬拉著馬車離開農場走上大路。夯土路上響著麥祿沉緩、穩定的達達蹄聲。鳥兒棲息在電線桿間的電線上頭。

她駕車進到孤樹鎮時，還不到下午三點。鎮上安安靜靜，窩縮在熱氣中。沒有鎮民外出購物，沒有婦女聚在店鋪門外。那樣的日子一如青綠草坪一去不返了。

帽子店已用木板封釘關閉，藥房、汽水店和餐車飯館也都是。里亞托戲院還一息尚存，每星期放映一次早場，卻少有人付得起票價。長老教會前面有衣衫襤褸的民眾在排隊領食物，手裡拿著金屬湯匙和杯子。孩子都安靜無聲，他們晒得黝黑的臉上布滿雀斑，和父母一樣骨瘦如柴。

大街上唯一的一棵樹（是美洲黑楊，也是鎮名的由來）已在垂死邊緣。愛瑟每回進城，都覺得那樹每況愈下。

馬車往前行駛，車輪轆轆經過已被封釘的郡立社福館（雖然需求孔急，卻沒有資金）與顯得空洞茫然的監獄（由於居無定所者、流浪漢和無足輕重的火車遊民進出頻繁，忙碌程度前所未見）。看病的診所還開著，但麵包店歇業了。大部分的建築都是木造平房。在雨水豐足的年月，屋牆每年都會重新上漆，如今全部疏於管理，變得灰暗。

愛瑟說：「停，麥祿。」同時拉起韁繩。馬與車喀嗒一聲停下。這匹閹馬甩甩頭，疲累地噴著氣息，牠也討厭在這種大熱天出門。

愛瑟盯著「筒倉酒吧」看，一棟矮長方正的建築，比大街上其他建築長了一倍，卻只有一半寬，臨街開了兩扇窗，其中一扇去年兩名醉漢鬥毆之際打破了，至今未修，方形孔洞用幾排髒兮兮的膠布貼起來。這間酒吧是一八八〇年代，為了德州與新墨西哥州邊界上、占地近兩千萬畝的XIT牧場的牛仔們開的。牧場早已荒廢，牛仔們也多半離開了，但「筒倉」仍在。

禁酒令廢除後的這幾個月來，像「筒倉」這樣的地方陸續重新開張，但經濟大蕭條之下，有閒錢買啤酒的人愈來愈少。

愛瑟將馬繫到拴馬柱上，並將微溼的棉裙正面理平。這件連身裙是她自己用舊麵粉袋做的，近來人人都用穀物或麵粉袋做衣服，布袋製造商甚至開始在布面上印一些漂亮圖案。那些碎花圖樣其實沒什麼，但在這種艱苦日子裡，凡是能讓女人自覺漂亮的東西都是千金難買。這件連身裙一度十分合身，而今日漸消瘦的臀部與胸部處卻變得鬆鬆垮垮；愛瑟檢查了一下，確定衣釦從上到下都扣好了。說來可悲，她都已經三十八歲，是個生養了兩個孩子的成年婦人，卻還是很討厭進這種地方。雖然已經多年未見父母，但事實看來，父母親的不認可對於一個人如何形塑與界定自我形象，具有強力而綿長的影響。

愛瑟堅定了意志後打開店門。店內狹長的空間疏於整理、色調灰暗，就跟這座城一樣。菸味瀰漫的空氣中可以聞到灑出的烈酒與男人的汗味。一張桃花心木吧檯，被五十年來在這裡喝酒的無數男人磨擦得發亮。吧檯前擺著褪色又破爛的高腳凳，值此炎炎夏日裡，多數椅凳都是空的。

拉菲就頹坐在其中一張凳子上，兩隻手肘靠在檯面上，面前擺著一只空的烈酒杯，頭往前低垂，黑髮遮住了臉龐。他穿了綴著補丁的褪色吊帶褲，和純米色麵粉袋布料做成的襯衫。兩隻骯髒的手指間夾著一根褐色手捲菸。

酒館內側深處有個老人噗哧笑道：「小心點，拉菲。警長進城了。」他的聲音含含糊糊，整張嘴巴幾乎隱沒在濃密的花白鬍子裡。

酒保抬起頭來，肩膀披著一條髒抹布。「嘿，愛瑟，」他說道：「妳來替他付酒錢嗎？」

這下可好。都已經沒錢給孩子買新鞋或是讓她換掉最後一雙褲襪了，她丈夫竟然還賒帳喝酒。

寬鬆的麵粉袋衣裙和厚棉襪，加上鞋子的粗糙皮面讓她的大腳顯得更大，愛瑟自覺難看而尷尬。

「拉菲？」她走到他背後輕聲喊道，並用沒有戴手套的手搭在他肩上，希望藉由碰觸安撫他，就像安撫一匹膽怯的小馬。

「我本來只想喝一杯的。」他吐出一聲沙啞的嘆息。

愛瑟已數不清丈夫說過多少次「我本來如何如何」了。新婚那幾年，他很努力。她看得出他努力地愛她、努力地快活，但旱災不只使土地乾涸，也使她丈夫枯竭。過去四年間，他不再編織未來的夢。三年前，他們埋葬了一個兒子，但即便喪子之痛都不及貧窮與乾旱帶給他的打擊。「你父親還等著你今天下午幫他種秋天的馬鈴薯。」

「喔。」

「孩子們需要馬鈴薯。」愛瑟說。

他的頭微微一偏，正好能透過土黑色的頭髮看她。「妳想我會不知道？」

我想你一直坐在這裡把我們僅剩的一點錢都喝光了，所以我哪知道你知道些什麼？蘿芮妲需要新鞋，她心裡暗想卻不敢說出來。

「我是個差勁的父親，愛瑟，甚至是更差勁的丈夫。妳為什麼還要待在我身邊？」

因為我愛你。

他深色眼眸流露的眼神再次令她心碎。她確實深愛她的丈夫，一如她深愛她的孩子蘿芮妲與安塞尼，也一如她後來愛上的馬提奈尼家族與那片土地。愛瑟發現自己內心愛人的能力幾乎深不可測。而且，天父為證，她之所以一再地保持緘默、退縮不前，以免讓自己顯得可悲，主要的原因也包括她對拉菲那份命中注定、堅定不移的愛。有時候，特別是當他不上他們的床睡覺的夜晚，她會覺得自己不該受這種待遇，如果她挺身要求多一點，也許便能得到。但念頭一轉，卻又想起父母親是怎麼說她的，想起她缺乏女人味的事實從未改變過，便繼續沉默。

「來吧，愛瑟，帶我回家。我已經等不及利用這下半天去翻土，去種那些沒有雨水就會死掉的馬鈴薯。」她扶著他踉踉蹌蹌走出酒吧，又扶著他上馬車。她拉起韁繩，用力一甩打在那頭紅棕色閹馬的屁股上。麥祿懶懶地噴了個鼻息，拖著沉重步伐走上漫長路程，穿過鎮上，經過昔日扶輪社與同濟會經常舉辦活動、如今已成廢墟的鎮民會堂。

拉菲靠在愛瑟身上，指頭修長的手輕輕放在她腿上。「對不起，小愛。」他用他一貫輕聲細語、「我做錯了什麼」的語氣說道。

「沒關係。」她是打從心底這麼覺得。只要他在她身邊，就沒關係，她永遠會原諒他。儘管他給她的少之又少，儘管他對她的愛有時像是磨出了毛邊，她仍戰戰兢兢唯恐失去那份愛，失去他。就如同她唯恐失去她那進入青春期、喜怒無常的女兒的愛。

最近，那份恐懼幾乎擴張到無法掌控。

蘿芮妲今年滿十二歲，動不動就發怒。母女倆一起整理花園，晚上一起看書，談論《咆哮山莊》主人翁希斯克里夫的性情與《簡愛》女主角的堅毅的日子，一夕之間已不復見。蘿芮妲向來是爹地的小公主，但小時候的她心裡容得下父母兩人，或者應該說容得下所有人。蘿芮妲是個最最快活的孩子，老是拍手大笑吸引注意。有許多年，她非得要愛瑟陪她躺在床上，輕撫她的頭髮，才能入睡。

都過去了，這一切。

愛瑟因為失去與長女之間的親密感，日日憂傷。起初她試著爬過青春期女兒莫名暴怒的高牆，回以充滿愛的語句，但蘿芮妲對愛瑟持續的不耐與日俱增，這不單單只是折磨她而已，還讓她兒時所有的不安全感再次復甦。不知從何時起，愛瑟開始躲避蘿芮妲，一開始是希望女兒的情緒波動會隨著年紀漸長而緩和，後來卻變得更糟，愛瑟竟深信蘿芮妲終於和她自己的家人一樣看見了她的所有缺陷。

受女兒排斥，愛瑟感覺到一股深根蒂固的羞恥。內心受傷之餘，她終究還是做了從小到大做的事：隱身。但與此同時，她也等待著、祈禱著有朝一日丈夫與女兒會看出她有多愛他們，並以愛回報她。在那之前，她不敢逼得太急或要求太多，否則可能會付出太高的代價。

有一件事在她步入婚姻時並不知情，如今當了母親之後她知道了：只有從未體會過愛，才能過著沒有愛的生活。

●

開學第一天，鎮上碩果僅存的一位老師妮可．巴斯黎站在黑板前，手拿著粉筆。她原本綁著的赤褐色頭髮已經掙脫束縛，變成一圈朦朧光環圍繞著她熱得泛紅的臉。她頸間的蕾絲花邊被汗水浸得微微發暗。蘿芮妲非常確定巴斯黎老師絕不敢抬高手臂，免得露出汗漬。

十二歲的蘿芮妲坐在課桌前，慵懶地往前趴，沒在聽今天的課。反正又只是嘮嘮叨叨地說一些壞消息：

大蕭條啦、旱災啦……等等。

就蘿芮妲記憶所及，從來都是「苦日子」。噢，早些年，在她還沒長記憶以前，她知道有雨水一季接著一季滋潤土地。蘿芮妲對那段青蔥歲月的記憶，差不多只剩爺爺的小麥，那金黃麥稈在遼闊藍天下舞動的景象。那沙沙作響的聲音。還有拖拉機輾過田地的畫面，每天二十四小時，破土前進，犁出愈來愈多的麥田。有如一大群機器蟲子肆虐地面。

年月究竟是什麼時候變壞的呢？確切時間難說，選擇太多了。有人會說是一九二九年的股災，但這一帶的人不這麼看。那一年蘿芮妲七歲，對那個時期仍依稀有點印象。信用合作社外排著長長人龍，爺爺抱怨麥子價格不好，奶奶則隨時點亮蠟燭，手持念珠小聲祈禱。

股市的崩盤，情況的確很糟，不過災難多半降臨在蘿芮妲從未去過的城市。一九二九其實是雨水豐沛的一年，換句話說是個豐年，也意味著對馬提奈尼家而言是不錯的一年。

即使經濟大蕭條導致麥子價格大跌，爺爺還是開著拖拉機，還是繼續種小麥，甚至還買了一輛全新的福特AA型圍欄式農用平板貨車。那時候爹地經常面帶笑容，媽媽忙家事的時候，他就跟她講一些遠方的故事。

最後一次的豐收在一九三〇，蘿芮妲滿八歲那年。她還記得那年的生日：一個美好的春日，許許多多禮物，奶奶做了提拉米蘇，表層的可可粉上頭插著蠟燭。她最好的朋友史黛拉也徵得同意，頭一回在他們家過夜。爹地教她們跳查爾斯頓舞，爺爺拉小提琴幫他們伴奏。

接著雨水漸漸變少，然後再也不見蹤影。**乾旱來臨**。

這些日子以來，青綠麥田已是遙遠的回憶，是她年少時的海市蜃樓。大人們看起來和土地一樣乾巴巴。爺爺會在枯死的麥田裡一站就是幾個小時，用長滿繭的雙手捧起乾土，再看著沙土從指縫間落下。他為垂死的葡萄感到哀傷，只要有人願意傾聽，他便會娓娓訴說自己如何將第一代的葡萄藤塞在口袋裡，從義大利帶到這裡來。奶奶到處設壇，牆上十字架的數目也加倍了，每個星期日還要全家人一起祈雨。有時候，全鎮的人會齊聚於校舍祈雨。各個不同宗教的人祈求天降甘霖：長老會、浸信會，愛爾蘭與義大利的天主教會，各有各的座位。墨西哥人則是早在數百年前就建立了自己的教堂。

每個人不時都在談論乾旱，懷想美好的往日。除了她母親之外。

蘿芮妲重重嘆了口氣。

從以前到現在，她母親身上有任何樂趣可言嗎？就算有，那也是蘿芮妲另一段遺失的記憶。有時候，當她躺在床上漸漸入睡之際，恍惚間似乎憶起了母親的笑聲、她撫觸的感覺，甚至於親吻她道晚安之前的一聲呢喃「**要勇敢**」。

然而，那些記憶愈來愈讓她覺得有斧鑿的痕跡，是假象。她根本不記得母親最後一次是為了什麼而笑。

媽媽除了做活還是做活。

做活、做活、做活。好像這樣就能拯救他們。

蘿芮妲已記不得自己究竟是從什麼時候開始被母親的……隱身所激怒。對，就是「隱身」，沒有其他說法了。母親早在日出前許久就起床工作，日復一日，一個鐘頭接著一個鐘頭。她老是叨叨絮絮地叮嚀要節省食物，不要弄髒衣服，不要浪費水。

蘿芮妲無法想像她那個英俊、迷人、風趣的父親怎麼會愛上媽媽。蘿芮妲曾有一次對父親說媽媽好像很怕笑，父親說：「咳，蘿蘿呀。」還是他那向來的神態，偏著頭微笑，暗示他不想談這個。他從未抱怨過妻子，但蘿芮妲知道他的感受，便替他開口。這拉近了他們的距離，證明了他們——她和爹地——何其相似。就像一個模子印出來的。大家都這麼說。

和爹地一樣，蘿芮妲看得出在德州鍋柄區的農場生活是多麼狹隘，她可不想步母親的後塵。她不會一輩子枯坐在這座來日無多的小麥農場，在熱到足以融化橡膠的烈陽下枯萎老去。她不會將每一次禱告浪費在雨水上。門都沒有。

她要遊歷全世界，寫出她的冒險經歷。總有一天她會像傳奇女記者奈莉·布萊一樣出名。

總有一天。

她觀看著一隻褐色田鼠沿著窗臺下方溜過去，到了老師的辦公桌停下來，啜了啜一坨滴落的墨水。接著抬起頭時，小小鼻頭上沾了一抹藍。

蘿芮妲用手肘撞一下坐在隔壁的史黛拉·戴弗若。

史黛拉抬眼看她，整個人熱得兩眼無神。

蘿芮妲指了指老鼠。

史黛拉拉幾乎露出淺笑。

鈴聲響起，老鼠隨即跑進角落，消失在牠的洞穴裡。

蘿芮妲站起來，麵粉袋連身裙因為流汗發黏。她抓起書包跟著史黛拉一起走。通常她們會一路走一路說個不停，說男孩、說書、說她們想去看的地方，或是里亞托戲院即將上映的電影，但今天實在太熱，提不起勁。

蘿芮妲的弟弟安塞尼一如往常，是第一個衝到校門口。七歲的小安有如一頭未經馴服的小馬，橫衝直撞活蹦亂跳，比其他任何小孩都要精力旺盛，腳底下彷彿裝著彈簧似的。他穿著褪色的補丁吊帶褲，短了好幾公分，參差不齊的褲管褶邊底下露出瘦如帚柄的腳踝和腳尖破了洞的鞋子。他長滿雀斑、有稜有角的臉晒成馬鞍皮的顏色，臉頰上還有大塊大塊晒傷的紅斑。一頭黑髮蓋在帽子下面，看不出髒。到了外面，他看見父母親坐在馬車上高舉手臂揮動，立刻起步奔跑。除了乾旱，他什麼也沒見識過，可以這麼說吧，因此他能像個普通男孩一樣玩耍嬉笑。史黛拉的妹妹蘇菲亞毫不洩氣地努力想跟上他。

「天這麼熱，妳媽媽怎麼能老是坐得這麼直？」史黛拉說。班上的學生只有她穿新鞋和道地的格子棉布做的連身裙。對戴弗若家來說，時局不算太差，不過蘿芮姐的爺爺說所有的銀行都有麻煩。

「不管多熱，她從來都不會抱怨。」

「我媽也很少說什麼，不過妳真該看看我姊。自從她結婚以後，老是像豬叫似的哭喊說當妻子的有多累又多慘。」

「我不會結婚。」蘿芮姐說：「將來有一天，我和我爸要去好萊塢。」

「妳媽不介意嗎？」

蘿芮姐聳聳肩。天曉得她媽媽在意些什麼？而且管他的呢。

史黛拉和蘇菲亞往左轉，走向她們位於小鎮另一頭的家。

小安跑向馬車。

「嗨，媽咪。」小安喊道，咧嘴笑時露出一個新缺的牙洞。「爹地。」

「嘿，兒子。」爹地說：「坐到後面去。」

「你要不要看我今天上課畫了什麼？巴斯黎老師說……」

「上車吧，安塞尼。」爹地說：「我回家再看你的畫，等太陽下山，不再這麼熱得要命的時候。」

小安失望地垮下臉來。

蘿芮姐最討厭看到爸爸這副難過頹喪的表情。他漸漸被這場旱災榨乾了。他和蘿芮姐都是需要閃耀的明星，這是他總掛在嘴邊的話。「爹地，你明天想不想去看電影？」她仰起頭以敬慕的眼光看著他問道：「《小麻煩》又重新上映了。」

「我們沒那個錢，蘿芮妲。」媽媽說：「跟弟弟一起坐到後面去。」

「那要不……」

「上車，蘿芮妲。」媽媽說。

蘿芮妲將書包丟上後座，爬上車來。後座鋪了一條灰撲撲的舊拼被，她和小安緊靠著坐在被子上。

媽媽甩了一下韁繩，便出發了。

隨著馬車搖來晃去，蘿芮妲凝望著遠處的乾涸土地。空氣中滿是塵土與熱氣的味道。他們經過一副腐敗的閹牛屍骸，肋骨往外突出，牛角從沙地裡露出來。四周有蒼蠅嗡嗡飛繞。一隻烏鴉飛落在殘骸上，呀呀叫著宣示主權，然後開始啄食骨頭。屍骸旁有一輛廢棄的福特T型車，車門開著，車輪直到輪軸處都陷在乾燥土壤中。

左手邊有一棟小農舍，被褐土包圍，沒有樹木遮蔭。前門上釘了兩塊牌子：「拍賣」與「法拍」。院子裡有輛老爺車，上面塞滿了人和雜七雜八的東西，車尾綁著一堆水桶、一只鑄鐵炒鍋和一個板條箱，裡面裝滿儲藏食物的玻璃瓶和一包包小麥。運轉的引擎往空氣裡吐黑煙，也震得金屬骨架哐啷哐啷響。只要有地方能綁東西，就都綁著湯鍋平底鍋。有兩個小孩站在生鏽的側面踏板上，駕駛旁的座位上則坐著一名臉色哀戚、一頭扁塌直髮的婦人，手裡還抱著一個嬰兒。

莊稼漢威爾．班亭站在駕駛座那側的車門邊，穿著連身褲和一件只有一隻袖子的襯衫。一頂破舊的牛仔帽壓得低低的，遮住他滿是塵土的臉。

「停。」媽媽吆喝一聲，拉住韁繩讓馬停下，將遮陽帽往後抬。

「喂，拉菲。」威爾邊說邊將菸草吐到腳邊的地上。「愛瑟。」他離開那輛超載的車，慢慢朝馬車走來。

到了之後，停下腳步，一語不發，只是把雙手插進口袋。

「你要去哪？」爹地問道。

「我們被打垮了。」威爾說：「我兒子卡爾森今年夏天死了，你知道吧？」他回頭瞄一眼妻子。「現在又生了一個。真的撐不下去。我們打算離開。」

蘿芮姐挺直身子。他們要**離開**？

媽媽皺起眉頭。「可是你們的地……」

「現在是銀行的了。付不出貸款。」

「你們要上哪去？」爹地問。

威爾從後口袋掏出一張發皺的傳單。「加利福尼亞。聽說是奶與蜜之地。我不需要蜜，只要有活兒幹就好。」

「你怎麼知道那是不是真的？」爹地從他手上取過傳單。**人人有工作！充滿機會之地！西行加利福尼亞吧！**

「我不知道。」

「你不能就這樣離開呀。」媽媽說。

「太遲了。一家子能埋的人就這麼多。替我跟你們家裡的老人家道個別。」

威爾轉身走回那輛布滿塵土的車，坐上駕駛座。金屬門砰地關上。

媽媽「得兒」一聲甩動韁繩，麥祿又開始拖著步伐往前走。蘿芮姐看著老爺車從旁經過，揚起一團塵霧，頓時間滿腦子只有一門心思。**離開**。他們接下來可能會去她和爹地談論過的某個地方：舊金山、好萊塢，或是紐約。

「曼格家的葛倫和瑪莉琳上星期也離開了。」爹地說：「他們要去加州，一聲不響地開著他們那輛老帕卡德就走了。」

過了大半晌媽媽才說：「你記得我們看到的新聞嗎？芝加哥的人排隊領救濟食物。有人在中央公園搭棚屋和紙箱過日子。至少我們這裡還有蛋和牛奶。」

爹地嘆了口氣。蘿芮妲感覺到了那聲嘆息中的苦楚，與伴隨而來的傷痛。媽媽會說不行。「是啊，我想也是。」他將傳單丟到馬車地板上。「反正我爸媽絕對不會走。」

「絕對不會。」媽媽附和道。

●

那天晚上吃過飯後，蘿芮妲坐在門廊的鞦韆椅上。

離開。

在她四周的農場上，夕陽漸落，平坦、乾燥的褐色土地逐漸被夜色吞沒。有隻牛在呻吟哞叫著討水喝。再過不久，天黑後，祖父便會開始從井邊打水，一桶一桶地提來餵牲畜喝，奶奶和媽媽則會去園子澆水。

在闃靜中，門廊鞦韆鐵鍊咿咿呀呀的聲音聽起來格外響亮。她聽見屋裡的共用電話在響。現在這時日，有電話來都不是什麼好事；每個人說的都是乾旱。

除了她父親之外。他和那些農夫或店主都不一樣。其他所有男人的生死似乎都看土地與天氣與莊稼。就像她祖父。

當蘿芮妲還小，雨水穩定的時候，當小麥長得高大金黃的時候，東尼爺爺隨時都掛著笑容，到了週末會喝黑麥威士忌，還會在鎮民派對上拉小提琴。他常常牽著她走過細語喁喁的麥田，對她說只要用心聽，麥稈本身就會說出故事來。他會用長滿繭的大手抓起一塊泥土，像鑽石似地遞到她面前說：「有一天這些全都會是妳的，將來還會傳給妳的孩子，再傳給妳孩子的孩子。」**土地**：他說這兩個字的口吻有如邁克神父口中的**天父**。

那奶奶和媽媽呢？她們和孤樹鎮的所有農婦沒有兩樣，只顧著拚命做活，幾乎不笑也不說話。就算難得開口，說的也從來不是什麼有趣的事。

只有爹地會談想法或選擇或夢想。他會談旅行與冒險，以及一個人可能有的種種生活。他不止一次告訴蘿芮妲，在這座農場外有一個又大又美麗的世界。

她聽見身後的開門聲。燉番茄、煎培根和蒜香飄了過來。

爹地來到門廊上，反手輕輕將門關上。他點了根菸，然後與她並肩坐在鞦韆椅上。她聞到他口氣中有甜甜的葡萄酒味。他們應該一切都要省著點，但爹地不肯戒掉葡萄酒或威士忌。他說只有喝酒能讓他保持精神正常。喝餐後酒時，他總愛加入一片滑溜香甜的糖漬桃子。

蘿芮妲倚靠向他，他便張開臂膀將她摟近，兩人一起前前後後盪著。「妳好安靜，蘿芮妲。這可不像我女兒。」

周圍的農場已轉變成一個充滿各種聲音的幽暗世界：有風車砰咚砰咚地轉動，汲起他們寶貴的用水，有雞隻在到處刨抓，有豬在翻土覓食。

「這場大旱啊，」蘿芮妲用的是這一帶每個人都會用的可怕字眼，**大旱**。她打住了一會兒，字斟句酌。「它殺死了土地。」

「是啊。」他抽完香菸，放到身旁滿是枯花的花盆裡捻熄。

蘿芮妲從口袋拿出那張傳單，小心地攤開來。

加利福尼亞。奶與蜜之地。

「巴斯黎老師說加州有工作做。滿街都是錢。史黛拉說她姑丈寄來的明信片說奧勒岡有工作。」

「我不太相信滿街都是錢，蘿芮妲。這次的不景氣城市的情況更糟。我最近看到報紙說，有超過一千三百萬人失業。妳也看到那些跳火車的流浪漢了。奧克拉荷馬市有個胡佛貧民村，妳看了會掉淚。有些人全家住在蘋果推車裡。冬天就要來了，他們會凍死在公園長凳上。」

「在加州不會凍死。你可以找到工作，也許去當鐵路工。」

爹地嘆一口氣，從他呼出的氣息，她就知道他在想什麼。她和他的步調就是如此一致。「我爸媽——還有妳媽媽——絕對不會離開這塊土地。」

「可是……」

「會下雨的。」爹地說，語氣卻透著些許憂傷，幾乎像是不希望雨來拯救他們。

「你一定要當農夫嗎？」

他轉過頭來。她看見他的黑色濃眉緊蹙起來。「我生來就是。」

「你老是跟我說這裡是美國。一個人想做什麼都行。」

「是啊，不過，幾年前我作錯了決定……所以啦……有時候命運由不得人。」說完後，他沉默了許久。

「作錯什麼決定？」

他沒有看她。他身體坐在她旁邊，心思卻在別處。

「我不想在這裡慢慢枯死。」蘿芮妲說。

最後他說道：「會下雨的。」

7

又是個烈日炎炎的一天，而且都還不到早上十點。到目前為止，暑熱並未隨著九月到來而稍有緩解。愛瑟趴跪在地，用力刷著廚房的油氈地板。她已經起床好幾個小時，做家事最好還是挑清晨和黃昏，相對涼爽。

有個快速爬行的聲音吸引她的注意。她看見一隻狼蛛，身軀大如蘋果，從角落的隱藏處倉皇爬出。她起身用拖把將牠趕出屋外。比起踩扁蜘蛛，把牠驅趕回那熱氣裡更為殘酷。再說，她幾乎沒有力氣去踩蜘蛛，更沒有足夠的意志力去在乎。最近，只要不是能得到食物或水的事情，她似乎都做不了。

在這乾熱的天氣裡，生活的關鍵就是凡事節制，無論是水、食物或情緒。而最後一項是最大的挑戰。她知道拉菲和蘿芮妲有多不開心。他們父女倆簡直一模一樣，本來已經難過的日子最近似乎更煎熬。倒不是說這農場上有哪個人是開心的。怎麼可能？只不過東尼和蘿絲和愛瑟本來就預期生活艱辛，為了活下去也就變得更堅強。她的公婆工作多年——他當鐵路工，她是女衫工廠的女工——才掙到錢買這塊地。他們在這裡的第一間住所是他們自己用草皮磚塊搭建的半地下屋。也許他們下船時名叫安東尼與蘿莎芭，但辛勤工作與這塊土地已將他們變成東尼與蘿絲。變成美國人。他們寧可渴死、餓死，也不會放棄這些。雖然愛瑟不是生於農家，卻已變成農婦。

過去這十三年，她學會愛這塊土地和這座農場，而且超過了她所能想像的程度。遇上好年月，春天對她而言是喜悅的季節，看著滿園子的生氣盎然，秋天則是自豪的季節；她最愛看自己辛勞的成果展示在地窖的架子上：裝滿蔬菜水果的瓶瓶罐罐，有紅色番茄、光澤閃亮的桃子和散發肉桂香的蘋果。頭頂上的掛鉤掛著用香料醃漬五花肉做成的義大利培根與醃火腿。還有一箱箱幾乎要滿出來的馬鈴薯和洋蔥和蒜頭，都是園子裡種的。

馬提奈尼家衷心接納了愛瑟，她也盡心盡力回報這份出乎意料的善意，為他們與他們的生活方式付出強烈的愛。但即便愛瑟愈來愈融入這個家，拉菲卻遠離了。他很不快樂，多年來都是如此，如今蘿芮妲也步上父親的後塵。她當然會了。你真的很難不被拉菲的魅力所迷惑，陷入他那些難以實現的夢想中。他的微笑能讓滿室生輝。這個易感善變的女兒還小的時候，他便時時以夢想餵養她，如今他對現實的不滿也感染了她。愛瑟知道他會對蘿芮妲說一些話，抱怨一些他不會對父母或妻子說的事。蘿芮妲占據了拉菲的大半顆心，從她呼吸第一口氣開始就是了。

愛瑟又回頭繼續刷廚房地板，接著刷所有八個房間的地板，並清洗門梯與窗臺的灰塵。做完活之後，她收拾起地毯拿到外面吊起來，用棍子打掉土塵。

風變大了，吹得她衣裙翻飛。她暫時住手不再拍打地毯，汗水從她臉上流下，流過雙乳之間。她搭起一隻手遮在眼睛上緣，越過茅房，看見一片混濁、尿黃色的霧霾蒙蔽了天空。

愛瑟將遮陽帽微微往後抬高，定睛注視天邊的病態黃色。

沙塵暴。大草原上最新的禍害。

天空變了顏色，轉為紅褐。

風勢更加猛烈了，從南方急速穿過農場。

一株俄羅斯薊打在她臉上，劃破她的臉頰。一株風滾草飛旋而過。從雞舍飛落了一塊木板，轟然打中屋子側牆。

拉菲和東尼從穀倉跑出來。

愛瑟將脖子上的方巾拉高蒙住口鼻。

牛隻怒氣沖沖地哞叫，互相擠來擠去，瘦巴巴的屁股對著沙塵暴的方向。靜電使得牠們的尾巴往外豎。一大群鳥從牠們旁邊飛過，奮力振翅，嘎嘎啼叫，將沙塵拋在後頭。

拉菲戴在頭上的史泰森帽飛掉了，朝鐵絲網籬翻滾過去，被一根釘子勾住。「進屋去，」他高聲喊道：「牲畜交給我處理。」

「孩子呢？」

「巴斯黎老師知道該怎麼做。進去吧。」

她的孩子。即將**暴露在這種情況下**。

此時風開始呼號，猛烈地撞擊他們，使勁地將他們往旁邊推。愛瑟彎低了腰，頂著飛沙走石奮力走回屋去。

她一步一步爬上不平整的階梯，走過滿是沙粒的門廊，抓住金屬門把。一陣靜電電得她跌倒在地，她躺了片刻，人恍恍惚惚，試著要呼吸卻咳嗽起來。

門開了。

蘿絲拽著她起身，將她拉進隆隆作響、風聲呼嘯的屋內。

愛瑟和蘿絲一個窗戶跑過一個窗戶，將蓋住玻璃和窗臺的報紙和碎布條固定好。塵土從天花板流瀉而下，也從窗框與牆壁上小到不能再小的縫隙飄進來。臨時祭壇上的蠟燭熄滅了。蜈蚣從牆壁爬出來，成百上千隻，如滑行般溜過地板，尋找藏身之處。

一陣強風打在屋子上，強勁到彷彿要把屋頂掀了。

還有那**巨大聲響**。

聽起來就像火車頭對著他們衝來，引擎霍霍。屋子微微打顫，像是呼吸得太用力；風宛如報喪女妖似的哭號著，瘋狂如地獄。

門開了，她丈夫和東尼蹣跚而入。東尼用力地關起門上栓。有個耶穌受難十字架跌落到地上。

愛瑟往後憑靠著微微抖動的牆壁。

愛瑟可以聽到婆婆以沙啞的氣聲在祈禱。

愛瑟往旁邊伸出手，拉起她的手。

拉菲移身到愛瑟旁邊。她感覺得出他們倆在想著同一件事：萬一孩子人在外面的遊戲場呢？這場風暴來得**太快了**。如今所有植物都奄奄一息，沒有強壯的根能抓牢地上的土。像這樣的風有可能吹走整座農場。至少感覺是這樣。

「他們不會有事的。」他一面說一面被塵土嗆得頻頻乾咳。

「你怎麼知道？」她扯開嗓門，試著壓過風暴的聲響。

丈夫所能給的答案只有絕望的眼神。

●

蘿芮妲坐在不停震動的教室的地板上，弟弟緊挨著她，兩人都把方巾拉高蒙住口鼻，像強盜一樣。小安努力想展現勇氣，但每當一陣超強風襲來，晃得玻璃空隆空隆響，他還是會畏縮一下。

塵土從天花板紛紛落下。蘿芮妲感覺到沙土聚積在自己的頭髮上、肩膀上。風衝撞著木牆，高聲哀號，幾乎像人類的尖叫聲。驚慌的鳥群不斷撞到玻璃上。

風暴一來，巴斯黎老師就把所有學生叫進來，叫他們一起坐在離窗戶最遠的角落。她本來想念個故事，卻沒有人能集中精神，而且沒多久也沒人聽得見她的聲音了，她於是放棄，闔上書本。

去年，像這樣的沙塵暴至少有十起。今年的某個春日，風與塵土連續吹了十二個鐘頭，時間實在太長，逼得他們不得不在沙塵肆虐中烹煮、進食、做家務。

奶奶和媽媽說應該要祈禱。

祈禱。

好像點亮蠟燭跪下來，就能讓這一切停止似的。如果天主在看著大草原的人，祂顯然是希望他們若不離開就是死。

當風暴終於平息，寂靜席捲了教室，學生們坐在那裡，飽受驚嚇、瞪大雙眼、渾身是土。

巴斯黎老師從地上的位子慢慢起身。站起後，沙土從她腿上紛紛落下，地上的沙則留下她身體的輪廓，一幅沙土畫。她走到門邊打開門，只見外面一片朗朗藍天。

蘿芮姐看見巴斯黎老師發出嘆息，鬆了口氣。呼氣卻讓她咳嗽起來。「好了，同學們。」她用粗啞的聲音說：「結束了。」

小安看著蘿芮姐，在他蒙住口鼻的方巾上方露出的半張雀斑臉，被沙土沾染成棕褐色，揉了眼睛之後，那模樣活像隻浣熊。強忍住的淚水黏掛在睫毛上，看似一顆顆泥珠。

她拉下方巾，說道：「走吧，小安。」聲音細弱沙啞。

蘿芮姐和史黛拉和小安拿起書包和空空的午餐盒，離開了教室。蘇菲亞拖著腳步尾隨在後，頭垂得低低的。

蘿芮姐緊緊握著小安的手，跨出校舍大門。

鎮上一片浩劫後的寧靜。碳弧路燈——四年前設置時，是全鎮莫大的驕傲——亮起了，因為人、車、牲口都需要藉由燈光在風暴中尋求安全。

他們沿著大街走。風滾草卡在木板道上。窗戶都用木板封起來，既是因為不景氣，也因為沙塵暴。快到火車站時，史黛拉說：「情況愈來愈糟了，蘿蘿。」說得很輕，彷彿害怕聲音一路傳到爸媽的屋子。

蘿芮妲沒能回應。馬提奈尼家的情況已經糟了許多年。史黛拉在她目送下走開，肩膀高高拱起，像是要防禦等在前方的艱辛；她越過一座被風掃到街上的新沙堆，到了轉角處轉彎，往回家的路走。蘇菲亞跟在姊姊後面。

蘿芮妲和小安也繼續走，感覺全世界只剩下他們兩人。

他們經過幾塊「出售」的牌子，掛在籬笆柱上，接下來就什麼也沒有了。沒有房子、沒有圍籬、沒有牲畜、沒有風車，只有一望無際的金褐色沙土堆塑成一座座小山與沙丘。電線桿底下也堆著沙，有一根已經倒下。

是蘿芮妲先聽到緩慢、模糊的馬蹄聲。

「媽咪！」小安喊道。

蘿芮妲抬起頭來。

媽媽駕著馬車朝他們而來；她緊繃著上身往前彎，好像想叫麥祿走快點，再快點，但那頭可憐的老閹馬就跟他們一樣又累又渴。

小安掙開姊姊的手拔腿就跑。

媽媽拉韁停馬，跳下馬車。她跑向他們，滿臉棕褐色的土，連身裙腰部以下破成一片一片，圍裙啪啪翻飛，淺淡的金髮也被土染成棕褐色。

媽媽一把抱住小安，高高托起轉圈，彷彿以為再也見不到他，一面在他全是土的臉上親個沒完。

蘿芮妲記得那些親吻；豐年時，媽媽身上有薰衣草香皂與爽身粉的味道。

如今沒有了。蘿芮妲已記不得最後一次讓媽媽親她是什麼時候的事。蘿芮妲不想要那種把人困住的愛。她希望聽到說她可以展翅高飛，可以做任何事、去任何地方——她想要父親想要的東西。總有一天，她會抽菸、上爵士酒吧、找到一份工作。變得摩登。

她母親心目中女人的地位太可悲了，蘿芮妲無法承受。

媽媽讓小安坐上前座，然後來到蘿芮妲面前站定。「妳還好嗎？」媽媽問道，同時替她將頭髮塞到耳後，她碰觸的感覺停留在那兒久久不去。

「好啊，好得很。」蘿芮妲聽見自己語氣中的尖銳。她知道現在不該生媽媽的氣——天氣又不是她能作主的——但蘿芮妲就是忍不住。她生全世界的氣，不知為何這便意味著她最氣她媽媽。

「小安好像哭了。」

「他很害怕。」

「幸好有姊姊陪著他。」

這種時候媽媽怎麼笑得出來？真教人惱火。

「妳的牙齒被土染成褐色了，妳知道嗎？」蘿芮妲說。

母親哆嗦了一下，立刻斂起笑容。

蘿芮妲傷了母親的感情。又再一次。

蘿芮妲忽然覺得想哭。趁媽媽還沒看出她情緒的波動前，蘿芮妲走向馬車後座。

「妳可以跟我們一起坐前面。」媽媽說。

「這條路往前看和往後看沒啥差別，景色永遠不會變。」

「要說『沒什麼』。」媽媽很自然地糾正道。

「喔，對啦，」蘿芮妲說：「教育最重要了。」

回家途中，蘿芮妲定定眺望著那一大片平衍曠蕩的土地。

農場車道兩旁的樹都在垂死邊緣。連年的乾熱讓樹變成病態的灰褐色，樹葉也變成黑黑、脆脆的碎屑，隨風紛飛。其中只剩三棵還勉強直立著。每根電線桿底下都堆著高高低低的沙土。田裡什麼也沒長，甚或萌芽。到處連一片青草葉也沒有，唯一可見的活植物只有俄羅斯薊（風滾草）和絲蘭。有隻動物的腐敗屍體躺在一堆沙裡——可能是長耳大野兔——一群烏鴉正在啄食。

媽媽將馬車駕進院子後停下。麥祿用蹄子刨了刨硬土。「蘿芮妲，妳把麥祿牽去安頓好。我去拿醃檸檬做檸檬汁。」媽媽說。

「好啦。」蘿芮妲鬱鬱地說。她爬下馬車拉起韁繩，牽著馬與馬車走向穀倉。

可憐的麥祿幾乎走不動了，蘿芮妲忍不住為這頭紅棕色閹馬感到難過，牠曾經是她在這世上最好的朋友。「沒關係的，兄弟。我們的感覺都一樣。」

她輕撫牠絲絨般柔滑的鼻口，一面回想起爹地教她騎馬的那天。那是個充滿幸福喜悅的青鳥日，四周圍的麥田有如一片黃金海。她很害怕，害怕得不得了，因為要爬那麼高坐上大人尺寸的馬鞍。

爹地扶她上馬，小聲地說「別擔心」後，便退到媽媽身邊，媽媽看起來跟蘿芮妲一樣緊張。

蘿芮妲一次也沒有摔下馬。爹地說她是天生好手，吃晚餐時還告訴家人說蘿芮妲是他有生以來所見過最厲害的小小女騎士。

蘿芮妲牢牢記住他的讚美，並漸漸讓自己不負所望。在那之後的數年間，她和麥祿始終形影不離。只要可以，她都會在牠的欄舍裡做功課，和牠一塊兒嚼著她從菜園摘來的紅蘿蔔。

「我很想你，兄弟。」蘿芮妲摩挲著馬頭的側邊說道。

馬兒噴了口氣，一坨溼溼、沙沙的黏液落在蘿芮妲裸露的手臂上。「噁。」

蘿芮妲打開穀倉的雙扇門。這裡是她爺爺最引以為傲為喜的地方；大大的穀倉裡有個寬闊的中央通道，用來停放拖拉機和貨車，兩側各有兩個欄舍——一邊關馬，一邊關牛——各自通往一處戶外圍欄。閣樓上曾一度堆滿一綑綑芳香新鮮的乾草，如今正快速消失中。大家都知道那裡，那座閣樓，是她爹地最喜愛的藏身處；他喜歡坐在那上頭抽菸、喝酒、作他的春秋大夢。最近他待在那裡的時間愈來愈多。

蘿芮妲替馬解下馬具時，聞到輪胎的橡膠味、引擎的金屬臭味，摻合著香甜乾草與馬糞那令人舒心的氣味。在最裡邊並排的馬欄裡，他們的另一匹閹馬布魯諾輕輕噴著鼻息打招呼，同時用鼻子碰撞欄舍的門。

「我去給你們拿點水來。」蘿芮妲說著從麥祿口中取下黏糊糊的馬嚼子，並將牠牽進牠的欄舍，靠後面、通往戶外圍欄的那間。

當她關上欄舍門，放下門栓，忽然聽到有個聲音。

是什麼？

她走出穀倉，來到外面，四下環顧。

又來了。一個低沉的隆隆聲。不是打雷。天空裡沒有一片雲。

她腳下的地面在震動，發出響亮的、嘎吱嘎扎的碎裂聲。

土地裂了開來，一道彎曲蛇行般的巨大裂縫。

轟。

沙塵噴射入空，土壤陷落進新的罅隙中，裂縫側面崩塌瓦解。有一部分鐵絲網圍籬落進了裂口。從主要開口又裂出新的縫來，有如樹幹開枝散葉。

院子裡出現一道十五米長的之字形裂縫。崩落的泥土側面冒出枯死的樹根，宛如一隻隻骷髏手。蘿芮妲驚恐地注視著。她聽過關於這個的傳說，說土地乾到裂開來，但她以為那只是神話……現在，枯竭的不只有牲畜和人了。土地本身也瀕臨死亡。

●

蘿芮妲和爹地在他們最心愛的地方，並肩坐在風車巨大扇葉底下的平臺上。當天空在夜幕降臨前最後一刻轉紅之際，她能看見她所知道的世界的最盡頭，同時想像著再過去有些什麼。

「我想看大海。」蘿芮妲說。這是他們常玩的遊戲，試著想像自己有朝一日會過的不同生活。她已經記不得是什麼時候開始的，只知道最近覺得更需要這麼做，因為父親有新的憂傷。至少感覺是新的。有時候她會心想，也許父親的憂傷始終都在，只是現在她終於長大，能夠看得出來。

「妳會的，蘿蘿。」

通常他會說：**我們會的**。

他身子往前一軟，將前臂搭放在大腿上。濃密的黑髮呈凌亂的波浪狀掉落在他開闊的額頭上；他兩側的頭髮剪得很短，但媽媽沒時間仔細剪，邊緣有點不整齊。

「你想去看布魯克林大橋的，記得嗎？」蘿芮妲說。想到父親不快樂，她很害怕。這陣子她幾乎都沒能陪他，在這世上她最愛的就是他了，是他讓她覺得自己很特別，前程似錦。是他教會她要有夢想。他和她那個不苟言笑、役畜似的媽媽截然不同，媽媽只會整天孜孜矻矻地做苦工，從來不懂得玩樂。她和爹地，甚至連長相都神似。大家都這麼說。同樣的濃密黑髮與骨架細緻的臉蛋，同樣豐滿的嘴唇。蘿芮妲唯一遺傳自母親的就是她的藍眼睛，但即便有母親的眼睛，蘿芮姐眼中的世界卻和父親一樣。

「當然了，蘿蘿。我怎麼可能忘記？妳和我總有一天會看到外面的世界。我們會站上帝國大廈的樓頂，或是去好萊塢大道看電影首映。咳，說不定我們還會……」

「拉菲！」

媽媽站在風車底下，抬頭往上看。繫著褐色頭巾、穿著麵粉袋連身裙與鬆垮褲襪的她，看起來簡直和奶奶一樣老。她一如往常，站得直挺挺，貫徹一種不屈不撓、嚴酷無情的姿態：肩膀往後挺、脊柱打得筆直、下巴上揚。幾縷玉米鬚般的淡金色細髮從頭巾底下竄出。

「嘿，愛瑟，被妳找到了。」爹地衝著蘿芮姐露出心照不宣的微笑。

「你爸爸想讓你趁著現在還涼爽去幫他澆水。」媽媽說：「而且我知道有個丫頭還有活兒要做。」

爹地用肩膀撞了一下蘿芮姐的肩膀，隨即爬下風車，每踩一步，木板就咿呀作響搖搖晃晃。爬到剩最後幾呎時，他一躍而下，面向媽媽。

蘿芮姐跟著他爬下來，只是速度不夠快，到達地面時，父親已經朝穀倉走去。

「妳怎麼就不能讓人快活一下呢？」她對母親說。

「我希望妳和妳爸爸都能快活，蘿芮姐，可是我已經累了一整天，我需要妳幫忙去收衣服。」

「妳真的是壞透了。」蘿芮姐說。

「我沒有，蘿芮姐。」媽媽說。

蘿芮姐聽出了母親受傷的口氣，卻不在乎。她那股隨時可能爆發的怒氣急速高漲，無法控制。「妳就不在乎爹地不開心嗎？」

「生活本來就艱難，蘿芮姐。妳必須比它更強悍，否則它會讓妳徹底變一個人，就像妳父親一樣。」

「讓爹地傷心的不是生活。」

「是嗎？既然妳這麼見多識廣，那妳告訴我，是什麼原因讓妳爸爸不快樂？」

「是妳。」蘿芮姐說。

8

陰涼處也有四十度，井水都快乾了。蓄水池的水必須謹慎地省著用，用水桶一桶一桶提回屋裡來。到了晚上，再盡可能地餵牲畜喝水。

愛瑟與蘿絲費盡心思照顧的蔬菜都死了。經過昨天的風沙與酷熱陽光，每株植物若非被連根拔起就是枯萎乾死。

她聽見蘿絲來到她身旁。

「澆水也沒用了。」愛瑟說。

「是啊。」

她聽出婆婆語氣中的心碎，真希望能說點安慰的話。

「妳今天怎麼這麼安靜。」蘿絲說。

「不像平常那麼聒噪，對吧？」愛瑟不想談這個，便試圖轉移話題。

蘿絲用肩膀撞一下愛瑟的胳膊。「告訴我出了什麼事。當然，明擺著的就不用提了。」

「蘿芮妲在生我的氣。無時無刻。我發誓，我都還沒開口，她就開始氣我要說的話了。」

「她這年紀就是這樣。」

「我覺得不只是年紀。」

蘿絲凝望著荒蕪的田地。「我兒子，」她說：「stupido（蠢小子）。他讓蘿芮妲滿腦子夢想。」

「他不快樂。」

「呸，」蘿絲不耐地說：「誰不是？看看現在什麼景況。」

「我的父母，我的家人。」愛瑟輕聲說。這是她鮮少提及的事，太過深刻的痛苦，無法言說，何況說出來也改變不了什麼；而最近蘿芮妲對愛瑟的想法，喚起了她年少時所有心痛往事的記憶。愛瑟想起當日她帶著包得一身粉紅的蘿芮妲回娘家，希望自己的婚姻能讓父母重新接納她。愛瑟花好幾個星期替寶寶做了一件可愛的粉紅連身裙，還縫上蕾絲邊，又織了一頂樣式相搭的帽子。最後，她借來貨車，獨自開往達爾哈特，來到後門邊停下。每分每秒她都記得一清二楚：**走過步道；玫瑰的香氣。百花齊放。晴朗的藍天。群蜂繞著玫瑰嗡嗡飛鳴。**

她覺得既緊張又自豪。如今她已為人妻，還生了個可愛漂亮的小女兒，連素昧平生的人見了也都這麼稱讚。

敲門。鞋跟踩在硬木地板的腳步聲。母親來開門，一身盛裝準備上教堂，還戴了珍珠首飾。父親穿著褐色套裝。

「你們看，」愛瑟露出顫巍巍的笑容說，不由自主地熱淚盈眶。「我女兒，蘿芮妲。」

母親伸長脖子，凝神俯視蘿芮妲完美無瑕的小臉蛋。

「你看，尤金，她皮膚黑得跟什麼似的。這丟臉的東西拿走吧，愛瑟諾兒。」

門，砰地關上。

愛瑟下定決心從此不再見他們或是和他們說話，但儘管如此，他們的缺席仍帶給她一份抹不去的傷痛。

即使明知不智，你似乎就是無法停止愛某些人，或是需要他們的愛。

「妳的家人怎麼樣？」蘿絲仰頭看著她說。

「他們不愛我。我一直都不知道為什麼。但現在蘿芮妲變得這麼容易生氣，不知道是不是因為她也和他們一樣看我。在他們眼中，我也從來都一無是處。」

「妳記得蘿芮妲出生那天我跟妳說了什麼嗎？」

愛瑟幾乎面露微笑。「說她對我的愛永遠無人可比，而且會讓我發瘋，會試煉我的靈魂？」

「Si（對）。妳看到我說得多有道理了嗎？」

「一部分吧，我想。她確實傷透了我的心。」

「是啊，我也是我可憐的媽媽的試煉。愛，在她生命的起點和妳生命的終點到來，天主就是這麼殘酷。妳的心，被傷到不能愛了嗎？」

「當然沒有。」

「那就繼續吧。」她聳聳肩，彷彿在說：**母愛啊**。「我們哪有得選呢？」

「只是……很痛。」

蘿絲沉默片刻，最後才說：「是啊。」

遠處田裡，東尼和拉菲正賣力地將冬麥種入表層像麵粉、底下卻硬邦邦的土裡。這三年來，他們種下麥子祈求下雨，但雨水實在太少，根本長不出作物。

「這一季會好轉的。」蘿絲說。

「我們還有牛奶和蛋可以賣。還有肥皂。」小小恩典都值得慶幸。愛瑟和蘿絲將各自的樂觀結合成共同的希望，這樣的結合會更有力、更持久。

蘿絲伸手摟住愛瑟的腰，愛瑟倚靠著這個比自己矮小的婦人。自從蘿芮妲出生那一刻起，這許多年來，每遇到重要關頭，蘿絲便成了愛瑟的母親。儘管她們沒有將愛說出口，也沒有利用漫長、由衷的對話分享自己的感覺，那份牽繫仍在。扎扎實實。她們以不慣於交談的女性特有的沉默方式，將彼此的生命交織在一起。日復一日，她們一起做活、一起祈禱，一起透過農家生活的辛勞維繫這個人數不斷增加的家庭。當愛瑟失去第三個孩子——是兒子，一口氣都沒吸到就走了——是蘿絲摟著愛瑟任由她哭，一面說：**有些生命不是我們能抓得住的；天父作選擇不會找我們商量**。蘿絲第一次提起她自己失去的孩子，也讓愛瑟知道只要一天度過一天、一個活兒接著一個活兒地做，就能承受得了悲傷。

「我去餵牲口喝水。」愛瑟說。

蘿絲點點頭。「我去看能不能挖到點什麼。」

愛瑟從門廊抓起一只金屬桶子，擦去桶內的砂粒。到了壓水井旁，她戴上手套，以防手被炙熱的金屬燙傷，然後打了一桶水。

她小心翼翼提著水不斷晃動的桶子回屋，唯恐灑出任何寶貴的一滴，接近穀倉時聽到一個聲音，好像鋸子在鋸金屬。

她放慢腳步，側耳傾聽，又聽到了。

她放下水桶，繞過穀倉轉角，看見拉菲站在地面的新裂縫旁，兩隻手臂撐靠在一支耙子的柄頭上，帽子拉得低低的遮住了沮喪的臉。

在哭。

愛瑟走過去，靜靜地站在他身邊。話語對她而言從非易事，尤其是面對他。她總害怕說錯話，本想拉近距離卻反而將他推得更遠。他和蘿芮妲一樣，充滿善變的情緒，經常動不動就發脾氣。那些情緒她既無法馴服也無法理解，讓她感到恐懼。因此她閉口不語。

「我不知道這一切我還能忍受多久。」他說。

「很快就會下雨的，你等著看吧。」

「妳怎麼不會崩潰？」他反手擦拭淚水說道。

愛瑟不知道如何回答。他們為人父母的，必須為了孩子而堅強。或者他這話有其他意思？「因為孩子需要我們不能崩潰。」

他嘆了口氣，她知道自己說錯話了。

●

那年九月，酷熱叱吒大草原，日復一日、週復一週，燒盡了夏日殘存的一切。

愛瑟再也睡不好，其實是再也睡不著。她不斷受到噩夢煩擾，夢見飢餓瘦弱的孩子和奄奄一息的作物。牲畜——兩匹馬和兩頭牛，全都骨瘦如柴——僅靠著吃長滿刺的野生俄羅斯薊維生。先前收割的少量乾草差不多都沒了。牲畜往往一站就是幾個小時，好像深怕動一步就會要牠們的命。一天當中最熱的時候，氣溫高過四十六度，牲畜的眼神會變得呆滯渙散。有餘力時，家人會提水到圍欄裡來，但總是太少。從井裡打上來的每滴水都得小心保存。雞隻鮮少走動，太過昏昏沉沉了，牠們靜靜窩在土裡，有如一堆堆羽毛，就連受到驚擾時也懶得啼叫。母雞還是會下蛋，每一顆都像金塊一般，只不過愛瑟很怕每一顆都可能是最後一顆。

今天，一如大多數清晨，雞鳴前她就醒了。

她躺在床上，盡可能不去想枯死的菜園或乾涸的地面或即將來臨的冬天。當日光開始從窗口流瀉而入，她坐起身讀了一章《簡愛》，讓熟悉的字句緩和撫慰她的心緒。接著她擱下小說下床，小心地不吵醒拉菲。更衣後，她低頭凝視熟睡的丈夫片刻。昨夜他在穀倉待到很晚，好不容易才帶著一身威士忌酒味，跌跌撞撞地爬上床。

她也感到浮躁不安，但他們倆都沒有向對方尋求慰藉。不知道該怎麼做吧，她心想；他們從未學會互相安慰。也或許當生活如此惡劣，根本無從得到安慰。

她只知道她原本對他還有一丁點微不足道的掌握，如今漸漸鬆開了。過去幾個星期，她注意到他有多麼頻繁地迴避她。是從沙塵暴毀了田地，讓他們的工作量倍增之後嗎？還是從他和父親一起種冬麥之後？

他會熬夜，像讀冒險小說似地讀報紙，凝視窗外，研究地圖。當他終於踩著蹣跚的腳步上床後，總會翻身背對她，然後沉睡到不省人事，有時候她真怕他半夜死去。

昨晚，一如多半時候，當他終於上床，她躺在黑暗中，滿心渴望他轉過來觸摸她，但即使他這麼做了，他們倆依然不會得到滿足。他們親熱時，他從不會開口，甚至不會輕聲呢喃自己的需求，而且總是草草了事，彷彿還沒開始就後悔了。有時候行房過後，愛瑟反而覺得更孤獨。他說他不碰她是因為她太容易受孕，但她知道事實更加黑暗。一如既往，追根究柢還是因為她缺乏女人味。他當然難以對她產生慾望。而且很明顯地，她床上表現並不好，他才會如此倉卒了事。

早些年，她曾經在夢中大膽地採取主動，改變他們觸摸彼此的方式，用她的手和口探索他的身體；接著醒來後，她感到沮喪，內心更充滿她無法表達也無法說與人知的慾望。多年來她都在等著他看到這一點，看到**她**，對她示愛。

然而最近，那個夢感覺好遙遠。也或許這些日子，她只是太累、太精疲力竭，而不敢相信夢會成真。

她離開臥室走過走廊，每經過孩子的房門就停下來往裡看。他們安詳熟睡的臉讓她的心揪了起來。在這種時候，她會想起蘿芮姐小時候快活的樣子，總是笑口常開，總是張開雙臂討抱。當時愛瑟是這世上蘿芮姐最喜歡的人。

她走進廚房，聞到咖啡與烤麵包香。她的公婆也已經不再睡覺，他們跟她一樣，緊巴著未經證實的希望與信念，認為更努力工作也許能獲救。

她給自己倒了杯黑咖啡，很快地喝完後洗了杯子，然後套上褐色鞋子——鞋跟幾乎都磨平了——抓起遮陽帽。

到了外頭，她瞇起眼睛看著豔陽，舉起戴上手套的手遮在眼睛上緣。

東尼已經開始幹活，趁著一大早天氣相對還算涼快。他在收集乾草——實在少得可憐——之所以要趁早是因為擔心下午才做會把馬兒熱死。那兩匹閹馬的動作一天比一天慢，有時候光聽到牠們發出幽長的飢餓哀鳴，便足以讓愛瑟悲泣。

愛瑟朝公公揮手，他也朝她揮揮手。她繫好帽帶，很快去了一趟茅房之後，便一桶一桶地提水到廚房準備洗衣服。現在已經沒有理由給蘭花或菜園澆水了。提完了水，她雙臂發疼開始冒汗，最後才去自己的小園子。她在廚房窗戶正下方挖了一塊方地，處於一片狹窄的清晨涼蔭中。由於面積太小，種不了什麼有價值的東西，她便種下一些花種子，只是希望有點綠意，甚至於一抹色彩。

她蹲在粉狀土壤前，重新排放原本圍成半圓替園子劃界的石頭。最近那陣風吹跑了幾顆石頭，而正中央，她那株寶貴的白花紫菀依然屹立，除了細細長長的褐色莖桿，還有傲然不屈的綠葉。

「只要挺過這波熱浪，很快就會轉涼了。」愛瑟說著往土壤倒了幾滴珍貴的水，看著土色即刻變黑。「我知道你想開花。」

「又在跟妳的小朋友說話了？」

愛瑟往後坐到腳跟上，抬起頭來，一時間被燦爛陽光刺得睜不開眼。

拉菲就站在黃色光圈中。最近他幾乎都懶得刮鬍子，下半邊臉上布滿濃密的深色鬍碴。

他在她身旁一腳蹲跪下來，一手搭著她的肩。她可以感覺到他手心微溼，手也因為昨晚喝了酒微微顫抖。

愛瑟忍不住倚向他碰觸的手，只求能感受到他的掌握透著一絲占有慾。

「要是我進房時吵醒了妳，很抱歉。」他說。

她轉過頭，草帽邊緣碰到他的帽沿，發出摩擦聲響。「沒關係。」

「真不知道妳怎麼能忍受這一切。」

「這一切？」

「我們的生活。挖一些沒價值的東西。挨餓。看到孩子瘦成那樣。」

「我們擁有的比現在很多人都多了。」

「妳想要的太少了，愛瑟。」

「你說得好像這是壞事。」

「妳是個好女人。」

這話被他說得也像是壞事。愛瑟不知如何回應，在她困惑沉默中，他慢慢地、疲憊地站起身來。

她站在他跟前，斜仰起臉。她知道他眼中看見什麼：一個毫無女人味的高大女子，皮膚晒傷脫了皮，嘴巴太大，眼睛彷彿飲下了天主分給她的全部色彩。

「我得去幹活了。」他說：「真要命，都熱到沒法呼吸了。」

愛瑟凝視著他的背影暗忖：**回頭看，笑一笑**，但他沒有，最後她不再等待，便進屋準備洗衣服去。

頭一次慶祝先驅日是在一九〇五年，當時孤樹鎮還是一大片藍綠色的野牛草地，XIT牧場也還僱用了上千名牛仔。許多自耕農被宣傳手冊吸引而來，因為冊子裡說這塊地上可以種出大如嬰兒車的包心菜，還有麥子。全都不需要灌溉。說是叫作旱作農業，他們得到這樣的保證。

還真的呢。

蘿芮妲十分確定，開派對其實是人們在讚頌自己。

「妳很漂亮。」媽媽也沒敲門就走進蘿芮妲的房間，說道。蘿芮妲見她闖入，立刻感覺一陣惱火，但她按捺住，沒有怒斥母親不尊重隱私。

媽媽來到她身後，有一會兒工夫，兩人的臉同時出現在蘿芮妲的洗臉架上方的鏡子裡。蘿芮妲膚色黝黑，一頭黑色齊短髮，對照之下，媽媽更顯蒼白。為什麼媽媽怎麼也晒不黑，只會晒傷脫皮？她甚至懶得整理頭髮，只會編成辮子盤到頭上。即使現在日子不好過，史黛拉的媽媽也都會化妝，還會給頭髮上夾燙捲。

媽媽根本沒有**試著**讓自己變好看。她穿的連身裙——碎花圖案的麵粉袋家居便服，上半身還扣了整排鈕釦——至少大了一號，只是更加凸顯她的高瘦。

「對不起，沒能給妳做件新衣或至少給妳買雙襪子。明年吧，等下雨以後。」

蘿芮妲無法想像母親怎麼還能說出這些話。蘿芮妲抽離身子，將齊下巴短髮好不容易弄出的波浪捲撫平，又撥亂劉海。「爹地呢？」

「他在準備馬車。」

蘿芮妲轉身。「史黛拉能不能留下來過夜？」

「當然可以。」媽媽說：「不過妳早上要做的活兒還是得做。」

蘿芮姐高興極了，竟然抱住媽媽，但媽媽回抱得太久、太緊，把氣氛給破壞了。

蘿芮姐掙脫開來。

媽媽顯得傷心。「下樓去吧，」她說：「去幫奶奶打理食物。」

蘿芮姐衝出臥室，匆匆下樓到廚房去，奶奶已經忙著打包那鍋義式雜菜湯。桌上還有一大盤她做的甜凝乳餡點心捲在等著。這兩樣東西都只有其他義大利人家會吃。

蘿芮姐用擦碗巾蓋住點心盤，端出去上馬車。她爬上後座，貼靠著父親坐，父親伸出手臂緊摟著她。奶奶和爺爺坐在前面，媽媽最後一個爬上馬車後座。

小安挨在媽媽身旁說個不停，快到鎮上時，他尖銳的嗓音更加興奮地往上揚。她發現到，爹地安靜得很不尋常。

孤樹鎮出現在天邊，一個小不拉嘰的城鎮蹲踞在一片平坦如桌板的平原上，四周空無一物。只有水塔高高矗立，頂著萬里無雲的藍天。

有一度，鎮上盛行愛國主義。蘿芮姐還記得當時每次的鎮民聚會，上了年紀的男人總愛談論大戰的事，說誰去打仗、誰丟了性命、誰種麥子供養軍人。那個時候，先驅日便是用來表達農民的自豪，稱頌他們的勞苦。**美國人！繁盛昌隆！**他們在大街的店門外掛起紅、白、藍色彩旗，在花盆裡插上美國國旗，並用油漆在窗子寫上愛國標語。男人們聚在一起喝酒抽菸，為了打贏戰爭並將牧場變成農地互相道賀。他們喝著自家釀的酒，拉小提琴彈吉他，所有辛苦活兒都是女人在做。

總之在蘿芮姐看來是如此。節日前一個星期，媽媽和蘿絲奶奶煮了更多東西、做了更多自製義大利麵、洗了更多衣服，還得縫綴修補家人要穿的每件衣服。無論時局多艱困、手頭多緊，媽媽都希望自己的孩子體體面面。

今天沒有掛彩旗（太熱的關係吧，她猜想，不然就是有哪個女人終於說：**幹麼那麼麻煩？**），花盆裡沒有花或旗子，也沒有愛國標語。蘿芮妲倒是看見火車站聚集了許多無業遊民，他們穿得一身破爛，褲子後口袋往外翻，展示所謂的「胡佛旗」（空空如也的口袋）。有破洞的鞋子叫胡佛鞋。誰都知道經濟大蕭條要怪誰，卻不知如何補救。

達——達——達地經過大街。街上只停了兩輛汽車，車主都是銀行主。近日來他們被叫作銀行土匪，因為他們騙取辛勤農民的土地，然後宣告破產關門大吉，將大夥兒以為安全無虞的錢占為己有。

爺爺駕著馬車來到校舍前停下。

蘿芮妲聽到音樂聲從敞開的大門飄送出來，還有重重踩踏的腳步聲。她立刻跳下馬車，奔入校舍裡頭，派對已經**開始**了。一個臨時湊合的樂隊在角落裡演奏，還有幾對男女在跳舞。右手邊是餐點桌。擺出來的食物不多，但經過連年乾旱，蘿芮妲知道這是婦人們擔心不已、拚死拚活弄出來的大餐。

「蘿芮妲！」

蘿芮妲看見史黛拉朝她走來。與平日一樣，廳裡只有史黛拉和妹妹蘇菲亞兩個女孩穿著漂亮的宴會新衣。

蘿芮妲感覺到一絲嫉妒，但隨即拋到腦後。史黛拉是她最好的朋友。衣服算什麼？

蘿芮妲和史黛拉一碰面便和平常一樣，拉著手，頭傾斜相倚。

「欸，有什麼好事，看妳高興的？」蘿芮妲盡量裝出「妳瞞不了我」的口氣。

「我功課都殿後了，妳不知道嗎？」史黛拉回答。

史黛拉的父母來到兩個女孩身後，停下來與馬提奈尼家人說話。

蘿芮妲聽見戴弗若先生說：「我又收到我姊夫的明信片，說奧勒岡有鐵道工作。你們應該考慮一下，東尼，拉菲。」

好像女人都沒有想法似的。

她爺爺回答說：「誰要走我都不怪他們，雷夫，但我們就不必了。這塊土地……」

又來了。土地。

蘿芮妲拉著史黛拉離開這些大人。

小安從她們旁邊跑過去，戴了一副防毒面具，活像隻昆蟲。他撞到蘿芮妲，咯咯一笑又跑開來，兩隻手臂張得開開的好像在飛。

「紅十字會捐了一大箱防毒面具給銀行——給孩子們在沙塵暴的時候戴。我媽今晚會發給大家。」

「防毒面具，」蘿芮妲搖著頭說：「我的天哪。」

「我爸說情況愈來愈糟了。」

「**別**談防毒面具了，這是派對啊，拜託。」蘿芮妲說著拉起史黛拉的雙手。「我媽說妳今晚可以在我們家過夜。我去圖書館借了幾本雜誌，裡面有克拉克．蓋博的相片，保證迷死妳。」

史黛拉將手抽回，別過頭去。

「怎麼了？」

「銀行要關門了。」史黛拉說。

「噢。」

「我姑丈吉米——就是在奧勒岡波特蘭那個。他寄了張明信片給我爸，說鐵路公司好像在雇人，而且那裡沒有沙塵暴。」

蘿芮妲後退一步。接下來的話她不想聽。

「我們要離開了。」史黛拉說。

9

蘿芮妲從臥室窗口探出身子，沮喪地放聲吶喊。底下的雞隻咯咯叫著回應。「飛走吧，你們這群笨鳥。你們看不出我們快死在這裡了嗎？」

史黛拉要離開了。

蘿芮妲在孤樹鎮最要好，也是唯一的朋友要走了。

房間的牆壁彷彿慢慢朝她靠攏，空間變得好小好小，讓她喘不過氣。她下樓，屋裡靜悄悄，沒有風戳著縫隙，沒有木板沉降落定的聲音。

她輕易地在黑暗中移動。上個月解除了共用電話——付不出錢——如今他們真的是孤伶伶了。她找到前門，走出門外。月亮散發皎潔光芒，照在穀倉屋頂上一片銀燦燦。

她聞到被太陽晒得乾硬的土味，隱隱約約的雞糞味，還有……菸味？她跟隨著那氣味繞過農舍側邊。在風車底下，她看見香菸頭的紅光亮起、暗去又再度亮起。**爹地**。原來他也睡不著。

她走近後，看到他兩眼發紅，臉頰上留著淚痕。他就這樣一個人在這黑暗中抽著菸掉淚。「爹地？」

「嘿，寶貝。被妳逮到了。」

他試著裝出若無其事的口吻，但假裝得太明顯，反而讓她更難受。假如她相信有哪個人不會對她有所隱瞞，那就是她父親。不料現在情況竟糟到讓他哭了。

「你有聽說戴弗若家要離開了嗎？」

「對不起，蘿蘿。」

「**對不起對不起**，我都聽膩了。」蘿芮妲說：「我們也可以離開。跟戴弗若家、曼格家、穆爾家一樣，走就對了。」

「今晚的聚會上，大夥兒都在談離開的事。大部分人跟妳爺爺奶奶一樣，寧可死在這裡也不走。」

「他們知不知道我們可能**真的**會死在這裡？」

「噢，他們知道的，相信我。今晚妳爺爺說，這是他的原話：**各位，把我埋在這裡吧，我不會走。**」他吐了口煙。「他們說這是為了我們的未來。就好像我們一輩子所能期盼的只有這一小塊土地。」

「也許我們能說服他們離開。」

父親笑道：「也許麥祿能長出翅膀飛走呢。」

「我們能不能自己離開？好多人都走了。你老是說這裡是美國，什麼事都有可能。我們可以去加州，或者你可以去奧勒岡找鐵道工作。」

蘿芮妲聽見腳步聲。不多久，媽媽出現了，穿著她的破舊長袍和工作靴，一頭細髮亂七八糟。

「拉菲，」媽媽似乎鬆一口氣，好像覺得他可能跑了。媽媽把爹地，以及他們每個人盯得這麼緊，真是可悲，與其說是母親倒更像警察，凡事一扯上她就毫無樂趣可言。「我醒來沒看見你，我還以為……」

「我在這裡。」他說。

媽媽的微笑單薄得一如她其他的一切。「進來吧，你們兩個。很晚了。」

「好的，小愛。」爹地說。

蘿芮妲最討厭爸爸說起話來那麼喪氣，最討厭有媽媽在，他就熱情盡消。她那副久經折磨的哀傷表情，吸走了所有人的生命力。「全都是妳害的。」

媽媽說：「這下又要怪我什麼了，蘿芮妲？天氣？大蕭條？」

爹地碰了碰蘿芮妲，搖搖頭。**不要**。

媽媽等著蘿芮妲開口等了一會兒，才轉身回屋。

爹地隨後跟去。

「我們可以離開的。」蘿芮妲對父親說，父親繼續走，像是沒聽見。「什麼事都有可能。」

●

次日早晨，愛瑟天未亮便醒來，發現拉菲的床位是空的。他又去穀倉睡了。最近他寧可睡穀倉也不願跟她在一起。她嘆了口氣，換好衣服走出房間。

陰暗的廚房裡，蘿絲站在木製洗滌槽前，兩手深深浸在她從井裡打上來倒入槽內的水中。旁邊檯子上放了布巾，上頭晾著一只有裂痕的攪拌大碗。那些布巾是愛瑟夜裡就著燭光，用拉菲最喜愛的顏色，一針一線縫製而成。她原以為打造一個完美的家便能造就美滿婚姻。散著薰衣草香的乾淨床單、刺繡枕頭、手織圍巾，她投注無數時刻在這些家務上，付出全心全意，用針線傳達她說不出口的話。

一壺咖啡在柴爐上燒著，送出陣陣撫慰人心的香氣。桌上放了一大盤方形鷹嘴豆油炸餅，還有一湯匙橄欖油在爐子上的鑄鐵鍋裡嗶剝響。另一旁，鍋裡煮的燕麥粥已經滾沸。

「早。」愛瑟說。她從抽屜取出鍋鏟，將兩塊油炸餅下油鍋。這些就是午餐，當成三明治吃，再擠上幾滴寶貴的醃漬檸檬汁。

「妳好像很累。」蘿絲不無關心地說。

「拉菲都睡不好。」

「要是晚上別在穀倉喝酒，可能會有幫助。」

愛瑟給自己倒了杯咖啡，斜靠在貼著洋薔薇圖案壁紙的牆上。她留意到地板角落處的油氈翹起來了。接著她將油炸餅翻面，看見表面已炸出漂亮的褐色脆皮。

蘿絲來到她身邊，接手油炸工作。

愛瑟動手拆除奶油攪拌器。這些零件需要清洗、用滾水消毒，並精確地依序重組後收起來待下回使用。要想心無旁騖，做這種活兒再適當不過。

一條蜈蚣從藏身處爬出來，掉落到料理檯上，愛瑟拿出一對刀子，三兩下將牠剁碎。與蜈蚣、蜘蛛及其他昆蟲分享住家已成為日常。大草原上的每樣生物都在尋找躲避沙塵暴的安全處所。

她二人在友善的靜默中忙碌著，直到太陽升起，孩子們搖搖晃晃走出臥室。

「我來替他們弄吃的，」蘿絲說：「妳要不要拿點咖啡去給拉菲？」

被婆婆看穿心思的愛瑟心存感激，微笑著說：「謝謝。」隨即替丈夫倒一杯咖啡，走出屋外。

在清朗無雲的矢車菊藍天上，太陽呈現一片耀眼的黃光。她不去注意最近土地的毀損——圍籬柱斷裂、風車損壞、土堆愈來愈高大——反而專注於好消息。要是動作快一點，今天應該可以洗衣服，將所有衣物漂得潔白如新。不知怎地，披在晾衣繩上的乾淨床單總能讓她精神為之一振。或許只是因為想見自己完成了一件能改善家人生活的事吧，哪怕誰也沒發現。

東尼人在風車上頭修理葉片，鐵鎚**砰、砰、砰**的聲音回響在無邊無際的棕色草原上。

拉菲卻是在一個她萬萬想不到的地方：家族墓園。那是一小塊棕褐色的地，四周圍著歪歪倒倒的矮柵欄。裡面曾經是一個漂亮園地，粉紅色牽牛花爬滿白色柵欄，遍地鋪著藍綠色的野牛草。以前每個星期天愛瑟都會在這裡待上一小時，雨、雪、暑熱無阻，但最近不那麼常來了。一如往常，那些墓碑讓她想起死去的兒子，想起他還在腹中時她為他編織的夢，以及那份隨著歲月漸漸緩和卻始終揮不去的痛苦。

她打開斜掛在壞掉的鉸鏈上的柵門。有十來根白色木樁倒在地上，有些斷了，還有些被肆虐強風拔起。土地上豎立著四座灰色墓碑，有三座是蘿絲與東尼的孩子——全是女兒——一座是羅倫佐……

拉菲跪在兒子的墳前。**羅倫佐．瓦特．馬提奈尼，一九三一年生，一九三一年卒。**

愛瑟在他身旁蹲下，一手搭在他肩上。

他轉過頭來。她從未見過他如此痛苦的眼神，即使埋葬剛出生的兒子時也不曾見到。將孩子沒了呼吸的小小身軀抱在懷裡，為痛失親兒哭泣的拉菲，當時年僅二十八歲。就愛瑟所知，他從未到這裡來過，從未跪在這座墳前。

「我也想念他。」愛瑟說得有些支吾。

「這星期，歐洛夫老頭把他最後一頭牛給宰了。那可憐的傢伙全身是土。」

「是啊。」愛瑟見他轉移話題，覺得古怪，皺起眉來。

「小安問我為什麼他老是肚子痛。我怎麼能告訴他這塊土地正在慢慢殺死他？」他起身，牽起她的手，拉她站到自己身旁。「我們走吧。」

「走？」

「往西走。到加州去。每天都有人離開。聽說可以找到鐵道工作。而且說不定我符合羅斯福那個新政策的資格，那個保育團。」

「我們沒有錢加油。」

「可以用走的。可以跳火車。也可以搭便車。我們會到得了。孩子們很堅強。」

「**堅強？**」她掙開他的手，後退一步。「他們沒有合腳的鞋，我們沒有錢，沒有食物。你也看過胡佛貧民村的照片，知道外頭是什麼光景。安塞尼才七歲，你覺得他能走多遠？你要他跳上行駛中的火車？」

「加州不一樣，」他頑固地說：「那裡有工作做。」

「你爸媽不會離開的，你明知道。」

「我們可以自己去吧？」他這是問句，不是直述，而她看得出來即使只是一問，他已羞愧得無地自容。

「自己去？」

拉菲用手梳一下頭髮，雙眼望向枯死的麥田與已存在這塊土地上的墳墓。「這該死的風和乾旱會要了他們的命。還有我們的命。我再也受不了了，我受不了了。」

「拉菲……這不是你的真心話。」

這塊土地是他的祖業，是他們的未來，他們孩子的未來。孩子們會在這塊土地上長大，始終知道自己的歷史，知道自己是誰、祖先是誰。他們會習得一整天辛勤勞動後所獲得的驕傲感。他們會屬於某個地方。拉菲不知道沒有歸屬感的感覺，那種痛，但愛瑟從小就知道，她絕不會讓孩子感受到那種哀痛。這裡是**家**。他得知道艱苦的日子會結束，土地是長久的，家人是長久的，他怎能以為可以把東尼和蘿絲丟在這裡一走了之？太沒良心，太不可思議了。「等下了雨……」

「拜託，我恨透這句話了。」他說道，她從未聽過他如此苦澀的語氣。

她在他眼中看見莫大的苦悶，看見失望、憤怒。

愛瑟想伸手摸他，卻又不敢。「**我愛你**」燒灼著她乾燥的喉嚨。「我只是覺得……」

「我知道妳在想什麼。」

他頭也不回地走開了。

●

離開。就這麼拋棄這塊土地，兩手空空地走開。

真的得用**走的**。數小時後，夜都深了，她還想著這件事。

她無法想像去加入那群往西行，沒有工作、沒有家的遊民與移民。她聽說跳上火車很危險，腿腳可能被削斷，身體也可能被金屬巨輪切成兩半。而且外頭有犯罪歹徒，一些拋下了良知與家人的壞人。愛瑟不是個勇敢的女人。

但話說回來。

她愛她丈夫。她立過誓要愛他、敬他、服從他。當然也可以理解成「跟隨他」。

她是否應該對他說他們會去加州？至少和他討論一下？也許春天吧，如果到時下了雨有了收成，就有錢買汽油了。

天父為證，他在這裡有多不快樂。蘿芮妲也是。

或許他們可以離開，他們全家，等旱災過後再回來。

有何不可？

這塊土地會等待他們。

她至少可以跟他好好談，讓他明白她是他的妻子，他們是一體的，如果他真想這麼做，她會答應。她會離開自己後來愛上的這塊土地，離開她唯一擁有過的家。為了他。

她拿了條披肩披在棉麻睡衣外，然後穿上前門邊的橡膠靴出門去。

他在哪裡？在風車那邊，獨自咀嚼著失望之情？或是套上馬車驅車去了「筒倉」，坐在吧檯前喝威士忌？

快九點了，農場上很安靜。

屋裡唯一還亮著燈的只有樓上蘿芮妲房間的窗子。女兒在床上看書，愛瑟在她這個年紀的時候也是這樣。她走到外面院子。雞群在她經過時昏昏沉沉地一陣躁動，很快便安靜下來。她聽見公婆房裡傳出樂聲，東尼在拉小提琴。愛瑟知道在這段艱苦時期他會藉由音樂與蘿絲談話，兩人一起懷想過去眺望未來，並告訴她：**我愛妳**。

她在圍欄邊的黑暗中看見了拉菲，一道筆直的黑色切口劃開圍欄的黑色細長薄板，大片漆黑籠罩在一彎眉月的銀白光輝中。還有他香菸頭的明亮橘光。

他聽見腳步聲了，她看得出來。

拉菲抽身離開圍欄，捻熄香菸，將未抽完的半截丟進襯衫口袋。東尼的情歌隨風飄過來。

愛瑟來到拉菲面前停下。只需一個極細微的動作，她便能將手搭上他的肩。她知道經過這漫長炎熱的一天，他工作衫褪了色的藍色青年布仍有餘熱。他所擁有的每件衣服都是她縫邊、清洗、縫補、摺疊的，一摸就知道是哪件。

丈夫明明近在咫尺，愛瑟明明能感覺到他身上的熱氣，能聞到他氣息中的威士忌酒味與菸味，為什麼還是覺得兩人之間隔著一片湧動的大海？

他忽然拉起她的手擁她入懷，讓她大吃一驚。

「妳記得我們在史都華穀倉前面的貨車上共度的第一夜嗎？」

愛瑟遲疑地點了點頭。他們沒有談過這些事。

「妳說妳想要勇敢。而我只想……到別的地方去。」

愛瑟凝視著他，看出他的痛苦，她也覺得心痛。「拉菲啊……」

他吻上她的唇，吻得深長緩慢，細細品嘗她的舌。「妳是我的初吻，」他呢喃著說，同時將身子微微往後拉到正好可以注視她的距離。「記得那時候的我嗎？」

這是他對她說過最浪漫的話，頓時讓她心中充滿希望。「永遠記得。」她低聲說。

東尼的琴聲停了，留下沉重的寂靜。昆蟲斷斷續續地鳴唱著，馬兒懶洋洋地在圍欄裡走動，用鼻子碰撞柵欄，提醒他們說牠們餓了。

四周的夜色暗黑，無垠的天空上星光閃亮。也許她看見的那上頭是其他的宇宙。

感覺美麗又浪漫，此時此刻，整個地球上可能只有他二人獨處，唯有夜的聲音相伴。

「你在想加利福尼亞。」她開口道，試圖找到適切的話語展開新話題。

「是啊，要小安穿著破鞋走幾千里路，我們也不知要在哪裡排隊領食物，妳說得沒錯，不能去。」

「也許開春以後……」

拉菲以吻封住她的嘴。「去睡吧，」他喃喃地說：「我馬上就去。」

愛瑟感覺到他退開來放開了她。「拉菲，我想我們應該談談……」

「別煩惱，小愛。」他說：「我很快就會上床，我們到時候再說。我只是得去餵牲口喝水。」

愛瑟想阻止他讓他聽她說，但如此大膽的行徑她實在辦不到。在她內心深處，隨時都擔心自己對丈夫的掌控何其薄弱。她不能妄加測試。

不過今晚她會採取主動，用她夢中那種親暱之舉觸摸他。她會努力嘗試，直到終於能夠取悅他。

她會的。在結束魚水之歡後，她會和他談離開的事，認真地談。更重要的是，她會傾聽。

她回到他們的房間踱起步來。最後，她走到窗前，撕下覆蓋住窗臺與窗框、積滿土塵的碎布條與報紙。

她可以看見風車，幾條黑線劃開的切口，幾乎像朵花，倒映在繁星點綴的夜空裡。

拉菲就在那裡，斜靠著框架，幾乎與風車融為一體。他在抽菸。

她上了床，拉起被子裹住自己，等候著丈夫。

●

愛瑟知覺到的下一刻已經天亮，她聞到咖啡味。那股濃郁苦澀的氣味迫使她離開舒適的床鋪。她用手梳梳頭髮，很快地套上家居便服，盡量不去為了拉菲昨晚又沒回房間睡覺而傷心。

她重新編好辮子，纏上後腦勺用髮夾固定，然後包起頭巾。

她去看了孩子們一眼——因為是星期六，就讓他們繼續睡——隨後前往廚房，昨晚留了一大鍋煮馬鈴薯的水要做麵包用的。

他們的早餐一向只吃麥片，她於是開始動手準備。謝天謝地，家裡唯一的一頭母牛還能產奶。

蘿芮妲先搖搖晃晃走出二樓臥室，一頭黑色短髮凌亂鬈曲，活像個鼠窩，臉頰上有幾處被晒到脫皮。

「麥片啊，好吃。」她邊說邊走向冰箱，打開後，取出裝著一點點珍貴奶油的黃色陶壺，拿來放在鋪著油布的餐桌上，桌子上已經擺好布滿斑點的碗碟，只是為了防沙塵而倒扣著。她將三只碗翻轉過來。

小安接著出現，爬上姊姊身旁的椅子。「我想吃煎餅。」他嘟噥著說。

「我會在你的麥片裡放一點玉米糖漿。」愛瑟說。

愛瑟端上麥片，用奶油提味並在每個碗裡加入些許玉米糖漿，然後放下兩杯冰酪乳。

孩子們——默默地——用餐時，愛瑟去了穀倉。一夕之間，風與變幻莫測的沙再次改變了景象，切開他們土地的巨大裂口大多被填滿了。

經過豬圈時，她看見他們僅剩的那頭豬有氣無力地跪在夯實的泥土上，如今已棄置不用的強鹿牌播種機半埋在沙堆裡。再望過去，只見蘿絲在果園龜裂的地面上找蘋果。

牛欄裡的兩頭牛低著頭並肩而立，可憐地哞叫。牠們的肋骨外凸，肚子下陷，臀上滿是水泡爛瘡。愛瑟不禁回想起數年前，較年輕的那頭牛貝拉出生後的情景。愛瑟得用奶瓶餵牠奶，因為小牛的母親難產死了。蘿絲教愛瑟如何準備奶瓶，如何讓站都站不穩的牛犢喝奶。有時候，貝拉仍會跟隨愛瑟在院子裡走來走去，像隻寵物似的。

「嗨，貝拉。」愛瑟輕撫牛凹陷的側身。

貝拉抬起頭來，一雙褐色大眼被塵土蒙蓋住，哞哞的叫聲令人心酸。

「我知道。」愛瑟說著從欄柱取下一只水桶。

愛瑟牽著貝拉來到穀倉裡相對較涼爽的地方，將牠繫在中心柱，拉出擠奶坐的凳子。她忍不住抬眼望向乾草閣樓——如今乾草幾乎都空了。她很確定昨晚拉菲就睡在那裡。再一次地。

愛瑟向來很喜歡這個活兒。一開始，她花了很長時間才領會訣竅，試著掌握技巧的過程中，蘿絲的嘖嘖聲恐怕聽了不下百次，但一旦掌握了，這便成為她最喜愛的工作。她喜愛與貝拉相處，喜愛新鮮牛奶的香甜味，與第一道乳汁射中金屬桶的空隆聲。她甚至喜愛接下來的步驟：提著一桶新鮮溫熱的牛奶進屋，倒入分離器，用手搖轉機器，提取出濃郁的黃色奶油，留下全脂牛奶供家人飲用，脫脂牛奶則用來餵牲口。

她的手伸向母牛幾乎未脹起的乳房，輕輕觸摸被風吹得乾裂的乳頭。

牛痛得號叫。

「對不起，貝拉。」愛瑟再試一次，盡可能輕輕地擠壓，慢慢地往下拉。

一道土褐色的乳汁射了出來，聞起來有很多雜質的味道。現在似乎每天都要花更多時間才能擠出潔白可飲用的牛奶。最初幾道乳汁總是這麼髒。愛瑟倒掉褐色牛奶，清洗水桶後再試一次。無論貝拉的呻吟讓她感到多傷心，也無論要花多久時間才能擠出乾淨牛奶，她從不放棄。

擠完了不夠他們所需的量之後，她將可憐的牛牽回外面的圍欄。

當她經過馬欄，看見麥祿和布魯諾重重地噴著鼻息，一邊咬門想吃木頭。

反手關上穀倉門時，她聽見一記槍聲。

又是怎麼回事？

她轉過身，看到公公人在豬圈，他放下步槍的同時，他們最後的一頭豬歪斜著身子踉蹌了幾步，便倒地不起。

「謝謝老天，」愛瑟喃喃地自言自語。孩子們有肉吃了。

公公抬起死豬放進手推車，接著走向穀倉準備吊起來宰殺。她朝他揮揮手。

一株風滾草在微風推動下，慵懶地滾過她身旁。她目送著草滾到圍籬邊，那兒有一片俄羅斯薊克服了重重艱難，即使在乾旱中仍展現頑強的生命力，逆風而生。什麼都沒得吃的牛會吃這些草。馬也一樣。

她將牛奶提進屋內又出來，穿越穀倉與圍籬之間的廣闊土地。風拉扯著她的頭巾，彷彿試圖阻止她。俄羅斯薊是一團糾結的棘刺與莖幹，幾乎毫無綠意。剛硬。強韌。刺尖利如釘。

她從圍裙口袋拿出手套戴上，接著兜起圍裙，慢慢將手伸過長滿刺的尖銳末端，摘下一截綠芽。嘗了一口。

還不錯。也許可以用橄欖油、酒、蒜頭和香草，溫火炒一炒。吃起來會不會就像朝鮮薊？東尼最愛吃朝鮮薊了。又或者可以拿來醃漬……

明天就叫每個人都來摘，然後再設法保存。

到了中午，已經摘到多得圍裙放不下了，她才回家。

進屋後，愛瑟發現孩子們和東尼已經上桌準備吃午餐。

「我找到幾顆葡萄。」小安在位子上動來動去，為了自己的貢獻大大地咧著嘴笑。

愛瑟撥弄一下他的頭髮，摸到他頭髮的觸感。「我認識的一個小男孩今晚要洗澡了。」

「一定要嗎？」

愛瑟微微一笑。「我從這裡都能聞到你的味道了。一定要。」

東尼脫去帽子坐下，額頭上露出一條白色皮膚。他兩大口喝光一整杯茶，隨後用手背抹抹嘴。

蘿絲進到廚房，給丈夫倒一杯紅酒。

東尼埋頭吃起他的炸飯糰。這是全家人最喜愛的一道菜：填滿濃稠乳酪的飯糰，漂浮在以培根蒜頭調味的番茄醬汁中。

愛瑟將採集的野薊裝進大碗裡，放在洗滌槽邊。

「那是什麼？」蘿絲邊問邊往圍裙上擦手。

「野薊。我應該可以想出怎麼個吃法。那味道很像朝鮮薊。」

蘿絲嘆了口氣。「竟然到了這個地步。義大利人都要吃馬食了。Madonna mia。」

「拉菲呢？」愛瑟四下張望問道。「我得跟他談談。」

「整天都沒看見他。」小安說：「我也找過了。」

愛瑟走到外面門廊上，搖搖午餐鈴，一面等，一面望向農場另一頭。馬和馬車都在，所以他沒進城。

也許在房間裡。

她回頭走進屋內到他們的房間去。淺白牆面在陽光照射下看似金黃。一幅裱了框、偌大的耶穌像注視著她。

房裡沒人——只有她與丈夫共用的床與斗櫃，以及附了一面橢圓形鏡的洗臉架，鏡子捕捉到她的影像。一切如常，除了……

地上有一些從床底下延伸出來的痕跡，好像有什麼東西被放進床下面，或是從床下拖出來。

她掀起被子往床底下看，看見她的行李箱，她帶進婚姻生活中的那只箱子，以及裝嬰兒衣物的盒子，是她留起來以備不時之需。

少了樣東西。是什麼呢？

她跪下來瞧個仔細。是什麼東西不見了？

拉菲的行李箱。他多年前準備去上大學時打包的那個行李箱。也是愛瑟被父親丟在這裡後，他打開來將裡面的東西重新歸位的那個行李箱。

她斜瞄一眼。他掛在門邊掛鉤上的衣服不見了，帽子也是。

她緩緩起身，走到斗櫃前，打開最上層抽屜。

他的抽屜。

裡面只剩一件藍色青年布襯衫。

10

真不敢相信他竟然趁著半夜走了，沒有留下隻字片語。

她和他一起生活了十三年，夜裡同床共枕，還生下他的孩子。她知道他從未愛過她，但就這樣？

她走出房間，看見家人——她的家人，他們的家人——坐在桌邊，聊天。小安正從頭說著自己發現葡萄的經過。

蘿絲抬起頭，看見愛瑟，不禁皺眉。「愛瑟？」

愛瑟想告訴蘿絲這個可怕的消息，想被擁抱，但在確認之前她什麼也不能說。也許他是走路進城去……辦什麼事。

帶著所有的家當。

「我有……東西要買。」愛瑟說，卻看出蘿絲心有疑惑。

愛瑟匆匆出門，一把抓過蘿芮妲的自行車，爬坐上去，兩腳使勁地踩踏，騎過覆蓋在車道上的厚厚沙土。上次的沙塵暴吹倒了不少樹，她不只一次得蛇行繞過這些樹木的枯枝。她在信箱處停下來，往裡頭看了看。什麼都沒有。

進城途中，由於熱氣逼人，路上見不到一輛汽車或馬車。鳥兒聚集在頭頂上的電話線，對著她啁啁啾啾。有三五隻牛馬到處遊蕩，可憐地呻吟著討食物與水。農夫既不忍宰殺也無力照顧牲畜，便任由牠們自謀生路。

到達孤樹鎮時，她原本用髮夾往後夾的頭髮已經散落，頭巾也溼了。

她在大街上停車。一株風滾草從旁滾過，劃傷了她裸露的小腿。孤樹鎮麻木地開展在她眼前，店鋪門面以木板封釘，毫無一絲綠意，用來為鎮取名的那棵黑楊已半枯死。整條街鋪設的木板都被風吹掀了。

她往火車站騎去，然後跳下單車。

說不定他還在這裡。

站廳裡滿是空長椅，地板髒兮兮，有一座白人專用的飲水臺。

她走到售票窗口，在一個小小的拱形開口後面坐著一個男人，穿了一件灰撲撲的白襯衫，戴著黑色手肘護套。

「你好，麥克文先生。」

「妳好啊，馬提奈尼太太。」男人說。

「我先生最近有沒有來過這裡？有沒有買車票？」

他低頭看著桌上的報紙。

「拜託了，先生，別讓我逼問你，我已經夠丟臉了，你說不是嗎？」

「他根本沒錢。」

「他有沒有說想去哪裡？」

「妳不會想知道的。」

「我想。」

他嘆了口氣抬頭看著她。「他說：『只要不是這裡，哪裡都好。』」

「他這麼說？」

「不知道妳聽了會不會好過些，不過他一副就快哭出來的樣子。」

男人拿出一個皺巴巴、沾了污漬的信封，從售票口的鐵欄杆間推出來。「他要我把這個交給妳。」

「他知道我會來？」

「做妻子的都會。」

她吸了口氣穩定心神。「那麼，如果他沒錢，也許……」

「他做了大夥兒都會做的事。」

「大夥兒？」

「全郡的男人都一個個地拋妻棄子。很多夫妻也拋棄自己的孩子和親人。我從來沒見過這種事。錫馬龍郡那裡有個男人離開前，還把全家人都殺了。」

「他們沒錢能上哪去？」

「往西走啊，太太。大部分人都是。一有火車經過，他們就跳上去。」

「也許他會回來。」

男人嘆氣道：「我還沒看到有哪個人回來過。」

●

愛瑟站在車站前面，慢慢地打開拉菲的信，好像怕它燒起來似的。信紙又皺又髒，還有幾處墨水暈染開來。是他的淚水？

愛瑟：

對不起。我知道留話不重要，或許比什麼都不說還糟。

我只知道，我在這裡就快死了。再在這座農場上多待一天，我可能會舉槍自盡。我軟弱。妳堅強。妳對這塊土地和這種生活的愛，我永遠辦不到。

替我轉告爸媽和孩子說我愛他們。沒有我，你們會過得比較好。拜託，不要找我，我不希望被找到。何況我也不知道自己要去哪裡。

愛瑟連哭都哭不出來。

心痛的感覺已經占據她的人生太久，變得和自己的髮色與微曲的脊椎一樣熟悉了。有時它是她用來看這個世界的鏡片，有時則是她為了不看見而戴上的眼罩。但那感覺隨時都在。她知道她的作為，多少是她自己的錯，儘管她絞盡腦汁試圖要想出自己行為的依據，但分明如此顯而易見，她卻始終看不出自己的缺點。她父母看到了，尤其是她父親。那兩個比她漂亮的妹妹也看到了。他們全都可以感覺到愛瑟的諸多缺陷。蘿芮妲肯定也看到了。

每一個人——包括愛瑟在內——都認定她會過著一種謝罪的人生，隱身在其他更加活力充沛的人的需求之中。看管者、照護者、留在家裡料理家事的女人。

後來她遇見了拉菲。

她英俊、迷人、情緒起伏不定的丈夫。

「抬起頭來。」她大聲地說。

她得想想孩子。遭受父親背叛的兩個小人兒需要安慰。

孩子長大後會知道自己年幼時遭父親遺棄。

孩子會像愛瑟一樣，被心痛定形。

●

回到農場時，愛瑟覺得自己好像一台慢慢解體的機器。家人正在屋裡忙碌著。蘿絲和蘿芮妲在廚房裡做麵食，小安和東尼在客廳給馬具皮繩上油。

今天過後，孩子們的生活將再不同以往。他們對一切的想法都會改變，特別是對自己、對恆久的愛與家族真相的想法。他們到死都知道父親對母親——或是對他們——的愛不夠深，因此無法留下來一起共度難關。

在這種情況下，一個好母親會做些什麼？該說出殘酷醜陋的事實嗎？

或者說謊會好一點？

假如愛瑟為了不讓孩子因拉菲的自私而受傷，不讓拉菲受孩子怨恨而撒謊，那麼真相恐怕會很久，甚且是永遠，不見天日。

愛瑟經過人在客廳的東尼和小安，走進廚房，只見女兒正在滿是麵粉的桌上揉麵團。愛瑟捏捏女兒單薄的肩膀，這樣她才能忍住粗暴地將她摟進懷裡的衝動，不過老實說，現在的愛瑟也禁不起再次被拒絕。

蘿芮妲掙開身。「爹地呢？」

「對啊，」小安從客廳裡說道：「他在哪？我想讓他看看我和爺爺找到的箭頭。」

蘿絲在爐邊，往裝滿水的鍋裡加鹽。她看著愛瑟，並熄掉爐火。

「妳在哭嗎？」蘿芮妲問。

「只是沙土太多迷了眼。」愛瑟勉強擠出一絲笑容。「孩子們，你們去挖馬鈴薯好嗎？我有話要跟爺爺奶奶說。」

「現在？」蘿芮妲哀嘆道：「我最討厭那個了。」

「現在，」愛瑟說：「帶著弟弟去。」

「走吧，小安。」蘿芮妲說著推開麵團。「我們像豬一樣去翻土吧。」

小安咯咯一笑。「我喜歡當豬。」

「受不了你。」

孩子們拖著腳步走出屋子，砰一聲關上門。

蘿絲盯著愛瑟看。「妳別嚇我。」

愛瑟進到客廳，直接走向東尼那瓶黑麥酒，給自己倒了一杯。確實夠難喝，於是她倒了第二杯又喝下。

「Madonna mia，」蘿絲輕聲道：「這麼多年來我都沒看妳喝過酒，現在竟然連喝兩杯。」

蘿絲來到愛瑟身後，一手按在她肩膀上。

「愛瑟，」東尼將馬具放下，站了起來。「怎麼回事？」

「是拉菲。」

「拉菲？」蘿絲皺起眉頭。

「他離開了。」愛瑟說。

「拉菲離開了？」東尼說：「去哪？」

「他離開了。」愛瑟疲憊地說。

「回那間該死的酒館去了？」東尼說：「我跟他說過……」

「不是，」愛瑟說：「他離開孤樹鎮了。搭火車走的。總之我聽說是這樣。」

蘿絲瞪著愛瑟。「他走了？不，他不會這麼做。我知道他不快樂，可是……」

「這是什麼話，蘿絲。」東尼說：「我們全都不快樂。沙土從天而降，樹木倒地枯死，牲口奄奄一息，我們全都不快樂。」

「他想去加州。」愛瑟說：「我沒答應。是我錯了。我本來想找他談談，可是……」她從口袋掏出信來遞給他們。

蘿絲顫抖著雙手接過信讀了起來，嘴唇無聲地跟著念。當她抬起頭，眼中噙滿淚水。

「兔崽子，」東尼將信紙揉成一團說：「這孩子就是被寵壞了。」

蘿絲看似飽受打擊。「他會回來的。」她說。

他們三人面面相覷。看來，不在場的人也能將房間塞到爆滿。

●

前門砰地打開。蘿芮妲和小安回來了，手臉都髒兮兮的，還帶了三顆小馬鈴薯。

「幾乎等於沒有。」蘿芮妲頓了一下。「怎麼了？誰死了嗎？」

愛瑟放下酒杯。「我有話跟你們兩個說。」

蘿絲一手摀著嘴，愛瑟明白。這些話一說出口，孩子們的人生就改變了。

蘿絲將愛瑟拉進懷裡緊緊擁抱，然後放手。

愛瑟轉頭面向孩子。

他們的臉龐令她心煩意亂。他二人和他們的父親簡直就像一個模子印出來的。她走過去，雙手同時攬著兩人。小安高興地也抱住母親，蘿芮妲卻使勁想掙脫。

「妳讓我不能呼吸了。」蘿芮妲埋怨道。

愛瑟放開蘿芮妲。

「爹地在哪裡？」小安問。

愛瑟將兒子的頭髮往後撥，露出他滿是雀斑的臉。「跟我來。」她帶著他二人來到門廊上，三人一塊兒坐上鞦韆椅。愛瑟把小安抱到腿上，騰出位子來。

「現在又怎麼了？」蘿芮妲問，一副嫌麻煩的口氣。

愛瑟吸一口氣，往後一推，讓鞦韆椅前後搖晃。天哪，真希望爺爺在這裡對她說：**要勇敢**，同時推她一把。「爸爸離開了……」

蘿芮妲露出不耐煩的表情。「是嗎？他去哪了？」

關鍵時刻到了，該撒謊或是說實話？

他在城外找到一份工作可以救我們。說倒容易，但到時沒有寄錢或信回來，他又月復一月地不回家，要證明就難了。不過他們也不會哭著入睡。

只有愛瑟會。

「媽？」蘿芮妲尖聲問：「爸去哪裡了？」

「我不知道。」愛瑟說：「他離開我們了。」

「等等。**什麼啊？**」蘿芮妲跳下鞦韆。「妳是說……」

「他走了，蘿蘿。」愛瑟說：「好像是跳上火車走的。」

「**不許妳這麼叫我**。只有他能這麼叫我。」蘿芮妲尖叫道。

愛瑟覺得自己脆弱至極，唯恐眼中已經泛淚。「對不起。」

「他離開的是**妳**。」蘿芮妲說。

「對。」

「**我恨妳！**」蘿芮妲奔下門廊階梯，轉過屋角消失不見。

小安扭轉身子抬頭看著愛瑟。他臉上的困惑真教人心碎。「他什麼時候會回來？」

「我想他不會回來了，小安。」

「可是……我們需要他啊。」

「我知道，寶貝。很教人傷心。」她將他的頭髮往後撫順。

他眼中淚水湧現，她見狀也不禁感到雙眼刺痛，但她不願在小安面前掉淚。

「我要爹地。我要爹地……」

愛瑟緊緊抱著兒子任由他哭。「我知道，寶貝，我知道……」

她想不出還能說些什麼。

●

蘿芮妲爬上風車，坐在巨大葉片底下的平臺，彎起膝蓋抱著。身子底下的木板溫溫熱熱，被太陽晒的。

爹地怎能這麼做？他怎能把家人丟在這個沒有收成沒有水的農場？他怎能離開……**我**。

她著實傷透了心，一想到便覺得窒息。

「回來。」她放聲大喊。

大草原上方陽光燦爛的藍天吞沒了她微弱的呼喊聲，留下她獨自一人，更感到渺小孤獨。

他明知道她有多想離開這座農場，怎能丟下她？她和他一樣，不像媽媽和爺爺奶奶。蘿芮妲不想務農，她想要到外面偌大的世界闖蕩，成為作家，寫些重要的東西。她想離開德克薩斯。

她感覺到風車晃動，心想：這下好了，媽媽就要上來，露出一臉可憐兮兮的樣子，同時試圖安撫她。而現在蘿芮妲最不想見到的人就是媽媽。

「走開。」蘿芮妲擦拭眼睛說道：「全都是妳害的。」

媽媽嘆一口氣。她看起來蒼白，近乎脆弱，但這太荒謬了吧。媽媽脆弱得幾乎就像絲蘭的根。

媽媽繼續爬上平台，在蘿芮妲身邊坐下，那是她爹地平時坐的位子，這讓蘿芮妲頓時怒火中燒。「妳不屬於這裡，」她說：「那是……」她聲音變得沙啞。

媽媽將一隻手搭在蘿芮妲腿上。「親愛的……」

「不要，**不要**。」蘿芮妲扭了開來。「我不想聽什麼一切都會好起來的謊話。永遠再也好不了了。是妳把他逼走的。」

「我愛妳爸爸，蘿芮妲。」媽媽的聲音好輕，蘿芮妲幾乎聽不清。她看見母親眼中閃著淚光，暗想：**我才不要看著妳哭**。

「他不會離開我。」這句話彷彿從蘿芮妲嘴裡硬擠出來。她爬下風車奔跑起來，在淚眼模糊中回到屋裡，只見爺爺奶奶坐在沙發上，握著彼此的手，一副飽受驚嚇的模樣，宛如龍捲風災後的倖存者。

「蘿芮妲，」奶奶說：「回來……」

蘿芮妲衝上樓回自己房間，發現小安躺在她床上縮成一團，吸著大拇指。看見他哭，蘿芮妲終於崩潰。她感覺到自己的眼淚滾燙地落下。

「他離開我們了？」小安說：「真的嗎？」

「不是我們，是她。爹地很可能在什麼地方等我們。」

小安坐起來。「像冒險一樣？」

「對，」蘿芮妲抹去淚水，暗忖：**當然了**。「像冒險一樣。」

●

愛瑟留在平臺上，凝視著遠方，什麼也看不見。想到要爬下風車、走回家、進自己臥室——上自己的床——她實在無法忍受。因此她待在這裡，回想自己做錯了什麼才走到這步田地，並思忖著自己接下來的人生會如何。

她感覺頭髮被一陣風揚起。由於深陷在重重痛苦中，她竟絲毫未察。

我應該去追蘿芮妲的。

但她無法面對女兒的憤怒與心痛。她還做不到。

她應該告訴拉菲說她願意到西部去。假如她直接就說：**好啊，拉菲，我們走**，如今情況便會不同。他會待下來，他們也會能夠說服東尼和蘿絲一起出發。

不。

這是謊言，即使現在她對自己也說不出口的謊言。而愛瑟和拉菲又怎能拋下他們？他們沒車也沒錢，要怎麼西行？

風扯掉了她的頭巾。

愛瑟看見頭巾飄入空中。平臺搖晃著，頭頂上的風車葉片吱吱嘎嘎地旋轉。

風暴要來了。

愛瑟從晃動的平臺爬下來。腳踩到地面時，忽然一陣強風颳過表土層，呼號著鏟起一大把，往旁揮灑。沙子打在愛瑟臉上有如細小的玻璃碎片。

蘿絲跑出來，對愛瑟喊道：「是暴風！來得很急！」

愛瑟奔向婆婆。「孩子們呢？」

「在裡面。」

她們倆拉著手回屋，將門拴上。屋裡，牆壁在震動，塵土從天花板傾灑而下。一陣疾風重重地吹打，所有東西都空隆空隆搖晃起來。

蘿絲又在窗檻塞了更多布條和舊報紙。

「孩子們！」愛瑟高喊道。

小安跑進客廳，神色驚惶。「媽咪！」他奔進她懷裡。

愛瑟緊緊抱住他。「戴上你的防毒面罩。」她說。

「我不要。戴那個都不能呼吸。」小安咳哼著說。

「戴上，安塞尼。然後去坐在廚房桌子下面。你姊姊呢？」

「嗄？」

「去找蘿芮妲。叫她戴上面罩。」

「呃，沒辦法。」

「沒辦法？為什麼？」

他一臉可憐相。「我答應不說的。」

她蹲跪下來看著他。沙土紛紛落在他們身上。「安塞尼，你姊姊在哪裡？」

「她跑了。」

「什麼？」

小安鬱悶地點點頭。「我就跟她說那是個笨主意。」

愛瑟跑到蘿芮妲房間，用力推開門。

不見蘿芮妲。

卻在紛落的塵土中看見一樣白白的東西。

斗櫃上有張紙條。

我要去找他。

愛瑟奔下樓高喊道：「蘿芮妲跑了。」接著對蘿絲和東尼說：「我要開貨車，油箱裡還有油嗎？」

「有一點。」東尼喊道：「可是這種天候妳不能出去。」

「我非出去不可。」

愛瑟進到廚房，從放雜物的水桶裡撈出許久未用的鑰匙，隨後又回到外面的飛沙走石中。她將領巾拉高蒙住口鼻，瞇起雙眼以保護眼睛。

風在她眼前迴旋，靜電讓她的頭髮豎起。在原來圍籬所在處，她看見鐵絲網迸出藍色火焰。

她在沙塵風暴中摸索前進，找到了他們綁在住屋與穀倉中間的繩子。

她拉著粗繩走向穀倉，一把將門推開。風狂掃而入，木板隨之斷裂，馬兒也受到驚嚇。

布魯諾從木板斷裂處逃離欄舍，站在通道上，害怕得鼻孔顫動，驚慌失措。牠衝著愛瑟噴噴鼻息，然後奔向外面的風暴。

愛瑟拉下貨車車罩，拿在手中的帆布硬是被風拉扯掉，像攤開的風帆一般，飄飛進乾草閣樓。還在欄舍裡的麥祿驚恐地低聲嘶鳴。

愛瑟爬上駕駛座，將鑰匙插入鑰匙孔用力轉動。引擎不情不願地噗噗兩聲，啟動了。**拜託，希望有足夠的油找到她。**

她駛出穀倉進入風暴中，雙手緊握方向盤，以免被試圖將她推入渠溝的風得逞。輪軸上綁了一條鐵鍊，一路在後面哐啷哐啷響，這能讓貨車貼地而行，避免短路。

褐色沙土從她前面斜吹而過，兩盞車頭燈射穿一片昏暗。來到車道盡頭，她琢磨著：**往哪邊走？**

城裡。

蘿芮妲絕不會走另一邊。從這裡到奧克拉荷馬的邊界之間，綿延數里都空無一物。

愛瑟使盡力氣讓貨車轉向。這時風變到後面去，推著她前進。她往前傾身，試著看清前路，時速頂多只有十五、六公里。

城裡，風暴來臨後已亮起街燈。家戶的窗子用木板封住，門也釘上木板條。塵土沙石與風滾草隨風吹過街道。

愛瑟在火車站看見蘿芮妲縮著身子靠在關閉的門邊，緊抓著強風試圖從她手中奪走的行李箱。

愛瑟停車後下車。街燈周圍亮著薄弱的金黃光圈，在土褐色的渾沌中有如一個個針刺的小洞。

「蘿芮妲！」她尖聲大喊，在這吞噬一切的魔口中，她的聲音顯得單薄粗啞。

「媽！」

愛瑟頂著風沙向前，風扯破她的衣裙、刮傷她的臉頰、蒙蔽她的雙眼。她蹣跚步上車站階梯，將蘿芮妲拉入懷裡，抱得好緊好緊，一時間彷彿沒有了沙塵暴，沒有張牙舞爪的風也沒有扎人的沙，只有她們倆。

謝謝天父。

「我們得進車站裡去。」她說。

「門鎖住了。」

旁邊有扇窗破裂。愛瑟放開蘿芮妲，艱難地走向破窗，爬過留在窗框裡的玻璃鋸齒，並感覺到鋒利的尖端扎刺著她的皮膚。

一進到站內，她立刻打開前門，將蘿芮妲拉進去後砰地關上門。

車站在她們周圍發出空隆喀嗒的響聲，又破了一扇窗。愛瑟走到飲水臺，掬了些溫水回到蘿芮妲身邊，她迫不及待地喝下。

愛瑟重重地往女兒身旁坐下，眼睛刺痛得幾乎看不見東西。

「對不起，蘿芮妲。」

「他想往西邊去，對不對？」蘿芮妲說。

「對。」

車站牆壁喀嗒喀嗒地晃動，世界好像就要分崩離析。

「妳為什麼不一口答應就好了？」

愛瑟嘆了口氣。「妳弟弟沒有鞋子。我們沒有錢買汽油，沒有錢買任何東西。妳爺爺奶奶也不會離開。我看到的全是不能去的理由。」

「我到了這裡，卻不知道要往哪去。他不想讓我知道。」

「我知道。」

愛瑟摸摸女兒的背。

蘿芮妲將身子往旁邊拽，急急地避開母親的觸碰。

愛瑟縮了手坐在那裡，心知不管說什麼都彌補不了與女兒的這道裂縫。拉菲拋棄了她們倆，丟下孩子與自己的責任出走，而蘿芮妲怨懟的還是母親愛瑟。

●

當晚，風暴停歇後，愛瑟開車帶著蘿芮妲回農舍。愛瑟設法打起精神給自己和孩子們張羅吃的，最後好不容易才哄他們就寢，自始至終沒有在任何人面前掉淚。感覺像打了場大勝仗。拉菲拋棄家人之後的數小時間，蘿絲的痛苦轉變成沖天怒氣，並透過義大利語痛罵的方式展現出來。蘿芮妲絕望到整頓晚餐都默不作聲，小安困惑的表情則是令人不忍卒睹。東尼沒有和任何人對上眼。

愛瑟終於走進臥室時忽然想到，她已經好長時間沒有出聲，甚至有人跟她說話也懶得應。他離開帶來的痛苦不斷擴張，在她心房占據愈來愈多空間。

此時風停了，大自然不再使勁企圖推倒屋牆。外頭一片寂靜。偶爾聽到一頭郊狼長嚎，偶爾某隻昆蟲匆匆溜過地板，但僅此而已。

愛瑟走到窗子下方的抽屜櫃，打開拉菲的抽屜，看著他唯一留下的一件襯衫。她所擁有的他，只剩這個了。

她拿起衣服，一件縫了銅釦的淺藍色青年布襯衫，是某一年聖誕節她為他縫製的。其中一隻袖口還留有一個小小的紅褐色污漬，那是她縫衣時不小心刺出的血。

她將襯衫當成圍巾圍在脖子上，漫無目的地走到外面的星空下，無處可去。也許她會就這樣開始走，再也不駐足……也或許永遠不取下這條圍巾，直到有一天她年老色衰頭髮花白，某個孩子問起這名將襯衫當圍巾的瘋婦，她會說她已記不得是怎麼開始的，也記不得這是誰的襯衫。

接近信箱時，她看見他們的閹馬布魯諾死了，倒在傾倒樹群的枯枝間，張開的嘴裡含著土塊。明天，得在堅硬的乾土地裡挖個洞把牠埋了。又是一件可怕的活兒，又是一次道別。

她嘆了口氣，走回屋內，上床睡覺。床墊她一個人睡感覺太大，即便四肢張得開開的也一樣。她將手臂交抱在胸前，彷彿清洗中準備下葬的屍體，兩眼直愣愣盯著滿是灰塵的天花板。

那麼多年的歲月，那麼多次的禱告，她滿心希望到頭來終有一天能夠被愛，希望丈夫能轉過頭來、看見她，並愛他眼中所見……都成空了。

她父母對她的想法從來沒有錯過。

11

蘿芮妲知道爹地拋下他們，這不能怪媽媽，或者不能全怪她。經過漫長失眠的一夜，她想通了這個令人傷心、遺憾的事實。

爹地離開了他們所有人。一旦看清這個事實後，便無法再視而不見。爹地在蘿芮妲腦中填滿了夢想，還說他愛她，但他終歸還是丟下她走了。

這讓她有生以來第一次感到絕望。

翌日清晨醒來看見窗外的藍天，她又穿上逃家時的那套髒衣服，並省去梳髮刷牙的麻煩。有什麼用呢？她永遠擺脫不了這座農場，既然如此，她哪還在乎外貌？

她在廚房裡見到奶奶蘿絲，要當早餐的奶油麥片正在爐子上滾沸。奶奶看起來……咬牙切齒。沒有其他更適當的形容詞了。她不停地自言自語說著義大利話，她一直不肯教孫子說這個語言，因為希望他們成為道地的美國人。

小安拖著腳步走進廚房，一面踢著覆蓋在地板上一吋厚的塵土，蘿芮妲在鋪了油布的餐桌旁替他拉出椅子，桌上的碗倒扣在他們的座位前，上頭覆蓋的塵土更厚。

蘿芮妲將碗翻過來擦乾淨，然後坐到弟弟旁邊，他吃著淡而無味的麥片（儘管加了鮮奶油與奶油仍難以下嚥），肩膀聳得高高的，看起來更加幼小了。

爺爺走進廚房，一邊勾上滿是補丁的破舊工作褲的扣環。「咖啡很香啊，蘿絲。」他撥撥小安骯髒的頭髮。

小安哭了起來，最後轉為劇烈乾咳。蘿芮妲握住他的手，自己也覺得想哭。

「他怎麼能丟下他們？」爺爺對看起來備受打擊的奶奶說。

「Silenzio（打住），」她厲聲說道：「說這些有什麼用？」

爺爺重重吐了口氣，吐氣到最後也咳起來。他手按胸口，彷彿昨日風暴的沙土就積在那裡。

奶奶蘿絲拿起掃帚和畚箕。蘿芮妲大聲呻吟。他們已經花一整天從昨天的沙塵暴中脫身——拍打地毯、舀起窗臺的沙土、清洗櫥櫃裡的每樣東西後重新倒扣著收好。現在還要繼續掃。

前頭有人敲門。

「爹地！」蘿芮妲大叫一聲，跳站起來。

她跑向大門，一把拉開。

站在門口的男人一身襤褸，滿臉髒污。

他拽下頭上那頂破爛的報童帽，捲在骯髒的雙手當中。

飢餓。一如所有正要前往「某處」而順道經過這裡的流浪者。

這就是爹地想要的？孤單單地挨餓，然後去敲陌生人的門乞食？**那**會比留下來還好？

奶奶來到蘿芮妲身邊。

「太太，我很餓，如果妳能分給我一點吃的，我感激不盡。」流浪漢的衣服因為沙塵與汗水的緣故，已看不出原來的顏色。也許是藍色吧。或是灰色。他穿著吊帶褲，腰間緊束著皮帶。「我很樂意幹一些活兒。」

「我們有麥片。」爺爺說：「門廊剛好需要掃一掃。」

他們已經習慣有流浪漢在用餐時間上門，或是乞食或是提議以打雜換取一塊麵包。在如此艱困的年頭，大夥兒都會盡量幫助那些較不幸的人。流浪漢多半都是做個一兩樣活兒之後，便又再度啟程。其中有一人在他們的穀倉上做了記號，是留給其他漂泊者的信息。意思應該是：**上這兒來，好人家**。

爺爺打量著這個遊民。「你打哪兒來啊，小伙子？」

「阿肯色，先生。」

「你幾歲？」

「二十二歲，先生。」

「你這樣漂泊多久了？」

「久到可以到我要去的地方了，要是我知道那是哪兒的話。」

「一個人是怎麼下決心說走就走的？你能不能告訴我？」爺爺問道。

他們全都看著似乎絞盡腦汁在想答案的流浪漢。「老實說，先生，我想你會離開就是再也受不了原來的生活了。」

「那被你拋下的家人怎麼辦？」奶奶尖聲問道：「男人難道就不在乎自己的老婆孩子會怎麼樣嗎？」

「他要是在乎，就會留下吧。」流浪漢說。

「才不是這樣。」蘿芮妲說。

「我去拿麥片給你好嗎？」奶奶說：「光在這裡浪費口舌沒用。」

●

「蘿芮妲。」小安拉拉蘿芮妲的袖子。「媽咪怪怪的。」

蘿芮妲將凌亂糾結的頭髮從眼前往後撥，身子倚靠著掃帚。她已經掃得夠久夠賣力，都出汗了。「你在說什麼？」

「她叫不醒。」

「別說傻話了。奶奶說讓她睡的。」

小安的肩膀頹然下垂。「我就知道妳不會相信我。」

「好吧。」

蘿芮姐隨小安進到父母的臥室。這個小房間平常總是一塵不染，現在卻到處是塵土，連床上也是。這景象清清楚楚地提醒著：爸爸拋棄了他們，媽媽上床前連地都懶得掃。而媽媽可是有潔癖的。「媽？」

媽媽躺在雙人床上，身體極力靠在右側床沿邊上，左邊留下一大片空位。她戴著一條髒頭巾，身上的棉質睡衣已經老舊到有些地方都透出膚色。她的臉幾乎和床單一樣蒼白，高聳的顴骨突出於凹陷的臉頰上方。

媽媽向來都很蒼白。即便在夏日太陽底下，也只是晒傷脫皮，從來晒不黑。但像這樣……

她輕推媽媽的肩膀。「媽，醒一醒。」

沒有動靜。

「去叫奶奶。她在給貝拉擠奶。」蘿芮姐對小安說。

蘿芮姐戳著媽媽的胳膊，這回力道不輕。「媽，醒一醒啊。妳別嚇人。」

蘿芮姐低頭盯著這個一向看似不屈不撓、不服輸、毫無幽默感的女人。此時她看出了母親多麼柔弱、多麼單薄而蒼白。躺在床上，將爹地的襯衫圍在脖子上的她，看似不堪一擊。

好可怕。

奶奶走進房間，提著一只空的金屬桶。「怎麼了？」小安就緊跟在後。

「醒一醒，媽。別這樣。」

「媽叫不醒。」

奶奶放下金屬桶，從床頭櫃掀開蓋在龜裂瓷壺上的水泥袋布巾。如粉土般的沙塵篩落到地上。她將一條面巾浸到水裡，再將多餘的水擰進水盆，然後將面巾放到媽媽的額頭上。「她沒發燒。」奶奶說。接著喊道：「愛瑟？」

媽媽沒有回答。

奶奶拖著一張椅子進房，在床邊坐下。她大半晌都沒吭聲，光是坐在那裡。最後終於嘆一口氣說：「他也離開我們了，愛瑟，不只是妳。他離開了所有他說他愛的人。我永遠不會原諒他。」

「別說這種話！」蘿芮姐說。

「Silenzio，」奶奶說：「女人有可能心碎而死。別把情況搞得更糟。」

「爸會離開是她的錯，是她不肯去加州。」

「看來是妳對男人和愛的經驗老到，才會這麼認定吧。謝謝妳的天才，蘿芮姐。妳媽媽肯定覺得很安慰。」

奶奶用溼涼的面巾輕按媽媽的額頭。「我知道妳現在有多痛，愛瑟。妳無法消除對一個人的愛，哪怕妳想要，哪怕他傷了妳的心。妳不想醒來，我可以理解。天哪，我們過著這樣的日子，誰能怪妳呢。可是妳的女兒需要妳，尤其是現在。她跟她爸爸一樣傻。小安也讓我擔心。」奶奶傾身向前，悄聲地說：「還記得妳第一次抱蘿芮姐，我們倆都哭了嗎？別忘記妳兒子的笑聲，還有他抱妳的時候抱得多緊。妳的孩子們，愛瑟。別忘記蘿芮姐……安塞尼……」

媽媽猛然地、斷續地吸入一口氣，驀地坐起身來，彷彿突然被人拋上岸，奶奶讓她鎮定下來，張開雙臂抱住她。

蘿芮姐從未聽過這樣的哭泣聲，總覺得媽媽可能會因為哭得太用力而直接斷成兩半。當媽媽終於能夠正常呼吸不再哭泣後，身子往後拉開，那張臉就像毀容了一般。沒有其他字眼可以形容了。

「蘿芮姐，小安，請讓我們獨處一下。」奶奶說。

「她是怎麼了？」蘿芮姐問。

「熱情有它陰暗危險的一面。妳爸爸要是曾經長大過，就會這麼告訴妳，而不會讓妳滿腦子裝一些有的沒的。」

「熱情？這到底有什麼關係？」

「她還太小聽不懂，蘿絲。」愛瑟說。

蘿芮姐最恨被人說年紀太小什麼什麼的。「我沒有。熱情是好事，再好不過，我好渴望呢。」

奶奶不耐地揮揮手。「熱情就像雷雨，來得快去得也快。它能滋潤人，si，但也能讓人滅頂。我們的土地會拯救保護妳，妳爸爸始終沒明白這一點。妳要比妳那個自私愚蠢的爸爸聰明點啊，cara（親愛的）。要嫁一個愛土地的男人，一個可靠踏實的男人，一個能讓妳生活穩定的男人。」

又是結婚。這是她奶奶對每一個問題的答案。好像嫁得好就能過上好日子。「那我乾脆養隻狗怎麼樣？聽起來跟妳希望我過的生活差不多一樣讓人興奮。」

「我兒子把妳寵壞了，蘿芮姐，讓妳讀了太多浪漫的書。那將來會毀了妳。」

「讀書？我才不信。」

「出去，」奶奶指著門說：「馬上出去。」

「反正我也不想聽。」蘿芮姐說：「我們走，小安。」

「很好，」奶奶說：「今天要洗衣服，去打水吧。」

蘿芮姐應該早在五分鐘前就離開。

●

「他從來沒愛過我。」愛瑟說：「他怎會愛我呢？」

「唉，cara……」蘿絲坐著往前滑近，伸出因為工作而粗糙發紅的手放在愛瑟手上。「妳知道我失去了三個女兒。三個啊。其中兩個沒吸到過一口氣，一個有。可是我們從來沒認真談過這件事。」蘿絲深深吸氣然後吐出。「每個孩子我都只讓自己傷心很短的時間。我強迫自己相信天父為我做的計畫。我上教堂，點蠟燭，祈禱。我這輩子最心驚膽戰就是懷拉斐羅的時候。他在肚子裡動個不停。我發現我只能把他想成是健康的，而且對自己的希望漸漸覺得害怕。要是看到黑貓，就會忽然哭起來。灑出了橄欖油，就會趕緊到教堂去對抗厄運。我一雙嬰兒鞋都沒有織，也沒有織毛毯或縫製受洗服。我確實有做的好像就是想像他的模樣。他在我心裡變得很真實，之前幾個女兒都沒有。當他終於出生——那麼地有活力又健壯，還漂亮得不得了——我就知道不管以前我犯了多大的罪讓我失去女兒，天父已經寬恕我了。我實在太愛他，所以……無法管束他，無法拒絕他。東尼說我會把他寵壞，我心裡卻想，那能有什麼壞處呢？他是一顆流星，光芒刺得我睜不開眼。我……想給他的太多了。我想讓他體會愛和繁榮，同時成為美國人。」

「結果我出現了。」

蘿絲安靜了片刻。「那天的每一分每一秒我都記得。他已經打包好準備去上大學。大學呀。馬提奈尼家的人。我好驕傲，逢人便說。」

「結果，是我。」

「妳呀，瘦得跟蘆葦桿似的。頭髮也需要整理。看起來就像個不知道怎麼露出笑臉的女人。而且妳年紀太大了，我覺得。」

「妳全說對了。」

「幾個月後我才看出妳比我認識的任何人都更懂得愛與奉獻。遇見妳是我兒子最大的幸運。他太傻了，沒能了解。」

「很感激妳能這麼說。」

「不過真教人不敢相信。」蘿絲嘆一口氣。「我給拉斐羅太多的愛所造成的傷害，竟然跟妳父母給妳太少的愛一樣。」

「他們很努力想愛我。就像拉菲一樣。」

「是嗎？」蘿絲說。

「我小時候體弱多病。十來歲時發了場高燒，把身子搞壞了。他們跟我爸媽說我活不久，說我的心臟受損了。」

「而妳相信他們。」

「當然了。」

「愛瑟，我不知道妳小時候發生的事或生的病，或是妳父母說了、做了什麼。但我知道一點，妳有一顆獅子的心臟。要是有誰說了不一樣的話，別相信他。我是親眼目睹的。我兒子是個傻瓜。」

「他離開前對我說的最後一句話是：『記得那時候的我。』他應該是想表現浪漫。」

「我想這件事會傷害我們全家很長時間，不過蘿芮妲和小安需要妳。得讓蘿芮妲了解到，能拯救她的是這塊土地，不是她愚蠢的父親。」

「我想讓她上大學，蘿絲。希望她勇敢，到外頭闖蕩一番。」

「女孩家？」蘿絲笑道：「應該是小安吧。蘿芮妲會成家安定下來。妳等著瞧吧。」

「我不知道我是不是希望她安定下來，蘿絲。她的滿腔熱火讓我敬畏讚嘆，儘管被燒的人是我。我只是……希望她快樂。看到她和她爸爸一樣不快樂，我心如刀割。」

「要擔責任的人是他們，妳卻怪妳自己。」蘿絲以鼓勵的眼神定定地看著她。「記住了，cara，艱苦的時日不會長久。長久的是土地和家人。」

12

十一月間，第一場冬季風暴從北方凶猛襲來，留下一層薄雪。乾淨、閃耀、潔白，掃除了風車粗糙葉片、雞窩、牛欄與土地本身的塵土。

雪是好兆頭。表示有水。有水就有收成。有收成就有桌上的食物。

在這個格外嚴寒的一天，愛瑟站在廚房桌前，用微紅、發腫、布滿水泡疤的手揉著肉丸子。凍瘡在這個時節很常見，而且因為先前太多沙塵暴，使得家裡——郡裡——每個人都喉嚨疼痛發熱，眼睛刺痛發癢布滿血絲。

她將蒜味豬肉丸放在烤盤上，蓋上布巾，然後走進客廳，蘿絲正坐在火爐邊補襪子。

東尼進屋來，用力蹭掉靴底的雪並重重關上門。他捧起戴著手套的手往裡頭吹氣。他的臉頰凍得發紅變粗，也被風吹得乾乾淨淨，結冰的頭髮則像碎片一樣七橫八豎。「風車沒在打水，鐵定是太冷了。」他說著走向柴爐，爐邊有只桶子裡裝著愈來愈少的牛糞餅。沙塵與乾旱為患的這些年，大草原上的牲畜逐漸死去，因此這片沒有樹木的土地也慢慢失去農夫們以為取之不盡用之不竭的燃料來源。他拿起幾塊丟進火裡。「豬圈裡還有幾片破掉的木板。我還是去劈一劈。今晚得把火燒旺一點。」

「我去。」愛瑟說。

她從門邊掛鉤取下冬天外套和手套，跨出門進入冰天雪地裡。結了冰、閃亮亮的風滾草從院子裡翻滾而過，每翻轉一圈便有一些碎屑剝落。

她從柴箱拿起斧頭。

拎著斧頭走到空豬圈後，她環顧剩下的薄木板，挑定位置，接著舉起斧頭劈下，立刻感覺到金屬重擊木頭的力道往上震盪傳至肩膀，並聽見木頭夸拉拉裂開的聲音。

她只花不到半小時便摧毀剩下的豬圈，將它變成柴薪。

●

天空灰暗得足以扼殺靈魂。

愛瑟與小安坐在馬車後座，全身裹著拼被。蘿芮妲一個人坐，包著毯子，臉頰被這不像話的寒氣凍得粉紅乾裂。自從拉菲走後，她愈來愈沉默疏離。愛瑟赫然驚覺自己寧可女兒發怒嚷嚷，也好過這般安靜沮喪。蘿絲和東尼坐在前面，東尼負責駕車。他們全家人都衣衫襤褸，但已可說是為了上教堂特地盛裝了。

在十一月底的這一天，孤樹鎮上安安靜靜。是一座城鎮垂死前的那種安靜。雪覆蓋了一切。天主教堂顯得孤寂。有半片屋瓦在上個月掀了，尖塔也斷了。只要再刮上一陣強風，就會被吹垮。

東尼將馬車停在門口，馬繫上拴馬柱。他拖著一只水桶到壓水井，打滿水，留給麥祿喝。

愛瑟將一頂鐘形氈帽緊緊壓蓋在編了髮辮的頭上，將兩個孩子摟在身邊，然後一起爬上吱嘎作響的階梯，走進教堂。有幾扇破窗用合板補起，使得祭壇十分陰暗。

豐年時期，鎮上的天主教徒就不多，而現在壓根說不上是豐年。每個星期日來的人愈來愈少。愛爾蘭天主教徒有他們自己的教堂，在達爾哈特，墨西哥人則是在數百年前蓋的教堂做彌撒。不過他們的信徒也都在減少。郡裡的每間教堂都一樣。愈來愈多明信片與書信寄來到大草原上的信箱，那是在加州與奧勒岡與華盛頓找到工作的人捎來音信，鼓動他們的親人跟隨。

愛瑟聽到有人跟在他們後面進來。往日總有女人聚在一起七嘴八舌地討論食譜，男人也會圍在一起爭論天氣諸事，如今這番光景不再，連孩子們都悄然無聲。長木椅的吱嘎聲中響起了幾聲短促的乾咳。

不久，邁克神父站上祭壇，望著底下人數大減的信眾。

「天父在考驗我們，」他看起來跟愛瑟一樣疲累，跟所有人一樣疲累。「讓我們來禱告，希望這場雪意味著雨水就快來了，就快有收成了。」

「天父沒什麼用。」蘿芮姐說。

蘿絲用手肘狠狠撞了蘿芮姐一下。

「考驗不代表遺忘。」邁克神父透過小小的圓框鏡片盯著蘿芮姐說：「我們來禱告吧。」

愛瑟低下頭。**求天父幫幫我們**，她心中暗想，卻沒把握這真是禱告嗎。比較像是絕望中的乞求吧。

他們禱告、唱歌，又禱告了一會兒，然後排隊領聖體。

結束後，他們看著剩下的朋友與鄰人。誰都不會與他人作太久的眼神交流。眾人個個都想起了昔日為他們的星期日增添光彩的食物與情誼。

外頭，卡里歐一家站在冰封的壓水井旁。

卡里歐先生拋下家人，大步朝他們走來，整張臉緊繃著。這年頭誰也不想流露太多情緒，唯恐稍一洩露便一發不可收拾。

「東尼。」他喚道，一面將頭髮從凍紅的臉上往後撥。他是個乾癟結實的男人，有著發達的下頦和尖細的鼻子。

爺爺脫下帽子，和友人握手。「齊利婁家人呢？」

「雷住洛杉磯的妹妹給他寫了信。」他用濃濃的義大利腔說：「她好像發了財，找到了份好工作。雷和安德莉亞也在準備帶孩子上那兒去，說是沒理由再待下來了。」

隨後一陣沉默。

「我們要是早點走就好了，」卡里歐先生說：「現在沒錢買汽油了。你兒子有消息嗎？找到工作了嗎？」

「還沒。」東尼簡短地說。拉菲拋棄家人的真相，他們沒有告訴任何人。一想到他的背叛與軟弱公諸於世，他們實在無法承受。

「可惜啊，」卡里歐先生說：「看來你們也困住了。」

「我絕對不會離開我的土地。」東尼說。

卡里歐先生臉色一暗。「你還沒想明白嗎？東尼？是這塊土地不想讓我們待下來。情況愈來愈壞了。」

●

在那冷得不像話的漫漫長冬，愛瑟每一天醒來都只為了一個目的：餵飽孩子。他們能不能活得下去，好像一天比一天更不確定了。她在黑暗中獨自醒來，黑燈瞎火地更衣。老天曉得，反正照鏡子也沒什麼好看的。她的嘴唇老是冷到裂開，加上她一擔心就習慣去咬，都把嘴唇咬腫了。她隨時都在擔心。擔心天冷、擔心作物、擔心孩子的健康，這是所有事情當中最糟的。上星期學校永久關閉了——校舍裡的溫度已降到零下六七度。由於牛糞餅的供應來源消失，維持校舍溫暖成了誰也負擔不起的奢侈。因此如今愛瑟的家務項目中多了一項上課。對一個高中沒畢業的女人而言，負責教育兒女是個令人卻步的考驗，她卻抱著滿腔熱忱。假如有什麼是她最想要的，那就是讓孩子在受教育後獲得機運。

每天總要等到晚上，當她陪孩子們作完禱告，精疲力竭倒在那張孤伶伶的床上，她才會任由自己想著拉菲、懷念他、為他心痛。她想到他總是那麼溫柔貼心，不知他現在會不會想念她，哪怕只是一丁點。畢竟他們有共同的經歷，而她依然忍不住愛他。儘管他的離去帶來無盡的痛苦、傷心與憤怒，可是當她夜裡閉上眼睛，便會想念躺在身旁的他，想念他呼吸的聲音，以及她曾有過的期望：但願有朝一日他會真正愛上她。她會心想，**要是當時我說「我要去加州」就好了**，一次又一次地想，直到陣陣睡意襲來拯救了她。

感謝天主賜給她這座農場和兩個孩子，因為有些日子她還是想爬進某個洞裡哭泣，或是變成那眾多的瘋婦之一，成日穿著睡衣拖鞋，站在窗前等待離去的男人。她有生以來第一次領悟到背叛會造成肉體的痛苦。為了逃避這種痛，她幾乎什麼都願意做。逃跑、酗酒、吃鴉片酊……

只不過她不是一個**我**，而是一群**我們**。她兩個可愛的孩子倚賴著她，儘管蘿芮妲還不知道。

十二月底的一個寒天裡，她遲遲才起床，穿上她所有的衣服，再用一條紅頭巾和蘿絲織給她當聖誕禮物的毛線帽，蓋住她油膩糾結的頭髮。

她將拉菲的襯衫當圍巾纏在脖子上，然後到廚房煮麥片粥。

今天，他們**終於**可以得到政府的幫助了。這是鎮上的大消息。上週日上教堂時，大夥兒口口聲聲談的都是這件事。

她套上冬靴走到外頭，立刻全身打顫。她撒了幾把穀子餵雞，並查看牠們還有沒有水喝。在這天寒地凍的冬天，水井很讓人頭疼，經常打不了水。幸好井水結冰時可以收集雪，讓牲口和他們自己用水無虞。她瞧見東尼在屋邊劈柴——他將穀倉的木板拆了劈成引火柴。

她一邊走向穀倉一邊招手。到了戶外圍欄，她將一條牽繩繫上麥祿的籠頭。

這頭可憐的飢餓動物露出無比憂傷的神情，讓她略略停頓了一下。「我知道，夥計。我們的感覺都一樣。」

她牽著瘦稜稜的閹馬走進亮麗的藍天下，才剛套好馬車，東尼便出現在身旁。她看見他雙頰凍得發紅，看見他吐出的一縷縷氣息，以及隨著體重減輕而凹陷的臉和眼睛。他這個擁有兩個信仰——天主與土地——的男人，每一天都死去了一點，因為兩者都令他失望。白晝裡，他會默默眺望著覆滿白雪的冬麥田良久，乞求他的天父讓麥子長起來。「這次開會就能解決了。」她說。

「但願如此吧。」他說。

這寒冬季節蘿芮妲也不好過。她失去了父親和最要好的朋友，如今學校又關了。周遭世界不斷縮小讓她氣悶又沮喪。

愛瑟聽見農舍的門砰一聲打開，門廊階梯上響起啪答啪答的腳步聲。蘿芮妲和小安拖著腳步走向馬車，還能穿的衣服全裹在身上。蘿絲跟著出來，抱著滿滿一箱要進城賣的東西。

愛瑟與兩個孩子爬上後座，裝著待售物品的箱子也放在這兒。

愛瑟用拼被將小安包起來，貼身摟著。蘿芮妲寧可凍死也不和他們一起，便抖抖索索地坐在對面。

東尼鞭子一揮，麥祿開始吃力地往前走。馬車上，可以聽見肥皂在板條箱裡碰來撞去。愛瑟用戴著手套的一隻手扶住堆疊的雞蛋，免得摔破。「妳知道嗎，蘿芮妲，如果妳過來和我們一起取暖，我答應妳我還是會知道妳在生氣。」

「好好笑。」蘿芮妲抱起手臂，牙齒格格打顫。

「妳臉都發青了。」愛瑟說。

「不，我沒有。」

「不過有點紅。」小安說著咧開嘴笑。

「別看我。」蘿芮妲說。

「妳就在我們對面啊。」愛瑟說。

蘿芮妲刻意別開臉。

小安咯咯一笑。

蘿芮妲翻了個白眼。

愛瑟則將注意力轉向土地。

滿地白雪的景象好美。城裡和馬提奈尼農場間的住家不多，但沿途有幾個地方已經荒廢。小木屋、棚屋、半地下草皮屋和窗戶釘上木板的住家，法拍告示牌上貼著「出售」的字樣。

他們經過了荒廢的穆爾家。據她最新聽說的消息，湯姆和羅麗跟著親戚徒步前往加州了。**徒步呀**。怎能有人絕望到這般地步？何況湯姆還曾經以律師為業。這年頭，破產的不光只有農民。

太多人離開了。

我們去加州吧。

愛瑟勉強揮開這個念頭，卻知道它還會趁她不備重新縈繞她的腦海。

進城後，東尼停下馬車，將麥祿繫在拴馬柱。愛瑟拖出裝滿蛋、奶油與肥皂的木箱抱進懷裡。寥寥幾間還在營業的店鋪門前，貼著告示公告休．班奈特今天要來，他是羅斯福總統新成立的平民保育團的科學家。為了讓美國人回到工作場上，羅斯福成立了十來個機構，雇人投入以文字與攝影記錄大蕭條時代的工作，以及造橋修路等勞動活兒。班奈特大老遠從華盛頓來到這裡，終於要幫幫農民了。

百貨行裡，空落落的貨架讓愛瑟大吃一驚。不過還是有許多誘人的色彩與香味。多年來沒賣出去的咖啡、香水，一箱蘋果。貧乏的架子上可以看到這裡一些用具與衣裙紙樣與遮陽帽，那裡幾包米和糖還有罐頭裝的肉和牛奶。一匹匹格子布、圓點布和條紋布都積了塵，許許多多的環扣與蕾絲也一樣。如今穀物袋已成了做衣服唯一的布料。

她走向櫃檯，帕弗洛夫先生就站在那兒，臉上掛著疲憊的笑容，身上的白襯衫已不復昔日光彩。他曾是鎮上最富有的人，如今卻只靠著這家店鋪苟延殘喘，而且人人皆知。他的房子被銀行拍賣後，全家人便搬到鋪子樓上住。

「馬提奈尼家的，」他說：「你們進城來開會嗎？」

愛瑟將貨品箱子放到櫃檯上。

「是啊，」東尼說：「你呢？」

「我會走過去。真的希望政府能幫幫這裡的鄉親。實在很不想看到人一個個地放棄離開。」

東尼點點頭。「不過大多數人還是留下來了。」

「農夫都是硬漢。」

「我們太辛苦也犧牲太多了，不能就這麼走掉。乾旱會結束的。」

帕弗洛夫先生點點頭，瞄了一眼愛瑟放在櫃檯上的箱子。「雞還在下蛋，還真幸運。」

「還有愛瑟做的肥皂。」蘿絲說：「加了薰衣草的香味。你們家小姐很喜歡。」

這時孩子們走上前來站在愛瑟旁邊。她不禁想起以前他們總是在店裡跑來跑去，看著各種糖果驚奇地哇哇叫，求著買零食。

帕弗洛夫先生將架在鼻梁上的無邊鏡框推高了些。「需要些什麼？」

「咖啡、糖、米、豆子。也許再一點酵母？一罐上等的橄欖油，如果你有的話。」

帕弗洛夫先生在腦子裡計算了一下，滿意之後，便將用繩索掛在旁邊的籃子拉過來。他抓起一張紙寫上：糖、咖啡、豆子、米。接著說：「橄欖油缺貨，酵母免費贈送。」說完將紙條放入籃中，拉下一根操縱桿，將籃子送往二樓，由妻子女兒負責接收。

少頃，一名身型壯碩的女孩從後間出來，拖著一包糖、一些咖啡、一袋米和一袋豆子。

小安眼巴巴地盯著櫃檯上的甘草糖。

愛瑟摸摸兒子的頭。

「今天甘草糖特價，」帕弗洛夫先生說：「買一送一，可以賒帳。」

「你知道我不太能接受施捨，」東尼說：「而且也不知道何時才能付清。」

「我知道。」帕弗洛夫先生說：「我請客，拿兩塊吧。」

多虧他這種善意才讓這裡的生活比較好熬。「謝謝你，帕弗洛夫先生。」愛瑟說。

東尼把新物品裝上車後座，蓋上防水油布。他們讓麥祿繼續拴著，逕自沿著結冰的木板道走向封釘起來的校舍，那裡有其他幾輛馬車等候在外。

「沒有很多人來。」東尼說。

蘿絲拉著他的手。「我聽說埃默特收到親戚從華盛頓州寄來的明信片。那裡有鐵道活兒。」

「他們會後悔的。」東尼說：「那些活兒都是白日夢。一定是。有數百萬人失業啊。假設你真的逃離去了波特蘭或西雅圖，結果沒活兒幹，到時你怎麼辦——人生地不熟的，沒有土地也沒工作。」

愛瑟牽起小安的手，一塊兒爬上學校的台階。教室裡，孩子們的課桌被推到牆邊排排放，幾扇破掉的窗戶用合板蓋住，另外有人擺了一排椅子面對一個攜帶式的電影放映銀幕。

「哇，」小安喊道：「電影耶！」

東尼帶著家人坐到後排去，和其他還留在鎮上的義大利人坐一起。

又有一些人魚貫而入，沒有人多說些什麼。兩三個年紀較大的長者不時咳嗽，讓人想起去年秋天肆虐這片土地的沙塵暴。

門砰地關上，燈隨之熄滅。

接著響起咻咻聲與噠啦噠啦聲，白色銀幕上出現了黑白畫面：狂風呼號著吹襲一座農場，風滾草翻滾過一間木板封釘的農舍。

字幕寫道：**大草原上有三成農民面臨拍賣命運**。

下一個畫面是一間紅十字醫院，床位都滿了，身穿灰色制服的護士正在照顧咳嗽的幼兒與老年人。**塵肺病帶來可怕的影響**。

下一個畫面，農民將牛奶倒到街上，牛奶立刻消失在乾土底下。

牛奶售價不敷成本……

神形枯槁、衣著襤褸的男女與孩童從灰色畫面飄移而過，宛如幽靈。那是一個胡佛村營區。成千上萬人住在紙箱裡、壞掉的車上，或是用罐頭和鐵皮胡亂拼湊成的棚屋內。民眾排隊領食物……

電影戛然而止。燈重新亮起。

愛瑟聽見腳步聲，靴跟踩在硬木板上喀嗒喀嗒響，感覺充滿自信。和所有人一樣，愛瑟轉過頭去。

來者是個儀表堂堂的男人，穿得比鎮上任何人都體面。他將臨時的電影銀幕挪開，站到黑板前，拿起粉筆寫下**耕作方法**，並在四個字底下畫線。

他轉頭面向大夥兒。「我叫休．班奈特，受美國總統任命為新成立的保育團負責人。這幾個月來我巡視了大草原上的農地，奧克拉荷馬、堪薩斯、德克薩斯。各位，我不得不這麼說，孤樹鎮的情況和我所看到的任何地方都同樣悽慘。而誰知道這場旱災還會持續多久？聽說你們當中只有少數幾人今年還是費勁地種了作物。」

「你以為我們不知道嗎？」有人邊嚷嚷邊咳嗽。

「這位朋友，你們知道的是天一直不下雨。我來則是要告訴你們不只如此。在你們土地上發生的是一場生態浩劫，也許還是我國史上最糟的一次，所以你們必須改變耕作方法，以阻止情況惡化。」

「你是說這是我們的錯？」東尼說。

「我是說你們是其中一個因素。」班奈特說：「奧克拉荷馬流失了將近四億五千萬噸的表層土。事實是你們農民必須看清自己在這裡面扮演的角色，否則這片廣大的土地將會死去。」

凱靈頓一家起身走了出去，關門時重重一甩。藍柯一家也尾隨而出。

「那我們該怎麼做？」東尼問。

「你們耕作的方式是在毀滅土地。你們挖掉了固定表層土的草，耕犁破壞了草原。當雨下不來，又刮起風，就完全無法阻止你們的土地被風吹走。這是一場人禍，我們必須加以解決。我們需要讓草長回來，我們需要適當的土壤保育法。」

「這得怪天氣和華爾街那些該死又貪心的銀行土匪，他們讓銀行倒閉，拿走了我們的錢，才會讓我們破產。」卡里歐先生說。

「羅斯福總統想撥錢請各位明年**不要**種作。我們擬定了一個保育計畫。你們得讓一部分土地休耕，種草。但若只有一兩個人做是不夠的。全部的人都得這麼做。你們必須保護整個大草原，而不是只有你們自己的耕地。」

「就這樣？」帕弗洛夫先生怒氣沖沖地站起來，說道：「你是叫他們明年不要耕作？要種草？你何不乾脆放把火把剩下的全燒光？農民需要的是**幫助**。」

「羅斯福總統很關心農民，他知道你們被遺忘了。他有個計畫。首先，政府會以一頭十六塊錢的價格收購你們的牲畜，如果可以的話，我們會用你們的牛隻來餵飽窮人。但如果牛滿身是土，我在這裡看到的都是這樣，我們也會付錢給你們，然後把牛埋了。」

「就這樣？」東尼說：「你大老遠把我們叫來，就是要告訴我們這場災害是我們的錯，我們得種草，種莊稼賺不了錢，因為土地太乾長不出東西，因為乾旱——我們買不起種子——噢，還有，把你們農場上最後一頭活牲口殺了，可以拿到區區十六塊錢。」

「我們有個救助計畫。我們想付錢請你們不要種作，也許甚至能免除你們的貸款債務。」

「我們不想要施捨。」有人高喊。「我們想要**幫助**。我們想要水。要是土地沒用了，留著房子有什麼用？」

「我們是**農夫**。我們想種我們的莊稼。我們想自己照顧自己。」

「夠了。」東尼說。他將椅子往後一退，站起身來。「好啦，我們走了。」

愛瑟回頭一瞥，看見班奈特臉上的失望，因為有更多家庭隨著馬提奈尼一家走出校舍。

13

愛瑟站在紛飛的雪中。輕盈的雪花消去了世界的種種聲音。那白白的一層，如此美麗晶瑩；竟然還能發現大自然的美，她感到不可思議。當她走進儲存食物的地窖，聽見了貝拉低低的哀鳴。可憐的母牛也跟他們一樣又飢又渴。冷得直打哆嗦的愛瑟愣愣地看著空架子，那兒本該有一箱箱洋蔥與馬鈴薯，本該有裝滿水果蔬菜的玻璃瓶，但現在只剩空蕩蕩的架子。

這時候……政府派來的專家又傳達了這種消息。

愛瑟曾認為草原的開拓先驅，像東尼和蘿絲這樣的人，是百折不撓，怎麼也打不倒的。他們赤手空拳，只帶著一個夢想來到這片遼闊未知的地方，憑著鬥志與毅力與勤奮征服了土地。

但他們似乎錯估了土地。又或者，更糟的是可能錯用了它。

她想到這一星期來，他們在會咬人的凜寒中做了每天該做的活兒，今天的晚餐卻只有一片麵包、上一季剩下的幾顆發軟的馬鈴薯，和一點點煙燻火腿，根本不夠餵飽任何人的肚子。然後到了就寢時間，他們便各走各的，回到自己黑暗冰凍的房間，不願將寶貴的燃料或錢浪費在燈火這類花稍的東西上頭。他們會爬上不管多常換床單，老是覺得沙沙的床，試著入睡。

此時，她從箱子裡拿出三顆縮水的馬鈴薯，盡量不去注意剩餘的量少得可憐，隨即回到下著雪的外頭。

「媽？」

愛瑟回頭。

只見蘿芮姐穿著一層又一層不合身的衣服，和兩雙長筒襪，鞋子都已經太小，又穿上厚襪，肯定更不舒服。過去幾個月，蘿芮姐讓短髮長長，現在幾乎及肩了。參差不齊的劉海長過鼻子，始終遮蓋住眼睛。她說她的外表已經不再重要，因為她沒有朋友。

儘管如此，她的美依然引人注目，狗咬的頭髮、廉價的連身裙無損其美貌。她遺傳了父親的橄欖膚色、秀氣骨架與濃密黑髮。至於眼睛，像愛瑟，但是更湛藍，近乎紫色。總有一天，會有男人隔著擁擠的街道看見她立刻停下腳步。

蘿芮姐的臉頰呈亮粉紅色，融化的雪花在她深色的眼睫毛與豐滿的嘴唇上閃閃爍爍。「我想跟妳談談。」

「好。」

蘿芮妲帶路來到門廊上，往鞦韆椅坐下。

愛瑟坐到她身邊。

「我一直在想。」蘿芮妲說。

「唉，這可不妙。」愛瑟輕聲說。

「自從爹地……妳知道的，就是他跑了以後，我一直埋怨妳。」

這番自白讓愛瑟驚愕萬分，一時間想不出其他回應，只說：「我知道他傷妳傷得多深。」

「他不會回來了，對不對？」

愛瑟好想摸摸女兒的頭髮，將她額頭上的頭髮往後撥，這種親暱的接觸幾年前還有可能，當時蘿芮妲的身體就像她自己身體的延伸，愛瑟也曾以為女兒勇敢大膽的心必定能讓她較軟弱的心變堅強。「我想是不會了。不會。」

「是我讓他有這個念頭的。」

「親愛的呀，不要為他的行為擔責任。他是大人了。他做的是他想做的事。」

蘿芮妲沉默了許久才說：「那個政府派來的人，他說土地搞壞了。」

「那是他的想法吧。」

「要相信並不難。」

「對。」

「我應該去找工作，」蘿芮妲說：「賺點錢……補貼家用。」

「妳這麼想我很為妳驕傲，蘿芮妲，可是現在全國有大半的人都失業。沒什麼工作可做。我們住在農場，算幸運的，還有東西可吃。」

「我們才不幸運。」蘿芮妲說。

「到了春天，下了雨……」

「我們得離開。」

「蘿芮妲，親愛的。我願意為妳做任何事情……」

「除了這個。」蘿芮妲猛然起身。「除了離開。妳在拒絕我，就像妳拒絕爹地一樣。」

愛瑟重重吐出一口氣，也站起來。「我要跟妳說當初我應該鼓起勇氣對妳爸爸說的話：我愛這塊土地，我愛這個家庭，這裡是家。我希望妳在這裡長大，明白這裡是妳的地方、妳的未來。」

「可是它快死了，媽。我們所站的這塊地，它會殺死我們。」

「妳怎麼知道加州會比較好？別跟我說什麼『奶與蜜之地』的鬼話。妳也看到前幾天的新聞了。半個國家的人都失業，施膳廚房供不應求。在這裡，我們至少還有一點食物和水，還有棲身之處。我一個人撫養孩子，恐怕連鐵道的工作都找不到。而爺爺奶奶……」

「他們絕對不會離開。」蘿芮妲說。

愛瑟從頸脖上解下拉菲的襯衫。「這個給妳。已經相當破舊了，但這是用愛心做的。」

蘿芮妲小心地接過拉菲的襯衫，彷彿那是以夢織成的，隨後圍在自己脖子上。「還可以聞到他的髮油味。」

「是啊。」

蘿芮妲眼中閃著淚光。

「我很遺憾，蘿芮妲。」愛瑟說。

蘿芮妲大嘆一口氣，手摸著頸間的青年布衫，好像覺得它具有神奇力量。「我們還會更遺憾的，妳等著瞧吧。」

●

漫漫長冬終於到頭了。

三月的第一個星期，太陽變成明亮閃耀的朋友為他們打氣，讓他們重獲希望。萬里晴空的日子一天接著一天。

今天，愛瑟站在廚房桌邊做一批柔滑的凝乳酪時，暗自揣想著，**只要一點點雨就好**，那麼她就能再次相信了。相信救贖。她便能從這裡想像不同的情景：麥子長得高高的，在無垠的藍天下，遍地金黃綿延至天邊。

蘿絲晃進廚房來，一面將頭巾別好。「凝乳酪？真享受啊。」

「一個女孩家可不是每天過十三歲生日。我想就揮霍一下吧。我可以感覺到雨快來了，妳說呢？」

蘿絲點點頭，將頸背上的頭髮重新纏好。

愛瑟端著一壺咖啡進客廳，同時用圍裙兜了幾個杯子。她一一往斑駁的馬口鐵杯裡倒入熱騰騰的濃郁咖啡。

「噢，小愛啊，妳真是個天使。」東尼說著啜了一口。

愛瑟微微一笑。「只是咖啡而已。」

東尼拿起小提琴拉了起來。

小安跳起身說：「來跟我跳舞，蘿蘿。」

蘿芮姐翻了個白眼——實在受不了他——隨後很快地站起來，開始瘋狂地亂跳查爾斯頓舞，完全不照音樂節拍。

大夥兒都笑了。

愛瑟已不記得上次屋裡充滿孩子的笑聲是什麼時候的事。這是天父的賞賜，一如好天氣。

今後情況會慢慢好轉，她感覺得到。新的一年，新的春天。

會有陽光——但不會太多，也會有雨——但不會太少，然後那些嫩綠植物會長高，金黃麥稈會朝著太陽高高聳立。

「來跟我跳舞。」蘿絲出現在開懷笑著的愛瑟跟前。

「我已經……好久好久沒跳舞了。」

「我們也都一樣。」蘿絲將左手放到愛瑟的後腰上，抓起她的右手拉她近身。

「好漫長的一個冬天。」蘿絲說。

「沒有夏天那麼漫長。」

蘿絲微微一笑。「Si，是的，這妳倒是說對了。」

小安和蘿芮姐在一旁又轉又跳又笑。

愛瑟赫然發覺和婆婆跳舞竟如此自在，舞步幾乎是輕盈的。與拉菲共舞時，她總覺得自己好笨拙。此刻，她輕鬆地移動腳步，隨著音樂節拍扭腰擺臀。

「妳在想我兒子。我看到妳的憂傷。」

「是的。」

「他要是回來，我會拿鏟子打他一頓。」蘿絲說：「他太蠢了，不配當我兒子。也太殘忍。」

「你們有沒有聽到？」小安說。

東尼停止拉琴。

愛瑟聽見雨水打在屋頂，**咚——咚——咚**的聲音。

小安跑向前門，很快地推開。

他們全部跑到門廊來。只見頭頂上籠罩著一片炭灰色的雲，還有另一片雲氣勢洶洶地在天空飄移。雨滴輕輕落下，啪噠啪噠敲打屋舍，並在乾燥地上留下有如光芒四射的斑點。

雨。

豆大的水滴飛濺在階梯上，含沙帶土。雨滴愈下愈多，劈啪聲轉為轟隆聲，成了傾盆大雨。

他們跑進院子，全家人一起，仰臉迎接涼爽美妙的雨水。

雨水潑灑在他們身上，讓他們渾身溼透，也使他們腳下的地面變得泥濘。

「我們得救了，蘿莎芭。」東尼說。

愛瑟將孩子們拉進懷裡緊緊擁抱，一道道冰涼雨水流下他們的臉頰，滑落他們的背。「我們得救了。」

●

當晚，他們吃了一頓豐盛晚餐，自製的寬麵加棕褐色的培根丁，搭配濃郁的奶油醬汁。飯後，在客廳裡，東尼在叮叮咚咚的雨聲伴奏下拉小提琴，愛瑟為家人端出凝乳卡薩塔蛋糕。蛋糕的金黃表層（因為放滿晶亮的糖漬桃子）插了一根燃燒的蠟燭。

蘿絲從掛在頸間的絲絨小袋中，掏出她已經配戴超過三十年的一分錢美元硬幣。關於這枚硬幣的故事，字字句句愛瑟都了然於胸，那是家族的傳說。東尼在西西里街頭發現這枚硬幣，拾起後拿給蘿絲看。這是預兆，兩人一致認為。是他們未來的展望。是家族的護符。

每年元旦早上，這枚硬幣都要在家人間傳遞一圈，輪到的人便握住硬幣片刻，大聲說出自己的新年新希望。種植作物和過生日，也都要傳一圈。硬幣背面的兩側邊緣，各有一束彎彎的、美麗的凸紋麥穗。也難怪東尼認為它昭示了馬提奈尼家的命運。

蘿絲將硬幣遞給蘿芮妲，她一本正經地盯著看。「許個願吧，cara，親愛的。」

「我已經不相信它了。」蘿芮妲說完又將硬幣交還給奶奶。「它沒有讓我們家人團聚。」

蘿絲震驚不已，過了半晌才回過神來，勉強擠出笑容。

東尼的樂聲停了。

蘿芮妲淚眼汪汪地凝視愛瑟。「他答應過等我滿十三歲就教我開車的。」

「啊……」愛瑟感受得到女兒的痛苦。「我會教妳。」

「那不一樣。」蘿芮妲說。

接著倏地陷入一陣短暫而尷尬的沉默。隨後蘿絲說道：「妳會再次相信的。而就算妳不信，這硬幣也還是有它的力量。」

「我替她許願，」小安說：「錢幣給我。」

連蘿芮妲都笑起來，飛快地抹去眼淚。

東尼用小提琴拉生日快樂歌，大夥兒跟著唱起來。

大好的暴雨過後，連著幾天愛瑟都起個大早，滿懷希望地來到屋外。她深深吸氣，聞到溼土地的肥沃氣味，然後蹲跪在園子裡照顧她的蔬菜。她催著它們快長大，像對待自己的孩子一樣：照料時小心翼翼，說話時輕聲細語。地面重新恢復生氣，不再焦乾，到處可見纖弱綠芽從土裡冒出來，尋找陽光。

這天清晨，她看見東尼站在冬麥田邊。她沒戴遮陽帽——這太陽溫暖和煦，宛如老友——從雞舍旁走過，聽見雞隻咯咯叫。那隻老公雞在鐵絲圍籬邊昂首闊步，試圖催趕她遠離牠的家眷。風車在微風中轉動發出低沉聲響，引水而上。

愛瑟來到田邊駐足。

「妳瞧。」東尼用沙啞的聲音說。

一片青綠。

一行一行新長出的幼苗，筆直地延伸到天邊。

在農場上，這便是希望的精華，未來的顏色。此時仍青綠，且脆弱，但有了陽光雨水，麥子將會變得和農場家族一樣堅毅，和土地本身一樣強健，然後轉化成一片搖曳的黃金海，供給所有人溫飽。否則，最起碼牲畜也會有穀子吃。經過四年的乾旱，光這點就是天大的福氣。

愛瑟留下東尼站在他土地的祭壇上，自行往屋舍走。她來到廚房窗口底下她的那塊特殊園圃，蹲了下來。她種的紫苑變綠了。「嘿，你呀，」她說：「我就知道你會回來。」

14

事情發生當天，愛瑟告訴自己那沒什麼。他們也都是。

她清晨醒來，覺得焦躁不安。昨晚睡不安穩，卻不知道為什麼。她下床，往臉上潑了點水，頓時才發覺哪裡不對勁：她好熱。

她編好髮辮用頭巾包住，走進廚房，發現蘿絲站在窗前。

愛瑟知道她們倆想的是同一件事：氣溫已經很高，而現在還不到七點。

「好熱的天哦？」愛瑟說著站到婆婆身邊。

「我以前很喜歡熱天。」蘿絲說。

愛瑟點點頭。

兩人怔怔望著耀眼的黃色太陽。

●

一連八天都是三十八度高溫。才三月中旬。

他們又重新努力節約：力氣、水、食物、煤油。他們遮蔽窗戶，用桶子提水，少少地往菜園、葡萄樹和牲口槽裡倒，但這樣不夠；新苗開始在酷熱中枯萎。到了第四天，麥子死了。放眼數千畝地，不見一絲綠意。愛瑟眼看著公公愈來愈消沉。他依然會早起，邊喝苦澀的黑咖啡邊看報。直到開門那一刻才垂肩喪氣。每一天，見到田地的景象都會讓他希望再次破滅。有些日子裡，他會在枯死的冬麥田邊一站就是好幾個小時，只是呆望著。回家時，身上帶著汗水與絕望的味道，坐在客廳裡，一言不發。蘿絲盡了一切努力想重振他的精神，但他們每個人心中的樂觀都已所剩無幾。

然而，儘管作物枯死、田地乾涸、皮膚像被火燒似的，生活還是繼續。

今天，愛瑟和蘿絲得洗衣服。在這令人感到刺眼、頭痛的熱氣中。

愛瑟很想索性讓孩子穿髒衣服，說聲：**管他的呢？**現在這時日，每個人都髒，但這意味著她是哪一種母親，孩子們又會學到些什麼？雖然剩下的鄰居不多，但萬一其中有人忽然到家裡來，看見她的孩子穿著沒洗的衣服呢？

於是她將浴缸洗乾淨注滿水，接下來又花幾個小時洗布巾、床單被子和衣服，洗到汗流浹背精疲力竭。首先，當然了，每件衣物都要拿到外面甩一甩。熱得這麼不像話，蓄水池的水早已經乾了，因此她所需的水都得從井裡打上來，一桶一桶提回屋內。謝天謝地，蘿芮姐的汲水功夫很好，而且最近她也累到沒精力抱怨了。

愛瑟洗完衣服早已過了中午，氣溫更超過四十度。床單夾在晒衣繩上，隨著微風翻飛；她幾乎抬不起頭來，全身關節無一不疼。而這一切都只是白費力氣，因為塵土總會冷不防地揚起、落下或瀰漫，在她剛洗好的衣物上留下薄薄一層。

她回到陰暗滯悶的廚房，將昨晚剩下的馬鈴薯水、一顆煮熟的馬鈴薯、糖、酵母和麵粉攪和在一起，開始做麵包。兩點時，蘿芮姐走進廚房。

「妳來得正好，」愛瑟將和好的麵團用擦碗巾蓋上。「來幫我收衣服。」

「太好了。」蘿芮姐說完便跟著愛瑟出去。

●

入春頭一天——又是燠熱的一天——媽媽決定要來做肥皂。**肥皂**。蘿芮姐累到懶得抱怨，何況抱怨也沒用。媽媽和奶奶是女戰士，只要她們下定決心，什麼也阻止不了。

蘿芮妲隨母親來到穀倉。

她們合力將一只黑色大鑊推滾過院子的硬土地，直立起來。媽媽蹲在三腳鑊旁生火。當火焰點燃後往上竄，媽媽說：「開始打水吧。」

蘿芮妲未發一語，直接抓起兩只水桶便出發了。回來的時候，奶奶也在，正看著火。

「當初應該鋪管線才對。」奶奶說：「當初日子還好過的時候。」

「妳知道這叫馬後炮嗎？」媽媽如此回答。

「結果，我們買了更多地，買了新貨車和脫穀機。難怪天父要譴責我們。一群笨蛋。」奶奶說。

「妳繼續嘮叨吧，」蘿芮妲說：「我可以自己把水打完。」

奶奶輕輕打了一下她後腦勺。「Basta，夠了。快去。」

等鑊裡的水夠多了，蘿芮妲也覺得脖子痠痛、膝蓋發疼，要命的熱氣更讓她頭痛。她扯掉領巾，用來擦了擦臉頰。

水開始沸騰後，奶奶將豬油刮進鍋裡，接著小心地倒入鹼液。潮溼的熱氣瞬間變成毒氣。媽媽咳嗽起來，連忙掩住口鼻。

熱氣引發的頭痛在蘿芮妲眼珠子背後愈發劇烈。若是不猛眨眼，便難以注視天邊的藍，於是她轉而望向田裡乾死的馬鈴薯；空空的風車平臺讓她想念起爹地，但她很快就壓抑住這股情緒。她已不再想念爸爸。**走得好**，她這麼想（或是盡可能這麼想）。

媽媽站在鍋邊，拿著一根又長又尖的棒子攪拌鹼液、油脂和水的混合物，直到黏稠度恰到好處。做肥皂去賣。好像**肥皂**就能拯救他們，好像這樣就能賺到足夠的錢，在今年冬天餵飽他們全家人。

媽媽將皂液舀進木模，奶奶則踢沙熄火。

「蘿芮妲，幫我把這幾個盤子搬到地窖去。」媽媽說。

奶奶往圍裙上抹抹手，回頭往屋裡走。

蘿芮妲知道，等大鑊一冷卻，她們就得把它滾回穀倉，一想到這個她就沮喪得想尖叫。不過，她還是抓起一整盤未定型的皂液，隨母親步下相對較涼爽的陰暗地窖。

空架子。

這些年來小麥毫無收成，也沒種出什麼蔬果，所以一直仰賴較好年月留下的恩賜度日，只是那些物資去得很快。

她和媽媽互看一眼，但兩人都沒出聲。說出食糧缺乏的事實無濟於事。

蘿芮妲又隨著媽媽回到炎熱的外頭。她正想討杯水喝，忽然聽到一個奇怪的聲音，隨即止步傾聽。「妳聽到了嗎？」

是從穀倉傳來的。

媽媽走向穀倉，在咿咿呀呀聲中推開了巨大木門。

蘿芮妲跟隨她入內。

麥祿側躺在地，費力呼吸之際，凹陷的肚子在呼哧呼哧聲中起伏著。骯髒黏液從馬的鼻孔流出，積聚在地上。

爺爺跪在馬身旁，輕撫牠溼溼的頸子。

「牠怎麼了？」蘿芮妲問。

「牠撐不住倒下了。」爺爺說：「我正要牽牠進欄舍喝水。」

「進屋去，蘿芮妲。」媽媽說著走向爺爺，順手拉過一張擠牛奶坐的矮凳坐了下來，手搭在他肩上。

「我得射死牠，愛瑟。牠在受苦。這可憐的傢伙為我們付出了一切。」

蘿芮妲盯著麥祿，心想：**不行**。她有太多美好回憶都包含了麥祿……

她記得爹地如何教她騎上這匹老馬。**牠會照顧妳的，蘿蘿，相信牠。別害怕。**

蘿芮妲記得爹地如何將她甩上馬鞍，記得媽媽說，**她是不是還太小啊？**爹地卻微笑著說：**我的蘿蘿不會。她什麼都做得到。**

騎到麥祿背上後，蘿芮妲第一次征服了恐懼。**我做到了，爹地！**

那是蘿芮妲人生中最美好的日子之一。她在一天當中就從慢走進步到小跑步，爹地驕傲得不得了。

後來的幾年，麥祿始終是她在這座大農場上最好的朋友。牠老是像小狗似的跟在她屁股後面，一下子輕咬她的肩膀，一下子撞撞她討紅蘿蔔吃。

如今牠倒下了。

「別光是坐在那裡，做點什麼呀。」蘿芮妲雙眼發熱，淚水盈眶。「牠在受苦。」

「我把一切都搞砸了。」爺爺說。

「你沒有。」媽媽回應道：「是土地讓我們失望。」

「政府派來的那個人說我們是因為貪心加上耕作方式錯誤，自作自受。如果我不是好農夫，我就什麼都不是了，愛瑟。」

麥祿全身打顫，咻咻喘氣，發出一聲低低的、絕望的痛苦呻吟，兩隻前腳往前一蹬。

蘿芮妲沉著臉走到工作檯，拿起爺爺的科特手槍，檢查一下彈膛後啪地闔上，接著轉向麥祿，牠在她的觸摸下費力地喘著氣、噴著鼻息。

她摩挲著牠溼濡的頸子，看到牠眼中的痛苦與鼻孔內泥濘的黏液。「我愛你，兄弟，」她說道。淚水模糊了她的視線，使她看不清愛馬的臉。「你所有的一切都給了我們，我應該多陪陪你的，對不起。」

蘿芮妲用槍口抵住馬頭，扣下扳機。槍聲轟然響起。

「蘿芮妲，不要。」爺爺說：「那不……」

血濺了蘿芮妲一臉。

接下來，寂靜無聲。

眼淚撲簌簌流下蘿芮妲的臉頰，她不耐地拭去。無用的淚水。「可以用牠跟政府換十六塊錢，無論死活。」她說。

「十六塊錢。」爺爺說：「換我們的麥祿。」

蘿芮妲知道大人們在想什麼。雖然能拿到十六元，卻沒有了交通工具，而且沒有作物，沒有食物。

「還有多久我們會開始一一倒下爬不起來？多久？」

她拋下手槍跑出穀倉，她原本可能朝著車道繼續往前跑，一路跑到加州，但還沒到達屋舍便感覺到起風了。她望向遠方，瞧見了：沙塵暴，殺氣騰騰地由北方襲來。

風馳電掣。

●

那個星期，風有如張牙舞爪、尖聲號叫的怪獸，晃動屋子、狂打門窗。風以超過六十五公里的時速，日復一日地吹，毫不鬆懈，就這麼進行無止境的可怕攻擊。天花板不斷落下大量塵土，所有人都吸進了土，再吐出來或咳出來。鳥兒被沙塵迷了方向，撞上牆壁與電線桿。火車停在鐵軌上，一堆一堆的沙宛如波浪湧過平坦的土地。

他們醒來會發現床單上有塵土勾勒出身體的輪廓。他們在鼻子裡塗抹凡士林，用大方巾蒙住臉。大人們只有非不得已才會進入那吞噬了一切的魔口，拉著他們綁在屋舍和穀倉間的繩子，在迷眼的沙塵中，一手換過一手往前走。雞隻驚慌躁動，一天又一天地吸入沙土，孩子則待在屋裡，戴著防毒面具。小安很討厭戴面具——說是戴了會頭痛——儘管塵土對他造成的困擾更甚於其他人。

愛瑟很擔心他，會陪著他睡覺，會陪他坐在床上，用沙啞的聲音盡可能地讀書給他聽。只有聽故事能讓他平靜下來。

此時，已是風暴的第五天，他在母親的床上拉高了被子，戴著防毒面具，愛瑟在掃地。沙土從屋椽的隙縫溜進來，掉落在所有東西上面。

她聽見砰的一聲，在風暴的魔口中那聲音幾乎被淹滅了。

是小安的圖畫書掉在地板上。

愛瑟放下掃帚走到床邊。「小安，寶貝……」

「媽……」他劇烈咳嗽起來，他從來沒咳得這麼厲害過，簡直像要把肋骨都咳斷了。

愛瑟拉下自己的蒙面巾，也將防毒面具從他臉上取下。只見他眼角積了泥巴，鼻孔也有凝結的泥塊。

他眨眨眼。「媽？是妳嗎？」

「是我，寶貝。」她拉他起身，倒一杯水給他喝。她看得出來他吞嚥時有多痛。即使沒戴面具，他呼吸時的咻咻聲也拖得老長，聽來可怕。

風打得窗戶空隆作響，擠過木板縫時發出尖嚎。

「我肚子痛。」

「我知道，寶貝。」

是砂礫。全家人都有，在眼淚中、鼻孔裡、舌頭上，鋸著他們的喉嚨，積在他們的胃裡，直到一個個覺得反胃。他們每個人的胃都是持續地悶痛。

但小安情況最糟。他咳得厲害，又吃不下東西，最近還說光線刺眼。

「再喝一點。我在你胸口塗一點松脂，再敷上熱布巾。」

小安小口小口啜著水，像雛鳥似的。喝完後重新癱在床上，氣喘咻咻。

愛瑟上床躺在兒子身邊，將他摟在懷裡，喃喃祈禱。

他幾乎動也不動，很嚇人。

她從馬口鐵罐挖出一些凡士林，塗抹在小安有土塊凝結、綻裂的鼻孔，然後替他重新戴上防毒面具。他眨著眼看她，哭了，發紅眼睛的眼角，塵土化成了泥巴。

「別哭，寶貝。這場風暴很快就會停了，到時就帶你去看醫生。他會讓你好起來的。」

他透過面具咻咻地喘氣。「好……好。」他說。

愛瑟將他摟得更緊，不希望讓他看見她掉淚。

●

九天了，風暴依然沒有停歇的跡象。風撞得牆壁嘎搭嘎搭響，用力地刮抓門板。

愛瑟在又一個刮風的日子醒來後，查看一下睡在身旁的小安。過去四天，他一直虛弱得下不了床，甚至也不玩他的玩具士兵，不想聽故事，只是戴著防毒面具躺在那裡，咻咻喘著氣。

那拉得長長的可怕呼吸聲，是她每天早上醒來與每晚拉他入懷時第一個傾聽的聲音。聽見他的呼吸後，她很快地向聖母作了個禱告便起床。她將已變硬的方巾往下拉到脖子，踩過一晚上積在地上的薄薄一層粉土，來到床頭櫃前洗臉，房間地上留下了她的腳印。

一照見鏡子，她立刻停下動作，這些日子經常都是這樣。

「天哪，」她用嘶啞的聲音說。她的臉有如夏季的一片沙漠——黃褐、乾裂、布滿皺紋。嘴唇與牙齒被砂礫染成褐色，眼角和眼睫毛聚積著塵土。她洗完臉擦乾後刷牙。

到了客廳，她套上門邊的靴子，暫停下來，直盯著被風吹得嘎搭作響的門把。強勁的風力晃動著牆壁。她重新拉起方巾蒙住口鼻，然後戴上手套，使盡吃奶的力氣打開門。

風將她往後推。她頂著風，瞇起眼睛看著狂烈沙塵。

找到綁在房舍與穀倉間的繩子後，她拉著繩子一手換過一手穿越院子，緩緩前進，好不容易到了穀倉。一進去，她立刻往貝拉的籠頭繫上牽繩，牽著這頭走路搖晃不穩的可憐母牛走出欄舍，來到穀倉中央的寬敞通道。牆壁轟隆轟隆地晃動，沙土從頭上紛紛落下。

擺好桶子後，愛瑟坐到擠奶的矮凳上，脫下手套塞進圍裙口袋。接著拉下方巾，朝母牛乾癟、結痂的乳頭伸出手去。穀倉在四周發出喀喇喀喇的聲響，風從縫隙呼嘯而入，衝破木板。

愛瑟的手裂得皮開肉綻，擠奶時也和母牛一樣疼痛。她握住了，母牛痛得大聲哀號。

「對不起，貝拉。」愛瑟說：「我知道很痛，可是我兒子需要牛奶。他……病了。」

濃稠的褐色乳汁宛如緩緩流出的泥團，濺入桶內。

「加把勁，貝拉。」愛瑟再次試著催促道。

接著再一次。又一次。

依然還是只有泥漿奶水。

愛瑟闔上滿是砂礫的眼睛，將額頭靠在貝拉大大的、凹陷的側身。牛的尾巴掃向她，刺痛她的臉頰。

她不知道自己在那兒坐了多久，惋惜著浪費掉的牛奶，思忖著沒有牛奶或奶油或乳酪該怎麼餵飽孩子，也為這頭好牲口感到難過，牠成天吸著塵土，應該活不久了。另一頭牛早在幾個月前就已不再分泌乳汁，情況比貝拉還糟。

愛瑟精疲力盡地嘆了口氣，戴上手套，蒙上方巾，便牽著貝拉回欄舍。

當愛瑟回到屋裡，額頭已被刮破，眼睛也幾乎看不見。這風刮掉了她一層皮。

「愛瑟，妳沒事吧？」

是東尼。他來到她身旁，張臂摟著她將她穩住。

她拉下方巾說：「沒有牛奶了。」

東尼的靜默令人心碎。「那麼，就把牛賣給政府。一頭十六塊錢，對吧？」

愛瑟試著抹掉眼睛上的砂礫。「我們還有肥皂可賣，還有一些雞蛋。」

「感謝天父賜予這些小奇蹟。」

「是啊。」愛瑟說，心裡想著地窖裡的空架子。

15

安靜無聲。

沒有風吹得窗戶空隆作響。沒有土從天花板紛紛墜落。

愛瑟用大夥兒都已十分熟練的方式，小心翼翼地睜開眼。她拉下蒙住口鼻、結了泥塊的方巾，拂去眼皮上的土，花了一會兒功夫才集中精神。當她坐起身，沙土嘩啦啦地掉在地上。

她首先查看小安的狀況，輕輕從他瘦巴巴的小臉上取下防毒面罩喚醒他。「嘿，小寶貝，」她說：「風暴過去了。」

小安張開眼睛。愛瑟看得出他很費力。他的眼珠子已看不見眼白，只有一片深沉赤紅。「我沒法……呼吸。」他布滿青筋的骯髒眼皮顫動了幾下之後又閉上。

他情況又變差了。

「小安？寶貝？別睡著，好嗎？」

他試著舔溼嘴唇，試著清喉嚨。「我覺得……好難過……媽咪。」

愛瑟將兒子額頭上的溼濡頭髮往後撥，感覺到他身子滾燙。

發燒。

這是新狀況。

愛瑟對發燒有深深的恐懼，是從小遺留下來的，讓她想起自己的病。

愛瑟掀開床邊水壺的蓋布，倒水在陶盆裡，然後將一條面巾浸到微溫的水裡，稍微擰乾後用涼涼的溼巾蓋在他額頭上。水從他的側臉滴了下來。

愛瑟往杯子裡倒了點水，幫著他吞下兩顆阿斯匹靈。「把它想成是奶奶的檸檬汁，酸酸甜甜的。」她餵了他一匙摻了松脂的糖。這是他們唯一知道能對抗他吸入的塵土（儘管戴著面具）的解方。

小安喝了一點點，大口吞下糖，然後閉上眼睛，頭在枕頭上陷得更深了。

愛瑟才剛稍稍鬆一口氣，他卻突然弓起身子，全身痙攣，手指彎曲如爪，一雙紅眼往上翻。

愛瑟這輩子從未感到如此無助。她什麼也做不了，就坐在那裡，眼睜睜看著小兒子受痙攣的折磨。短短幾秒鐘彷彿沒有盡頭。

結束後，她將他緊緊抱在懷裡，由於太不安太害怕而無法出言安撫他。

「幫幫我，媽咪。」他用沙啞的聲音說：「我好熱。」

他需要幫助。**馬上**。

她不管家裡沒錢，求也得求。

「我會幫你，寶貝。」

她連毯帶人將他一把抱起，穿過屋子。她聽見家人在喊她，彷彿隔得很遠。她不能停下，除了小安她什麼也不在乎。

到了外面門廊她才想起他們沒有馬了。沒有牲口可以拉車。車道在她眼前延伸開來，光禿荒涼。有幾處地面又硬又平，因為被風刮到了硬盤，鐵絲網也像髮絲般被風撕扯開，飛走了。每棟建築牆面都有斷裂的鐵絲，風滾草被卡住後就被土堆所覆蓋。

她看見一台獨輪手推車直立著，半掩在沙堆裡。

她做得到嗎？用獨輪車推著他走三公里進城？

當然可以。無論需要走多遠，她都能帶著他去。

她搖搖晃晃走過去，把兒子放進生鏽的車斗內，讓他的細腿靠邊懸在車斗外，並小心地用毛毯枕著他的頭。

「媽——咪？」他氣息咻咻地說：「太亮了……好刺眼。」

「閉上眼睛，寶貝。」她說：「你睡吧。我們去看萊恩哈特醫生。」

愛瑟抬起粗糙的木把手，往車道推去。

「愛瑟！」她聽見蘿絲在喊她，卻沒停步，沒仔細聽。她一心急著要走，去替他求援。她知道這麼做太瘋狂，知道自己有點錯亂了，但不這樣她還能怎麼做？

「愛瑟，讓我們幫忙吧！」

愛瑟急促地往前，手推車似乎不斷抵抗著。她可以感覺到車道上的每一處隆起，每一條溝槽都彷彿是對準她脊背的一記重擊。終於來到大路了。

滿目瘡痍。一堆堆的沙。被沙土覆蓋的棚屋，倒地的圍籬。

她轉上大路繼續走，重重地喘著氣。

熱氣無情地籠罩住她，汗水模糊了她的視線，從雙乳之間流下，搔得她發癢。

她踢到埋在沙裡的不知什麼東西，絆了一跤。手推車脫了手，喀喇一聲往前倒。小安的頭撞在地上。

「對不起，寶貝。」愛瑟說。連她都聽不見自己的聲音，因為喉嚨太乾。她低頭看看自己的左手掌，破皮流血了，血漬染黑了手把。

她將小安重新安置上推車，準備奮力往前進，但一步都還沒完全跨出去，便感覺有人按住她的肩膀。

東尼站在那兒，夾在蘿絲和蘿芮妲中間。「妳現在準備讓我們幫忙了嗎？」

「妳不必把事情全攬在自己身上。」蘿絲說。

「是啊，媽。」蘿芮妲說：「我們一直在喊妳，妳聾了嗎？」

愛瑟幾乎痛哭失聲。她很慢很慢地將推車放下來。

東尼握住手把，拉起推車出發。蘿芮妲走到他身旁，接手一側。

「妳走了將近三里路了。」蘿絲溫柔地將愛瑟髒兮兮的額頭上的溼髮撥開撫順。

「我只是……」

「做母親的。」蘿絲握住愛瑟雙手，拉高起來，看著那破了皮、血跡斑斑的手掌。

愛瑟做好了心理準備。要是她自己的母親，會責罵她怎麼這麼笨，不戴手套。

蘿絲卻慢慢抬起愛瑟的一隻手，親吻流血的皮膚。「以前要是這麼做，我那笨兒子都會覺得好多了。」

「的確。」愛瑟說。這是她有生以來第一次有人親吻她的傷口讓她好過些。

「來吧。老爺子可不像他自己想的那麼年輕，很快就要輪到我了。」

●

孤樹鎮猶如鬼城。

東尼推著獨輪車沿著大街走，經過一間間木板封釘的店鋪。原本生意興隆的飼料行已經由紅十字接管，改為醫院。

那棵美洲黑楊不見了。想必是乾死後被人砍了當柴燒。

到了臨時醫院，小安被東尼抱起來時發出呻吟並咳嗽。

這棟狹窄建築的內部陰陰暗暗，窗子都釘上了木板防風沙。紅十字會的護士穿的制服一度是漿得筆挺的純白色，如今卻是皺巴巴的灰色。有個醫生急匆匆地在病床間巡視，每張床都只暫停片刻，評估病情同時向尾隨在後的護士吼叫著發號施令。

東尼將小安抱進房間。「這裡有個孩子需要幫忙。」

一名護士走上前來，模樣看起來跟其他所有人一樣憔悴而疲憊。「他情況有多糟？」

「很糟。」

護士沉重地嘆一口氣。「今天早上剛好騰出一張床。」

他們全都明白那意味著有人因為沙塵過世了。

護士哀傷地覷了愛瑟一眼。「情況並不好。來吧。」

愛瑟隨著東尼走進去，病房裡躺滿了不停氣喘咳嗽的病患。

他們讓小安躺在最裡面的一張床上，上方有一扇三米高的窗戶也用木板封住了。儘管如此，窗檻仍然塞滿布條。左手邊的床上，躺了一個每吸一口氣都困難無比的老人，眼睛蒙著眼罩。

愛瑟跪在兒子身邊。

他身上散發著熱氣。她摸摸他滾燙的額頭。「我在這裡，小安。我們都在。」

蘿芮姐坐在床尾。「我們還要玩跳棋，我會讓你贏。」

小安咳得更厲害。

不一會兒，蘿絲帶著醫生回來，只見她死命地牢牢抓住醫生的袖子，這個可憐的男人無疑是被她抓著拖來的。不知怎地，蘿絲內心仍然有一把火在燒著。愛瑟無法想像在這漫天的塵土中，她怎能不讓火熄滅。醫生彎下腰給小安量體溫。

醫生看了溫度計，然後替小安檢查了一下，嘆一口氣。「這孩子病得很重，妳肯定是知道的。他發高燒，而且有很嚴重的矽肺症。就是塵肺病。草原的沙土充滿了矽，堆積在肺部就會剝奪肺泡。」

「你的意思是？」

「他吸入沙塵，吞嚥沙塵，整個體內積滿了沙塵。我真的只能這麼說了，不過你們把他帶到這裡來是對的。這裡是全鎮上躲避沙塵暴最好的地方。我保證，我們會好好照顧他。」醫生掃了一眼其他病床，上面全是喘氣、咳嗽、流著汗、命在旦夕的病患。「盡量別擔心。」

「他快死了嗎？」愛瑟輕輕地問。

「還沒有。」醫師撫著她的肩膀輕輕捏了捏。「現在妳得回家去，讓我來幫他。」

愛瑟跪在小安床邊，把臉埋在他的頸窩蹭了蹭。「我在這裡，小寶貝。」她聲音變沙啞。「我愛你。」

蘿絲輕拉愛瑟起身。愛瑟極盡自制的能力才沒有大聲哭嚎或尖叫或崩潰。她也不知道自己哪來的力氣轉過身，迎上婆婆哀傷的目光。

「我們有一些奶油，」蘿絲緊繃著嗓子說：「可以給他做一兩片餅乾，明天連同一些玩具和他的衣服一起帶過來。」

「我不能離開他。」

醫生上前一步。「這裡的每個病患要不是幼兒、孩童，就是老人家。每個人都有想留下來陪伴的人。這裡沒有空間容納探視者。回家吧，睡個覺，讓我們照顧他。至少一個星期，或許兩星期。」

「我們可以來看他吧？」蘿芮姐問。

「當然，」醫生說：「隨時都可以。等他好一點，這裡還有其他小孩可以跟他玩。」

愛瑟說：「如果……」

醫生打斷她的話頭。「妳要問所有人都會問的事。我只能這麼說：要是妳想救他，就讓他離開德州，帶他到一個可以呼吸的地方去。」

蘿絲摟抱住愛瑟，她也因此才能站得直。「走吧，愛瑟，去給我們的寶貝做點好吃的。明天再帶過來。」

●

愛瑟站在枯死的麥田邊，放眼所及全是褐色乾土堆成的沙丘。現在將近四點，太陽依舊火辣，又熱又乾。風車緩緩轉動，咿呀作響，竭盡全力。

她很想相信雨水會再來，種子會萌芽，這片土地會再次欣欣向榮，但如今小安躺在病床上，咳出肺裡的塵土還發著高燒，希望已不再是她承擔得起的東西。

塵肺病。

這是他們給的病名，但其實是損失與貧窮與人為的錯誤。

她聽見背後有腳步聲，其中夾雜著沙土不斷挪移的新聲音，那是一種窸窣呢喃，彷彿人類現在很怕驚擾了起身反撲的大地。

東尼來到她身旁站住。蘿絲則站到她的另一邊。

「他就要死在這裡了。」愛瑟說。

就要死了。

不只有小安，還有土地、牲畜、植物。一切。一切事物都被太陽晒成塵土，隨風而逝。數百萬噸的表層土全沒了。

「我們得離開德州。」愛瑟說。

「對。」蘿絲說。

「可以把牛賣給政府，多少有點幫助。」東尼說：「兩頭牛可以換三十二塊錢。」

愛瑟痛苦地深深吸一口氣，望著那一大片已乾死的黃褐土地。她其實不想在沒有工作又幾乎身無分文之下走向未知。他們誰也不想離開。這裡是家啊。

在他們頭頂上，風車發出吱吱嘎嘎的聲響，葉片緩緩轉動。

他們三人一同走回農舍，腳下揚起了塵土。

16

「我在想明天可以帶蘿芮姐去打獵。」當天晚上吃飯時爺爺這麼說。

「好主意，」奶奶也說，同時拿麵包沾了一點點寶貴的橄欖油。「指南針在我的斗櫃裡，最上層抽屜。」

「我們應該把穀倉清一清。」媽媽說：「拉菲打獵用的舊帳棚就放在裡面不知什麼地方。還有草皮屋裡的柴爐。」

蘿芮姐一秒都無法再忍受。大人根本是在嘮叨一些無關緊要的小事。他們好像忘記小安還在那間破醫院，身邊一個家人都沒有。還是他們以為她年紀太小，聽不懂真相。這番愚蠢的對話真教她噁心。現在最不需要做的就是清那個該死的穀倉。

她冷不防地站起來，椅腳滑動發出尖銳的摩擦聲。她一腳把椅子踢到旁邊去，看著它摔到地上。「他快死了，對不對？」

媽媽抬頭看她。「沒有，蘿芮姐，他沒有快死了。」

「妳騙我。我不洗碗了。」她衝出屋子，重重地甩上門。

屋外，圍欄裡沒有馬，豬圈裡沒有豬。如今只剩幾隻骨瘦如柴的雞，又熱又累又餓，見她經過叫都沒叫一聲，另外還有兩頭幾乎站不直的牛。再過不久，牛就會賣給政府的人被帶走，到時畜欄就整個都空了。

她爬上風車平臺，坐在無邊無際、滿天繁星的大草原夜空下。在這上頭，她感覺——或者是曾經感覺——自己彷彿是天穹的一部分。坐在這裡的她曾經有過許多身分——芭蕾舞者、歌劇女伶、電影明星。全是父親鼓勵她追求的夢想，在他離開家鄉去追求自己的夢想之前。

蘿芮妲屈起雙腿，用手抱著腳踝。垂死的農場和說謊的大人，這她應付得來，就連父親拋棄他們——拋棄她——她也能應付，但這個……

小安。她的小弟，他總像隻馬鈴薯瓢蟲似的蜷縮起身子，吸著大拇指；他跑起來手腳亂晃，活像個木偶；晚上他會仰頭看著她說：「念故事給我聽，」然後每一個字都不放過。

「小安……」她喃喃喊道，隨即發覺自己在禱告。這麼多年來，這是她第一次開口禱告。

風車晃動起來。她低頭一看，媽媽正在往上爬，踩得木板嘎搭嘎搭響。

媽媽在她身旁坐下，兩腿懸在邊上。

「我不是小孩子了，媽。妳可以跟我說實話。」

媽媽深深吸一口氣後吐了出來。「我們會說起妳爸爸的帳棚是因為……等小安身子好一些，我們就馬上離開德州。去加州。」

蘿芮妲轉過頭。「什麼？」

「我和爺爺奶奶商量過了。我們有一點錢，貨車也能跑，所以我們會往西開。東尼還算硬朗，他會找到工作，也許是鐵道活兒吧。我呢，希望可以替人洗衣服。聽說潘蜜拉・薛耶在珠寶店找到工作，妳能想像嗎？她丈夫蓋瑞在照顧葡萄園。」

「小安也跟我們一起？」

「當然了。一等他病情好轉，我們就走。」

「去加州有一千六百多公里，汽油一加侖一毛九。我們的錢夠嗎？」
「妳怎麼會知道這些的？」
「爸走了以後，應該念德州歷史的時候，我就研究加州地圖，我想要……」
「離家去找他？」
「是啊。看來我是很笨，但又沒那麼笨。加州那麼大，而且我根本不確定他真的往西走，或者是真的待在西邊。」
「沒錯，這些我們都不知道。」
蘿芮妲靠在媽媽身上，媽媽伸手摟住她。
離開。蘿芮妲頭一次思考這件事，認認真真地思考。離開家。
「我本來希望你們能在這塊土地長大，」媽媽說：「希望我能在這裡終老，葬在這裡，看顧你們的孩子的孩子。我希望看到麥子重新長出來。」
「我知道。」蘿芮妲說，心卻好像被扎了一下，因為她發覺：原來自己也有一點這樣的想望。
「我們沒得選擇。」媽媽說：「再也沒得選了。」

●

一星期過後，大半個雞舍仍埋在土裡，穀倉有一整面也是。牛賣掉後被帶走了，連續十一天的沙塵暴將整座農場變成一片褐色波浪起伏的大海。要挖那麼多土太過費力，何況他們都要走了。木板圍欄大貨車的車斗上放了少許他們認為新生活中用得上的東西——小柴爐、桶裝用品與食物、箱裝的寢具、各種鍋具、一加命的汽油、手提燈。

愛瑟像貝都因人一樣在沙丘間爬上爬下，經過了風車，終於找到一些野生絲蘭，由於受到風吹與侵蝕，鬚根暴露在外。

她砍斷鬚根，一把拉扯起地上的植物，丟進金屬桶內。

回屋後，她看見蘿芮妲和東尼坐在廚房桌邊，好幾張地圖攤在四周。

「那是什麼？」蘿絲從廚房走出來，問道。她剛剛殺了兩隻雞做成罐頭，準備路上吃。除了這個，還有最後一些裝罐的蔬菜、糖漬火腿，和一些醃漬俄羅斯薊，應該足以讓他們撐到加州了。

「絲蘭。可以水煮來吃。」

蘿芮妲做了個鬼臉。「水準又降低了，媽。」

外面來了一輛車。他們不禁面面相覷。

上一次有訪客來都多久以前了？

愛瑟用水泥袋擦碗巾擦擦手，隨著東尼出去。

汽車沿路駛來，左避右閃地繞過地上的裂縫和沙堆和捲起的鐵絲。黃褐色沙土從薄薄的橡膠輪底下滾滾揚起。

東尼穿過門廊，走向來車。

愛瑟舉起手放在眼睛上方遮蔽刺眼的陽光。

「是誰？」蘿絲來到她身邊問道，溼溼的手往圍裙上抹。

汽車轟隆隆地駛進院子，停在東尼面前。瀰漫的塵土逐漸消散，現出一輛一九三三年份的福特Y型車。

車門緩緩打開。一個男人下車來，挺直了腰桿。他身穿黑色套裝，鈕子整排扣上的外套被圓滾滾的肚皮撐得緊繃，頭上戴了一頂嶄新的費多拉氈帽。濃密的灰色鬢角框住他紅潤的臉。是傑若先生，鎮上僅剩的銀行老闆。

蘿絲和愛瑟步下台階走進褐色院子，站到東尼身邊。

「摩頓，」東尼皺著眉頭說：「你是為了明天開會的事來的嗎？聽說那個政府代表要回鎮上來了。」

「沒錯，的確是。但那不是我來的原因。」摩頓．傑若輕輕關上車門，好像把汽車當成需要呵護的情人，然後脫下帽子。「女士們好。」他頓了一下，不自在地看著東尼。「是不是請女士們先進去，讓我們私下談一談。」他說。

蘿絲堅定地說：「我們要留下。」

「有什麼需要我幫忙的，摩頓？」東尼問。

「你那一千畝地欠款的票子快到期了。」傑若先生說。他倒是厚道，傳消息時顯得悶悶不樂。「要是可以，我會延一延，只是……因為你們農民現在日子不好過，大城市裡就有人拿土地做投機買賣。你欠我們將近四百塊錢。」

「脫穀機拿去，」東尼說：「拖拉機也拿去吧。」

「這年頭沒人需要農具了，東尼。不過東部那些有錢人，那些真正的銀行主人，他們估計土地還有價值。你要是付不出錢，他們就要法拍土地。」

沒有回應，只聽見風在嘆息，彷彿它也覺得嫌惡。

「你能不能多少付一點，東尼？好歹讓我擋他們一陣子？」

東尼像是挨了一鞭子，滿臉羞愧。「我土地太多了，摩頓。你們就拿去吧。」他說。

傑若先生從襯衫口袋掏出一張粉紅色的紙。「這是你還有欠款的那一千畝地正式的法拍通知。除非你按上頭說的日期還清債務，否則我們會在四月十六日拍賣那部分的土地給出價最高的人。」

●

愛瑟和東尼走路進城時，鞋子不時陷入深深的沙裡，讓她重心不穩。道路兩旁，廢棄的農舍和汽車埋在風吹積的沙堆中，有時一間棚屋只看得到屋脊突出於沙丘之上。電線桿傾倒，沒有一聲鳥鳴。

城裡籠罩著一種脫離塵世的靜謐。沒有汽車駛過街道的轟隆聲，沒有節奏規律的達達馬蹄。學校的鐘在那十一天的風暴中被吹走了，至今仍無下落，無疑是被掩埋了，只有等到強風再起，重新改變地景，鐘才會出現。

到了臨時醫院，愛瑟停下腳步。「我們三十分鐘後見？」

東尼點點頭。他將有補丁的灰色帽子拉低蓋住眼睛，走向學校準備開會，肩膀已經因消沉而下垂了。政府的代表再次回來，誰也沒抱太大希望。

愛瑟進到陰暗的醫院，過了一會兒眼睛才適應室內的模糊昏暗。有人連連乾咳、咳嗽，有嬰兒在哭，疲憊的護士在病床間走來走去。

愛瑟經過戴著面罩的病患時會露出笑容，他們多半要不是年紀很小就是年紀很大。

小安已起身坐在他的床上，拿著叉子和湯匙假裝在擊劍比武。「看招，朋友。」他說著用叉子打湯匙。他聲音仍然沙啞，防毒面具放在旁邊的小桌上隨時備用。「你不是魅影的對手！」

「嗨，」愛瑟往床沿坐下。他今天氣色好多了。過去十天，小安始終昏昏沉沉，就算有人來看他也都懶洋洋的提不起勁。但現在呢，這是她兒子沒錯。**他回來了**。愛瑟鬆了口氣的感覺來得太凶太猛，淚水頓時扎痛雙眼。

「媽咪！」他整個人撲上去用力抱住她，讓她險些跌下了床。她實在捨不得放手。

「我在扮海盜。」他衝著她咧開嘴笑。

「你掉了一顆牙。」

「對呀！而且真的不見了。莎莉護士覺得是我吞下去了。」

愛瑟提起她帶來的籃子，裡面有一瓶 orzata，就是他們每年用雜貨店買回來的杏仁做的糖漿飲料。這是他們最後剩下很寶貴的一瓶，許多年前做的，一直收藏著要等特別的日子才拿出來喝。愛瑟倒了一點在裝滿罐裝牛奶的瓶子裡，搖到牛奶起泡後遞給小安。

「好耶。」他啜了一小口細細品嘗。她知道他會努力地喝慢一點、久一點，但卻做不到。

「還有這個。」愛瑟拿出一片裹著糖霜的甜餅乾。

小安像老鼠似的齧咬餅乾，先從邊緣開始，慢慢咬到較耐嚼的中心。

「看來這個幸運的小男孩有個愛他的媽媽。」醫生來到床邊止步說道。

愛瑟站起來。「他今天看起來好些了，醫生。」

「他一定有進步，護士跟我說他變得很調皮。」萊恩哈特醫師撥弄一下小安的頭髮。「他昨晚終於退燒，呼吸的情況也好很多。他確確實實正在恢復中。我想多觀察他幾天，但只是以防萬一。」

愛瑟請醫師吃一塊餅乾。「這沒什麼，我知道。」

醫生接過餅乾微微一笑，然後咬了一口。「怎麼樣，小安，你想早點回家嗎？」

「那還用說啊，醫生。我的玩具士兵都很想我。」

「那星期二如何？」

「萬歲！」小安喊道，但伴隨著歡呼小咳了一陣。愛瑟聽了心揪在一起。以後會不會每次聽到咳嗽聲就陷入驚恐？「謝謝你，醫生。」她說。

他對她露出疲倦的笑容。「星期二見。」

愛瑟重新坐到兒子身邊。他最喜愛的書正躺在那兒等著他們。是碧雅翠絲．波特寫的《小豬羅平的故事》。他可以一遍又一遍聽著小豬如何划船逃到一塊長了噹噹樹的陸地的故事，每聽一次便又更加深他的喜愛。也或許他喜愛的是那種熟悉感，每次都會有一樣的結局。

他窩在她的臂彎裡，邊吃著餅乾邊聽她讀故事書。最後，她闔起書本。

「妳要走啦？」他一副可憐兮兮地說。

「醫生想讓你再待幾天，確保你真的好了，不過我們很快就要出發去探險。」

「去加州。」他說。

「去加州。」愛瑟將他拉進懷裡摟得緊緊的，然後親親他的額頭低聲地說：「再見了，小寶貝。」

離開他總是很困難，但畢竟有了點希望。小安很快就要回家了。

到了外面，她往街道另一頭看去，看見一群人從學校走出來，個個鬱悶、安靜。她看見東尼和卡里歐先生說了幾句話後握握手。

愛瑟在木板道上等著東尼。他慢慢地朝她走來，顯得垂頭喪氣。

「孩子怎麼樣？」東尼問。

「醫生說星期二可以出院了。政府代表那邊有什麼消息嗎？」愛瑟問道。

東尼看她的表情充滿絕望，讓她一時忘了呼吸。「沒有好消息。」他說。

愛瑟點了點頭。

他們倆隨後走上了漫長、靜肅的回家之路。

●

再過兩天就要離開這塊遺世獨立的土地了。愛瑟這麼說有其沉重的含意。是遭天主遺棄。

否則還能怎麼形容？天主背棄了大草原。

這幾天她都在收拾行李。今天是聖枝主日，愛瑟沒上教堂，而是忙著將東尼和蘿芮妲昨天獵到的長耳大野兔做成罐頭。做完這件費力的活兒之後，她接著洗衣服。

這個晴朗好日子即將結束的此時，愛瑟蹲在她那株小紫苑前面，往乾渴的土地倒了幾杯珍貴的水。這朵花獨自挺立（這麼久以來她給它遮蔽、保護、澆水，還跟它說話），在這一大片褐色中傲然綻放綠意。

如今不得不留下它等死了。

她挖起這株纖弱的小植物，用戴手套的手捧著，穿過院子。

家族墓園的白色欄柵破碎地散落在地，墓碑也半掩在土裡。四塊從店鋪買來的灰色墓碑，上面刻著蘿絲和愛瑟的孩子的名字。三女一男。

這些墓牌能在風中維持多久？而等馬提奈尼一家離開後，誰來照顧這些孤伶伶埋在蒼涼荒地的孩子呢？

愛瑟跪在沙中。「瑪莉亞、安潔莉娜、茱莉安娜、羅倫佐，我只能留下這個給你們。我會祈禱今年春天下雨，讓它開花。」她將花種在羅倫佐半掩埋的墓碑前的粉狀土裡。

紫苑立刻垂下來，歪倒到一邊。

愛瑟不會為了這朵小花哭泣。

她閉起眼睛禱告。沒一眨眼功夫，她便擦擦眼慢慢站起來。直起身子時，她看見遠方升起一片黑影，她從未見過這麼黑的玩意兒，只見它升入深藍色的傍晚天空，展開巨大的黑翼。靜電微刺著她的頸背，頭髮隨之揚起。

黑色風暴？

無論那是什麼，都正在朝這個方向移動。**快速地**。

她奔向屋舍，在院子裡碰到蘿絲。

「Madonna mia。」蘿絲說。她們愣愣地看著那團黑洶湧而來，八成有五百丈高。鳥群從頭上飛過，成百上千隻，以最快的速度飛走。

東尼從穀倉跑出來，和她們站在一起看著。

四周靜悄得詭異。毫無動靜。一點風也沒有。

愛瑟的鼻子裡充斥著燒焦味。空氣感覺黏黏的。

空氣中放出靜電，小小的藍色火花到處迸發，在鐵絲尖端與風車的金屬葉片上躍動。鳥兒從天上掉落。

剎那間：一片漆黑。塵土堵住了他們的眼鼻。

愛瑟一手緊緊摀住嘴巴，另一手牢牢抓著婆婆。他們三人來到屋前，踉踉蹌蹌爬上階梯，東尼打開門將兩個女人推了進去。

「媽！」蘿芮妲尖叫道：「發生什麼事了？」

愛瑟看不見女兒，四下就是這麼黑。伸手不見五指。

東尼砰地關上身後的門。「蘿絲，幫忙關窗。」

「蘿芮妲，」愛瑟喊道：「戴上防毒面具。進廚房。坐到桌子下面去。」

「可是……」

「快去。」愛瑟對著看不見的女兒說。

愛瑟和蘿絲一路摸索，一個房間一個房間去關窗戶，放上窗板，拿報紙和油布塞緊每個空隙裂縫。他們的儲備物品——凡士林、海綿、方巾——都放在廚房一個籃子裡。愛瑟在黑森森的空間裡提過籃子，找到一把手電筒，打開開關。

沒有反應。只是喀嗒一聲。

「打開了嗎？」蘿絲邊咳邊問。

「天曉得。」愛瑟說。

「我們得躲到桌子底下，用溼布蓋上。」蘿絲說。

有個力道重重撞擊房子，發出可怕的轟然巨響。窗玻璃在一連串巨大的劈啪聲中裂開了，嘩啦啦掉在地上。

前門被強扯開來。那頭不斷打旋、會咬人的黑色暴風怪物呼嘯而入，蘿絲被狠狠一撞把持不住，斜倒一旁。東尼趕緊跑過去把門重新關上，並上栓。

他們找到放在廚房裡裝滿水的桶子，浸溼一些床單蓋到餐桌上，然後打溼海綿壓在臉上，透過海綿艱難地呼吸。

愛瑟聽見戴著防毒面具的蘿芮妲粗重的呼吸聲，便往前爬，找到餐桌，推開椅子後爬到桌子底下。

「我在這裡，蘿芮妲。」她伸出手說道。

愛瑟感覺到蘿芮妲拉住她的手。她們倆肩並肩坐在一起，卻看不到彼此。謝天謝地，幸好小安不在。蘿絲和東尼也鑽進垂下的溼床單，擠到桌子下面。木板被扯裂、窗子破碎之際，愛瑟與女兒緊緊相依。牆壁晃動得無比劇烈，好像整棟房子就要四分五裂。

忽然間一切凍結。

●

愛瑟在寂靜中醒來；在這當中，她聽見蘿芮妲透過防毒面具費力呼吸時特有的咻咻聲。接著一陣窸窣，八成是老鼠，從藏身處出來匆匆忙忙跑過地板。

她拉下結滿土塊的方巾，扯掉蒙住口鼻的泥濘海綿。在毫無防護下吸進的一口氣，竟一路從喉嚨痛到空空的、灼燒的心窩裡。

她睜開眼睛，砂礫刮過眼珠子。

沙土讓視線變得模糊，但她看得見垂在四周的髒床單，以及一個個緊挨在一起的家人。無論發生過什麼事，終究是結束了。

她咳了幾聲，吐出一團黑灰色的土，又厚又長有如一截鉛筆芯。「蘿芮妲？蘿絲？東尼？你們都還好吧？」

蘿芮妲睜開眼。「還好。」面具讓她的聲音粗啞，像怪物似的。

東尼慢慢拉下蒙面方巾。

蘿絲從桌下爬出來，搖搖晃晃站起身。她拉著愛瑟的手，帶她走進客廳。明亮的晨光從破掉的窗子射進來。真不可思議，他們竟然睡了一夜，安然度過風暴。

到處布滿黑土，地上厚厚一層，每隻椅腳邊都聚了一堆，還有的從牆上紛紛落下，有如無數的蜈蚣。前門打不開，他們被埋在屋裡了。

東尼從破窗爬出去，跳到門廊上。愛瑟聽見他在鏟沙，金屬鏟子摩擦門廊木板發出嚓嚓的聲音。好不容易，門開了。

愛瑟跨出門。

「我的天哪。」她低呼一聲。

風暴將整個世界重新塑造加以掩蓋。細如滑石粉的黑色塵土蓋住了一切，綿延十數里的範圍內，除了鼓起的墨黑色沙丘，什麼也看不見。雞舍完全被掩埋了，只有屋脊最尖端冒出頭來。沙地中突出的壓水井則宛如某個失落文明的遺跡。他們甚至可以順著穀倉一側的沙堆直接走到穀倉頂。

沙丘上有成堆的鳥屍，仍然張著翅膀，似乎是在飛行途中死亡。

「Madonna mia。」蘿絲說。

「夠了，」愛瑟說：「不要再等到明天，我們現在就去接小安離開。馬上去。趁這塊該死的土地還沒殺死我的孩子以前。」

她轉身大步走進屋裡。她每吸一口氣都像吞火一樣，眼睛也火燙燙。砂礫落腳在她的眼睛、喉嚨、鼻子以及皮膚皺褶裡，還不斷從髮絲間掉落。

蘿芮妲站在一扇破窗邊，被塵土染黑的臉顯得茫然。

「我們要出發去加州了。就是現在。去拿行李。我去院子裡弄一缸水洗澡。」

「在外面？」蘿芮姐說。

「沒有人會看見的。」愛瑟冷冷地說。

接下來幾個鐘頭，誰也沒有開口。愛瑟本想給紫苑澆水，但墓園不見了，墓碑和柵欄也都不見了。

東尼鏟去車道上的沙以便能把車開出去。他們把能帶的都綁到貨車上——幾只鍋子、兩盞手提燈、一把掃帚、一面洗衣板和一個洗澡銅盆。車斗上放了捲起的野營床墊、一個裝滿食物和布巾和床單被子的木桶、幾束引火柴與木頭和黑色爐子，全部綁定在駕駛座的背面。他們為接下來的新生活盡可能地打包，但他們所擁有的東西，大多還是留在屋裡和穀倉裡。廚房櫃子幾乎都是滿的，衣櫥也是，根本不可能全部帶走。家具也要留下，就像拓荒的先人在路程變得困難時，也會卸下篷車上的東西，將鋼琴和搖椅與他們葬在草原上的親人一同留下。

東西全裝上車後，愛瑟越過高高低低的沙土回到屋裡。

愛瑟環顧屋內一圈。他們留下了滿屋的家具，照片也還掛在牆上，所有東西都覆蓋著細細的黑土。

前門打開了，東尼牽著蘿絲走進來。「蘿芮姐上車了，她迫不及待想走。」東尼說。

「我最後再繞一圈看看。」愛瑟說。她走過客廳的黑色粉塵，越過沙堆，經過無數刮痕。廚房的窗子不見了，從洞口望出去，美麗的藍天就像掛在黑牆上的一幅油畫。

愛瑟走進自己的臥室，最後一次站在那裡。斗櫃與床頭櫃上擺了成排的書，每一本都包覆著黑塵。正如她離開父母家時，也只能帶上幾本最心愛的小說。如今，她又要從頭來過。

她輕輕地關上房門結束這段人生，最後一次走出家門。

蘿絲和東尼站在門廊上，手牽著手。

「我準備好了。」她說著踩下門廊階梯的第一階。

「愛瑟諾兒？」東尼喊道。

這是他這麼久以來頭一次喊她的全名，愛瑟吃了一驚，轉過身來。

「我們不跟你們走。」蘿絲說。

愛瑟皺起眉頭。「我知道我們原本打算晚一點走，可是……」

「不是的，」東尼說：「我們不是這個意思。我們倆不去加州。」

「我不……明白。我說我們得走，你們也同意了。」

「你們確實得走。」東尼說：「政府答應付錢讓我們不種作，貸款也寬限了一段時間，所以不必擔心會再失去土地。至少暫時不會。」

「開完會你不是說沒什麼好消息嗎？」愛瑟內心頓時慌了起來。「你騙我？」

「這不是好消息。」他輕聲地說：「尤其當我知道妳為了小安非走不可。」

「他們希望我們用不同的方法耕作。」蘿絲說：「誰聽得懂？不過這需要農民一起合作。我們怎能不試著救自己的土地？」

「小安……不能留下。」愛瑟說。

「這我們知道。但我們不能走。」東尼說：「走吧。救救我兩個孫子的命。」他說到這裡嗓子忽然啞了。

東尼將手貼在她的頸背，輕輕將她拉近，兩人的額頭相碰。他是個舊時代的男人，一個始終埋頭苦幹努力不懈的男人。他所有的熱忱和愛都投注在土地上，為了他的家人。額頭的這一碰便是他在說**我愛妳**。

還有**再見**。

「蘿莎芭。」東尼說：「那枚硬幣。」

蘿絲取下以絲絨小袋當墜子的黑色緞帶細項鍊。

她鄭重地將小袋子交給東尼。東尼打開袋子，拿出那枚一分錢美元硬幣。

「現在開始，妳就是我們的希望。」他對愛瑟說，然後將硬幣放回袋中，把項鍊塞進她手裡，用力彎曲她的手指握住項鍊。他掉頭走回屋裡，拖著腳涉過深及腳踝的沙。

愛瑟覺得自己就快分裂了。「蘿絲，妳知道我沒法一個人做這件事。求求妳……」

蘿絲將長繭的手放到愛瑟臉頰上。「妳是那兩個孩子所需要的一切，愛瑟．馬提奈尼，妳一直都是。」

「我沒有那麼勇敢。」

「有，妳有。」

「可是你們會需要用錢。我們把食物都帶走了……」

「我們給自己留了一點。而且土地能供應。」

愛瑟說不出話來。她最不想做的一件事就是帶著太少的錢和挨餓的孩子，開車穿越鄉野——越過高山、穿過大漠——一個幫手都沒有。

不行。

她無法忍受再次目睹兒子為了呼吸掙扎。

而事實如此：蘿絲已經說出來了。

「東尼在手套箱裡放了錢，」蘿絲說：「油也加滿了。要給我們寫信。」

愛瑟將項鍊套到頸子上，然後伸手去拉蘿絲的手，有那麼一刻她很怕一碰觸到這個她深愛的女人，便會無法放手，會軟弱得走不開。

「我可以證明這枚硬幣會帶來好運。它就把妳帶進我們家了。」蘿絲說。愛瑟舔舔自己其乾無比的嘴唇。

「妳就是我一直想要的女兒。」蘿絲說：「T'i amo（我愛妳）。」

「妳也是我的母親。」愛瑟說：「妳救了我，妳知道嗎？」

「母女。我們救了彼此，si，對吧？」

愛瑟凝視著蘿絲許久許久，回想起一切關於她的事情，但最後畢竟別無選擇。該是離開這個地方、這個女人、這個家的時候了。

她留下站在門廊上的蘿絲，越過一座座小山丘般的黑沙，來到滿載的貨車，蘿芮妲已坐在前座。

愛瑟坐上駕駛座，砰一聲關上車門，發動引擎。車子抖了幾下、噗噗幾聲，起動了。

愛瑟慢慢開過車道，轉往鎮上的方向。

四周盡是黑沙堆積的景象。左手邊，她看見一輛半掩埋的汽車，又走了三十公尺左右，有一個死去的男人，一隻手伸得老長，滿嘴的沙。「別看。」她對蘿芮妲說。

「太遲了。」

孤樹鎮蒙在黑色沙土中。

愛瑟在臨時醫院前面停車。她下車走進醫院後才驚覺，她沒熄火也沒跟蘿芮妲說任何一句話。

她看見醫生便將他攔下。「我來接小安。」

愛瑟發現醫院從這頭到另一頭全滿了。有人大聲地乾咳，咳個不停；有小嬰兒又哭又咳，那痛苦的聲音讓她心碎。

「他狀況好嗎？」愛瑟問：「你說他可以出院了，情況沒變吧？」

「他狀況沒問題，愛瑟。」醫生拍拍她的手說：「要真正痊癒可能得花上一年的時間。不過他已經復原了。日後他也許會有氣喘的毛病，妳得看著點。」

「我要帶他去加州。」她說道，卻無法露出微笑。

「很好。」

「我們能有回來的一天嗎？」

「應該吧。總有一天。苦日子會結束的。孩子很有韌性。」

「媽！」小安拖著腳走過來，看起來又害怕又鬆了口氣。「妳有看到那暴風嗎？」

「謝謝你，醫生。」愛瑟與他握手。這個男人救了小安一命，她所能回報的也只有感激而已。

「祝妳好運，愛瑟。」

到了外面，小安看著鎮上遍地沙土、到處是破窗與風滾草的荒涼景象，驚呼了一聲：「哇。」

「安塞尼，」愛瑟說：「你的鞋子呢？」

「破掉了。」

「你沒鞋子？」

小安搖搖頭。

愛瑟閉上雙眼，以免被他看出她激動的情緒。**光著腳西行**。

「怎麼了，媽咪？妳放心，我的腳皮很厚。」

愛瑟擠出一絲笑容。她打開貨車門，扶他坐上長條椅。他挪過去挨著蘿芮妲，蘿芮妲緊緊地抱住他，讓他忍不住使勁掙開。

愛瑟也坐上車，關上了門

就這樣。

他們要離開了。

如今他們要活命，就靠愛瑟了，單靠她一人。

沒有鞋子穿。

她駛出城後往南走，路上一輛車也沒有，經過的每棟房子似乎都沒人住了。

「等一下，」小安喊道，同時短促而劇烈地咳了一聲。「妳把爺爺奶奶忘了。媽？」

愛瑟看著兒子，他變瘦了，還缺了門牙。從今往後他會知道自己是脆弱的，知道人生無常，就像罹患風濕熱之後的愛瑟。

他睜大了眼睛，她發現他明白了。他轉頭，往家的方向看，隨即又回頭看她，眼裡淚光閃爍。從那一剎那的眼神，她看見他的童年溜走了一點點。

一九三五年

「我們的力量正是來自我們被迫經歷的絕望。我們會撐下去。」

——美國人權鬥士西薩·查維斯

17

愛瑟腳踩著油門，兩手牢牢握住方向盤。他們從一家六口身旁駛過，那一家人走在路邊，推著一輛裝滿身家財產的推車，也是跟他們一樣失去了一切正在往西行的人。

她在想什麼？

她沒有這麼大勇氣展開橫越大半個國土、走向未知的旅程。她沒有堅強到能靠自己的力量活命，更沒有堅強到能照顧好她的孩子。她要怎麼賺錢？她從未獨力生活過，從未付過房租，從未在外工作。她甚至高中都沒畢業啊，老天爺。

她一旦失敗，誰來救他們呢？

她把車開到路邊停下，透過髒兮兮的擋風玻璃怔怔看著前方道路，看著黑色風暴留下的滿目瘡痍；建築殘破、車輛陷入溝渠、圍籬被撕扯得四分五裂。

垂掛在後照鏡上的念珠左右搖晃。

前往加州的路程超過一千六百公里，到了那裡會是何等光景呢？沒有朋友，沒有家人。**我可以去洗衣店……或是圖書館工作**。但如今有數百萬男人失業，誰會僱用女人？就算她**真的**找到工作，誰來照顧孩子？**唉，天哪。**

「媽咪？」

小安拉拉她的袖子。「妳還好嗎？」

愛瑟推開車門。她踉蹌幾步走開後停下來，用力地呼吸，對抗著一波接著一波而來的驚慌。

蘿芮妲來到她身邊。「妳以為爺爺奶奶會跟著來？」

愛瑟轉頭。「妳沒這麼想嗎？」

「他們就像植物，只能生長在一個地方。」

這下可好。一個十三歲的孩子竟能看出愛瑟沒看出的事情。

「我看過手套箱。政府給的錢他們大多都給了我們。油箱還加得滿滿的。」

愛瑟注視著眼前空蕩蕩的長路。不遠處，有間小屋幾乎整個覆沒在黑土中，上面趴坐著一頭牛。

她差點脫口說出：**我很害怕**，但什麼樣的母親會對依靠她的孩子說這種話？

「我從來沒有一個人過。」愛瑟說。

「媽，妳不是一個人。」

小安從貨車駕駛座艙的窗子探出頭，快活地嚷嚷道：「還有我！別忘記我！」

愛瑟頓時湧上一股對她這兩個孩子的愛意，那是來自靈魂深處，近似於渴望的感覺。她深深吸一口氣，吐出來，聞著德州鍋柄區的乾燥空氣，這就跟天主和她的孩子一樣是她的一部分。她在這個郡出生，一直以為也會死在這裡。「這裡是家，」她說：「我原以為妳會在這裡長大，會是馬提奈尼家第一個上大學的人。是奧斯汀吧，我想，或是達拉斯，一個大到可以讓妳圓夢的地方。」

「媽，這裡永遠都是家，不會只因為我們離開了就改變。妳看看《綠野仙蹤》的桃樂絲，歷經那麼多驚險旅程之後，還是碰了三次鞋跟回家了。再說，我們還能怎麼辦？」

「妳說得對。」

她闔眼片刻，回想起另一次自己感到害怕孤單的時候，那時她生病了。那是她爺爺第一次彎下身子，附在她耳邊小聲地說：**要勇敢**。接著又說：**要不就假裝勇敢。都是一樣的**。

這段記憶讓她恢復鎮定。她可以假裝勇敢，為了她的孩子。她擦擦眼睛，對自己流淚感到吃驚，然後說：「我們走吧。」

她回到車上坐定，用力關上自己這側的車門。

蘿芮妲坐到弟弟身旁，打開地圖。「從達爾哈特到新墨西哥的圖坎卡里有一百五十公里，那是我們的第一站。我覺得最好不要晚上開車。至少爺爺和我研究地圖的時候是這麼說的。」

「妳和爺爺仔細研究過路線了？」

「是啊。他最近都在教我，我猜他從一開始就知道他和奶奶不會來。他教了我好多東西——怎麼獵兔子和鳥、怎麼開車、怎麼給散熱器加水。到了圖坎卡里，我們就上六十六號公路往西。」她從口袋掏出一個老舊的銅製指南針。「他還給了我這個，是他和奶奶從義大利帶來的。」

愛瑟低頭盯著指南針。她不會看。「好。」

「我們可以組一個俱樂部。」小安說：「像童子軍一樣，不過我們是探險者。馬提奈尼探險者俱樂部。」

「馬提奈尼探險者俱樂部，」愛瑟說：「我喜歡。出發嘍，探險者們。」

快到達爾哈特時，愛瑟發現自己想都沒想就放慢速度。

自從母親看了蘿芮妲一眼並批評她的膚色後，愛瑟已經多年沒有回來過。父母對她的非難她或許耿耿於懷，但她絕不會讓自己的孩子去面對。

達爾哈特遭受大蕭條與乾旱的摧殘不下於孤樹鎮，這一點顯而易見。大部分的店鋪都用木板封釘了。許多人在教堂前面排隊，手拿著金屬碗，等著領免費食物。

貨車駛過鐵軌顛了一下。愛瑟轉進大街。

「不是在這裡轉彎。」蘿芮妲說：「我們要繞過達爾哈特，不是穿過去。」

愛瑟看見「沃考特拖拉機行」：關店了，窗上也釘了木板。

她來到從小生長的房子前面停車。前門已從鉸鏈上脫落，多數的窗戶都釘了木板，一張法拍告示捶釘在前門板上。

前院荒廢了。到處都是黑色的沙、土、沙堆。她看見母親的花園，枯死的玫瑰，密涅娃．沃考特對這些花付出的愛是愛瑟從未得到過的。納悶過無數次的愛瑟又再一次捫心自問，為什麼爸媽不愛她？又或者為什麼他們的愛那麼冷而且有附帶條件？怎麼會發生這種事？蘿芮妲出生第一天，愛瑟就學會深刻的愛了。

「媽？」蘿芮妲說：「妳認識住在這裡的人嗎？房子好像已經沒人住了。」

愛瑟感覺到時光轉移，有種世界崩塌瓦解的不快。她發現孩子透過擔憂的眼神在注視著她。

她原以為看到這個地方會心痛，不料恰恰相反。這裡不是她的家，曾經住在這裡的人也不是她的家人。

「不，」她過了大半天才說：「我不認識住在這裡的人……他們也不認識我。」

出德州的路盡是綿延不斷的沙丘荒地，只間或出現一座小鎮。到了新墨西哥州，他們看見更多西行的人，有些開著擠滿家當和小孩的老爺車，有些開著汽車後面拉著拖車，有些駕著騾車或馬車。也有人推著嬰兒車和獨輪車魚貫地徒步行走。

當夜幕逐漸低垂，他們從一個男人身旁經過，那人穿得一身破爛，打赤腳，帽子壓得低低的，露出一截黑色長髮貼在破衣領上。

蘿芮姐把鼻子靠在車窗上，直盯著男人看。「慢一點。」她說。

「那不是他。」愛瑟說。

「有可能是。」

愛瑟放慢車速。「不是他。」

「管他的，」小安說：「他都走了。」

愛瑟「噓」了一聲，時間已經太晚了，不適合談這個。連續開了幾小時的車，他們都累壞了。看看油表，幾乎就快沒油了。

愛瑟看見一間加油站轉了進去，慢慢停到加油機旁。

一加侖一毛九。加滿需要一塊九毛。

愛瑟心算了一下，看看加完油離開時還剩多少錢。

一名服務員走出來替他們加油。

對街有一間汽車旅館，前面停了一些老爺車和貨車。有人在自己房門前的椅子上坐著，載著滿滿家當的車則停在附屬的車棚裡。有個粉紅色霓虹燈（已關閉）標示著：**尚有空房，每晚三塊錢**。

三塊錢。

「你們先待著。」愛瑟對孩子說。

她走過碎石停車場去付油錢。有三五個人在暮色裡閒蕩：一個衣服破爛的男人站在壓水井邊，一旁蹲坐著一條骨瘦如柴的狗。有個小孩在踢球。

她開門時，頭上響起鈴鐺聲。她聽見胃咕嚕咕嚕叫，這才想起她把午餐分給孩子吃了。她走到帳檯前，負責收錢的是一個橘色頭髮的女人。

愛瑟從手提袋拿出錢包，數了一元九角放到櫃檯上。「十加侖汽油。」

「第一天上路嗎？」女子接過錢按下收銀機。

「是的，剛剛離開家。妳怎麼看出來的？」

「身邊沒有男人？」

「妳怎……」

「男人不會讓女人付油錢。」女子靠近了些。「親愛的，錢別放在手提包裡面。這一帶不太平靜，尤其是這幾天。留意著點。」

愛瑟點點頭，把錢放回錢包，同時低頭瞪著自己的左手，細細的婚戒還戴在手上。

「那值不了多少錢。」女店員露出哀傷的神色說：「而且妳最好繼續戴著。落單的女人在路上會被盯上。還有別去住對街的汽車旅館，那兒全是些不安好心的傢伙。再往前走個六公里半，剛過水塔的地方，有一條往南的泥土路。開進去，大約一公里半，會看到一片隱密的雜樹林。妳要是不想露宿，就沿著大馬路往西再走十公里，那兒有一間乾淨的旅館叫『魅力之鄉』。不會錯過的。」

「謝謝。」

「祝妳好運。」

愛瑟匆匆回到停車處。附近有不安好心的人，她竟然把孩子獨自留在車上，連同滿車的家當和滿油箱的汽油，鑰匙也還插著。

這是第一課。

愛瑟爬上車。孩子看起來就跟她的感覺一樣又熱又累。「好啦，探險者，第一項任務來了。我們需要計畫計畫。再往前走有一間不錯的旅館，有床，可能還有熱水。一個晚上至少三塊錢。要是決定住那種地方，總共大概會用掉十五塊錢。或者也可以露營，把錢省下來。」

「露營！」小安說：「那就**真的**是冒險了。」

愛瑟越過小安的頭與蘿芮妲四目相交。

「露營，」蘿芮妲說：「大大地好玩。」

愛瑟繼續往前開。車燈再次照見路邊行走的人，他們拖著四輪貨運車，帶著不能再多的行李往西走。有個男孩騎著自行車，掛在把手間的車籃裡載著一隻灰色長毛狗。

開了十公里後，她轉上一條泥土路，經過了幾輛停著準備過夜的老爺車，營火都已經升起來。走了一大段路之後，看見一片雜樹林，她轉進去停了下來。

「我去看看能不能打隻兔子。」蘿芮妲說著便拿起架子上的獵槍。

「今天晚上不要。」愛瑟說：「我們還是待在一起。」

愛瑟下車去拿他們帶出門、放在車斗上的補給品。她在離貨車不遠處找到一個平坦的好地點，便蹲下來，用一點點他們打包的引火柴和木頭生營火。

「今天晚上可以睡帳棚嗎？」小安問道：「我們以前都沒啥機會度假。」

「要說『什麼』。」愛瑟自然而然便糾正道，隨後又回車上去拿吃的。她拿來他們最珍貴的兩樣補給品——一條又圓又粗的波隆那香腸和半條店裡賣的白麵包。

「波隆那三明治！」小安說。

愛瑟將鑄鐵煎鍋架到火上，放進一匙豬油加熱，再剝去香腸的黃色塑膠膜切成薄片。她將香腸邊緣剪掉一點，免得肉捲曲起來，然後往冒泡的豬油丟進兩片。

小安蹲在她旁邊，頭髮跟臉一樣髒。

在黑色鍋裡，香腸噴濺起點點熱油。

小安用樹枝撥火。「火啊，看招！」

愛瑟打開包裝，取出兩片圈著淺褐色硬皮的白麵包。這麵包幾乎沒有重量。帕弗洛夫先生懇求他們收下這條店裡賣的麵包，供旅途中食用。他招待的，他這麼說。她抹上些許寶貴的橄欖油，然後將洋蔥切絲，小心地放到那層金黃的油上面，最上面再放一片煎得香脆、轉為褐色的波隆那香腸。

「蘿芮妲！」她喊道：「快回來。可以吃了。」

愛瑟慢慢起身，回到車上準備再拿一些盤子和水壺。當她繞過車斗尾端，忽然聽到一個聲響。砰的一聲。

有個男人站在他們的車旁邊，一手拿著油箱蓋，另一手拿著一條軟管。即使天色昏暗，她仍看得出他頭髮亂蓬蓬，瘦得像竹竿，襯衫也破破爛爛。

她嚇得一時無法動彈，雖然只有一剎那，已經足以讓那人撲上來。他掐住她的喉嚨，使勁地愈掐愈緊，並猛地將她往後一推，靠在車身上。

「妳的錢呢？」

「求求你……」愛瑟氣息順不過來。「我……有……小孩。」

「大家都有，」他說話時露出一口爛牙，接著抓她的頭去撞貨車。「錢呢？」

「沒……沒有。」

他把她的喉嚨掐得更緊了。她扒抓著他的手，想把他推開。

忽然喀嗒一聲。

有人扳下槍的擊鐵。

蘿芮妲從貨車後面站出來，舉著他們的獵槍瞄準男人的頭。

他發出沙啞的笑聲。「妳不會開槍射我。」

「我可以射下飛行中的鴿子，而且我都還不太想射牠們呢。至於你，我有點想。」

他打量著蘿芮妲，揣度她的意圖。愛瑟看出他最後相信了她的威脅。

他放開愛瑟的頸脖，後退一步，兩手張開舉在半空中。接著他慢慢地，一步一步地後退。當他退到樹林盡頭，一到外頭的空曠處立刻轉身走開。

愛瑟吐出粗粗的一口氣。她不知道哪個更讓她感到惶惶不安，是遭受攻擊還是女兒那猙獰的表情。

這將會改變他們，改變他們三個人。在此之前，她怎麼沒想到呢？在孤樹鎮，他們曾對抗大自然求生存，曾體認到宇宙萬物的危險性。

到了這外頭，卻有新的危險。孩子會學到那個男人也可能是危險的。這個世界有其黑暗的一面，他們原本是純真無知的，蘿芮妲的那份純真已經漸漸消失，一去不返了。「我們最好睡在貨車後面。我沒料到會有人想偷汽油。」愛瑟說。

「我猜我們沒料到的鳥事才多呢。」蘿芮妲說。

愛瑟太累了，顧不得糾正女兒，而且說實話，在這遼闊的荒郊野外，語言似乎只是微不足道的小事。她搭著蘿芮妲的肩，手就放在那裡不動。「謝謝妳。」愛瑟輕聲地說。說也奇怪，世界好像忽然有點傾斜，歪到一邊，連同他們與他們所知的一切也都傾斜了。

●

他們一天一天地往西走。沿著一千四百多公里，鋪得很薄、處處坑洞的道路，緩緩前進，只在需要吃東西或加油，還有晚上睡覺的時候才停車。愛瑟漸漸習慣了貨車發出的砰咚砰咚與嘎搭嘎搭聲，以及爐子與箱子在車後撞得空隆哐啷響。即使下了車，她的身體也還記得那種震盪起伏，而使她感到暈眩。

在漫長炎熱的日子裡開車把他們三人都累垮了。一開始還會交談，還有旅行的興奮感，也還會聊聊探索與冒險，但熱氣和飢餓和顛簸的道路終於讓他們都閉上了嘴，連小安也不例外。

此時，他們在路邊不遠處的一片荒地露營，不但有郊狼嚎叫還有背著包袱的流浪漢獨自走著，他們當中有許多人都已陷入絕境，很可能會偷走你頭底下的枕頭或是油箱裡的汽油。愛瑟最害怕的就是這個：油箱裡的汽油。現在汽油就是命。

她躺在野營床墊上，和兩個孩子緊緊挨著。雖然昨晚她非常需要睡眠，卻沒能睡好，整夜都因為擔心接下來的遭遇而噩夢連連。

她聽見一個聲音。樹枝折斷的聲音。

她迅速地起身四下張望。

沒有動靜。

她小心地不吵醒孩子，爬出床穿上鞋子，然後踏上夯實的土地。小石子和細枝條戳著她最後一雙鞋愈來愈薄的鞋底。她小心翼翼以免踩到尖銳的東西。

走到離貨車一段距離後，她撩起衣裙蹲下小解。

回到車旁時，天空已轉為亮麗的牡丹紅，卻被這裡那裡冒出的奇形怪狀的仙人掌剪影剪得支離破碎。有些仙人掌遠遠看去好像長刺的老人，對著漠不關心的神高舉起拳頭。愛瑟被清晨這意想不到的美景驚呆了，同時想起農場上的破曉。她仰臉向天，感受日光晒在皮膚上的坦率暖意。「請看顧我們，天父。」

回到帳棚後，她生了火開始準備早餐。她將淋了少許蜂蜜的玉米糕放在荷蘭鍋內置於火上烘烤，那香氣與咖啡味喚醒了孩子。

小安戴上他的牛仔帽，搖搖晃晃走到火邊就開始解褲襠。

「別離帳棚這麼近。」愛瑟說著打了他屁股一下。

小安咯咯一笑，走遠了些才尿。愛瑟看見他用尿柱在乾土上畫圖案。

「我知道他什麼都能玩，」蘿芮妲說：「可是玩自己的尿還真是新低水準。」

愛瑟有太多心事笑不出來。

「媽？」蘿芮妲說：「怎麼了？」

愛瑟抬起頭。沒有必要撒謊。「再來就是最凶險的沙漠路段了。如果晚上開車，但願引擎不會燒壞。可是萬一出什麼事……」

愛瑟想到在那片以高溫四十度著稱又沒有水的沙漠裡，他們的車忽然冒出蒸氣和白煙拋錨了，不禁打了個冷顫。莫哈維沙漠的恐怖故事他們聽多了。有車子被拋棄，有人奄奄一息，有鳥啄食著被晒白的骨頭。

「今天我們盡量能走多遠就走多遠，然後睡到天黑。」愛瑟說。

「我們會辦得到的，媽。」

愛瑟望著乾燥無情的沙漠向西綿延，到處點綴著仙人掌。在這條由東往西延伸、細如緞帶的路上有聚落，但只是零零星星。村鎮之間只有大片的荒蕪之地。「我們非辦到不可。」她說。老天保佑，這是她所能說出最振作士氣的話了。

18

他們在一陣煙塵中駛進城裡，家當在車後空隆哐啷響。小安的球棒不知什麼時候鬆脫了，在車斗上滾來滾去撞東撞西。

褐色的擋風玻璃遮住了外面的世界，因為他們不能浪費水去清洗。每到一處加油站，服務員都會用抹布擦去玻璃上的塵土與蟲屍。

這回駛進加油站後，他們看見不遠處有一間雜貨店，店門前聚了一群人，自從過了阿布奎基，他們就不曾在同一個地方看見這麼多人。

那些人絕大多數不是城裡人，從他們破爛的衣服和背上的行囊就看得出來。他們是背著包袱的流浪漢——那種在三更半夜跳上跳下火車的無家遊民。有些人有目的地，多數人則是毫無目標。愛瑟忍不住盯著每個人看，尋找丈夫的臉。她知道蘿芮妲也一樣。

愛瑟把車停到加油機旁。

「那邊怎麼那麼多人？」蘿芮妲問。

「好像是在遊行還是什麼的。」小安說。

「他們看起來很生氣。」愛瑟說。她等著服務員出來加油，卻不見人影。

「接下來可能很久都沒法加油了。」蘿芮妲說。

愛瑟明白。如今她和女兒都意識到路上的另一種危險。如果不在這裡加油，就無法越過沙漠。

愛瑟按了喇叭。

一個穿制服的服務員匆匆朝貨車走來。「別下車，夫人。把門鎖好。」

「這是怎麼回事？」愛瑟搖下車窗問道。

「大夥兒受夠了。」他邊加油邊說：「那是鎮長家開的雜貨店。」

愛瑟聽見人群中有人嚷道：「我們餓了，給我們吃的。」

「幫幫我們！」

人群衝向店鋪入口。

「開門。」一個男人高喊。

有人丟石頭，打破了窗子。

「我們要麵包！」

激動的群眾破門而入，又叫又嚷的。他們蜂擁進到店內，到處亂砸，玻璃碎了一地。

飢餓暴動。在美國。

服務員加完了油，從引擎蓋前面取下水壺，加滿水以後重新裝上。這段時間，他始終看著店鋪裡的暴動情形。

愛瑟把窗子搖下一條小縫剛好可以付錢。「注意安全，」她對服務員說，服務員應道：「這都什麼日子啊？」

愛瑟開著車離開，從後照鏡裡，她看見更多人高舉著棍棒和拳頭衝進店裡。

●

四點時，愛瑟把車開到路邊，停在她唯一能找到的陰涼處，然後到貨車後面睡一會兒。她睡得不安穩、不舒服，不斷作著焦土與酷熱的噩夢，幾小時後醒來，仍覺得昏昏沉沉、四肢疼痛。她坐起身來，將汗溼的頭髮從臉上撥開，看見兩個孩子圍著營火，坐在附近的土地上。蘿芮妲在讀故事書給小安聽。

愛瑟下車走向孩子。

一輛塞得滿滿的老爺車轟隆隆駛過，車燈足以照亮漸暗的暮色，只見有一家四口人佝僂著身子沿著路肩往西走，母親推著嬰兒車；她旁邊有一塊為旅人設立的白色告示牌：**從此處開始，隨身攜帶水**。

一年前，若是聽說有哪個女人想從奧克拉荷馬或德州或阿拉巴馬走路到加州，尤其還推著嬰兒車，愛瑟會覺得她瘋了。但現在她明白，當妳的孩子就要死去，妳會做任何事情來救他們，即使是徒步翻過山嶺穿越沙漠。

蘿芮妲來到她身旁，兩人一起看著那個推嬰兒車的女人。「我們會成功的。」蘿芮妲對著安靜的四周說。

愛瑟不知如何回答。「我們通過沙盆啦。」蘿芮妲說了最近新發明用來形容他們離開的那片土地的字眼。幾天前他們看了報紙，得知四月十四日被稱為「黑色星期日」。好像說當天在大草原上有三十萬噸的表層土飛入空中，比建造巴拿馬運河挖的土量還要多。沙土最遠甚至落到華盛頓特區的地面，八成是因為這樣才可能見報。「區區幾公里的沙漠，對我們這樣的探險家來說有什麼了不起？」

「當然沒有，」愛瑟說：「我們走。」

她們走回到車旁。愛瑟停下來，一手放在蒙著塵土又溫熱的金屬引擎蓋上。一股迷濛混沌的恐懼——為了無數不幸的結果擔憂——凝聚成簡單的三個字。**求求祢**。她指望天主能看顧他們。

他們很晚才吃豆子和熱狗晚餐，期間三人幾乎沒有交談。吃完晚餐，愛瑟領著孩子上貨車後車斗，睡在從家裡帶來、已經攤開的野營床墊上。

「妳一個人晚上開車真的沒問題嗎？」蘿芮妲至少已經問了五次。

「現在比較涼，會有幫助的。今晚我盡量能開多遠就開多遠，撐不住了再停車睡覺。別擔心。」她將手探進下垂的衣領內，掏出掛在頸間的絲絨小袋，接著取出袋內的銅板，看著林肯瘦削的側臉。

「一分錢硬幣。」蘿芮妲說。

「現在是我們的了。」

小安摸摸硬幣求好運。蘿芮妲只是愣愣地看著。

愛瑟將硬幣放回收藏處，向孩子們親吻道晚安，然後回到駕駛座。她發動引擎扭開車燈，兩支黃金矛隨即射入黑暗中，她打檔駛離。

一路上，夜色抹去了一切，只剩下車頭燈照亮的路徑。沒有一輛車向東行。

道路平坦、漆黑、粗糙，宛如鑄鐵平底鍋。

隨著路程逐漸累積，她的恐懼也加深了。它透過她父親的聲音說：**妳絕對辦不到。妳一開始就不應該嘗試。妳和妳的孩子會死在這荒郊野外**。

偶爾會經過一輛被拋棄的車，那幽靈般的存在是某一家人失敗的證據。

忽然間，引擎噗噗響起，車子微微一抖。纏繞在後照鏡上的念珠左搖右晃，珠子叮噹互撞。一陣水蒸氣從引擎蓋底下冒出來。

不不不不。

她在路邊停車，很快地查看一下孩子之後——他們沒事——走到貨車車頭。引擎蓋太燙了，她試了幾次才打開拴鉤，掀開車蓋。黑暗中湧出白色氣體，不知是蒸氣或煙，她看不出來。

但願是蒸氣。

引擎冷卻下來以前不能加水。當初在為上路做準備時，東尼對這一點是千叮嚀萬囑咐的。她從引擎蓋取下水壺，抱在懷裡。

現在她只能等著。擔心著。

她往路上前後張望，視線所及看不見任何車燈。

太陽升起後會怎麼樣呢？四十度高溫。

現在離沙漠盡頭還有多遠？他們的飲用水壺裡大概還有十公升的水。

別慌。他們需要妳保持鎮定。

愛瑟低下頭禱告。在這荒野外，這片無垠的星空下，她覺得好渺小。她暗自想像著四周的沙漠中充滿了在黑暗中求生的動物：蛇、蟲子、郊狼、貓頭鷹。

她向聖母馬利亞禱告，或者應該說乞求。

經過了大半晌，她用方巾蒙住臉，打開散熱器往裡頭加水，然後將空了的水壺掛回車上，回到駕駛座。

「求求祢了，天父……」她說完轉動鑰匙。

喀嗒一聲，然後毫無動靜。

愛瑟試了一遍又一遍，不停踩油門，每失敗一次她的驚恐便跟著上升。

「穩著點，愛瑟。」她深吸一口氣，再試一次。

這時引擎噗噗兩聲，開始動了起來。

「謝謝。」她喃喃地說。

愛瑟重新上路，繼續往前。

約莫四點左右，道路開始上升，變成一條逐漸展開來的巨蛇，蜿蜒曲折。

從打開的車窗飄進來的空氣變涼了。愛瑟的汗水被風吹乾後有幾處開始發癢。

她駛上陡峭迂迴的公路，順著車頭的光束開，盡量不去看旁邊直線下墜的峭壁。

最後她幾乎睜不開眼睛了，便將車停到高大樹木環繞的一片寬敞泥土地上。

接著爬上車斗躺到還睡著的孩子身旁，精疲力盡地閉上眼睛。

●

「媽。」

「**媽**。」

愛瑟張開眼。

陽光刺眼。

蘿芮妲站在貨車旁。「過來。」

「我能不能再睡一下就……」

「不行。馬上過來。」

愛瑟發出呻吟。她睡了多久？十分鐘？瞄了一眼手表才發現已經九點。累到麻痺無感的她爬下了車，和蘿芮妲一起走上山坡，來到樹林的一塊空地，小安正在那裡等得不耐煩，光著腳丫子蹦蹦跳跳。

「我需要咖啡。」愛瑟說。

「妳看。」

愛瑟往身後瞥一眼，尋找可以生火的地方。

「**看啊**，媽。」蘿芮妲搖著她說。

愛瑟轉身。

他們站在山頂上一處寬闊的平地，下面遠方有一大片農地，綠油油的草地，還有大塊大塊、四四方方剛犁過的褐色土地。

「加利福尼亞。」小安。

愛瑟從未見過如此美麗的土地。如此肥沃。如此**翠綠**。

加利福尼亞。

黃金之州。

愛瑟一把摟住兩個孩子，抱著他們轉圈，開懷大笑，那笑聲彷彿發自她心靈深處。黑暗終於重見光明。心中的大石落下。

希望出現。

蘿芮姐尖聲大叫。

媽媽放慢了車速。車子往前一衝，歪斜了一下，放慢下來，以龜速繞過那個髮夾彎。後面的車輛按起喇叭來。現在跟了一整列的老爺車，一輛緊接著一輛的車龍蜿蜒下山。

蘿芮姐拚命抓著金屬門把，抓到手指發疼，被太陽晒黑的突出的指節也發白。山路曲曲折折，有時候來個意想不到的急轉彎，她就會被甩到一邊去。

有一次媽媽轉彎轉得太快，嚇得驚叫一聲，急忙將變速桿打到低檔。蘿芮姐又尖叫起來。他們險些撞上一輛側翻在水溝裡的老爺車殘骸。

「別再蹦跳了，小安。」

「沒辦法，我快尿出來了。」

蘿芮姐又再次滑到車門邊，被門把狠狠一扎，痛得她大叫。

接下來，眼前終於開展出一座巨大山谷，那燦爛繽紛的色彩是蘿芮姐前所未見。鮮豔的綠草，點點彩色的花朵，也許是雜草或是野花。柳橙樹與檸檬樹。橄欖樹長成一排一排的銀白灰綠。

寬闊的黑色公路兩旁全是綠色耕地。拖拉機犁過大片大片的土地，翻起土壤準備種作。蘿芮姐想到在為這趟旅程做準備時她所蒐集到的資料。這是聖華金谷，坐落在西邊的海岸山脈與東邊的特哈查比山脈之間。位於洛杉磯以北九十六公里。

另外有一座山脈拔起於北方天際，那聳入雲霄的情景有如童話故事。那就是約翰·繆爾認為應該取名為

「光之嶺」的山峰。

蘿芮妲怔怔眺望著聖華金谷，頓時有一股飢渴感油然而生，那是她從未想像過的感覺。看到這一大片出乎意料的美景，如此多采多姿，如此宏偉壯觀，她忽然想看到更多。「美哉亞美利加」——狂野蔚藍的太平洋、波濤洶湧的大西洋、落磯山脈。她和爹地曾經夢想要去看的所有地方。她很好奇舊金山，那座建在山丘上的城市是什麼樣，或是擁有白沙灘與柳橙樹林的洛杉磯又是什麼樣。

媽媽靠路邊停車，緊抓方向盤呆坐著。

「媽？」

媽媽似乎沒聽見。她下了車，走進遍地鮮豔野花的田野。兩側盡是連綿不盡的田地，剛剛翻過土準備耕種。空氣中有沃土與新苗的味道。

媽媽深深吸了口氣，吐出來。當她回到車旁，蘿芮妲發現媽媽的藍眼睛閃爍不定。

但現在為什麼要哭？他們成功了呀。

媽媽站在那裡，凝望遠方。蘿芮妲看見她的手在抖，這才頭一次察覺媽媽一直很害怕。「好了，」媽媽終於說道：「探險者俱樂部在加利福尼亞第一次開會。我們要往哪走？」

蘿芮妲一直在等她問這個問題。「我想我們現在在聖華金谷，南邊有好萊塢和洛杉磯，北邊有中央谷地和舊金山。我認為這一帶最大的城鎮是貝克斯菲爾。」

媽媽走到貨車後面做三明治，蘿芮妲則喋喋不休地把她記得的相關訊息一一道出。他們三人一塊兒走到一處長滿野花與高草的田野，坐下來吃東西。

媽媽嚼著三明治，嚥下一口。「我只會做農活。我不想去大城市。那裡沒工作。所以洛杉磯不行。舊金山不行。」

「大海在我們的西邊。」

「我當然也很想去瞧瞧。」媽媽說：「但暫時還不行。海對我們有什麼用處？我們需要的是工作和住的地方。」

「我們就待在這裡吧。」小安說。

「妳說這裡叫什麼，蘿芮姐？聖華金谷嗎？真的很漂亮。」媽媽說：「看樣子會有很多工作。他們已經準備要種點什麼了。」

蘿芮姐望向四周的野花草地與遠方群山。「你們說得對，沒必要浪費汽油。我們只需要找個能待下來的地方。」

午餐過後，他們重新上車繼續深入山谷，沿著一條筆直如箭的道路朝遠方的紫色群山開去。道路兩旁是綠色農田，蘿芮姐看見一些田裡有一排排的男女正彎著腰在種田。

他們經過了牧牛草地，還經過一間臭氣沖天的屠宰場。

駛過一塊「神奇麵包」的廣告招牌時，蘿芮姐看見招牌底下的地上有一坨坨黑黑的東西。其中一坨坐直起來，竟是一個瘦到讓人不忍卒睹的男孩，身上穿得破破爛爛，戴著一頂缺了一邊帽沿的帽子。

「媽……」

媽媽慢了下來。「我看見了。」

大概有二十來人：有小孩，有年輕人，多半都是衣不蔽體。破舊的連身褲、骯髒的帽子、衣領殘破的襯衫。他們四周是平坦棕褐色的土地，沒有灌溉過，枯乾得有如失去的希望。

「有些人不想工作。」媽媽輕聲說。

「妳想爹地在那裡嗎？」小安說。

「沒有。」媽媽說，內心想著他們一家人會花多少時間尋找拉菲。一輩子嗎？很可能。

他們來到一個交岔路口，有一間雜貨店和一個加油站隔著一段鋪了柏油的路對面而立。四周圍全是農田。有一塊路標寫道：**貝克斯菲爾，三十四公里**。

媽媽說：「我們需要加油，既然這是我們來到加州的第一天，我就請大夥兒吃甘草糖吧。」

「萬歲！」小安歡呼道。

媽媽駛離開道路進入碎石停車場，慢慢開到加油機旁停下。一名穿著制服的服務員跑著前來幫忙。

「請加滿。」媽媽說著便要拿出錢包。

「太太，請到那邊付錢。雜貨店和加油站是同一個老闆。」

「謝謝。」媽媽對服務員說。

於是他們三人下了車，望著一片農田。一群男女彎低了腰，底下是一簇簇青綠。有人種田就表示**有活兒幹**。

「妳有看過這麼美的景象嗎，蘿芮姐？」

「從來沒有。」

「我們可以去看糖果了嗎，媽？」小安說。

「那還用說。」

蘿芮姐和小安跑向對街的店鋪，興奮得大笑還推來推去。小安抓住蘿芮姐的手，媽媽也急忙追趕上來。

店外的長椅上坐著一個老人，在抽菸，頭上那頂破舊的牛仔帽拉得低低的。

雜貨店內有點陰森，到處都是陰影。頭頂上的風扇慵懶地轉動著，投下黑影使空氣流動，卻未產生真正的涼意。店裡有木地板和木屑和新鮮草莓的味道。繁榮的味道。

蘿芮姐看到這裡賣那麼多吃的，口水直流。有波隆那香腸、一瓶瓶可口可樂、一包包熱狗、裝滿柳橙的箱子、一條條包裝好的「神奇麵包」。小安立刻跑向擺在櫃檯上形形色色的一分錢糖果。大玻璃罐裡滿滿的甘草糖和硬糖和薄荷拐杖糖。

收銀機擺在一個木頭帳檯上，夥計是個肩膀寬闊的魁梧男人，身穿白襯衫與褐色長褲，並用藍色吊帶吊住褲頭。一頂褐色氈帽蓋住了理得很短的頭髮。他像根圍欄柱似的站得直挺挺，直盯著他們看。

蘿芮姐頓時想起他們已經上路一個多星期（加上在垂死的農場待了多年），會是一副什麼模樣。蒼白、瘦弱、面容憔悴，衣衫靠著塵土與希望附身，鞋子處處破洞，小安甚至連鞋子也沒穿。髒兮兮的臉，髒兮兮的頭髮。

蘿芮姐羞怯地將落在臉上的頭髮往後撫順，並將幾縷散落的髮絲重新塞進褪色的紅色頭巾內。

「妳最好管管妳的孩子。」櫃檯後面的男人對媽媽說：「他們可不能用髒手亂摸東西。」

「很抱歉我們這副模樣，」媽媽說著往櫃檯前一站，同時打開錢包。「我們一直在路上而且……」

「是啊，我知道。每天都有你們這種人湧進加州。」

「我要加油。」媽媽從錢包掏出一元九角的硬幣。

「希望這樣夠讓你們出城。」男人說。

接下來安靜了一會兒，有吸氣聲。

「你說什麼？」媽媽問道。

男人從櫃檯下面拿出一把槍，啪地放到他們中間的檯子上。「你們最好離開。」

「孩子們，」媽媽說：「回車上去，我們馬上走。」她將硬幣丟到地上，帶著孩子走出店鋪。門在他們身後砰一聲關上。

「他以為他是誰呀？只因為他沒過過苦日子，這個雜碎就以為他有權利瞧不起人？」蘿芮妲又怒又窘地說。他讓她有生以來第一次有窮的感覺。

媽媽打開車門。「上車。」她的語氣平靜到幾乎讓人害怕。

19

愛瑟很慶幸能將那個地方拋進後照鏡中。她不知道自己要找什麼，要開著車上哪去，但看見了應該就會知道。一間餐車飯館，也許吧。她沒道理不能當女侍。她開到貝克斯菲爾，這座城市之大讓她有些迷失了方向。太多汽車與店鋪，太多人在外面走動，於是她轉進一條較小的道路繼續開車。往南吧，她心想，也許往東。

他們歷經千辛萬苦才來到這裡，她絕不容許一個男人的偏見傷害他們。蘿芮妲和小安竟然要經歷如此毫無根據的歧視，她感到憤怒，但人生就是充滿這種不公平的事。就瞧瞧她父親說起義大利人、愛爾蘭人、黑人和墨西哥人是什麼嘴臉吧。噢，他跟他們拿錢的時候倒是笑臉迎人，可是一關上門就沒好聽話了。再瞧瞧她母親看著剛出生的孫女時看見了什麼：錯誤的膚色。

很遺憾，那種醜陋是人生的一部分，愛瑟無法完全遮擋住不讓孩子看見。即使在加州，在他們新展開的生活中也一樣。她只能把他們教得更好。

他們經過一塊寫著「狄喬吉歐農場」的牌子，看見田裡有人在忙農活。

過了幾公里，在一座漂亮的小鎮外，愛瑟看見離道路稍遠處有一排小屋，全都照顧得很仔細，還有樹蔭可以乘涼。當中一間的窗上掛著「出租」的牌子。

愛瑟放開踩油門的腳，讓貨車滑行停下。

「怎麼了？」蘿芮妲問。

「看看那些漂亮的房子。」愛瑟說。

「我們付得起嗎？」蘿芮妲問。

「不問問看怎麼知道。」愛瑟說：「也許可以呢，對不？」

蘿芮妲似乎沒有被說服。

「要是住在那裡可以養一隻小狗，」小安說：「我真的很想要一隻小狗。我會叫牠漫遊者。」

「每隻狗都叫漫遊者。」蘿芮妲說。

「才沒有。亨利的狗就叫斑點。而且……」

「你們待在這裡。」愛瑟說著下車關上門。才剛走幾步，她便覺得有個夢想在眼前展開，歡迎她進入。

小安養狗，蘿芮妲交到朋友，校車會停在家門前接他們上學。百花綻放。一個花園……

當她快接近那棟房子，前門打開來，走出一個女人，她穿著漂亮的印花連身裙、圍著有褶邊的紅圍裙，手裡拿著掃把。她的短髮精心地捲燙過，臉上那副無框眼鏡讓她的眼睛顯得更大。

愛瑟微微一笑，說道：「妳好，這房子好漂亮。請問租金多少？」

「一個月十一塊錢。」

「哇，還真貴。不過我一定應付得過來。我可以馬上先付六塊錢，剩下的……」

「等妳找到工作。」

愛瑟見對方明理，鬆了口氣。「是的。」

「妳最好還是上車繼續往前開。我先生馬上就要回家了。」

「要不八塊錢……」

「我們不租給奧克仔。」

愛瑟皺起眉頭。「我們是從德州來的。」

「德州、奧克拉荷馬、阿肯色，全都一樣。你們全都一個樣。這裡是個民風純樸的基督城。」她往道路另一頭指去。「你們應該往那邊去，大約二十來公里吧，那裡就住著跟妳一樣的人。」她回到屋內關上門。片刻後，她取下窗上的「出租」牌，換上一塊告示牌寫著：「謝絕奧克仔」。

這些人是怎麼回事？愛瑟知道自己不夠整潔，也很明顯十分落魄，但這又如何。大半個美國的人都一樣。何況她還答應一個月付八塊錢，又不是要她救濟或施捨。

愛瑟走回停車處。

「怎麼了？」蘿芮姐問。

「那房子近看其實沒那麼好，也沒地方養狗。那個女人說我們再往前二十來公里，可以找到一個地方一定是給往西邊來的人落腳的露營地或汽車旅館。」

「什麼是奧克仔？」蘿芮姐問。

「他們不想出租房子的對象。」

「可是……」

「別再問了。」愛瑟說：「我需要想一想。」

愛瑟開著車經過了更多耕地。這一帶農舍極少，大部分景致都是一方方錯落有致的田地，有些長著青綠新苗，有些則是覆著剛剛犁過的褐土。首先出現有聚落的跡象是一間學校，十分漂亮，校門前飄揚著一面美國國旗。再過去不遠是一間看起來維護得宜的郡立醫院，大門邊單獨停了一輛灰色救護車。

「差不多二十公里了。」愛瑟說著慢了下來。

這裡什麼都沒有，沒有停車標誌，沒有農場，沒有汽車旅館。

「那是不是露營地啊，媽咪？」小安問。

愛瑟把車停到路邊，透過駕駛座另一側的車窗，她看見離馬路有一段距離的一片雜草地上，聚集了許多帳棚與老爺車與簡陋棚屋。八成有上百間吧，這裡一群那裡一群像社區似的，卻沒有像樣的計畫或設計。看起來宛如棕褐色海面上的灰色帆船與廢棄車輛艦隊。沒有道路通往營地，只有田中留下的一道道車轍，也沒有歡迎露營者的牌子。

「這裡一定就是她說的地方了。」愛瑟說。

「萬歲！露營地。」小安說：「說不定會有其他小孩。」

愛瑟轉上泥濘的車轍跟著走。左手邊有一條滿是褐色水的灌溉渠從田的這頭流到另一頭。

他們第一個遇見的帳棚有著尖頂與斜邊，一根火爐煙囪像彎曲的手肘般從前面伸出來。在敞開的門簾前面那塊地上放滿了家當：凹凸不平的金屬水桶、威士忌酒桶、汽油桶、上頭插著一把斧頭的劈柴板座、一圈舊的車轂蓋。不遠處停放著一輛沒有輪胎的貨車。有人在邊上搭了木板條，將車連同板條架整個披上塑膠布，打造一個可以生活的乾燥地方。

「嗯。」蘿芮姐說。

帳棚與棚屋與老爺車停放的位置，似乎沒有一定的規律或理由。

穿著破衣、瘦巴巴的孩童在這個帳棚城裡跑來跑去，後頭跟著不停吠叫的癩皮狗。婦女彎腰坐在溝渠邊，用褐色的水洗衣服。

有一堆破銅爛鐵，細看之下竟然有人住；裡面有三個小孩和兩個大人圍在一個湊合著用的爐子邊。是一家人。

有個男人坐在一塊石頭上，只穿著一條破長褲，光著的腳丫子底部都黑了，上衣和襪子則攤放在他面前的泥土地上晾乾。不知什麼地方，有個嬰兒在哭。

奧克仔。

跟妳一樣的人。

「我不喜歡這個地方。」小安抱怨著說：「好臭。」

「掉頭，媽。」蘿芮妲說：「我們離開這裡。」

愛瑟不敢相信在加州，在美國，有人過這種日子。這些人不是背著包袱的流浪漢不是遊民不是閒漢。這些帳棚和破屋和老爺車裡住的是**家庭**。小孩、女人、嬰兒。是來到這裡想重新開始，想找工作的人。

「我們不能開著車到處晃，浪費汽油。」愛瑟這麼說，但也覺得反胃。「我們就在這裡過一夜，看看是怎麼回事。明天我會去找工作，我們就上路。至少這裡有條河。」

「河？**河？**」蘿芮妲說：「那才不是河，而且這裡是……我也不知道這裡是什麼，總之我們不屬於這裡。」

「沒有人會屬於這種地方的，蘿芮妲，但我們只剩下二十七塊錢。妳覺得這些錢能撐多久？」

「媽，求求妳。」

「我們需要有個計畫，」愛瑟說：「到加州來——我們就只想到這麼多，很明顯是不夠的。我們需要多打聽打聽，這裡應該有人能幫我們。」

「他們看起來連自己都幫不了。」蘿芮妲說。

「就一晚。」愛瑟勉強擠出一絲淺笑。「來吧，探險者們，就一個晚上，我們什麼都能應付。」

小安又哼哼唧唧起來。「可是好臭喔。」

「就一晚。」蘿芮妲瞪著愛瑟說：「妳保證？」

「我保證，就一晚。」

愛瑟望著那片帳棚海，發現其中有個缺口，在一個破爛帳棚與一間破碎木頭搭的棚屋之間有個空地。她把車開進去，停在一塊雜草與青草叢生、寬敞的泥土地。

最近的帳棚距離大約四米半，前面也是一堆廢棄雜物——桶子和箱子、一張單薄的木椅，還有一個接著一根曲管的生鏽柴爐。

愛瑟停好了車，三人便開始動手搭起他們的大帳棚，釘好木樁固定，找一個角落，直接將野營床墊放在泥土地上，然後鋪上床單拼被。

他們只從車上拿下當天晚上需要的物品：行李、食物（在這個地方，全部的食物都需要時時留意），以及提水和當板凳用的桶子。愛瑟在帳棚前面生起小小的營火，並將桶子底朝天翻過來放在火邊當椅子。

她忍不住想到現在的他們看起來和這裡的其他人並無兩樣。她往荷蘭鍋裡丟了一坨豬油，等油開始嗶剝響，再加進一塊寶貴的火腿和一些罐頭番茄、一瓣蒜頭和一顆切丁的馬鈴薯。

蘿芮妲和小安不理會桶子，直接盤腿坐在草地上玩牌。

愛瑟看著女兒，心中悄悄升起一股哀傷，久久不散。真是奇怪，你竟然能對近在咫尺的人視而不見，影像竟能那麼根深蒂固地留在腦海裡。蘿芮妲瘦到令人心痛，兩條胳臂像火柴似的，手肘和膝蓋的骨頭都凸出來了。在太陽下一次又一次的曝晒讓她兩頰布滿雀斑還脫皮。

蘿芮妲今年十三歲，理當逐漸豐腴，而不是日漸消瘦。新生的擔憂，也或許是原有的擔憂，只是在過去這一個小時內變得清晰。

隨著夜色降臨，營地忽然有了生氣。愛瑟聽見遠處有談話聲，有盤子盛滿又清空的聲音，有火劈哩啪啦的燃燒聲。到處冒出點點橘色，是戶外生的火。煙從這個帳棚飄到那個帳棚，伴隨著食物香味。源源不絕的人流從路上走向帳棚。

愛瑟聽見腳步聲，抬頭一看，發現有一家人朝他們接近，一男一女和四個孩子——兩個十來歲的男孩和兩個小女孩。那男人身材高大，瘦骨嶙峋，穿著髒污的連身褲和破損的襯衫。站在他身旁的女人留著一頭及肩的棕髮，亂糟糟的，還夾雜著一絲絲花白。她身穿鬆垮的棉布連身裙，外頭罩著一條圍裙。她全身好像只有皮包骨，沒有肌肉，沒有肥肉。兩個瘦伶伶的女孩身上罩著粗麻布袋，在手臂和脖子處割了洞，兩人都光著髒兮兮的腳。

「妳好呀，鄰居。」男人說道：「我們是過來跟你們說聲歡迎。」他說著遞出一顆馬鈴薯。「我們帶了這個來，不怎地，我知道。不過妳也看得出來，我們沒啥錢。」

這番慷慨之舉讓愛瑟十分感動。「謝謝。」她拿來一只桶子翻過來，用她的毛衣鋪在上面。「請坐。」她對女人說，對方疲倦地笑了笑，往桶子坐下，一面拉整衣裙蓋住露在外面的髒膝蓋。

「我叫愛瑟，他們是我的孩子蘿芮妲和安塞尼。」她伸手到旁邊，拿出兩片珍貴的麵包。「請笑納。」

男人用長滿繭的雙手接過麵包。「我叫傑布．杜伊。這是我媳婦兒阿琴，和我們家的孩子梅莉和巴斯特，埃羅義和露西。」

孩子們移到一塊雜草地上坐下來，蘿芮妲開始重新洗牌。

「你們來多久了？」愛瑟等孩子們走遠聽不見了才問兩個大人。她坐到阿琴身旁一只倒扣的桶子上。

「快九個月了。」阿琴回答：「去年秋天我們採棉花，可這裡的冬天不好過。妳得靠棉花賺得夠多，才能熬得過四個月的停工。要是有人跟妳說加州的冬天很溫暖，千萬別信。」

愛瑟瞄了一眼杜伊家的帳棚，大約位在四米半外。帳棚至少有三米見方，就跟他們家的一樣大。可是……六個人擠在這麼小的空間裡，怎麼度過九個月？

阿琴瞧見了愛瑟的表情。「可能有點難對付。好像一天到晚都在打掃。」她微微一笑，愛瑟看得出她在飽受飢餓折磨之前想必是個美人兒。「妳要知道，我們在阿拉巴馬可不一樣。那時候日子好過得多。」

「我本來是種田的，」傑布說：「地界不大，但對我們來說夠用了。現在農場歸銀行了。」

「這裡的人大多都是農民嗎？」愛瑟問道。

「有一些。老米特——他住在那頭的藍色老爺車上，輪軸壞掉的那輛——他本來可是個律師呢，好像伙。韓克是郵差，桑德森在做時髦的帽子。這年頭光看人的外表根本看不出個啥。」

「艾德里治先生，妳要留點神。他一喝酒就可能會撲人。打從他妻子和兒子得痢疾死了以後，他就不太對勁。」阿琴說。

「一定有什麼活兒可以做吧。」愛瑟坐在桶子上身子往前傾，說道。

傑布聳聳肩。「我們每天早上都會出去找。你們要想往北走的話，現在薩利納斯那邊正在採收。今年夏初，我們在北邊採水果。你們出發前，得盤算盤算油價。不過我們是靠採棉花應付過來的。」

「我對棉花一無所知。」愛瑟說。

阿琴微笑道：「摘的時候痛得要人命，不過可以救妳的命。孩子也可以幫上忙。」

「孩子？那學校呢？」

「噢，」阿琴嘆氣說道：「是有學校，這條路再過去一公里半左右。不過……去年秋天我們可是全家出動，連最小的也是，一家人才不至於餓死。倒不是說兩個女兒能摘多少，但總不能整天把她們丟下。」

愛瑟看著那兩個小女孩。幾歲呢，四五歲吧——整天待在棉花田？她連忙轉移話題。「有哪裡可以收信嗎？」

「威提那裡可以存局候領，他們會替我們保管。」

「好啦，」阿琴起身將衣裙撫順。從這個動作，愛瑟大概能猜出她來加州以前是個什麼樣的人——一個小鎮上，個性恬靜、受人尊重的農家太太。她八成很在意國慶遊行、縫喜被和餐盒義賣活動之類的事情。「好啦，我也該準備晚餐了。我們這就告辭。」

「沒有妳想的那麼糟。」傑布說：「到時妳就曉得了。總之妳盡快到威提的救濟所去一趟。沿著道路走個三公里左右就到了。妳得去跟州府登記才能領到救濟。告訴他們說妳來了。我們過了兩三個月才去登記，損失可大了。不過現在說起來幫助不太大，因為……」

「我不想拿政府的錢。」愛瑟說。她不希望他們以為她這麼大老遠跑來是為了政府的施捨。「我想要一份工作。」

「是啊，」傑布說：「咱們誰也不想靠救濟度日。羅斯福和他那些新政的政策是幫了工人的忙，可好像忘了我們這些小農民和雇農。在這一州，大地主權力最大。」

阿琴說：「別擔心，只要一家人在一起，你們就能學會應付任何事情。」

愛瑟希望自己有擠出笑容，卻沒有把握。她站起來與他們握手，然後目送這一家人走向那個又小又髒的帳棚。

「媽？」蘿芮妲來到她身旁叫了一聲。

別哭。

不許妳當著女兒的面哭。

「真可怕。」蘿芮姐說。

「是啊。」

那股可怕的氣味滲透了一切。**死於痢疾**。這也難怪，如果喝了那條灌溉渠裡的水又過著……這樣的生活。

「我明天會去找工作。」愛瑟說。

「我知道。」蘿芮姐說。

愛瑟必須堅信。「這不是我們要過的生活，」她說：「我不會容許的。」

●

愛瑟在新的一天的聲響中醒來：火點燃、帳棚門簾的拉鍊拉開、鑄鐵鍋碰撞爐子、孩子哼哼唧唧、嬰兒哭鬧、母親申斥。

好像這裡是個正常的社區，而不是絕望的人們最後的停靠站。

她小心地不吵醒孩子，出帳棚後便開始生火，用水壺裡最後剩下的水煮咖啡。

有數十個男女和小孩漫步穿過田間，走向道路。在旭日下，他們瘦得有如一個個線條人。在此同時，有些婦女走向水渠，蹲在泥濘岸邊鋪設的木板上彎身取水。

「愛瑟！」

阿琴坐在自家帳棚前面的椅子上，旁邊有一只爐子。她招手喚愛瑟過去。愛瑟倒了兩杯咖啡，端著到隔壁去，一杯請阿琴喝。

「謝謝。」阿琴用兩手捧著杯子說：「我正在想應該起來給自己倒杯咖啡，可是啊，我一坐下就起不來了。」

「妳是不是睡不好？」

「是啊，從一九三一年開始就再也睡不好了。妳呢？」

愛瑟淡淡一笑。「一樣。」

人們從她們旁邊川流而過。

「他們全都是出去找工作的？」愛瑟看了看表問道。現在六點剛過。

「沒錯。新來的。傑布他們父子四點就出發了，很可能什麼活兒也找不到。等棉花田要開始除草、疏苗的時候會好一點。現在才在播種。」

「喔。」

阿琴將一個蘋果箱推向愛瑟。「坐下聊聊。」

「他們上哪去找工作？我沒看到很多農舍……」

「這裡和咱們家鄉不同。這一帶的農場都很大，動不動就是幾萬畝地。地主幾乎不會踏上自己的土地，更甭提自個兒幹活了。警察和政府也都站在他們那邊。比起照顧雇農，州政府更在意替地主們斂財。」她頓了一下。「妳先生呢？」

「在德州他就離開我們了。」

「到處都有這種事。」

「我真不敢相信有人過這種生活。」愛瑟見阿琴別過頭去，立刻就後悔說了這話。

「上哪去會更好呢？奧克仔，大夥兒都這麼喊我們，不管我們打哪來。沒有人肯把房子租給我們，不過又有誰租得起？棉花季過後，也許你們會有足夠的錢離開，但我們有四個孩子，不可能。」

「也許在洛杉磯……」

「我們一天到晚這麼說，可誰知道那裡是不是比較好？這裡至少還有採收工作。」她抬起眼。「妳的錢夠讓妳浪費汽油到其他地方去嗎？」

不夠。

愛瑟不能再聽下去。「我最好還是去找工作。妳能不能幫忙照看一下孩子？」

「當然。別忘了去向州政府登記。今晚我會帶妳去見見其他女人家。祝妳好運了，愛瑟。」

「謝謝妳。」

與阿琴分手後，愛瑟去田渠提了滿滿兩大桶髒水回來，分幾次煮沸，然後用布過濾。

她在陰暗的帳棚裡，盡可能地擦洗臉與上身，還洗了頭髮，換上一身相對乾淨的棉布連身裙。她將溼髮編成辮子盤在頭上再罩上頭巾。

這是她能做到最好的地步了。她的棉襪鬆垮垮的但是乾淨，鞋子的破洞卻是無法可想。她很慶幸沒有鏡子，啊，其實是有的，塞在貨車後面的某個箱子裡，只是不值得去翻箱倒櫃。

她在帳棚裡給孩子留了一杯乾淨的水，然後探看一眼，確認他們還在睡。

她留了張字條給蘿芮妲——**去找工作　你們待在這裡　杯子裡的水可以喝**——便往貨車走去。

她開車上了大路。

每經過一處農場都看到外面大排長龍，等候工作。還有更多人排成一列走在路邊，邊走邊找。拖拉機在褐色田裡翻土，這裡那裡都能看見馬拖著犁在耕地。

過了至少半小時後，她瞧見一片有四塊橫條木板高的圍欄上，釘了一塊寫著「招工」的牌子。

她於是離開大路，轉上一條長長的泥土車道，兩旁成排的樹上開滿白花。車道兩側開展著數千畝田地，種滿低矮的綠色作物。可能是馬鈴薯。

她在一棟大農舍前停車，屋前有個加了紗窗的寬闊門廊和一座美麗的花園。

她一到，便有個男人走出屋子，並放手讓身後的紗門砰然關上。他抽著菸斗，穿著體面：法蘭絨長褲和漿得筆挺的白襯衫，還戴了頂想必要價不菲的費多拉氈帽。他的頭髮剪得一絲不苟，鬢角和細細的一字鬍也修得仔細。

他來到貨車的駕駛座旁。「開貨車啊？妳一定是新來的。」

「昨天剛到，從德州來。」

他打量了愛瑟一番，然後頭一偏。「往那邊去。太太需要幫手。」

「謝謝！」愛瑟趁他還來不及改變心意急忙下車。**有工作！**

她匆匆走向大屋。經過敞開的柵門進入玫瑰花園，包圍住她的香氣讓她想起童年，接著爬上幾級階梯後敲門。

她聽見高跟鞋踩在硬木地板上的清脆聲響。

門一打開，出現一位短小豐腴的女人，她穿著時髦的高衩連衣裙，高領處打著荷葉邊絲質領巾。細膩精緻的白金色鬈髮中分往後梳，留到下頦的長度剛好框住她的臉。

女人看著愛瑟倒退了一步，嬌貴地嗅聞幾下，便用蕾絲手帕掩住鼻子。「流民我們農場上的工人會處理。」

「您的……戴氈帽的先生說您需要人幫忙一些家事。」

「噢。」

愛瑟強烈意識到自己的外表有多寒酸。她為了找工作花那麼多心思裝扮，這個女人根本毫無感覺。

「跟我來。」

屋內十分華麗：橡木門、水晶燈、裝設了中梃的窗戶，外頭的綠田映在窗玻璃上，化為五彩繽紛。厚厚的東方織毯、雕花的桃花心木邊桌。

這時有個小女孩走進廳裡，一頭和秀蘭‧鄧波兒一樣的小鬈髮俏皮地蹦跳著。她穿著粉紅圓點的連身裙和黑色漆皮鞋。「媽咪，這個髒兮兮的女生要做什麼？」

「別靠得太近，親愛的。他們有帶病。」

女孩睜大了眼睛，往後退。

愛瑟不敢相信自己聽到的話。「夫人……」

「別跟我說話，除非我直接問妳。」女人說：「妳可以刷地板，不過仔細點，別讓我逮到妳偷懶，而且妳離開以前我會檢查妳的口袋。除了水、水桶和刷子，別碰其他東西。」

20

蘿芮妲在臭味中醒來，每吸一口氣都讓她想起昨晚過夜的地方是這世上她最不想待的地方。

蘿芮妲知道天亮後會顯現出她不想看見的影像，便盡可能地賴床，但終於敵不過咖啡香氣還是起床了。

小安咕咕噥噥地在說夢話，她輕輕從他身邊移開，穿上有破洞的毛衣套在連身裙外面。

她穿上鞋子打開門簾，以為會看見母親坐在營火旁倒扣的桶子上喝著咖啡。不料媽和貨車都不在，只發現一杯水和母親留的紙條。

蘿芮姐朝大路的方向看去，隔在中間的平坦褐色田地上，留下許多足印與輪轍，還有一大群帳棚與車輛。田地面積總共大約三百畝，搭了上百個帳棚，停了數十輛車，都已成為家。她看見用鐵皮和木板拼湊而成的簡陋住所，女人領著衣衫襤褸的小孩在營地裡走動，還有癩皮狗跑來跑去，吠叫著討食物或關注。大夥兒在這裡住很久了，久到都已經架起晾衣繩並製造出堆滿破銅爛鐵的院子。沒有人會想要過這種日子，但他們就是這麼過的。經濟大蕭條。

她頭一次明白了。不光只是銀行土匪帶著別人的錢跑了，也不光只是電影院關門大吉或人們排隊領免費的湯。

苦日子就代表貧窮。沒有工作。沒有其他地方可去。

阿琴從帳棚走出來，對蘿芮姐招手。

蘿芮姐走向她，說也奇怪，身邊有個大人竟讓她感到慶幸。「嗨，杜伊太太。」蘿芮姐說。

「妳媽媽大概是一個小時前走的，去找工作。」

「我媽從來沒有真的工作過。」

阿琴微笑道：「就像十來歲小孩說的話。不過不打緊。我是說，經驗。這一帶的工作多半是田裡的農活，餐車飯館還是店鋪之類的不會僱用我們。那些工作他們會留給自己。」

「根本不能這樣。」

阿琴聳聳肩，彷彿在說：**又有什麼差別呢？**「當日子不好過工作又少，大夥兒就會怪外地人。這是人性。而這當口，我們就是外地人。在加州，以前是墨西哥人，再更早之前應該是中國人吧。」

蘿芮姐愣愣地望著遍地雜物的營地。「我媽從來不會放棄，」她說：「但這次也許應該放棄才對。我們可以去好萊塢，或是舊金山。」蘿芮姐真恨自己竟說到聲音分岔。忽然間她想到爸爸和史黛拉和爺爺奶奶和農場。此時此刻她最大的願望就是回家，就是讓奶奶給她一個「別胡鬧」的擁抱，並往她嘴裡塞一口吃的。

「過來，親愛的。」阿琴張開雙臂說道。

蘿芮姐走上前投入這個女人的懷抱，愕然驚覺這一抱具有多大的撫慰作用，哪怕對方是個陌生人。「我想妳得要長大，」阿琴說：「妳媽媽很可能希望妳年紀小，但那些日子過去了。」

蘿芮姐忍住眼淚。她不想長大，更不想在這種地方長大。

她抬頭看著阿琴和藹、憂傷的面容。「那麼，我應該怎麼做？」

「首先，到田渠去提很多很多水回來。記得，喝之前要先煮滾過濾，我會給妳一些薄棉布。洗衣服也能幫上妳媽媽一點忙。」

蘿芮姐留下阿琴站在帳棚外，逕自拎了兩只桶子走到渠邊。那裡已經蹲著一整排的婦女在洗衣，有的在岸上，有的在褐色溝水裡的木板上。孩子們則是在骯髒的水邊玩耍。

蘿芮姐將兩只水桶裝滿污水，提回帳棚，途中經過一間用鐵皮與破碎木頭蓋的棚屋，裡面住著一家六口人。

當她回到帳棚，小安已經起床，坐在土裡，顯然一直在哭。「妳們都丟下我，」他嚶嚶哭道：「我還以為……」

「對不起。」蘿芮姐連忙放下水桶。

小安驀地跳起來抱住她。蘿芮姐將他緊緊摟住。

「我好怕。」

「我也是，小安安。」蘿芮妲說道，而弟弟在身邊也讓她感到安慰。當他往後退開，淚水已經乾了並重展笑靨。「要不要來玩接球？我的棒球應該就在哪裡。」

「不行，我要燒水，要準備早餐。然後我們要來洗衣服。」

「媽又沒叫我們做這個。」小安呻吟抱怨。

「我們得幫忙。」

小安猛然抬頭。「她會回來吧？」

「她會回來。她去找工作好讓我們可以離開。」

「呼。妳覺得她找得到嗎？」

「希望可以。」

吃完淡而無味的麥片早餐後，蘿芮妲洗好碗盤，全部收進箱子裡，待貨車回來就能打包上車。那麼媽媽一回來，他們就能立刻離開這個臭烘烘的地方。

●

到了中午，愛瑟的十指發疼，手也被漂白劑和鹼液灼燙得泛紅。她刷洗了廚房、餐廳與客廳的地板，然後用帶有檸檬香氣的油擦到木板發亮。她從書架取出數十本皮革裝幀的書，撢去後面的灰塵，同時也忍不住要聞一聞皮革、紙張的味道，甚至讀上一兩句。

她看書的生活感覺已遙不可及。

打掃完後，她用滾水燙兩隻肥雞後拔毛，想到烤雞便口水直流。一小時後，她拖著溼衣物到屋外，放進金屬擰壓機，轉動曲柄，直到肩膀尖叫著抗議。這一切都在這屋的女主人嚴密監視下進行，她始終沒讓愛瑟吃午餐休息，沒讓她喝杯水，也沒有自我介紹。

五點一過，當愛瑟又回到廚房，正在燙一件男性襯衫，女主人說：「行了，就做到這裡吧。」

愛瑟慢慢放開熨斗，舒吐了一口氣。她又飢又渴。「我有注意到食物儲藏櫃可能需要整理一下，夫人，我……」

「想碰我們的食物？門都沒有。自從你們這種人搬來以後，這一帶就老大不太平，學校裡也全是你們那些髒兮兮的孩子。」

「夫人，說真的，您是個基督徒，應該……」

「妳**竟敢**質疑我的信仰？出去！」她手一揮，往門口指去，說道：「妳也不用再回來了。墨西哥人都比你們這些齷齪的奧克仔好，他們不會回嘴，莊稼收割完後也不會留在城裡。早知道就不該趕走他們。」

愛瑟累到沒有力氣爭辯。至少她找到工作了。今天這筆錢是個好的開始。她不得不這麼想。她說道：「好的，夫人。」然後等著領錢。

「怎麼了？」女主人叉起手來說道。

「我的工錢。」

「噢，對了。」女人伸手從口袋掏出幾枚硬幣，丟進愛瑟張開的手心。

四枚一角錢。

「四十分錢？」愛瑟說：「做十個小時？」

「那我收回嘍？我可以告訴我先生說妳有多不聽話。」

四十分錢。

愛瑟於是走開，推開門，隨後讓它砰一聲重重關上。她上了車，駛過車道，極力不陷入驚慌。

一整天賺四十分。

現在她明白為何營地的人要走路去找工作了。汽油已經是她負擔不起的奢侈品。

明天她要在天亮前，跟著其他人離開渠邊營地，但願能找到田裡的工作。那工錢肯定比這個好。

不過要是讓孩子也下田工作，她可就該死了。他們得去上學，接受教育。

上了主要大路後，她看見一個瘦瘦的男人走在路邊，肩膀消沉下垂，背著一只破背包。滿是破洞的帽子底下露出幾綹骯髒的黑髮。光著一隻腳。

拉菲。

不可能，但總是……

她慢慢停下貨車，搖下車窗。不是她丈夫，當然不是了。

「需要搭便車嗎，朋友？」她問道。

男人斜瞄過來。他的臉皮被高聳的顴骨繃得緊緊的，臉頰凹陷。「不用，但謝啦。沒啥地方好去，而且我有自己的節奏。」

愛瑟盯著他大半晌，暗想：**是啊，我們誰都沒有地方好去**，接著嘆了口氣，踩下油門。

●

那天在營地，蘿芮妲知曉了時間的彈性。直到今天以前，它似乎都按著基調走，很可靠。即便在心碎時刻——失去父親與摯友，小安生病時——時間都一貫不變地給予撫慰。**時間會治癒傷口**，大家這麼告訴她，特別強調它本質上的仁慈。事實上她知道有些傷口會隨著時間加深，不會減輕；但她仍倚賴著時間的堅定不移。每天日升日落，升落之間有家事雜物和三餐和重要標記，一份日常的清單。

在這裡，時間被窮困絆住，緩慢爬行。

無處可去，無事可做。她不能丟下小安，自己去獵鴿子或野兔。因此便和弟弟坐在凹凹凸凸的床墊上，她大聲念著《綠野仙蹤》。可是這本書描寫了堪薩斯可怕的龍捲風，已經不像以前那麼令人入迷，尤其當你待在一個宛如災區的地方。說實話，蘿芮妲覺得它可能會讓他們姊弟倆作噩夢。

五點半剛過，蘿芮妲就聽見自家貨車熟悉的隆隆聲。她推開小安跳離床墊。

外頭滿是輸跡的路上，有一群人朝這兒走來。

媽媽開車來到帳棚邊停下。蘿芮妲焦急地等著她關掉引擎下車。當媽媽好不容易下了車，卻只是駝著背呆呆站在那裡，一臉疲倦。挫折。

「媽？」

媽媽很快挺起腰桿露出微笑，但蘿芮妲看得出那是騙人的，那個笑容。媽媽藍色眼眸流露的挫折很嚇人。

「我把衣服洗了，還泡了豆子。」蘿芮妲說著忽然很希望**媽媽**回來，那個總是埋頭苦幹全速往前衝，從來不哭、不放棄，從來不害怕的女人。「我們可以吃完飯再走。」

「我今天找到一份工作。」媽媽說：「我做了一整天賺到四十分錢。」

「四十分？那都還不夠……」

「我知道。」

「四十分？」

「現在知道我們面臨什麼困境了，蘿芮妲。我們不能把錢花在房租或汽油上頭。」

「等等，妳答應只待一天的。」

「我知道。」媽媽說：「我錯了。我們還沒法去其他地方。我們需要賺錢，而不只是一再花錢。」

「妳要我們待在這裡？**這裡？**」蘿芮妲感覺心裡湧起一股驚恐，接著化為顫抖的、駭人的怒氣，針對著母親。她隱隱知道這樣不公平，卻完全無力收回。「不要。**不要。**」

「對不起。我不知道還能怎麼辦。」

「妳**騙人**。就跟他一樣。每個人都在騙人……」

媽媽將蘿芮妲摟進懷裡，她奮力想掙脫，但母親牢牢抱著，而且愈抱愈緊，最後蘿芮妲放棄掙扎，身子往前一癱哭了起來。

「我跟阿琴談過。我們應該可以利用棉花採收季存錢付帳單。如果我們真的很仔細，每角每分都存起來，也許十二月就能離開了。」

蘿芮妲把身體往後拉，感覺晃晃悠悠、沒有把握。覺得氣憤。「我們能不能回德州？汽油還夠。」

「醫生說小安的肺至少要一年才能痊癒。妳也記得他病得多厲害。」

「但那是因為他一開始都不戴防毒面具。也許現在……」

「不，蘿芮妲，這個沒得談。」她溫柔地撥開蘿芮妲臉上的頭髮。「我需要妳幫忙照顧小安。他不會懂的。」

「**我**也不懂。這裡是美國。這種事怎麼會發生在我們身上？」

「不景氣嘛。」愛瑟說。

「狗屁鬼扯。」

「注意說話，蘿芮妲。」媽媽疲憊地說。隨後她走向貨車，爬上車斗，動手卸下狹長的黑色柴爐，那是許多年前蘿絲和東尼未蓋農舍以前，還住在草皮屋時用過的。

蘿芮妲打心眼裡痛恨這個「卸下柴爐」的主意。爐子就代表家，就代表你要待在某個地方，安頓下來。他們曾經想像過這只爐子溫暖一個新家。她嘆了一口氣，還是爬上去幫忙媽媽解開繫繩。她二人使盡吃奶的力氣，「嗯」的一聲將沉重的爐子搬下貨車，放到帳棚前面的雜草地上。旁邊還有幾只水桶和一個金屬水盆。

「好極了。」蘿芮妲說。現在他們就跟住在這片醜陋田地上的帳棚裡，所有窮苦潦倒的人沒有兩樣了。

「是啊。」媽媽說。

不然還能說什麼。

她們走進帳棚，小安正躺在床墊旁的泥土地上玩他的玩具兵。「媽！妳回來了。」

蘿芮妲看見母親臉上閃過痛苦的表情。「我一定會回來的。你們兩個是我生命的全部。好嗎？永遠別怕我不回來。」

●

那天晚上，兩個孩子分別躺在母親左右兩側，禱告完入睡許久了，愛瑟仍睡不著。月光照亮帳棚的帆布面，狹小的內部一片亮晃晃。她小心地不驚動孩子，找來一張紙和一枝筆，坐起來寫信。

親愛的東尼和蘿絲，

寄上來自加州的問候！

這趟車程令人精疲力竭，但誰也沒料到會如此有趣，我們最後落腳在聖華金谷。這個地方很美。有高山，有綠油油的莊稼，還有適合莊稼生長的肥沃褐土。

我們帳棚附近有一條河。我們和南部來的鄉親交了朋友，孩子們也很興奮，明天就要去上學。你們可都還好？

你們若要寫信給我們，可以寫到加州威提鎮的郵局存局候領。

請為我們祈禱，我們也會為你們祈禱。

愛你們的愛瑟、蘿芮妲和小安上

翌日清晨，愛瑟天未亮便醒來，動身去提水回營地，放到爐子上燒。黑暗中，煙從一個帳棚飄到另一個帳棚；她聽見水桶打水時的碰撞聲，聽見油脂在鑄鐵平底鍋裡嗶嗶剝剝響。有人開始走向馬路，有男有女有小孩。

到了七點，她喚醒孩子，替他們更衣，然後領著他們到帳棚外，餵他們吃一點熱燕麥糊（不夠吃飽，但她知道現在必須錙銖必較），然後用剛才燒開、濾過已經冷卻的水幫他們洗頭洗臉。幸好孩子昨天洗了衣服，她感激至極。

小安扭著身體試圖掙脫。「幹麼要弄得乾淨點？」

「因為今天是第一天上學。」愛瑟說。

「萬歲！」小安蹦跳著歡呼。

蘿芮妲往後一退。「告訴我，妳是在開玩笑。」

「教育比什麼都重要，蘿芮妲。妳也知道的。妳將會是馬提奈尼家第一個上大學的人。」

「可是……」

「沒有**可是**。苦日子不會長久，教育卻會，而且這段時間你們的功課都落後了。快，還有一段路要走呢。」

「我沒鞋子要怎麼上學？」小安說：「妳有想到這個嗎？」

愛瑟低下頭惶恐地看著兒子。這麼重要的事，她怎麼就忘了？「我……我們……」

「愛瑟？」

她轉過身，看見阿琴走過來，手裡拿著一雙有磨損破洞的男孩鞋。「我看見妳去提水，」阿琴說：「猜想妳是要替孩子梳洗準備上學。」

「我忘了我兒子沒有鞋穿。我怎麼會……」

阿琴搭著她的肩膀，捏了一下表達安撫。「我們只能盡力了，愛瑟。喏，這是巴斯特的鞋子，他穿不下了，等小安也穿不下的時候再還我。」

愛瑟內心的感激無法言喻。這份慷慨來自一個幾乎一無所有的人，簡直太了不起了。

「我們就是這麼過來的。」阿琴說著拍拍愛瑟的手臂。

「謝—謝妳。」

「學校要往南走一公里半。」阿琴的頭朝南邊一撇。「他們不是很歡迎。」

「要我說啊，到目前為止這整個州都一樣。」愛瑟說。

「沒錯。」

「帶他們到學校安頓好之後，妳最好去州政府那兒登記一下。救濟所在威提，從這兒往北走大概三公里。妳得讓他們知道妳來了。」

救濟。

愛瑟一想到這個，胃就揪了起來。她點點頭。「好，往南去學校，然後回頭往北走進城，離這裡大概三公里。曉得了。」

愛瑟將鞋子遞給小安，見他那般歡天喜地她也高興。「好了，馬提奈尼家的孩子們，」她等小安繫好鞋帶後說道：「我們走。」

他們走到大路上轉向南，加入一群也往同方向走的孩子，其中共有九人，年齡約莫從六歲到十歲。蘿芮妲是年紀最大的一個。愛瑟則是唯一的大人。

有一輛車頭圓鈍的校車轟隆隆駛過，濺起石子揚起塵土。它沒有停下來載這些外地移居來的孩子。

他們經過一間郡立醫院，前門外停著一輛灰色救護車，最後終於來到學校。草木青翠，外觀迷人。前院擠滿了說說笑笑的學童，他們的穿著乾淨整潔、光鮮亮麗。移民孩子一臉木然、安靜無聲地在他們當中移動。

「媽，妳看他們。」蘿芮妲說：「新衣服。」

愛瑟用一根手指抬起蘿芮妲的下巴，發現女兒眼中逐漸湧出淚水。「我知道妳有什麼感覺，但妳不許哭。」愛瑟說：「妳都歷經千辛萬苦來到這裡了，不許為了這個哭。妳是馬提奈尼家人，妳不會輸給加州任何一個人。」

她拉起孩子們的手，帶著他們穿過草地，頭上的美國國旗在風中飄揚。

進了學校，走廊上滿滿都是孩子。愛瑟注意到他們投射過來的目光，也發現穿得較好的孩子會躲避他們。布告欄上貼著郊遊與課外活動的公告，與即將舉行懇親會的通知。

愛瑟見到第一間辦公室便走進去。她與兩個孩子站在一條長長的櫃檯前，上頭有塊小牌子寫著：「芭芭拉·毛澤，行政組」。

愛瑟清了清喉嚨。「打擾一下。」

坐在櫃檯後面辦公桌的女人，放下文書工作抬起頭來。

「我來給孩子辦註冊。」

女人重重嘆一口氣，站了起來。她穿著漂亮的藍色連身裙，繫了條布腰帶，搭配絲襪與一雙實用的褐色鞋子。愛瑟注意到她的指甲特別修過，臉頰圓潤豐腴。

女人走上前來，與愛瑟和孩子隔著櫃檯。「有沒有帶成績單？轉校文件？學籍資料？」

「我們離開得有點匆忙。家鄉的情況……」

「你們奧克仔過得很艱難。是的。」

「我們是從德州來的，老師。」愛瑟說。

「他們叫什麼名字？」

「姓馬提奈尼，女孩是蘿芮妲，男孩是安塞尼，我們都喊他……」

「地址呢？」

愛瑟不知該如何回答。「我們……呃。」

女人轉過頭，喊道：「蓋曼小姐，妳過來。棚屋區的人。奧克仔。」

「我們是德州人。」愛瑟語氣堅定地說。

女人將一張紙推給愛瑟。「妳會讀會寫嗎？」

「噢，老天爺。」愛瑟說：「當然會。」

「名字和年紀。」她給了愛瑟一枝鉛筆。

愛瑟寫下孩子們的姓名時，辦公室裡來了一位年紀較輕的女人，身穿筆挺的白色護士服，頭戴護士帽。護士大步走向孩子，來到蘿芮妲跟前便開始往她的頭髮又撥又翻。

「沒有頭蝨。」護士說：「沒發燒……還沒。女孩幾歲？」護士問道：「十一嗎？」

「十三。」愛瑟回答。

「識字嗎？」

「當然，她學校成績很好。」

護士又檢查小安的頭髮。「沒問題。」她最後說道：「你們這種人大多都十一歲就下田了，沒想到妳女兒會來上學。」

「我們**這種人**是勤奮的美國人，只是時運不濟。」愛瑟說。

「跟我來。」毛澤組長說：「別靠太近。」

愛瑟和孩子們尾隨女子而去，她來到走廊盡頭停下腳步。「男生，進去。快。」

小安抓著愛瑟的袖子，抬頭盯著她看。

「你不會有事。」愛瑟說。

他搖搖頭，露出懇求的眼神想擺脫這個處境。

「去吧。」愛瑟說。

小安重重嘆了口氣，沮喪地垂下肩膀。接著有氣無力地揮了揮手，便打開門消失在喧鬧的教室裡。

「別磨蹭了。」行政組長繼續往前走。

愛瑟強迫自己邁開腳步，蘿芮姐緊跟在她身邊。

到了最後一扇門，上面有個「七」字，組長停了下來。「妳，」她對蘿芮姐說：「進去吧。有沒有看到最後面角落那三張椅子？挑一張坐。過去的時候別碰到任何人或任何東西。還有千萬拜託，別咳嗽。」

蘿芮姐看著愛瑟。

「妳沒有比任何人差。」愛瑟說。

蘿芮姐於是打開教室門。

愛瑟看到那些穿著乾淨、體面的學生如何嘲笑女兒，有幾個女孩甚至在蘿芮姐經過時斜挪開身子。有個紅頭髮的男生捏起鼻子，惹得一堆人發笑。

愛瑟拚盡所能才終於轉身離開校門。

●

愛瑟走到大路上後往北轉，到了渠畔營地的路口仍繼續走，最後來到一個精心維護的小鎮，還有一塊大大的棉鈴狀牌子歡迎她來到加州威提鎮。主要大街共有四個街區，她看見一間已用木板封釘的戲院，一間大門外立著柱子的鎮廳，與一整排店鋪。她沿著店鋪一間一間地走，沒有一扇窗上貼著徵人公告。

州立救濟所位在大街一條巷子裡的一個廣場，四周全是公園長椅和繁花盛開的樹木，十分隱密。有一排長長的人龍正等著進去。

她也跟著排隊。那兒的人既沒有看著彼此，也沒有說話。

愛瑟明白。從身旁男男女女低垂著雙眼的堅忍神色看得出來，他們都是等到再無選擇了才開口求助。而且對於自己需要向政府伸手——向任何人吧，其實——感到羞恥。他們和她一樣，向來是靠勞力獲取自己所需，而不是靠政府施捨救濟。

幸好，愛瑟站在那兒的時候心裡一片空白。

好不容易終於輪到她了。在臨時搭的遮篷下坐著一個年輕人，身穿褐色套裝，筆挺的白襯衫外打著一條細細的黑領帶，一頂褐色寬邊帽歪戴在頭上。

「妳來領救濟的？」他抬起眼，敲著筆問道。

「不，我會找到工作，只是有人說我需要來登記。以防萬一。」

「好建議。要是有更多人上心就好了。姓名？」

「愛瑟諾兒．馬提奈尼。」

他在一張紅卡上寫了幾個字。「年齡？」

「天哪，」她緊張地笑了一聲。「下個月滿三十九。」

「丈夫呢？」

她頓了一下。「沒有。」

「孩子？」

「蘿芮妲．馬提奈尼，十三歲。安塞尼．馬提奈尼，八歲。」

「住址？」

「呃。」

「路邊。」他嘆一口氣說：「在這附近？」

「往南大約三公里的地方。」

他點點頭。「薩特路的棚屋營區。什麼時候抵達加州的?」

「兩天前。」

年輕人將這些都寫在她的紅卡上,然後抬起頭。「每個進州裡來的人我們都會記錄。妳的合法居留日從妳登記這天開始起算,而不是從妳確實抵達的時間。妳必須成為正式州民才能領州政府的救濟,也就是在本州待滿一年以後。四月二十六日再回來吧。」

「一年?」愛瑟皺起眉頭。「可是……我聽說冬天沒有工作。到時候大夥兒不是會需要幫助嗎?」

男子用同情的眼神覷她一眼。「聯邦政府會給你們一些幫助。分發物資。每兩星期一次。」他把頭一偏。「就是那邊那排隊伍。」

愛瑟轉過頭,看見街道另一頭排了更長的隊伍。「什麼物資?」

「豆子。牛奶。麵包。食物。」

「這麼說來,那些人全是在排隊領食物?」

「是的,太太。」

愛瑟看見站在那邊的女人一個個瘦如竹竿,還羞愧地低著頭,不禁深感難過。「我不用。」她輕聲地說:「我可以餵飽我的孩子。」

暫時。

21

學校放學時,愛瑟站在旗杆邊等候孩子。她強忍住一陣暈眩,這才想到早上出門時忘了打點自己的午餐。到救濟所登記完後，她又花了幾個小時在鎮上走來走去找工作。其實她沒多久就領悟到，沒有店主或飯館老闆會僱用像她外表這麼寒傖的人。

學校鈴聲響了，學童紛紛湧出校門。校車的門咻一聲打開，迎接一些學生。

她看見蘿芮姐和小安朝她走來。

小安有一隻眼睛瘀青，衣領也扯破了。

「安塞尼．馬提奈尼，這是怎麼回事？」愛瑟問。

「沒事。」

「安塞尼……」

「我說沒事。」

她抱住小兒子。

「我喘不過氣了啦。」他試圖掙開。

愛瑟勉強地鬆開手，小安隨即掙脫。他往前走去，空空的午餐袋揉成一團握在手裡。

「發生什麼事了，蘿芮姐？」

「有一個五年級的罵他是沒讀書的奧克仔。小安叫他把話收回去，他不肯，小安就揍他。那個學生也還手。」

「我去找……」

「老師知道，媽。校長出面了，說那個男生不應該打小安，因為我們有帶病菌。校長說：『你不至於笨到去碰他們吧，強森。』」

「他才八歲。」愛瑟輕聲說。

蘿芮妲沒有應聲。

「我會勸勸他要以德報怨。」愛瑟說。她只能想到這個。在學校打架或是要經歷過什麼才能變成男人，她哪裡懂呢？

前頭，小安一個人走在路邊，看起來瘦小、脆弱。有幾輛車從旁駛過揚起灰塵，並按著喇叭要他讓路。

「教他怎麼踢一個比他大的男生的褲襠如何？」

「我才不會教我兒子去踢另一個男生的……那個地方。」

「太好了，那就教他怎麼做冰袋。讓他變成一個受氣包。告訴他說我們永遠都會過這種生活。」

「唉，蘿芮妲，」愛瑟說：「我知道情況有多糟……」

「真的嗎？他們中午吃炸雞和水果派耶，媽。有一個人還吃一種叫奶油夾心蛋糕的東西，味道實在太香了，我不小心發出一個聲音，有幾個女生就笑我。其中一個說：**妳們看她，吃馬鈴薯**。另一個又說：**說不定是她偷的**。」

「她們那種女孩，沒有一點同情心，覺得嘲笑別人的不幸很有趣，像她們這樣的人根本微不足道，就像狗屁股上的蝨子身上的斑點。」

「很傷人啊。」

「是，」愛瑟想起自己在學校裡被喊「沒人愛」的日子。「我知道。」最後轉進渠邊營地後，她出聲喊安塞尼。他才停下來等她。「爺爺會不會因為我打架打我？」

「因為你保護自己？不會。不過從今天開始我們動口不動手好嗎？」

「喔，好啊。那我就說**操你媽的**可以嗎？」

愛瑟差點失笑。求天父原諒。

「不行，小安，你不能這麼說。」

小安的肩膀頹然下垂。「我會再挨揍的，我知道。」

「沒錯，他會。」蘿芮妲嘆著氣說。

愛瑟只能想到一句話：**我們全都會**。

●

當天晚上，吃過火腿馬鈴薯泥的晚餐後，愛瑟便讓小安準備就寢。用餐時他們三人都沒多說些什麼。餐後，蘿芮妲馬上離開帳棚，說她悶得受不了。愛瑟替小安蓋好被子後坐在他身邊。

「媽，我們會愈來愈好，對不對？」小安作完禱告後說。

「當然了。」愛瑟撫摸他的頭，用手指梳著他的頭髮，直到他睡著。

她輕手輕腳下了床，低頭看著他。

這時眼周的瘀青更加明顯了。有人揍他的臉，嘲笑他……想到這個她就想打人，痛打一頓。

她帶他們來這裡是不是錯了？他們放棄了他們所認識、所愛的一切，想在這裡重新開始，但萬一這裡沒有新的開始呢？萬一這裡有的也只是他們拋下的艱苦與飢餓呢？又或是更糟呢？

她取出從德州帶來的那個破舊金屬盒，小心翼翼地打開，怔怔地瞪著裡頭的錢看：不到二十八元。若是再不盡快找到工作，這點錢能撐多久？

她闔上盒子，藏到裝鍋碗瓢盆的箱子裡，然後走到外面，看見蘿芮妲坐在一個倒翻過來的桶子上。營地籠罩在黑暗中。愛瑟聽見不知哪裡傳來的提琴聲。

蘿芮妲抬起頭。「那讓我想到爺爺。」

愛瑟只能點點頭。洶湧而來的鄉愁衝擊得她搖搖欲墜。

阿琴來到他們的帳棚。「妳們跟我來。」

蘿芮妲起身。這一天下來，她一副被打垮，委靡不振的模樣，愛瑟也有同感。

她們三人穿過營地，經過敞開的帳棚與門窗緊閉的車子。有一群狗吠叫著到處跑。

在田渠邊的一塊平坦空地聚集了許多人，大約十五人吧，有男有女，站在那兒聊天。有兩個男人則是坐在岸邊石頭上，拉著小提琴。

阿琴帶愛瑟和蘿芮妲走向兩個女人，她們站在一株細瘦的樹下。「姊妹們，我跟妳們介紹愛瑟・馬提奈尼，和她的女兒蘿─芮─妲。」

那兩人轉過頭，臉上都帶著微笑。愛瑟不太看得出她們的年紀，也許是四十好幾。兩人都顯得憔悴，有著疲憊的笑容與和善的眼神。

「歡迎妳，愛瑟。我叫蜜琪。」較瘦的那人說：「來自堪薩斯。他們叫那裡是沙盆，親愛的，還真沒叫錯。」

愛瑟微微一笑，伸手攬住蘿芮妲。「我們來自德州鍋柄區。我們知道沙土是怎麼回事。」

「我叫娜汀。」另一個女人用拉長而慵懶的好聽口音說道。她戴了一副無框的圓邊眼鏡，很快地淺淺一笑。「來自南卡羅萊納。妳們相信嗎？我離開了一個有水可以釣魚的地方。就因為那一大堆傳單說加州流著奶與蜜，呸。妳們來多久了？」

「只有幾天。」蘿芮妲說：「可是感覺上更久。」

娜汀笑起來，扶了一下眼鏡。「是啊，這裡的時間很奇怪。」

「妳們去救濟所登記了嗎？」蜜琪問。
愛瑟點頭。「去了，不過……怎麼說呢，我暫時還不需要救濟。」
蜜琪和娜汀和阿琴心照不宣地互看一眼。
她們沒說：**妳會需要的**，但還不如直截了當說出來。愛瑟又再次有了胃往下沉的可怕感覺。
「你們就緊緊黏著我們吧，親愛的。」娜汀說：「我們就是這麼互相扶持度日的。」

●

在加州待了將近四星期後，他們建立了一個規律的模式：蘿芮妲和小安去上學時，愛瑟便去找工作。不管什麼工作，不管工資多少。她一天比一天更早出門，沿著大路走，有時往北，有時往南，隨時抱著一線希望，但願能找到在田裡除草或是洗衣服的工作。但希望往往都會落空。每一回買吃的，就要花掉微薄的存款。豆子吃完了，就得再買。小安也得吃罐頭濃縮奶，他還在發育中。

此時，在到處找工作卻一無所獲地度過漫長的一天後，愛瑟坐在水渠岸邊的蘋果箱上，箱子是她在路邊找到的。天色逐漸轉黑，大約有三十個人聚在這裡：女人在洗衣服，男人在抽菸斗聊天，孩子們邊笑邊玩著鬼抓人遊戲。空氣中仍留有白晝的餘溫，隱約預告了接下來幾個月會是什麼樣的境況。

有人在吹口琴，一隻狗嗚嗚叫著伴奏。小安和杜伊家的梅莉和露西混熟了，三人跑來跑去玩著捉迷藏。蘿芮妲沒有和人說話，獨自坐在一旁看書。愛瑟知道她是鐵了心不在這裡交朋友。

阿琴拖了一只金屬桶來到渠畔，坐在愛瑟身旁。「天開始變熱了，」阿琴說：「天啊，到了夏天這些帳棚真的很不舒服。」

「也許在那之前我們都會有工作，就能離開了。」

阿琴說：「也許吧。」口氣絲毫沒有傳達出希望。「孩子們在學校怎麼樣？」

「老實說，不太好。不過我不會讓他們停學。」

「要堅強。」阿琴說，目光望向聚集在渠邊的人。

愛瑟看著這位朋友。「妳曾經累到不想再堅強嗎？」

「親愛的呀，當然了。」

●

在抵達加州的五星期後，他們收到了東尼與蘿絲的第一封來信。三人的精神都為之一振。

我最親愛的家人們：

很遺憾要告訴你們，沙塵暴還未停歇。儘管如此，這星期又開了一次會。如果我們答應在田裡開等高犁溝，政府就會補助農民一畝地一分半。開溝的進度緩慢，但東尼又重新開著拖拉機在田裡耗上大半天，你們是知道的，他最愛待的地方就是那台拖拉機上頭了。公共事業振興署有發失業金幫助我們。現在只希望這些可怕的沙塵暴能停，要是再能下雨，這一切辛苦或許就值得了。

昨天，有一個人到城裡來，滿口說是能帶來雨水，還自稱是造雨人。那場面還真是挺有看頭的。他把一樣東西射進天空裡，現在我們全都等著看能不能奏效。我是覺得你不能這樣逼促天主，但誰知道呢？

我們很想念你們，希望你們過得好。
但願愛瑟的生日有大大慶祝一番，是最快樂的一天！

愛你們的蘿絲與東尼

五月最後一天，愛瑟趕著兩個孩子一起去上學之後自己留了下來。就這麼一回，她沒有去找工作。她另外有事情做。

沒有丈夫幫手，又要工作又要照顧孩子讓愛瑟感到負擔沉重。太多雜務，能做的時間又太少，難怪這裡幾乎沒有落單的女人。蘿芮姐做的已經超過她該做的；咳，今時今日在這營地裡，每個人做的一切都已經超過他們該做的了，就連小安也是毫無怨言地盡一己之力。他要負責確保隨時都有充分的木柴、引火柴和紙張。他花很多時間在營地裡和大路上，盡可能地到處搜刮，也會從學校帶報紙回來。昨天他找到一只破蘋果箱——這可是找到寶了。

愛瑟花了兩個小時才提回夠多的水能洗所有的衣服。等她將水燒開濾淨，倒入他們從德州帶來的銅盆時，她已經汗流浹背精疲力竭。衣服洗好後，披晾在帳棚內的金屬框上，雖然晾在裡面需要比較長時間才會乾，但至少不會被偷。接著她泡了一些扁豆。

家事做完後，她將銅盆拖進帳棚，然後又開始去提水。一桶接著一桶，從溝渠提回來的水，燒開過濾後倒進盆內。

最後，她將帳棚門簾關閉繫緊，脫去衣服——這件事她已經幾個星期沒有做過了。過去一個月來，他們三人都學會如何在這種有如囚犯擠在牢房一般的可怕環境中存活，洗澡已經成為奢侈而不是必要。

她跨入盆中蹲下來。水只是微溫，但感覺還是無比美好。她用他們僅剩的一小片肥皂洗了身體和頭髮，並盡量不去在意有些地方其實只能摸到頭皮。

水溫變冷後她打著哆嗦跨出浴盆擦乾身子，水則留在盆裡好讓孩子們可以泡個澡。她梳著逐漸稀疏的金髮時，熱氣從帆布散射下來，又從泥土地反射上來。她沒有鏡子可以照，但她也不想要。她用最乾淨的頭巾包住頭髮，滿心希望自己手邊還有頂帽子，特別是今天。

所有的女人都會戴帽子。

別想她們，或是妳自己。

這是為了孩子。

她取出最好的一件連衣裙。

最好的連衣裙。去年用枕頭蕾絲和麵粉袋的碎布做成的。最後一次穿是在孤樹鎮上教堂的時候。

別想那個。

她仔細地穿上鬆垮的棉褲襪和破舊的鞋子，然後走出帳棚，進入耀眼的午後陽光下。

阿琴站在自家帳棚外，手裡拿著一支掃把。

愛瑟揮揮手走了過去。

「我覺得妳是自找麻煩。」阿琴顯得憂慮地說。

「要真是這樣，時機也差不多了。」

「我會在這裡等妳回來。」阿琴說。

娜汀也走過來加入她們。「她真的要去？」她問阿琴。

阿琴點頭。「她要去。」

「老實說，親愛的，」娜汀說：「我要是有妳的膽量就好了。」

愛瑟很感激她們的支持。

她走出營地，在大路上，寥寥幾輛汽車從旁駛過，都會按喇叭要她靠邊。當她到達學校，已經滿身細細的紅土。

她盡可能地拍去身上的塵土。她不會當個膽小鬼。她抬頭挺胸，穿過草坪繞過辦公室，走向圖書館。門上有一塊牌子公告放學後的懇親會在此舉行。

她一打開門放學鈴聲便響起，學生們隨即跑進走廊。

圖書館裡，每一面牆都擺滿了書，有一個借書櫃檯，頭頂上有明晃晃的燈。約莫十來個女人聚在一起站著，一面端著瓷杯啜飲咖啡。愛瑟注意到她們打扮得多麼體面——絲襪、最新流行的連身裙、搭配的手提包，還整燙著時髦短髮。邊上有一張長桌，鋪著白桌巾，上面擺著一大盤一大盤的餅乾和三明治，還有一個咖啡銀壺。

那些女人轉頭看著愛瑟，談話變得有一搭沒一搭，然後便完全停止了。

愛瑟不明白自己怎會以為一件乾淨的麵粉袋衣裳或是洗個澡會有幫助。她不屬於這裡。她怎會如此異想天開？

不，這裡是美國，我是個母親，我是為了我的孩子來的。

她往前踏出一步。

目光集中在她身上。眉頭皺了起來。

她來到鋪著桌巾的桌邊，給自己倒了杯咖啡並拿起一份三明治。將三明治送到嘴邊時，她的手在發抖。

有一位年紀較大的女人，穿著合身的粗花呢套裝衣裙與高跟鞋，戴著有緞帶裝飾的呢帽，帽子底下露出一些小鬈髮。她脫離了那群女人，毫不猶豫地走向愛瑟。她接近後，揚起一只眉毛說：「我是家長會會長瑪莎・華森，我想妳是走錯地方了吧。」

「我是來參加懇親會的。我的孩子在這裡上學，我想了解一下課程的安排。」

「你們這種人影響不了我們的課程安排，你們只會給學校帶來疾病和麻煩。」

「我有權利來。」愛瑟說。

「哦，是嗎？妳在社區裡有住址嗎？」

「這個……」

「妳有納稅負擔學校經費嗎？」

那女人嗅了幾下，好像愛瑟身上有異味，隨後便走開，拍著手說：「來吧，母親們。我們需要計畫計畫年終的抽獎活動。我們得募款讓那些骯髒的移民有他們自己的學校。」

那些女人尾隨在瑪莎後面，搖搖擺擺地，活像一群小鴨子跟著母鴨走。

面對嘲弄與蔑視的愛瑟又故態復萌，垂頭喪氣地走出圖書館，來到此時已空蕩蕩的校園。

快到旗杆時她忽然停下來。

不行。

她再也不想當這樣的女人，這樣的母親。那些女人看著她、批判她，自以為了解她。她們當她是垃圾。

但她不是垃圾。她的孩子更不是垃圾。

妳做得到的。

可以嗎？

她們是惡霸，愛瑟。蘿絲會這麼說。**對抗惡霸唯一的方法就是站穩腳跟。**

要勇敢，瓦特爺爺會這麼說。**必要的話就假裝一下。**

她緊抓著手提包的帶子，重新走進校舍。到了圖書館門口，她停下腳步，但沒有多久便打開門。

那些女人——一群聒噪的鵝，愛瑟暗想——轉向她，嘴巴張得開開的。

瑪莎掌控了局面。「我們不是已經告訴妳……」

「我聽到了。」愛瑟說道，她內心裡真的在打顫，聲音哆哆嗦嗦。「現在換妳們聽我說。我的孩子在這裡上學，所以我要參與，就這麼簡單。」她側身走到最後一排坐下，雙膝併攏，皮包放在腿上。

瑪莎直勾勾地盯著她，嘴唇緊閉。

愛瑟動也不動地坐著。

「好吧，禮儀和教養是強求不來的。女士們，請坐下。」

其他女人一一就坐，並小心地不靠近愛瑟。

整場會開下來——超過兩個小時——誰也沒有轉頭看她。事實上，她們還會故意避開她交頭接耳，尖著嗓子說「**骯髒的移民……活得像豬……蝨子……一點常識都沒有……不能讓他們以為他們屬於這裡**」之類的話。

愛瑟聽到了，卻不在乎，而不在乎的感覺真好。

簡直教人興高采烈呢，說實話。難得有這麼一次，她沒有讓其他人對她的歸屬指手畫腳。

「散會。」瑪莎說。

沒有人動。那群女人直挺挺地坐著，面向瑪莎。

愛瑟明白了。

她們不肯從她身邊經過。

你知道的，他們有帶病。

愛瑟假裝打了個噴嚏，把所有人嚇一大跳。

愛瑟站起來，悠哉地走向門口，不慌不忙。經過食物桌時，她瞧見桌上那許多東西：用切去硬邊的現成麵包做的小小花生醬酸黃瓜三明治、魔鬼蛋、果凍沙拉，還有一盤餅乾。

有何不可？

反正她們就覺得她是個骯髒的奧克仔。有哪隻落難狗看見殘羹剩飯不會撲上去？

愛瑟拿起盤子將所有餅乾都倒進手提包裡，接著解下頭巾，包起三明治。然後啪地闔上手提包。

「放心吧，女士們，」她說著將手伸向門把。「下回我會帶一道菜請各位吃，我敢說妳們一定會**愛死**了燉松鼠肉。」

她步出圖書館，任由身後的門砰一聲關上。

●

半小時後，營地的味道衝著愛瑟撲鼻而來——一個炎熱的五月天裡，太多人一起生活在沒有衛生設備的環境中的臭味。

來到自家帳棚時，她看見蘿芮妲和小安坐在外邊的箱子上玩牌。蘿芮妲已經開始煮扁豆濃湯，煙從爐子的金屬短管冒上來，往旁邊飄開。

見到愛瑟回來，小安立刻跳起來迎接，蘿芮妲卻繼續坐著。女兒抬起頭，用她那新的咬牙切齒的語氣說了句「嗨」。

小安拿出一張又髒又破的地方報紙，最上頭的標題以粗黑字體寫著：「移民湧入導致州內犯罪元素孳生。每天上千人進入加州」。「我在學校的垃圾桶找到的，就偷回來了。可以生火。」他說。

「既然丟進垃圾桶了，就不算偷。」蘿芮妲說。

「我要給你們一個驚奇。」愛瑟說。

「是驚喜？」蘿芮妲頭也不抬地說道：「還是又發生什麼壞事了？」

愛瑟用腳尖碰一下蘿芮妲。「是好事。來吧。」

她帶著孩子走向杜伊家的帳棚。接近後，愛瑟聞到做玉米麵包的味道。

愛瑟對著閉合的門簾召喚了一聲。

門簾打開來，五歲的露西穿著粗麻布連身裙站在門口，瘦得有如一莖苜蓿，四歲的梅莉緊挨著她，兩人彷彿黏在一起。

露西微微一笑，只見缺了兩顆門牙。「馬提奈尼太太，」她說：「你們來做什麼？」

「我帶了點東西來給你們。」愛瑟說。

在瀰漫著汗味又陰暗的帳棚內，愛瑟看見阿琴坐在箱子上，就著燭光在縫衣服。

「愛瑟。」阿琴起身喊道。

「出來，」愛瑟說：「我有好東西。」

他們聚集在外頭，圍著一個小爐子，爐上架著一只黑色鑄鐵煎鍋正在烤玉米麵包。阿琴往爐邊的椅子坐下。

四個孩子一屁股坐到長滿雜草的土地上，個個盤起腿來安靜地等著。

愛瑟打開皮包，拿出一把餅乾。

小安的眼睛亮了起來。「哇呼！」他雙手併攏伸了出去。

愛瑟在每雙手裡放一塊撒上糖粉的餅乾，然後拿一小塊花生醬酸黃瓜三明治給阿琴，但她搖搖頭說：「孩子們更需要。」

愛瑟看了阿琴一眼。「妳也需要吃一點。」

阿琴嘆了口氣，接過三明治咬了一口，發出輕聲喟嘆。

愛瑟嘗了嘗餅乾。糖、奶油、麵粉。只咬一口便讓她驀然重回到蘿絲的廚房。

「結果怎麼樣？」阿琴輕輕地問。

「她們選了我當會長，還問我這身衣裙是哪買的。」

「這麼好啊？」

「我把她們的點心一掃而空，這是最高潮。」

「我真是以妳為傲，愛瑟。」

愛瑟不記得有任何人對她說過這種話，連蘿絲也沒有。沒想到這短短一句話竟能如此令人振奮，實在不可思議。「謝謝妳，阿琴。」

孩子們跑開了，一塊兒大聲笑著。看到一塊甜點就能讓他們活力重現，實在令人驚訝，也很鼓舞人心。晚一點再讓他們吃三明治。

她二人獨處時，阿琴輕聲地說：「愛瑟。」

「怎麼回事？」

阿琴一手放在平坦的腹部，憂傷地看著愛瑟。

「是寶寶？」愛瑟喃喃說道，隨即坐到阿琴身旁的一只板條箱上。在這兒出生？

老天哪。

「我怎麼養得起這個?我想我再也不會有奶水了。」

換作從前，愛瑟會說：**天主會滿足妳**，而且會真心相信，但如今她的信仰也和國家一樣遭遇艱難時期。現在，女人只能靠彼此幫助。「我會陪著妳的。」愛瑟說完又加了一句：「也許這就是天主滿足我們的方式。祂讓妳遇見我，讓我遇見妳。」

阿琴拉起愛瑟的手握著。直到這一刻，愛瑟才領悟到朋友具有多大的影響，這麼一個人就能讓妳振作起精神挺直腰桿。

22

親愛的東尼和蘿絲：

加州的六月很美，棉花田裡盛開著紅豔的花。想像一下數萬畝地開滿紅花，遠方山脈連綿的景象。我們的新朋友保證說棉花採收的時候，所有人都會有做不完的工作。

我不得不承認，真的很難想像自己在別人的田裡做活。到時我一定會想起你們，還有我們一起照顧我們的葡萄、我們的水果和我們的蔬菜，那無數的美好時光。

我們很想念你們，也經常想著你們，希望你們都好。

愛你們的愛瑟、小安和蘿芮　妲上

六月裡，愛瑟發現只要她四點起床，和傑布父子們一起去排隊，通常都能在棉花田找到除草與疏苗的工作。不是每一天，不過多數日子她都工作十二小時，賺五十分錢。工資不高，但她花錢用度小心謹慎，還是過得去。當蘿芮妲的鞋子壞了，愛瑟沒有去買新鞋，而是剪幾塊紙板，仔細地塞進鞋裡面。

今天，經過漫長又疲憊的一天後，她與同在威提農場找到工作並同住在渠畔營地的其他人一起走路回家。這座農場在加州有一萬兩千多畝的棉花田，而距離最近的田地位在渠畔營地以北約五公里處，要穿過威提鎮。

和兒子一起下工回家的傑布走在她旁邊。「聽說威提可能會減工資。」他說。

「怎麼可能付得更少？」愛瑟說。

另一個男人說：「太多走投無路的人湧進州裡來了。聽說一天就有一千多人。」

「大多數人再低的工資都能接受，只要餐桌上能有吃的。」傑布說。

「那些天殺的農場主人給的錢可能會愈來愈少。」另一個人說。「我叫艾克。」他對愛瑟說，同時伸出一隻指頭細瘦的手來。「我住在威提營區。」

她與他握手。「愛瑟。」

五十分錢。這是她今天賺到的，買不了什麼，而且完全不知道這筆錢得撐幾天，或是她什麼時候能再找到工作，又或是能拿到多少工資。萬一明天他們只願意付四十分錢呢？她除了答應還能怎麼辦？

「只要有棉花可採，情況就會變好。」傑布說。

那個名叫艾克的男人發出一個聲音。「難說喲，傑布。我有個不祥的感覺。棉花的價格跌了，那該死的農業調整法又再給地主施壓，政府希望少種點棉花以抬高價格。你知道那代表什麼吧。要是地主被施壓，挨打的遲早是我們。」

「那麼夏天這幾個月呢？」愛瑟問：「棉花疏苗以後，得等好幾個月才能採收。到時有什麼工作可做？」

「我們多半都很快就往北走去摘水果，秋天再回來採棉花。」

「這樣花油錢值得嗎？」愛瑟問。

傑布聳聳肩。「工作就是這樣，愛瑟。哪裡有，什麼時候有，我們就做。」

前方，愛瑟看見婦女們在自家住處前做飯，什麼樣的住所都有。她聽見一把提琴的緊繃琴音揚起，不禁露出微笑。

在他們的帳棚外，蘿芮妲和小安坐在放在地面的水桶上，一旁的火爐上正煨著一鍋豆子。

「媽？」蘿芮妲說：「我得跟妳談談。」

八成不是好事。最近，蘿芮妲的怒氣急遽升高。她沒有太多抱怨，也沒有翻白眼或氣沖沖地走開，但總覺得這樣更糟。愛瑟知道女兒持續不斷地將憤怒往肚裡吞，遲早會爆發出來。「好啊。」

「你待在這裡，小安。」蘿芮妲說著站起身來。

愛瑟跟著蘿芮妲走向水渠——可悲的是他們稱之為河。來到一棵開滿了花的細長樹下，蘿芮妲停下來面向愛瑟。「學校兩天前停課了。」

「這我知道，蘿芮妲。」

「那妳是不是也知道白天留在營地裡的，只有我一個是十三歲？」

愛瑟明白女兒想說什麼，她早已預料到，也擔心不已。「是。」

「連七歲小孩都下田幫忙了，媽。」

「我知道，蘿芮妲，可是……」

蘿芮妲靠上前來。「我耳朵沒聾，媽。我聽到大夥兒說什麼了。加州的冬天不好過，沒有工作可做，我們又得等到明年四月才能領州政府的救濟。所以我們現在只能靠下田賺錢，而且得靠這些錢撐過沒有工作也沒有救濟金的四個月。」

「我知道。」

「明天我要跟妳去工作。」

愛瑟想說——想尖叫——不行。

但蘿芮妲說得對，他們必須存錢過冬。

「就這個夏天，然後妳就回學校去。」愛瑟說：「阿琴可以看顧小安。」

「妳知道他也會想工作的，媽。」蘿芮妲說：「小安很強壯。」

愛瑟走開，假裝沒聽見。

●

到了七月，棉花田的工作再次結束，直到採收季之前都不會需要人手。然而，每天依然有新移民徒步或開車進入聖華金谷。工人增加，工作卻減少。報紙上充斥著居民的憤慨與絕望，他們擔心自己繳的稅金會被用來幫助非居民。他們說，學校和醫院都負擔過重了，實在應付不了這麼多外地人的需求。他們擔心會破產，會失去原來的生活，他們怪罪於移民所帶來的高犯罪率與疾病，也讓他們有不安全感。

愛瑟召集探險者俱樂部成員開會，問孩子們是想待在渠畔營地或是跟隨杜伊家——與許多營地居民——前往北部的中央谷地找採摘水果的工作。一如既往，這又是個艱難的抉擇，他們三人都意識到他們的生存是多麼岌岌可危，是要花錢還是存下來呢？

最終，他們作了大多數移民作的選擇：將家當裝箱、拆除帳棚、東西重新搬上貨車準備出發。他們尾隨著杜伊家往北行，來到優洛郡時，進到另一片搭滿帳棚的田野紮營。在這裡，他們學會了摘桃子。愛瑟很不想帶著小安上工，但別無選擇。她是單親，兒子又太小，不能每天都成日一個人待著。他們全家出動所賺的錢，也只剛好能求個溫飽，當然存不了錢。

桃子季一結束，他們又再度拔營。接下來整個夏天，他們便跟隨移民大隊在不同田園、不同農作間移動，學會了採收任何當季的作物，也學會不被看見——那些好人家的作物需要採收，但他們不想看到採收的人，也期望季節一結束這些人就繼續上路。他們沒有進城、沒去看電影，甚至沒上圖書館，而是待在營區，一起努力求生。阿琴教愛瑟用粗磨玉米粉做黃金玉米球，愛瑟則向阿琴示範如何用玉米粉做玉米糕，上面再淋上一杓湯或濃湯十分美味。他們會吃用罐頭番茄湯和通心粉和切碎的熱狗做的大鍋菜。一整個漫長而炎熱的夏天裡，他們只等著五個字。

●

棉花成熟了。

這個消息在九月時傳遍中央谷地。愛瑟與孩子們趁著半夜打包，開車回聖華金谷，回他們在加州落腳的第一站：渠畔營地。

開了又熱又長的一天後，他們轉入布滿乾燥深轍與野草的田地。傑布的老爺車開在他們前頭，攪起一陣沙塵。

「哇，」小安從髒兮兮、滿是蟲屍的擋風玻璃往外看，驚呼道：「妳們看。」

他們離開的這段時間，渠畔營地的居民大增。現在恐怕有兩百座帳棚了，充滿更多不顧一切、前來尋找並不存在的美國人。整個地方看起來有如龍捲風過境，遍地盡是破車與垃圾雜物。

傑布往右轉，遠離聚集的帳棚與紙板棚屋。他找到一個不錯的地點，地面相當平坦，有足夠空間讓他們兩家的帳棚並列，卻又能各自保有些許隱私。

愛瑟駛到他的車旁停下來。

「去河邊要走很遠。」蘿芮妲說完搖著頭喃喃自語：「我竟然說那是河。」

愛瑟假裝沒聽見。「來吧，探險者們。該紮營了。」

他們開始動手，搭起帳棚、拖出爐子、拍打凹凸不平又骯髒的野營床墊讓羽毛平整些。他們將水桶堆在銅盆裡，連同洗衣板和掃帚一起放到帳棚前面。

「好極了，」蘿芮妲提著兩桶水回來時說道：「我們又回到起點。家，可愛的家。」

愛瑟拿起一張報紙揉成團，看見標題寫著：「救濟癱瘓了本州經濟」，然後在爐子裡生火。

蘿芮妲站到她身邊。「妳知道學校已經開學了，對不對？」

「對。」

「妳知道我不會回去，對不對？」蘿芮妲說。

愛瑟嘆氣。她只想當個好母親，事實上這一直是她唯一的希望。假如蘿芮妲沒有受教育，她怎能實踐這個希望呢？但話說回來。他們來到加州還不滿五個月，而且都盡力地在工作，愛瑟擁有的財產仍不到二十元。往北追著作物跑所花的油錢，加上微薄的收入與食物的花費，根本不可能再有餘錢。而冬天就要到了。他們要靠採棉花的錢活命，蘿芮妲能和愛瑟採得一樣多，是雙倍工資。

「對，」愛瑟說：「我知道妳得採棉花，不過小安要去上學。沒得談。」她看著女兒。「而且棉花一採完，妳就回學校。」

●

次日早晨，蘿芮妲天未亮便醒來，仔細聽著腳步聲。到了四點，終於聽見她在等的聲音：傑布在帳棚門簾外說「該走了」。

已經穿好衣服的蘿芮妲和愛瑟搖搖晃晃地起床，拿起三米半長、捲成一捲的帆布袋（一只各付了五十分錢），走出帳棚。

傑布和兩個兒子埃羅義和巴斯特就在外面。

他們五人走到大路上右轉，又繼續往前走，直到來到威提農場的第一片田。大約已經有四十個人在排隊，其中有些人很可能就睡在路邊占位子。有男人、有女人、有小孩，最小的才六歲。有墨西哥人、黑人、奧克仔，多數都是奧克仔。細小的白色棉絮在空中飄飛，落在蘿芮妲臉上，卡在她的髮間。

已經有一排貨車等著裝載棉花，後面的拖車都裝上了雞籠鐵絲網。

天一亮，鈴聲響起，大群的採收者開始焦躁不安。不是所有人都會被選中。到了這時候，排隊的人已有數百。

通往棉花田的柵門打開了，一個身材高大、面色紅潤，戴著高高的寬邊牛仔帽的男人走出來，沿著隊伍一面打量一面挑人。「你。」他指著傑布說。

傑布急忙往柵門走去。

「妳，」他對愛瑟說完又對蘿芮妲說：「還有妳……」

蘿芮妲匆匆奔進田裡，到她被指定的那一行去。

她一把扯過長帆布袋，將皮帶套到肩上。

鈴聲再度響起，蘿芮妲把手伸向最近的一株棉花，痛得哀叫一聲。她縮手一看流血了。這時她才看見植物上有尖刺，看起來很像縫衣針。她打著哆嗦再試一次，這回動作慢了一點，但仍然感覺到皮肉綻開。她咬緊牙根繼續採。

在烈日下晒了幾個小時，到最後蘿芮妲只聞到熱氣與塵土與人體汗水的味道。她喉嚨乾到連呼吸都痛。水壺（幾乎熱到燙手）裡的水都喝光了，如今一滴不剩。她的袋子分分秒秒逐漸加重，手也好痛。

近午時分，她拖著沉重的袋子走到大秤前面排隊。她解開背帶將袋子放下，但馬上就明白為什麼其他排隊的人沒有卸下背帶：因為這是個蠢主意。這麼一來，她就得用流血疼痛的雙手拖著袋子走向秤臺。

終於輪到她的時候，她鬆了口氣癱軟下來。一名工頭將一條鍊子甩到她的袋子底下，然後掛到秤上。「二十七公斤。」工頭在一張票子上蓋章交給她。「妳可以拿這個去城裡兌現。動作快一點，如果妳還想保住工作的話。」

蘿芮妲取回空袋退下，又繼續回去幹活。

●

九月，就在棉花田裡度過一個接著一個漫長、炎熱、累人的日子。愛瑟的手流血，背部痠痛，膝蓋發疼。一個小時又一個小時，熱得像火燒似的。從黎明到黃昏，彎著腰，從利刃般的尖刺間採摘棉鈴。田裡沒有茅房，因此對女人來說，每個月總有幾天不方便，而蘿芮妲又剛來了初經。

然而，有**工作**可做。穩定持續的工作。

到了十月中旬，愛瑟與蘿芮姐已熟悉到每天能採九十公斤左右的棉花，也就是兩人合計每天能賺四塊錢。儘管拿著工資條去兌現時，威提會扣掉一成手續費，感覺還是好大一筆錢。她們花了不少時間才到達九十公斤的目標，不過每個人都知道採棉花有一定的學習曲線。

●

十一月，當氣候轉為涼爽宜人，最後一批棉花也採收完畢，愛瑟放錢的金屬盒裡塞滿了一元紙鈔。她囤積了糧食，買了一袋袋的麵粉和米和豆子和糖，還有罐頭濃縮奶和一些煙燻培根。營地裡沒有冷藏設備，沒有冰塊，因此她學會用新的方式烹煮——所有食物不是袋裝就是罐裝。沒有新鮮麵食或日晒番茄乾，沒有自己手工烘烤的麵包或是堅果風味的橄欖油。孩子們也慢慢愛上改以玉米糖漿調味的豬肉和豆子、醃牛肉薄片配烤麵包、直接放在火上烤的熱狗，以及撒上糖粉的油炸蘇打餅。美國食物，蘿芮姐起的名頭。

愛瑟想盡量為冬天多存點糧，只不過在窮困了這麼多個月之後，她發現孩子們吃晚飯時的喜悅與他們被餵飽的肚子讓她功敗垂成。

營地的許多居民，包括傑布父子在內，都繼續跑到更遠的田裡多找幾天的活做做，但愛瑟決定和阿琴母女一樣留下來。

蘿芮姐也該回學校上課了。

這個週六早晨，愛瑟起床後動手掃帳棚裡的泥土地面。也不知道怎麼會這樣，土在黑暗中一夕之間就變多了，像蕈菇一般。她把塵土垃圾掃到外面，打開帳棚門簾讓新鮮空氣流通。

外頭，一片涼爽灰濛濛的霧籠罩著營地，使得帳棚海變得模模糊糊。之前他們將一只水果箱廢物利用，把所有能找到的紙頭都放在裡面，這時她從箱裡抽出一張舊報紙，邊煮咖啡邊讀地方新聞。

香氣誘使蘿芮妲搖搖晃晃走出帳棚，她的深色頭髮胡亂糾結成一團，前面的劉海也早已經長過下巴。

「妳沒叫我。」她嘟囔著抱怨。

「今天不工作，」愛瑟說：「妳星期一要開始上課了。」

蘿芮妲給自己倒了杯咖啡，將水桶拉近爐子後坐下。「我寧可採棉花。」

愛瑟真希望自己有拉菲的口才，能像他那樣以打動人心的方式構築夢想。現在的蘿芮妲需要這個，她曾有過一股熱情之火，卻被父親的出走與艱困的歲月撲滅了，她需要一點火花來重燃這股熱火。

只可惜愛瑟對夢想所知不多，但她了解學校以及無法融入的困境。「我想到一個主意。」她說。

蘿芮妲狐疑地覷她一眼。

「我們先來吃早餐，然後要去一個地方。」

「我真是喜不自勝啊。」

愛瑟忍不住露出微笑，儘管看到女兒對一切都不抱希望讓她覺得受傷。

愛瑟很快地用濃縮奶煮麥片再撒上一點糖給孩子們當早餐，然後催他們換衣服。九點，他們便從營地出發，穿越過籠罩在輕薄透明灰霧中的褐色田野。

「我們要去哪，媽咪？」小安牽著她的手問道。

她很高興他還願意公然牽她的手。

「進城。」

「喔，」蘿芮妲說：「排隊領我們這個星期賺的幾塊錢，該有多好玩啊。」

愛瑟用手肘撞女兒一下。「星期六出外探險，只要是探險者俱樂部的會員都不許不開心。這是新規定。」

「誰選妳當會長了？」蘿芮姐說。

「我。」小安咯咯笑著說：「媽——咪當會長，媽——咪當會長。」他大步踩過柔軟潮溼的草地一面高呼。

愛瑟一手撫著心口。「實在榮幸之至。咳……我作夢都想不到。女會長耶。」

蘿芮姐終於笑了，心情也變得輕鬆起來。

他們轉上大路，一直走到威提。當他們抵達這座古色古香的小鎮，與那塊棉鈴狀的歡迎立牌時，霧已經被出奇暖和的太陽蒸發了。遠方的山頭出現一層新的白雪。大街兩旁的樹木展示著華麗秋裝。

「在這兒等著。」愛瑟在威提農場辦公室外面說道。然後她進到裡面，排隊等著兌現工資。

「給妳。」坐辦公桌的男子拿走她註明二十元的工資條，給了她十八元。愛瑟把錢捲得緊緊的，心裡計算著總共有多少積蓄。現在似乎挺多的，但她知道到二月就剩不了多少了。

不過今天她不打算想這個。她回到街上，孩子們正站在一盞路燈下等著。

在這一刻她清清楚楚地看見他們了：蘿芮姐瘦得像根雞骨頭，穿著破舊的連身裙和一雙不合腳的鞋子，剪得參差不齊的頭髮又已經長長了；小安一身皮包骨，頭髮髒兮兮的，愛瑟怎麼也無法讓他保持乾淨，不過謝天謝地，巴斯特的那雙舊鞋還能穿。

朝他們走過去時，愛瑟勉強擠出笑容。她拉起小安的手，沿著大街走，今天店鋪都有營業。經過餐車飯館時，她聞到咖啡與剛出爐的糕點香味，經過飼料行時，則聞到乾草綑與一包包穀物的熟悉氣味。

到了：今天早上離開營地時她便已想好的目的地。

貝蒂安美容院。

愛瑟每回進城都會看見這間漂亮的小沙龍，看見穿得漂漂亮亮的女人頂著時髦的髮型從店裡走出來。

愛瑟往沙龍走去。店鋪所在是一棟舊式平房，前面用籬笆圍起一個院子。

蘿芮妲停下腳步搖著頭說：「不要，媽，妳知道他們會怎麼對待我們。」愛瑟學乖了，不會再許下空洞的承諾；但她也知道不管被擊倒幾次，總得繼續爬起來。她將小安的手握得更緊，接著打開柵門。

蘿芮妲沒有跟上去。愛瑟知道，仍然繼續走。**來吧，蘿芮妲，要勇敢**。

愛瑟和小安走到店門前，愛瑟打開了門。

頭頂上響起叮噹聲。

進入後，只見美容院占滿了平房昔日的客廳。有兩張粉紅椅設在鏡子前，地上有許多彎彎曲曲的電線，末端集中在角落的一部機器。粉紅牆上排列著電影明星的裱框照片。

有個穿著白色長外衣的中年女子手持掃帚站在店中央。她有一頭染成白金色，長及下巴的波浪鬈髮，一對細柳眉，還有著克拉拉．鮑的性感雙唇，塗上法國紅的鮮豔口紅，看起來徹頭徹尾地摩登，近乎執拗的地步。她見他們緊挨在一起，「噢」了一聲。

蘿芮妲悄悄溜到愛瑟身邊，握住她的手用力拉。「我們走啦，媽。」

愛瑟深深吸一口氣。「這是我女兒蘿芮妲，她今年十三歲，採了一季的棉花，星期一要去上學了。她覺得自己會被嘲笑，因為……就是……」

蘿芮妲在她身邊嘟囔呻吟。

「我去跟我先生談談。」美容師說完便離開了。

「她八成會叫警察，」蘿芮妲說：「她會說我們是遊民，也可能說得更不堪。」

片刻過後，女人回到店裡來，面對著他們，從口袋掏出一把梳子。「我叫貝蒂．安，」她說著向他們走去，高跟鞋踩在硬木地板上喀嗒喀嗒響。她來到蘿芮妲面前站定，距離很近又不會太近。

拜託，愛瑟將蘿芮妲的手握得更緊了，心中暗暗祈求，請善待我女兒。

同一時間，一個穿著褐色套裝的壯碩男子從另一個房間進到店內，手裡抱著一個大紙箱。

「這是我先生奈德。」貝蒂．安說。

「我明白，」愛瑟說：「妳和奈德希望我們離開，回到我們的同類那兒去。」

奈德脫下帽子。「不，太太。我們是三十年代來的，謀生很困難，但和現在完全不能比。」他將箱子遞給她。「這裡面有一些外套和毛衣等等。這裡的冬天有可能很冷。我們的浴室有淋浴間，有熱水，你們就請自便吧。碰上苦日子，沖個熱水澡換上新衣服應該大有幫助。」

貝蒂．安親切地對蘿芮妲微微一笑。「我還看到有個女孩需要一個新髮型準備開學。天曉得沒有這些的十三歲會有多難。」貝蒂．安將蘿芮妲仔細打量一番。「妳是個美人胚呀，親愛的。看我大顯身手吧。」

23

蘿芮妲坐上天鵝絨鈕釦椅，凝視著鏡中的自己。貝蒂．安將蘿芮妲的黑髮順著下巴長度剪得齊平，經她的巧手一整，大旁分的鬈髮便有如波浪般傾瀉而下。蘿芮妲在棉花田裡工作而晒得黝黑的臉，已用香皂洗得乾乾淨淨。一襲新的紫色連身裙更襯托出她的眼眸藍得驚人，貝蒂．安還說服了愛瑟讓蘿芮妲塗上一點淺粉紅色的口紅。

「我都忘了自己長什麼樣了。」蘿芮妲摸著柔順的髮尾說。

貝蒂．安站在她身後。「妳可能是我所見過最美的女孩了。」接著轉身。「愛瑟，換妳了。」

蘿芮妲真不想離開這張椅子。它感覺很神奇，有如通往一個假想世界的門戶，讓田渠居民化身為公主。

說實話，她的腿有點發抖。鏡子裡，她看到的不只是自己的臉，還看到在遭遇這一切之前的那個女孩。一個愛作夢的人，一個信徒。一個**前途**一**片大好**的人。她怎會全忘了？

這讓她新找到了——又或是重新找到了——希望，但也激起了她的怒火。她向貝蒂．安道謝後，從鏡子前移開。媽媽與她換位子時摸了一下她的肩膀。

「妳這是天生的髮色嗎？」愛瑟坐定後，貝蒂．安問道：「好美。」

蘿芮妲往後退，沒有朝坐在地上玩玩具車的小安瞥上一眼便走出去。

如今就連這外頭的空氣聞起來都不一樣了。

她將身子挺得筆直，頓時發覺田裡的生活是如何讓她彎腰駝背、變得矮小。這幾個月來，她始終努力地扮演一個小齒輪，外人看不見。

到此為止了。

她穿著（對她來說）新的小圓領連身裙，邁開自信的步伐往前走。由於配上蕾絲白襪，腳上那雙有破損的褐色鞋子幾乎不再困擾她。

她找到胡椒街上的圖書館，離城中心有點距離，坐落在一片美麗的草地上，大門前的白色旗杆上方飄揚著美國國旗。

圖書館。

奇蹟。

她打開門直接走了進去，昂首闊步，重現她從小到大所受的教養。一個相信教育的女孩，夢想成為記者，或是小說家，總之就是有趣的職業。

她第一個留意到的是書的氣味。她深深吸氣，一時間彷彿又回到孤樹鎮。**在她的臥室，點著燈，看**

著書……

家。

「有什麼需要我幫忙嗎？」

「是的，麻煩妳。我想找一本書來看。」

圖書館員從辦公桌後面走出來。她身材健壯，有一頭灰白的髮夾鬈髮，戴著黑框眼鏡。「妳有圖書證嗎？」

「沒有。」蘿芮妲著實羞於承認。在德州她一直都有圖書證。「我們……剛搬到加州。」

「這樣啊，」圖書館員露出和藹的笑容。「十三歲嗎？」

「是的，女士。」

「有上學嗎？」

「是的，女士。」

圖書館員點點頭。「跟我來。」

她帶著蘿芮妲穿過圖書架，來到一張大大的木製課桌，上面有零散放置的報紙。「妳可以坐這裡。我去幫妳找本書。」

蘿芮妲在橡木桌前坐下，桌上有一盞檯燈，她忍不住一而再、再而三地切換開關，對於隨需隨有的電，感到神奇得不可思議。

圖書館員拿著一本書回來。「妳叫什麼名字？」

「蘿芮妲．馬提奈尼。」

「我是奎斯朵夫太太。妳下次再來領證，這次我就信任妳借妳這本。」她放下一本外表已然破舊的《老鐘的祕密》。

蘿芮妲摸了摸書，拿起來湊到面前，吸入她還記得的氣味，讓她想起夜裡看書的往事……放學後和史黛拉一起；聆聽爹地說床邊故事。有如在乾旱中枯竭的花朵感受到第一滴春雨般，蘿芮妲覺得自己復甦了。

「妳還有沒有一本可以讓我帶回去給弟弟看？他八歲。也許再一本給我媽媽？我會拿回來還的，我保證。」

奎斯朵夫太太看著她暗自忖度，最後微笑著說：「馬提奈尼小姐，我相信妳和我是同一種人。」

●

當天晚上，孩子們都睡了之後，愛瑟（又再一次）打掃帳棚地面，並重新整理那些撿回來作儲藏用的水果盒。裡面有糖、麵粉、培根、豆子、罐頭濃縮乳、米和奶油。確實豐盛無比。但即便大蕭條的情況日益惡化，物價依然上漲。五加侖的煤油要價一美元，一公斤的奶油五六十分錢。三公斤的米大約五角錢。價格調升的速度之快令人心驚。

今天，他們三人剪頭髮花了七十五分錢，但願冬天來臨後她不會後悔。

她抬起今天獲得的那箱衣服，鑽出帳棚，走過去找阿琴，她正坐在柴爐旁的椅子上，就著手提燈的火光在補襪子。傑布和兒子開貨車出去了，希望能在葡萄園找到秋天的活兒。不過，如今歲末已近，誰也不期望他們能找得到。

「嘿，阿琴。」愛瑟從暗處走進手提燈的微弱光線中。她和孩子們把箱子裡能穿的衣服先挑起來，剩下的留給杜伊家。

「愛瑟。妳好漂亮！」

愛瑟雙頰發熱，將裝衣服的箱子放下來。「貝蒂．安盡力了。」

阿琴用腳尖碰了碰離她最近的木桶。「坐吧。」

愛瑟安坐到木桶上，也不管自己瘦巴巴的屁股被壓得發疼。天哪，美容院那些椅子坐起來有如置身天堂啊。

「妳為什麼要這麼說？」

愛瑟往箱子裡一陣翻找，終於找到她要找的東西。觸手柔軟無比的羊毛。「說什麼？」

「從來沒有人說過妳漂亮嗎？」

愛瑟停止翻找，抬起頭來。「我很高興有個會說謊的朋友。」

「我沒有說謊。」

「我……大概是不善於接受讚美吧。」愛瑟說著將平滑柔順、長及下頦的頭髮往後撥。接著拉出一條柔軟的薰衣草藍色嬰兒毛毯，遞過去給阿琴。「妳看這個。」

阿琴接過毯子，怔怔地看著。「他昨天動得好厲害。」阿琴撫著渾圓的肚子說。

愛瑟知道阿琴每天都祈禱能感覺到胎動，而且每次的胎動都讓她又喜又怕。「昨晚我作了個夢，夢見我在餐車飯館工作，替幾個女人端蘋果派上桌，她們頭上還戴著和衣服相搭的帽子。」

愛瑟點著頭說：「我想我們都會作這樣的夢。」

●

冬天來臨，惡劣天候與失業的可怕組合讓聖華金谷受到沉重打擊。連日裡，雨從鐵灰色的天空落下，豆大的雨滴劈哩啪啦敲打著水渠沿岸密集的汽車與鐵皮屋與帳棚。泥水坑形成後溢流開來，變成渠溝，褐色的噴濺痕跡抹去了所有顏色。

愛瑟每花一塊錢都感到哀痛，每天總是拿著錢一數再數。儘管她節衣縮食，積蓄仍不斷減少。令她備感遺憾的是，這個月她和孩子都不得不買膠鞋，因為救世軍商店和長老教會的捐贈箱都找不到他們能穿的尺碼。

到了十二月底，她的積蓄已經少到讓她時時處於驚慌狀態。採棉花的錢不足以讓他們撐過這個冬天，如今她領悟到了。她需要求助才能餵飽孩子，事實就是這麼簡單，這麼令人心碎。要等到四月才能領州政府的補助金，不過目前可以領聯邦政府發的食物。這總比拿著碗和湯匙在施膳廚房前排隊來得好，但她知道若是不小心一點，那可能就是她未來的處境。老實說，要不是聽說施膳廚房的供給已捉襟見肘，她現在應該也去排隊了；她不想從那些別無選擇的人嘴邊搶走免費食物，至少在她還有一點錢的時候不想。

「這沒什麼好難為情的。」阿琴聽完愛瑟的話之後說道。

相當寧靜的半晌午時分，她們倆站在愛瑟的帳棚內一起喝著咖啡。蘿芮妲與小安早在幾個小時前就去上學了。雨重重打在帆布上，啪達啪達敲擊著營柱。「真的嗎？」愛瑟看著好友說。

她們倆都心知肚明，這**當然**是令人難為情的事。身為美國人就不該接受政府的施捨，而是應該努力工作，靠自己的力量度過難關。

「我們誰都沒得選擇。」阿琴說：「拿到的不多——就豆子和米——但每一丁點都很要緊。」

這是事實。

愛瑟點點頭。「總之，我不會得了幫助以後，光站在這裡期望生活有所改變。」

「本來不就這樣嗎？」阿琴說。

她二人互相莞爾一笑。

阿琴走出帳棚，隨手關上門簾。愛瑟密實地穿扣好兜帽外套，穿上過大的膠鞋，動身前往威提。碰上這種天氣，實在走不快。

將近一個鐘頭後，渾身溼透又濺滿泥巴的愛瑟，加入了聯邦救濟所前面的長長人龍。她排了兩個多鐘頭，等到進入所內時，全身都在劇烈顫抖。

「愛—瑟諾兒．馬提奈尼。」她對坐在小辦公室裡一張辦公桌前的年輕男子說。男子往放滿紅卡的馬口鐵盒翻找片刻，抽出一張來。

「馬提奈尼。紀錄上的入州時間是一九三五年四月二十六日。兩個孩子。一個女人。沒有丈夫。」

愛瑟點頭。「我們已經來了將近八個月。」

「兩斤豆子，四罐濃縮乳，一條麵包。下一個。」他在卡片上蓋了章。「兩個星期後再回來。」

「這些要叫我們撐兩個星期？」她說。

年輕男子抬起頭，說道：「有多少人需要幫助，妳看到了嗎？我們都快頂不住了，錢就是不夠多。第七街上有救世軍的施膳廚房。」

愛瑟拿起她的物資箱，不自在地抱在懷裡，然後疲憊地嘆了口氣，重新進入雨中。

「加入我們，為自己發聲吧。谷地的勞工們團結起來吧！」

愛瑟遠望著站在角落裡吶喊的男人；他穿著一件深色的輕薄長外套，附有兜帽。雨水毫不留情地打在他身上。

他揚起拳頭加強語氣。「團結起來！別被他們嚇倒。來參加勞工聯盟的集會吧。」

愛瑟看見民眾都盡量不靠近他，退縮開來。被人看見與共產黨為伍的後果，誰也承擔不起。

一輛警車駛過來，閃著燈。接著兩名警察下車，抓住那人便開始毆打。

「大家看到了嗎？」那個共產黨人大聲喊道：「這就是美國。警察為了我的主張要把我拖走。」

警察將他推上警車後駛離。

愛瑟將懷裡的物資箱重新抱穩，開始走長路回營地，到達時已近傍晚。

如今有將近千人住在這裡，比他們初抵時的人數多了三倍以上。

愛瑟跋涉過深及腳踝的泥濘走向自家帳棚。

有一些人在外面四下走動，搜尋任何能派得上用場的東西。

她在杜伊家的帳棚前停下。「有人在嗎？」

露西打開門簾，愛瑟看見他們全家六口都在裡面。傑布父子和其他人一樣找不到工作。

阿琴露出疲倦的笑容，一手擱在便便大腹上。她的衣服綳開一個口子，因為少了一顆鈕釦。「嘿，愛瑟。結果怎麼樣？」

愛瑟從箱子裡取出她領到的兩罐濃縮乳和幾片麵包。東西不多，但也算很多。他們兩家人只要碰上一點好運氣，總會彼此分享。「這給妳。」她遞出食物。

「謝謝。」阿琴送給她一個心領神會的眼神。

愛瑟回到自己的帳棚鑽了進去。現在地上全是泥巴了。難怪會有人生病。小安坐在他們一家人共用的床墊上做功課。

蘿芮妲則坐在蘋果箱上，給她從美容院拿到的紫色連身裙縫上一枚黑釦子。愛瑟一回來，她便抬頭問道：「怎麼樣？」

「很好。」愛瑟的手凍僵了，險些抱不住箱子。

蘿芮妲起身替愛瑟裹上毯子，愛瑟小心翼翼地往床墊邊緣坐下。

「真該讓妳瞧瞧有多少人在排隊，蘿芮妲。」愛瑟說：「施膳廚房那邊的隊伍甚至有兩倍長。」

「不景氣嘛。」蘿芮妲木然地說。他們向來都這麼說。

「東尼和蘿絲要是知道我們在領救濟金會怎麼說呀？」

「他們會說小安需要牛奶。」蘿芮妲說。

現在愛瑟明白東尼看見自己的土地枯死是什麼感覺了。乞求施捨的同時，心裡連帶有一種深深的、難以消除的羞恥感。

貧窮是會壓垮靈魂的。就像一個不斷變小變窄的洞穴，每過完毫無變化又絕望的一天，那針尖般的亮光便又再縮小一點。

●

聖誕節清晨的破曉明亮而清朗，是將近一週以來頭一天放晴。愛瑟在幸福的寧靜中醒來。今天她睡晚了，他們三人都是。這陣子沒有理由在天亮前起床，因為既找不到工作，學校也放假。

她緩慢地起床，動作像個老婦人。事實上，她自己也覺得像。寒冷、飢餓與恐懼的結合讓她變老了。此時她只想爬回床上，和孩子依偎著躲在被窩裡睡覺。這是她唯一逃避的機會。但她知道逃避會有多危險。要想活下來就必須有鬥志與勇氣與努力。投降太容易了。無論她多害怕，還是得每天教孩子存活之道。

她抓起水壺到外面煮咖啡。

營地隨著她甦醒。有人走出自己的帳棚，面對意想不到的陽光，個個像鼴鼠似的眨眼睛。大夥兒面帶微笑揮手招呼。不知是誰在拉小提琴，一把五弦琴隨之加入，接著有人在某處唱起歌來。

愛瑟披著毛毯，循樂聲找到聚集在渠邊的一群人，渠裡的水已高漲成混濁急流。她看見阿琴和蜜琪並肩站在一棵樹旁。有一些男人坐在岸邊的石頭或傾倒的樹幹上，正在彈奏他們攜帶著穿山越嶺的樂器。女人將盛滿水的水桶放下，站在一旁。

阿琴和蜜琪唱了起來。「**家人死後是否能再重聚……**」

其他眾人開口加入。

「**……終有一日呀，終有一日。**」

愛瑟感覺到內心揚起了音樂。在那樂聲中，她聽見自己最美好的過往：同蘿絲與家人上教堂做彌撒、東尼拉小提琴、餐盒募款餐會，甚至有那麼一次拉菲和她在先驅日共舞。

她回到帳棚喚醒孩子，催趕他們到岸邊來。他們三人就站在阿琴和蜜琪旁邊。

不多久，傑布帶著杜伊家的孩子出現了。四周圍起了人群。

愛瑟牽著孩子們的手。他們站在泥濘的岸邊，仰望著晴朗天空唱著福音詩歌與聖誕歌，到最後誰也不在乎當地教堂拒絕讓他們進去，不在乎自己衣衫襤褸，也不在乎沒有聖誕大餐可吃。他們從彼此身上得到力量。愛瑟和阿琴唱到「能再重聚」時都看著對方。

當那幾個男人不再演奏，居民們終於在幾個星期後頭一次互相正視，互道聖誕快樂。

走回帳棚時，愛瑟仍牽著孩子們的手。

蘿芮妲將火撥旺，然後倒兩杯咖啡，一杯給愛瑟。

小安拖了一隻凳子和兩只水果箱到外面來。他們便坐在帳棚外，挨在火爐邊取暖。之前他們把馬口鐵罐釘在一起，插上引火柴，做成聖誕樹，所有能找得到的東西——器物、髮帶、布條——全部拿來裝飾。

愛瑟從口袋掏出一個沾了泥巴又發皺的小信封，打開上星期寄到郵局存局待領的信。

「爺爺奶奶寄來的信！」小安說。

愛瑟展開信紙大聲讀出來。

我最親愛的女兒和孫子們：

這星期又有一場沙塵暴，接著寒流來襲。

我不得不說，今年冬天冷得好煩人。真羨慕你們加州的暖和。帕弗洛夫先生說你們肯定已經看到棕櫚樹了。說不定還有大海。多壯觀的景象啊。

爺爺覺得土壤保育計畫應該會成功。我們種的東西多半受到持續乾旱的嚴重影響，不過上個月下了場小雨，就看到冒出一點嫩芽了。

無論如何，感謝聖母，井裡還有水，足夠家用和餵雞，所以我們仍繼續撐著，還是希望莊稼能收成。政府給的每畝地一分半的補助讓我們能勉強度日。

妳上一封信提到採棉花。我得說啊，愛瑟，實在很難想像妳下田的樣子，但還是祝你們三人都能有更多力量成功熬過這段艱苦歲月。

苦日子不會長久，愛卻會。隨信寄上一些小禮物送給我們心愛的孫子，願他們能好好記得我們。

愛你們的蘿絲與安東尼

愛瑟從信封倒出兩枚一分錢硬幣，各遞一枚給孩子。

小安兩眼發亮。「糖果錢！」他歡呼道。

「還有其他禮物在我行李箱裡。」愛瑟捧著咖啡杯溫手，同時說道：「因為我知道有個小伙子喜歡窺探。」

小安旋轉身進入帳棚，拿著兩個包裹出來，一個用報紙，另一個用布包著。

小安撕開他那包。愛瑟替他做了一件帥氣的背心，用的是營地裡一輛廢棄汽車的座椅布料，另外還給他買了一根好時巧克力棒。

小安瞪大了眼睛。他知道巧克力棒要五分錢，好貴的。「巧克力！」他慢慢剝開包裝紙，露出尖尖的褐色一角，然後像老鼠一樣咬一小口。細細品嘗。

蘿芮姐也打開她的禮物。愛瑟用輪胎橡膠做成一對新鞋底，修補了蘿芮姐的鞋子，這會比紙板鞋底更耐用也更舒服。鞋子底下放著蘿芮姐全新的圖書證和一本《隱藏的樓梯》。

蘿芮姐抬起頭來。「妳回去過？冒著雨？」

「書是奎斯朵夫太太為妳挑的，不過，真正的禮物是那張卡片。它可以帶妳到任何地方，蘿芮姐。」

蘿芮姐滿懷恭敬地撫摸卡片邊緣。愛瑟知道一張圖書證——他們一輩子視為理所當然的東西——意味著他們還有未來。經過這番掙扎後還有一個世界。

小安興奮地在凳子上蹦蹦跳跳。「我們現在可以把禮物給媽咪了嗎？」

蘿芮姐走向貨車，拿出一個用新聞紙包的小包裹。

「快打開！」小安跳起來說。

愛瑟小心地打開禮物，不想撕壞新聞紙或是弄丟用來綁包裹的布條。這年頭什麼東西都很重要。

裡面是一本薄薄的皮革日記，滿是空白紙頁。本子的前幾頁被撕掉了，封面也有水漬。有幾根鉛筆——削尖到只剩短短一截——滾出來，掉到地上。

蘿芮妲看著她。「我知道妳有話需要說，但我們還小，所以妳就悶在心裡。我想要是把它寫下來，也許妳會好過一點。」

「我也是這麼想的。」小安說：「鉛筆是我從學校拿回來的！全部都是我拿的。」

日記本讓愛瑟想起昔日的自己：那個心臟不好，讀了書以後夢想要離家去上大學念文學的女孩。她曾夢想有朝一日能寫作。

難道妳有什麼隱藏的天分是我們都不知道的？

愛瑟真不想聽到父親的聲音，尤其是現在，正當她對孩子的愛幾乎令她喜不自勝的時刻。她暗自心想，即使在如此艱困失敗的處境中，**我畢竟養出了好孩子**。善良、懂得關懷、富有愛心。

「我會寫的。」愛瑟說。

「妳會讓我們看嗎，媽咪？」小安問。

「也許有一天吧。」

一九三六年

「如今僅剩一樣東西，如雨滴般清明透徹——那就是團結一致的迫切需求……他們會升起、落下，而在落下之際再度升起。」

——莎諾拉．巴布《姓名不詳》

24

元月最後一天，一道冷鋒移入谷地，停留了七天。地面變得硬邦邦，每天早上有好幾個小時都霧氣迷濛。依然沒有工作可做。

積蓄愈來愈少，但愛瑟知道他們算是幸運的；他們攢下了採棉花的錢，而且一家只有三口。杜伊家有六口子要餵，而且很快就會有七個人。初抵加州的移民大多是一無所有，只能努力地靠聯邦的救濟活命——每兩週發一次的極少量食物。他們吃的是麵粉和水的煎餅和炸麵團，愛瑟從他們臉上看得出慘遭營養不良蹂躪的痕跡。

晚餐時間已過，其實每個人也就吃了一杯湯湯水水的豆子和一片鍋餅。愛瑟坐在柴爐邊一個底朝天的桶子上，腿上放著打開的金屬盒。小安坐在一旁，吃他每天只吃一小口的好時巧克力棒。蘿芮妲在帳棚裡看那本《隱藏的樓梯》。

愛瑟又數一次錢。

「愛瑟！時辰到了。」

她聽見阿琴喊她的名字。愛瑟急著起身，差點打翻錢盒。

寶寶。

小安抬頭看。「怎麼了？」

愛瑟跑進帳棚藏好錢盒，嘴裡喊道：「蘿芮姐，跟我來。」

「要去……」

「阿琴要生了。」

愛瑟跑向杜伊家的帳棚，看見露西在外面哭。「蘿芮姐，帶妹妹們去我們的帳棚。叫她們和小安待在那裡，等妳去接她們。然後妳回來幫我。」

愛瑟進入杜伊家陰暗潮溼的帳棚。

裡頭只亮著一盞手提燈，幾乎驅不走陰影。她看見幽暗中有一些灰色線條：一堆儲存的食物、一個臨時湊合著用的浴盆。

地上有個床墊，阿琴躺在她睡的那側，動也不動，彷彿屏住了氣。

愛瑟在床墊旁蹲下。「嘿，」她摸摸阿琴汗溼的額頭，說道：「傑布呢？」

「去尼波莫了。希望有豌豆可採收。」阿琴喘著氣說：「感覺有點不對，愛瑟。」

不對。愛瑟知道這是什麼意思，每個失去過孩子的女人都知道。在這種時刻，母親會有強烈的直覺。

蘿芮姐進到帳棚來。

「幫我扶她站起來。」愛瑟對蘿芮妲說。

她們合力攙扶起阿琴，阿琴全身重量都靠在愛瑟身上。

「我帶妳去醫院。」愛瑟說。

「沒……用的。」

「怎麼會沒用。這可不是孩子咳嗽或發燒，阿琴。這是緊急的事。」

「他們……不會……」肚子又一次收縮，阿琴痛得臉緊繃起來。

愛瑟和蘿芮妲扶著阿琴坐上貨車駕駛座旁的座位。「看好弟弟妹妹，蘿芮妲。」

愛瑟發動引擎、開燈，立即出發，空隆隆駛過泥濘的道路，開得又急又猛。

「不能……」阿琴抓著扶手說：「帶……回去……」

又一陣收縮。

愛瑟轉進醫院停車場，整棟建築在昂貴的電燈照明下炯炯發亮。

愛瑟猛踩剎車。「在這裡等著，我去找人幫忙。」

她奔進醫院，衝過走廊，來到服務櫃檯。「我朋友快要生了。」

櫃檯的女子抬眼一看，蹙起眉頭，然後皺鼻子。

「對，對，我很臭。」愛瑟說：「我是骯髒的移民。我知道。可是我朋友……」

「這間醫院是為**加州人**服務的。妳知道吧，就是納稅的人，就是州民，不是想被照顧的遊民。」

「拜託，請站在人性的立場，求求妳……」

「妳？跟我說人性？夠了吧。瞧瞧妳們自己。妳們這些女人生小孩像開香檳蓋一樣。去找妳們自己的同類幫忙吧。」女人終於起身。愛瑟看到她營養多麼充足，小腿多麼豐滿。她從一個抽屜抽出一雙橡膠手套。

「很抱歉，規矩就是規矩。但我可以給妳這個。」她遞出手套。

「求求妳，我可以刷地、清便盆，什麼都行。就幫幫她吧。」

「要真像妳說的這麼急迫，幹麼還在這裡浪費時間求我呢？」

愛瑟一把抓過手套，跑回車上。

「他們不肯幫忙，」她上車時咬牙切齒地說：「加州這些敬畏上帝的善良百姓大概是不在乎一個嬰兒的死活吧，我猜。」

愛瑟以最快的速度開回營地，滿腔的怒氣脹得她幾乎難以呼吸。

「快，愛瑟。」

到了杜伊家的帳棚，愛瑟挽著阿琴進入溼冷的帳內。

「蘿芮妲！」愛瑟大喊。

蘿芮妲跑進帳棚，一頭撞上愛瑟。「妳們怎麼回來了？」

「他們不肯收人。」

「妳是說……」

「去提水，燒愈多愈好。」見蘿芮妲不動，愛瑟厲聲說：「**快去！**」蘿芮妲才跑開來。

愛瑟點亮煤油燈，扶阿琴坐到地上的床墊。

阿琴在陣陣的痙攣劇痛下，咬緊牙根不讓自己喊出聲來。

愛瑟跪在她身旁，撫著她的頭髮。「妳就叫吧。」

「來了。」阿琴邊喘氣邊說：「別讓……孩子……進來。剪刀在那個……箱子裡。還有一些線。」

再一次收縮。

愛瑟瞪著阿琴扭動的肚子，知道時間不多了。愛瑟跑回自己的帳棚，也顧不得孩子們驚恐地看著她，現在沒時間安撫他們。

她抓起一疊留存的報紙，跑回阿琴的帳棚，將報紙鋪在泥土地上，幸好報紙還算乾淨。她的眼角餘光瞥見了標題：「移民營中爆發傷寒」。

愛瑟幫忙阿琴翻身躺到報紙上後，戴上手套。

阿琴發出尖叫。

「叫吧。」愛瑟跪到她身邊，輕撫阿琴溼濡的頭髮。

「它……出來了。」阿琴大喊。

愛瑟很快地移身到阿琴張開的雙腿間，可以看見嬰兒的頭頂，黏滑發青。

「看見頭了。」愛瑟說：「使勁，阿琴。」

「我太……」

「我知道妳很累，使勁啊。」

阿琴搖著頭。

「使勁。」愛瑟抬起頭，看見朋友眼中的驚怕，便說：「我知道。」她了解阿琴在這一刻深深的恐懼。在最好的情況下嬰兒都會死了，何況現在是最糟的情況。不過他們也可能會在逆境中活下來。「使勁。」她以懷抱希望的平靜面對阿琴的恐懼。

嬰兒順著血流滑進愛瑟戴著手套的手中。好小一個，幾乎像根紡錘，比男人的鞋子還小。而且發青。

愛瑟感覺到體內湧過一波憤怒。不。她擦去那張小臉上的血，清了孩子的嘴巴，一面哀求著。「吸氣啊，小丫頭。」

阿琴用手肘撐坐起來，看起來累得連她也無法呼吸了。「她不會有氣了。」她輕輕地說。

愛瑟試著幫嬰兒呼吸。口對口。

沒有反應。

她拍打那發青的小屁股。「**呼吸啊。**」

沒有反應。

毫無反應。

阿琴指著一個草編籃。那條柔細的薰衣草色毛毯在裡頭。

愛瑟將臍帶打結剪斷，然後慢慢站起來。她虛弱地、搖搖晃晃地，包裹起動也不動的瘦小嬰兒。

當她將孩子交給阿琴，淚水已模糊了視線。「是女孩，」她對阿琴說，阿琴抱過孩子時的溫柔神態真教愛瑟心碎。

阿琴親親孩子發青的額頭。「我要給她取名叫克麗，跟我媽媽一樣。」阿琴說。名字。

這正是希望的精髓。一個身分的開端，以愛傳承下去。看到阿琴在嬰兒發青的耳邊輕聲低語，愛瑟心痛地退下。

到了外頭，她看見蘿芮妲在來回踱步。

愛瑟望著女兒，看出她的疑問，搖了搖頭。

「不會吧。」蘿芮妲無力地垂下肩膀。

愛瑟還來不及開口安慰，蘿芮妲便轉身進了帳棚。

愛瑟站在那裡，一動也不動。一個嬰兒出生在泥土地上一張皺巴巴的報紙上，那可怕無比的畫面怎麼也甩不掉。

我要給她取名叫克麗。

阿琴怎麼還說得出話來？

愛瑟感覺到淚水湧現，再也按捺不住。自從拉菲離開後她從未這麼哭過，一直哭到整個人都枯乾了，乾到一如他們所拋下的那塊土地。

●

當天晚上十點剛過不久，蘿芮妲挖好了一個小洞，丟下鐵鍬。

她們離營地有一段距離，在一個樹木環繞的地方，這裡的幽暗便好似站在樹下這兩個婦人與一個女孩的心情。

滿心的憤怒讓蘿芮妲承受不住，她覺得自己從裡到外都延燒著怒火。她從來沒有這麼生氣過，就連爹地離開時也沒有。她必須一口氣一口氣地將憤怒往內壓，要是鬆了這口氣，她會放聲尖叫。

瞧瞧她母親。站在那裡，抱著一個用乾淨的淡紫色毛毯裹住的死嬰，一臉憂傷。

憂傷。

見到這情景讓蘿芮妲加倍氣憤。這哪是憂傷的時候？

她垂在身側的雙手握起拳頭，但能打誰呢？杜伊太太顯得心神恍惚不穩定。像鬼一般。

媽媽跪下來，小心地將死嬰放進小洞穴中，開始祈禱。「我們的天父……」

「妳這是在向誰禱告啊?」蘿芮姐厲聲問道。

她聽見母親嘆了口氣，慢慢起身。「天主……」

「如果妳要告訴我祂對我們有計畫，我會尖叫。我發誓我會。」蘿芮姐的聲音變得沙啞。她感覺到自己哭起來了，但並不傷心，她是憤怒。「祂讓我們活成這個樣子，比流浪狗還不如。」

媽媽摸了摸蘿芮姐的臉。「嬰兒是會死的，蘿芮姐。我就失去了妳弟弟，蘿絲奶奶也失去……」

「**這個跟那個不一樣！**」蘿芮姐扯開喉嚨大喊：「妳是個膽小鬼，自己待在這裡，還逼我們待在這裡。為什麼?」

「蘿芮姐呀……」

蘿芮姐知道自己做得太過火，話說得太殘酷，但這股怒氣就是止不住、放不慢。「要是爹地在這裡……」

「怎麼樣?」媽媽說：「他會怎麼做?」

「他不會讓我們過這種生活。在黑暗裡埋死嬰，拚死拚活地工作，排兩個小時的隊領政府發的一罐牛奶，眼睜睜看著周遭的人生病。」

「他丟下我們走了。」

「他丟下的是**妳**。我應該也這麼做，趁我們都死光以前離開這裡。」

「那就走吧。」媽媽說：「逃走吧。像他那樣。」

「別以為我不會。」蘿芮姐說。

「很好，走吧。」媽媽彎身拾起鐵鍬，開始填土。

鏟土，落土。

不消幾分鐘，便絲毫看不出這裡埋了一個嬰兒。

蘿芮妲大步穿過污穢的營地，經過擠滿人的帳棚，經過一群癩皮狗，牠們正在向靠著薄食度日的人乞求些許薄食。她聽見有嬰兒在哭，有人在咳嗽。

杜伊家帳棚的門簾閉合，但蘿芮妲知道兩個小女孩在裡面，等候母親的安撫慰藉話語。謊言。情況根本不會好轉。

她受夠這種生活了。

她用力拉開自家帳棚的門簾，看見小安蜷縮在床墊上，盡可能地把身子縮到最小。他們都學會了該怎麼同睡在太小的床上。

見到他讓她的心一陣刺痛。

蘿芮妲跪到床邊，撥撥他的頭髮。他嘟噥說著夢話。「我愛你，」她低聲說道，並親親他臉頰突出的硬骨。「但我一秒鐘都待不下去了。」

小安在睡夢中點點頭，呢喃了一句。

蘿芮妲去拿自己的小行李箱，裡面放著她所有的破舊衣物與她心愛的圖書證。她從食物箱中拿了三顆馬鈴薯和兩片麵包，然後打開放錢的金屬盒。他們僅剩的一切。蘿芮妲感到一絲愧疚。

不行。

她不會拿太多。就兩塊錢。這不只是媽媽的錢，也是她的。天曉得蘿芮妲是多賣力賺來的。她仔細地數好了錢，然後想找一張紙，最後找到一小片皺皺的新聞紙。她盡可能將紙撫平後，用小安的一枝鉛筆頭給母親和小安寫了張字條，放在咖啡壺底下。

她提著行李箱來到帳棚門前，最後再回頭望一眼才走開。

她從貨車旁經過，車上載滿當初根本就不該帶的東西。小安的球棒斜靠著一只壁爐鐘，這兩樣他們都用不上，但不管是蘿芮妲或母親都不忍告訴小安說他的棒球歲月早在開始前就結束了。又有誰知道他們將來是否有一天會再用得上壁爐鐘。早知道如此，他們就會打包不一樣的東西。但若是早知道在加州會落到如此地步，他們也許就會留在德州。

他們不該離開的。

又或者他們應該走遠一點。

都是媽媽的錯。是她選擇停在這裡，還說，**非這樣不可**。一切就是從那時候開始出錯的。

從那第一句要命的謊言：就一個晚上。

結果呢，已經好多晚了，蘿芮妲決定離開這個鬼地方。

●

愛瑟和阿琴並肩站在黑暗中，牽著手低頭凝視。時間在大段大段的沉默中逐漸消逝，這兩名婦人知道在這種時候無聲勝有聲。

這裡沒有標誌可紀念這個嬰兒，沒有標誌可紀念埋在這一帶營地的其他人。

「我們還是回去吧。」過了大半晌，愛瑟一邊扣上不合身的羊毛外套的釦子一邊說道：「妳都在發抖了。」

「我馬上來。」阿琴說。

愛瑟捏捏朋友的手，嘆了一口氣，這口氣彷彿從疲憊的骨頭深處吐出來似的，然後拿著鐵鍬回到營地，丟到貨車的後車斗，只聽到哐噹一聲。

牽掛蘿芮姐的念頭硬是浮現了。在墓地時，她應該安撫蘿芮姐的。什麼樣的母親會對一個悲傷的十三歲孩子說那麼嚴厲的話？蘿芮姐已經歷太多的生離死別，愛瑟是知道的，她肯定能想出一些有助於安慰的話。只是愛瑟現在什麼都不剩，感覺像是被嬰兒的死掏空了，而她最無力去做的就是面對女兒的盛怒。最好還是給她一點時間撫平稜角，至少一個晚上。明天會有陽光閃耀，到時愛瑟會將蘿芮姐拉到一旁，盡其所能地給予安慰。

膽小鬼。

「不行。」愛瑟大聲說出來以強調自己的決心。這回她不會別過頭去，她要正面迎擊，盡她最大的能力撫慰蘿芮姐。

她拉開帳棚門簾，走了進去。

被鋪凌亂，但很明顯床上只有小安一人。

蘿芮姐不在帳內。

愛瑟走到貨車旁，用力拍打車斗側邊。「蘿芮姐？妳在裡面嗎？」

她查看了車斗，看見他們帶來的一箱箱物品，他們原以為用得上的東西：蠟燭、瓷盤、小安的球棒手套、一只壁爐鐘。「蘿芮姐？」她又喊了一聲，當她發現駕駛座也空無一人，聲音不禁因憂慮而拔尖。

愛瑟往後退。

他丟下的是妳。我應該也這麼做……趁我們都死光以前離開這裡。

那就走吧，走吧。像妳父親那樣，逃走吧。

別以為我不會。

很好，走吧。

愛瑟全身起了一陣寒顫，連忙跑回帳棚內。

蘿芮姐的行李箱不見了，她從美容院得到的毛衣和藍色羊毛外套也不見了。

愛瑟看見咖啡壺底下突出一張紙條，便抖著手拿起來。

媽，

我再也受不了了。

對不起。

我愛你們。

愛瑟從帳棚奔出，一直跑到脅邊刺痛，呼吸粗喘。

大路往南北延伸，蘿芮姐會走哪邊？愛瑟哪裡猜得出來？

愛瑟叫她十三歲的女兒走，叫她逃開，像那個不希望被找到的男人。叫她走進一個充斥著走在路邊或跳搭火車的包袱流浪漢的世界，那裡邊有許多走投無路、怒氣衝天、再不怕失去什麼的男人，像狼群般在暗處窺伺。

她扯開嗓子高喊女兒的名字。

語聲在夜色中迴盪後，逐漸淡去。

●

蘿芮妲往南走，走到鞋子破了背又痛，眼前依舊是空蕩蕩的道路往前延伸，浸淫在月色中。到洛杉磯還有多遠？

她始終夢想著能找到父親，就這麼無意間巧遇，但現在獨自站在這路邊，她明白了母親曾說過的一句話。

他不希望被找到。

加州有多少道路，朝著多少方向，通往多少目的地？所以了，如果她父親夢想的是好萊塢呢？而這也不代表他就去了那裡，或者留在那裡。

她走多遠了？五公里？六公里？

她還是繼續走，打定主意不回頭。她才不要回去承認自己不該離開。總而言之，她就是無法再忍受這種生活。

可是小安醒來會找不到她，他會覺得自己很輕易就會被拋棄，覺得自己做錯了什麼。蘿芮妲知道，因為爹地離開時她就是這種感覺。

她不想傷害弟弟。

她看見前方有車燈朝她靠近，一輛貨車駛到她身旁停下。那是一輛舊式貨車，一個方方正正、用木頭和玻璃合成的駕駛座艙，好像是後來才嵌進貨車的黑色車身。裝了鉸鏈的擋風玻璃打開著。

駕駛探過身搖下另一側的車窗。他跟媽媽年紀相仿，臉和這年頭的大多數男人一樣：又尖又瘦得皮包骨。他需要刮刮鬍子，但蘿芮妲不會說他留了鬍子，只是邋遢罷了。「妳一個人在這裡做什麼？大半夜的。」

「沒什麼。」

他目光往下瞥見她的行李箱。「看來妳是離家出走。」

「你管得著嗎？」

「妳爸媽呢？這外頭很危險。」

「不用你多管閒事。再說，我已經十六歲，我愛上哪就上哪。」

「是啊，ㄚ頭，我還電影巨星呢。妳要去哪裡？」

「除了這裡，哪裡都好。」

他望向道路前方，至少拖了一分鐘才又看著她。「貝克斯菲爾有個巴士站，我要往北，可以載妳一程。只不過途中得先去一個地方。」

「謝謝先生！」蘿芮妲將行李箱丟到貨車後座，爬上車去。

25

「我叫杰克．瓦倫。」那男人說。

「蘿芮妲．馬提奈尼。」

他隨即打檔朝北駛去。貨車的懸吊很舊了，車子每顛一下，皮座椅就會像打嗝似的起伏一下。

蘿芮妲凝視著窗外。在車燈的快速閃動中或是街燈照亮廣告看板的耀眼光線下，她看見有人露宿路邊，有遊民背著包袱在走路。

他們經過了學校、醫院與籠罩在漆黑中的棚屋營區。

接著經過蘿芮妲認得的幾個地方，經過威提鎮。到了這裡，除了道路便再無其他。

「喂，這麼晚了你還有什麼事要做？」她問道。她驀地想到自己可能會有危險。

男子點了根菸，往打開的窗外吐出一縷藍灰色的煙。「跟妳一樣吧，我想。」

「什麼意思？」

他轉過頭。她這才第一次看見他的整張臉，看見它的黝黑粗獷，看見那尖尖的鼻子和黑色眼珠。「妳在逃離某樣東西，或某個人。」

「你也是？」

「ㄚ頭，這年頭不逃跑的人就是沒在留心的人。不過，我不是逃跑。」他微微一笑，幾乎顯得英俊瀟灑。「但我也不想被困在這裡。」

「我爸就是這樣。」

「就是怎樣？」

「半夜跑了，再也沒回來。」

「這……可真夠糟的。」他好不容易說出這一句。「妳媽媽呢？」

「她怎樣？」

他轉進一條長長的泥土路。

一片黑暗。

蘿芮妲看不到一點亮光，只有漆黑。沒有房屋，沒有路燈，路上也沒有其他車輛。

「我……我們要去哪？」

「我不是告訴妳了，載妳去巴士站以前要先去一個地方。」

「在這裡？這荒郊野外？」

他讓貨車慢慢停下。「我要妳向我保證，ㄚ頭，說妳不會提起這個地方，提起我，提起妳在這裡看到的一切。」

他們此時在一片遼闊的野外草地。有一間穀倉與一棟殘破的農場住宅並立著，沉浸在月光下。草地上停著十來輛汽車與貨車，車燈熄了。穀倉木板間透出細細的黃光，顯示裡頭不知正在做些什麼。「沒有人會聽我這種人說的話。」蘿芮姮說。她委實說不出那三個字：**奧克仔**。

「妳要是不作承諾，我馬上掉頭，把妳丟在大馬路上。」

蘿芮姮看著他，看得出來她讓他覺得不耐煩。他只是眼角抽動了一下，整個人倒是顯得平靜。他在等她作決定，但不會等太久。

她應該叫他馬上掉頭，帶她回馬路上去。這三更半夜裡，在穀倉裡進行的不可能是什麼好事。而且大人不會要求小孩作這種承諾。

「那裡頭在做壞事嗎？」

「不，」他說：「是好事，只是現在時機危險。」

蘿芮姮直視著男子深暗的眼眸。他……很緊繃。也許有點嚇人，卻也有一種她從未見過的生氣。眼前這個男人不願住在骯髒的帳棚裡吃著粗劣薄食，還心存感激。他不像其他人那麼頹喪。他的生命活力在向她召喚，讓她想起較美好的年代，想起她原來心目中的那個父親。「我保證。」

他於是往前開，穿梭過停放的車輛。靠近門邊時，才停下貨車關掉引擎。

「妳待在車上。」他打開車門時說道。

「你要多久？」

「需要多久就多久。」

蘿芮姮目送他走向穀倉打開門，看見燈光一閃，以及似乎有一群人聚集在裡頭的黑影。接著他便關上了門。

蘿芮妲盯著陰暗的穀倉，一絲絲亮光從縫隙滲出。他們在裡面做什麼？

這時有輛汽車軋軋駛到貨車旁停下，車燈啪地熄滅。

蘿芮妲看到一對男女下車，兩人穿著體面，一身黑衣，而且都在抽菸。鐵定不是移民或農民。

蘿芮妲倉卒間作了決定：她下車跟著那對男女走向穀倉。

穀倉門開了。

蘿芮妲尾隨他二人溜進去，然後立刻將背貼在穀倉粗糙的木板牆上。

她也說不上來原本以為會看到什麼——也許是一群大人在喝酒、跳林迪舞吧——但不管她預期的是什麼，都不對。西裝筆挺的男人當中混雜著女人，有些女人穿著長褲。**長褲啊**。好像每個人都同時在說話，比手畫腳的像在爭辯。這地方感覺充滿活力，宛如有蜜蜂嗡嗡飛繞的蜂巢。香菸的煙霧迷濛，使每個人變得模糊也刺痛蘿芮妲的眼睛。

穀倉滿布灰塵、陰影幢幢的內部擺設了大約十張桌子，每張桌上放著一盞手提燈，形成一個個瀰漫著灰塵與煙霧的光槽。桌上還擺了打字機和油印機，有女人坐在椅子上抽菸打字。空氣中有一種奇怪的香氣混雜著菸味。桌面上有一摞摞的紙張，每隔一段時間蘿芮妲便會聽到滑架往回推的**卜鈴**——聲。

當杰克大步走向前，眾人都停下手邊的事情轉頭看他。他從面前的一張桌子抽出一張報紙，往閣樓階梯爬了幾層，然後面向眾人。他高舉起報紙，上頭的標題寫著：「洛杉磯向移民宣戰」。

「外號『雙槍』的警長詹姆士．戴維斯，以大地主、鐵路公司、州救濟機構和州裡其他有錢有勢的大亨做後盾，剛剛關閉了加州州界不許移民進入。」杰克將報紙丟到鋪了乾草的地上。「各位想想，走投無路的人，善良的人，**美國人**，在邊界被人用槍攔下驅離。要上哪去？他們當中有很多人要不是在家鄉填不飽肚子，就是得了塵肺病奄奄一息。他們要是不回頭，警察就會以遊蕩的罪名把他們關起來，法官也會判他們服苦役。」

蘿芮妲並不感到驚訝。她知道來這裡尋求較好的生活卻得到更糟的待遇是什麼情形。

「王八蛋。」有人嚷嚷道。

「整個加州的大地主都在占那些替他們幹活的人的便宜。來到這一州的移民一心只想餵飽家人，再低的工資也會接受。從這裡到貝克斯菲爾有超過七萬個無家可歸的人。在那些棚屋營地裡，每天都有兩個孩子可能死去，不是因為營養不良就是生病。這可不行。在美國不行。我不管經濟是不是蕭條。真的是夠了。他們得靠我們幫忙，我們必須讓他們加入勞工聯盟，挺身爭取自身的權利。」

群眾間響起附和的喝采聲。

蘿芮妲也點頭。他這番話戳到她的痛處，讓她第一次興起一個念頭：**我們不需要承受這個**。

「同志們，現在時候到了。政府不願幫助這些人，就由我們來吧。我們必須說服勞工們挺身而出。站起來。利用我們所能利用的任何方式，阻止大業主壓垮勞工剝削勞工。我們必須站在一起，對抗這種資本主義的不公。我們要為這裡還有中央谷地的移民勞工作戰，幫助他們組織工會，爭取較高的薪資。時候到了……就是現在！」

「好！」蘿芮妲高喊：「好！」

杰克從閣樓的梯子上跳下來，但就在他跳下前，蘿芮妲發現他正盯著她看。

他大步朝她走來，輕輕鬆鬆地穿過人群。

蘿芮妲可以感受到他強烈鋒利的目光，頓時覺得自己像隻老鼠，被獵鷹盯住了動彈不得。

「我不是叫妳待在車上嗎？」

「我想加入你們的行列。我可以幫忙。」

「哦，是嗎？」他高高杵在她跟前，甚至高過她媽媽。她緊張而不順暢地吸了口氣。「回家吧，丫頭。妳年紀太輕做不了這個。」

「我是移民勞工。」

他點了根菸，端詳著她。

「我們住在薩特路進去的渠畔營地。今年秋天，本來應該去上學的我改去採棉花。不這樣的話，我們就會餓死。我們住在帳棚裡，因為太需要田裡的工作，有時候就睡在路邊水溝裡，以便能排到第一個。東家——那頭肥豬威提——根本不在乎我們賺得夠不夠吃。」

「威提，是嗎？我們一直在努力鼓吹移民營區的人加入工會，但始終有阻力。奧克仔既頑固又驕傲。」

「別這樣喊我們。」她說：「我們只是想要工作的人。我的祖父母和我媽……他們不相信政府的施捨。他們想靠自己，可是……」

「可是什麼？」

「不會成功的，對不對？我是說我們來這裡追求更好的生活這件事。」

「不爭取就不會。」

「我想爭取。」蘿芮妲話一出口，立刻發覺她渴望打這場仗已經很久了。她逃跑想尋找的原來是**這個**，不是她那怯懦的父親。這才是她失去的熱情。她感受到了那股火熱。

「妳到底幾歲？」

「十三。」

「妳老爸拋家棄子是因為在哪裡丟了工作……聖路易？」

「德州。」蘿芮妲說。

「丫頭，那種男人屁都不值。而且妳年紀太小，不該一個人亂跑。妳是怎麼到加州來的？」

「我媽帶我們來的。」

「她一個人？她一定很堅強。」

「今天晚上我罵她膽小鬼。」

他會心地瞅她一眼。「她會不會擔心？」

蘿芮妲點頭。「除非他們來找我了。萬一他們走了怎麼辦？」說到這兒，思鄉的愁緒揪住她的心，不是思念某個地方，而是思念人。她的家人。媽媽和小安。奶奶和爺爺。那些愛她的人。

「丫頭，愛妳的人會待著。妳已經體會到了。去找妳媽媽，跟她說是妳笨得像一箱石頭。讓她把妳緊緊摟住。」

蘿芮妲感覺到眼眶泛淚，刺刺的。

外頭忽然警笛聲呼嘯。

「該死。」杰克說著拉起她的胳膊，拖著她走過穀倉，穿過驚惶的人群。

他將她一把推上樓梯，自己跟在後面，然後推她進閣樓。「妳是有熱情的，丫頭，別讓那些王八蛋把它熄滅了。在這裡待到天亮，不然妳可能會坐大牢。」

他將閣樓樓梯推倒到穀倉地上。

門呀然一聲開了，出現一群拿著槍和警棍的警察，他們身後有紅燈閃爍。警察湧入穀倉，將紙張和打字機和油印機全數沒收。

蘿芮妲看見一名警員用棍子打杰克的頭。杰克踉蹌幾步，但沒倒下。他身子微微搖晃，咧開嘴對警察笑說：「你就這麼點能耐？」

警察板起臉來。「你死定了，瓦倫。遲早而已。」他又打杰克一棍，這次更用力。

「把他們抓起來，兄弟們。」那個警察說道，制服上噴到一些血跡。「我們城裡不歡迎赤匪。」

赤匪。

共產黨。

●

愛瑟在蒼白的月光下徒步走到威提鎮。這個時間，街上空蕩蕩。

到了：警察局，塞在一條小巷內，離圖書館不遠。

她並不相信管轄單位裡會有人實際幫助她，或甚至聽進她的話，但她女兒不見了。如今她能想到的只有這麼做。

停車場很空，只有幾輛巡邏警車和一輛舊式貨車。從街燈投射下來的光線中，她看見一個遊民站在貨車旁邊抽菸。她沒有和他對上眼，卻能感覺到他在看著她。

愛瑟挺直了背脊，之前沒意識到走來的途中竟變得佝僂了。

她從流浪漢身旁經過，進入警局。裡面的前廳簡簡單單，牆邊擺了一排椅子，每張都是空的。天花板的燈往下照見一個穿制服的男人，他在抽手捲菸，面前的桌上有一具黑色電話。

她盡量顯露出自信。她抓著已經起毛邊的手提包帶子，穿過磁磚地板，走向坐在辦公桌前的警官。

他長得高高瘦瘦，梳著油頭，留著一撇細細的小鬍子。見到她蓬頭垢面的模樣，他皺起了鼻子。

她清清喉嚨。「呃，長官，我是來報案的，有個女孩不見了。」她全身緊繃，等著這句話：**我們不在乎你們這種人。**

「嗯——哼？」

「是我女兒，她十三歲。你有小孩嗎？」

他沉默了許久，她幾乎就要轉身走了。

「有。有一個，十二歲。她就是害我掉頭髮的原因。」

換作其他時候，愛瑟會報以微笑。「我們吵了一架。我說……總之，她跑掉了。」

「妳知不知道她有可能上哪去？哪個方向？」

愛瑟搖頭。「她……父親前一陣子離開我們，她很想爸爸，老是怪我，可是我們不知道她父親人在哪裡。」

「這年頭很多人會做這種事。上星期才有個傢伙殺了全家以後自殺。世道艱難啊。」

愛瑟等著他再說。

男人卻只盯著她看。

「你們找不到她的，」愛瑟鬱鬱地說：「怎麼可能找得到？」

「我會替妳留意。多半都會自己回來的。」

愛瑟強自鎮定，然而他的親切比起冷酷更令她難以自持。「她黑頭髮藍眼睛，嗯，其實幾乎可以說是紫色，但她說只有我這麼覺得。她叫蘿芮妲．馬提奈尼。」

「很美的名字。」他記了下來。

愛瑟點點頭，又站了一會兒。

「太太，我建議妳回家去，等一等，我敢說她會回來。很明顯看得出來妳愛她，有時候這些孩子就是看不到近在眼前的東西。」

愛瑟退離，連謝謝他的善意都做不到。

到了外面，她瞪著空空的停車場心想：**她在哪裡？**

愛瑟的腿開始發軟，她打了個踉蹌，幾乎跌倒。

有人接住了她。「妳還好吧？」

她往旁邊一扭身，掙脫開來。

那人連忙後退，高舉起雙手。「嘿，我不是要傷害妳。」

「我……我沒事。」她說。

「要我說呢，我從來沒見過比妳更有事的人了。」

原來是她進警局前看見站在貨車旁的那個流浪漢。他的一邊顴骨嚴重瘀青了一大塊，衣領上有乾涸的血漬斑斑，那頭黑髮已經太長，剪得參差不齊，鬢邊略為花白。

「我沒事。」

「妳好像累壞了，我載妳回家吧。」

「你肯定當我是傻瓜。」

「我不是危險的人。」

「凌晨一點在警察局被打到血跡斑斑的人，說這種話。」

他淡淡一笑。「把人痛打一頓，他們會覺得舒服點。」

「你做了什麼？」

「做什麼？妳以為妳得做壞事才會被警察打？我只是這年頭不受歡迎的人物，思想激進。」他依然帶著笑容說：「讓我送妳回家吧。跟我在一起很安全。」他舉起手放在胸前。「以囚犯的名譽擔保。」

「不必了，多謝。」

愛瑟不喜歡他直盯著她看的眼神，讓她想起那些躲在暗處打算偷走自己想要的東西的飢餓男人。他那粗獷的臉上一雙凹陷的黑眼睛炯炯有神，鼻子挺拔，下巴外突。而且鬍子需要刮一刮了。「你在看什麼？」

「沒什麼，只是妳讓我想到一個人。一個戰士。」

「是啊，我是個戰士沒錯。」

愛瑟走了開來。到了大路上，她左轉朝營地的方向走。這是她唯一想到能做的事。**回家**。小安在那裡。抱著希望等待。

26

清醒著在穀倉裡度過漫長的一夜後，蘿芮妲爬下閣樓，此時黎明的天空逐漸從薰衣草色變成粉紅再變成金黃。

她拎著行李箱，沿著大路走。

到了薩特路，她舉目望去，只見凌亂四散的帳棚、壞掉的汽車與胡亂拼湊蓋成的棚屋，擠在凜冬的田野上。

拜託你們還在。

蘿芮妲走向自家帳棚時，避開了泥濘的車轍，盡量走在較高的草地上。途中經過一間用金屬破片搭成的鐵皮屋，裡面有一男一女緊緊挨在一截殘燭旁，女人懷裡抱著一個文風不動的嬰兒。

前頭，蘿芮妲看見他們的貨車停在帳棚旁，她鬆了一大口氣，膝蓋差點癱軟。**謝天謝地**。他們還在。

蘿芮妲繞過貨車，看見杜伊家的帳棚。杜伊太太坐在外邊的椅子上，弓著背，兩手捧著一杯咖啡。媽媽坐在她旁邊一個倒翻過來的蘋果箱上，在寫日記。

蘿芮妲放慢腳步，悄悄往前移動。四下安靜得應該連嬰兒都會屏住呼吸，蘿芮妲看見了這兩個女人有多麼傷心委靡。

阿琴先抬起頭來，對蘿芮妲微微一笑，然後碰碰愛瑟的手臂。「是你們家丫頭。我就說她會回來吧。」

媽媽這才抬頭。

蘿芮妲感覺到對母親的愛洶湧澎湃，一時無法呼吸。「對不起。」她說。

媽媽闔上日記站起來。她想要笑，卻笑不出來，這讓蘿芮妲得以瞥見自己的逃跑對她造成的痛苦。媽媽定定地站著，沒有走向蘿芮妲。

蘿芮妲知道她們之間這段距離得由她來跨越。「媽，我笨得像一箱石頭。」蘿芮妲邊走過去邊說。

母親輕笑一聲，聽起來是高興的。

「真的，我真的對妳一點幫助都沒有，媽。而且……」

「蘿芮妲……」

「我知道妳愛我，而……對不起，媽。我愛妳，好愛好愛。」

媽媽將蘿芮妲攬入懷裡，緊緊抱住。

蘿芮妲也用力抱著母親，不敢鬆手。「我好怕我不在的時候你們走了……」

媽媽的身子往後抽離，兩眼閃閃發亮，而且面帶微笑。「妳是我的一**塊肉**，蘿芮妲，我們永遠都分不開，不管是因為話語或憤怒或行動或時間。我愛妳，我會永遠愛妳。」她將蘿芮妲的肩膀抓得更緊。「妳讓我學會了愛，妳是這世上第一個人，就算我離開了人世，我對妳的愛也依然還在。如果妳沒回來……」

「我在這裡，媽。」蘿芮妲說：「不過昨晚我知道了一件事，我覺得很重要。」

●

愛瑟抓著蘿芮妲的手無法放開，任由女兒牽著她回到帳棚，拉她進去。

「我實在等不及要告訴妳我去了哪裡。」蘿芮妲邊解開外套鈕釦邊說。

看來，團圓結束了，蘿芮妲已轉移到新話題。看見女兒的表情驟然一變，愛瑟不禁露出微笑。

愛瑟往床墊坐下，一旁的小安還在睡著。「妳去哪裡了？」

「一個共產黨人的集會。在一間穀倉裡。」

「噢。我還真猜不到。」

「我遇見一個男人。」

愛瑟皺起眉頭，作勢便要起身。「男人？成年男人？他……」

「是共產黨！」蘿芮妲在愛瑟身旁坐下。「其實有一大群人，他們在北邊的一間穀倉裡開會。媽，他們想幫助我們。」

「共產黨……」愛瑟緩緩地說，試圖想明白這個危險的新訊息。

「他們想幫助我們對抗地主。」

「對抗地主？妳是說僱用我們的人？出工資讓我們去採收的人？」

「妳說那叫工資？」

「是工資沒錯，蘿芮妲。那讓我們能買東西吃。」

「我要妳跟我去參加一次集會。」

「集會？」

「對，就聽聽他們怎麼說嘛。妳會喜歡……」

「不，蘿芮妲。」愛瑟說：「絕對不行。我不會去，也不准妳去。妳遇見的那些人很危險。」

「可是……」

「相信我，蘿芮妲，不管有什麼問題，共產主義都不是答案。我們是美國人。而且我們不能和地主作對，我們都已經快餓死了。所以，不行。」

「但那是對的事情。」

「妳看看這個帳棚，蘿芮妲。妳覺得我們有餘裕去跟雇主抗爭嗎？妳覺得我們有餘裕去發動一場哲學戰爭嗎？不，就是不行。我不想再聽到這件事。好了，來吧，我們睡一覺。我累死了。」

●

雨連下多日，渠岸邊的土地都成了水塘。大夥兒開始生病：傷寒、白喉、痢疾。墓地的範圍大了一倍。因為郡立醫院不肯治療大多數移民，他們只得盡可能自助。每個人都餓得昏沉無力。愛瑟已經盡量少花錢買食物，卻仍眼看著積蓄逐漸見底。

在這個風雨大作的冬夜，蘿芮妲和小安躺在床上，窩在一堆被子底下，試著入睡。

雨敲打著帆布，打得轉灰的布料不停起伏波動，然後沿著側邊奔流而下。

愛瑟坐在蘋果箱上，憑藉一根蠟燭的微弱光線寫日記。

我的大半輩子裡，那些戴著灰撲撲帽子的老人家在沃考特拖拉機行外面碰到面，停下來就會聊天氣。天氣是個話題。農民端詳天空就像神職人員研讀神的話語，希望找出線索、預兆和警示。但這一切都保持著一個友善的距離，這一切都抱著一個信念，相信我們的大地基本上是仁慈的。然而在這可怕的十年間，天氣終究展露它殘酷的一面。我們因為低估對手吃盡了苦頭。風、沙塵、乾旱，如今則是這令人沮喪的雨，我擔心……

忽然間喀喇一聲響起震耳欲聾的雷聲。

「聽起來不妙。」蘿芮姐說。小安露出害怕的神色。

愛瑟闔上日記站了起來。她還沒走到門簾，帳棚就塌了，水瞬間灌進來，淹沒愛瑟的腿。她連忙將日記塞進連身裙的上身內，盲目地伸出手摸找孩子。「孩子們！到我這裡來。」

她聽見他們扒抓著溼帆布在找路。

「我在這裡。」愛瑟說。

蘿芮姐伸過手來，握住她的手，另一手摟著弟弟。

「我們得出去。」愛瑟拚命地找門簾。

小安在她身旁哭起來，緊巴著她不放。

「抱緊我。」愛瑟喊著對他說。她終於找到帆布的開口，一把扯開門簾，帶著孩子跌跌撞撞地出去。帳棚咻一聲從他們旁邊飛走，也帶走了他們的家當。

水忽然急湧而來，愛瑟差點跌倒。

一記閃電劈下來，在電光中，她看見滿目瘡痍。垃圾、樹葉和木箱隨著急流漂移，這一秒還在，下一秒便無影無蹤。

她牢牢牽著孩子們的手，在不斷上升的水流中跋涉，走向杜伊家的帳棚。「阿琴！傑布！」

就在杜伊一家爬出來那一剎那，帳棚倒塌了。

人們的叫喊聲壓過了風雨的呼號。

愛瑟看見大路上有車燈，轉了向，朝他們這邊來。

她啐出雨水，撥開蓋住眼睛的溼髮，高喊道：「我們往那邊走，往大路那邊。」

他們兩家人緊挨在一起，全部手拉著手。愛瑟的靴子裡全是泥水，她知道她的孩子正赤腳踩在這冰冷潮溼的水中。

他們一同奮力朝車燈的方向走去。大馬路上停了一排車，車燈照向營地。走到一半，愛瑟看見一整列的人拿著手電筒，有個高大的男人走上前來，他穿著褐色帆布長外套，頭上的帽子已被雨水壓扁。「這邊，太太。」他喊道：「我們是來幫你們的。」

杜伊家往那一排志願者走去。愛瑟看見有人遞給阿琴一件雨衣。

愛瑟回頭看，他們的帳棚已經不見蹤影，被水沖走了，但貨車還在。要是現在不去開，就會連車子都失去。

她將孩子們往前推，說道：「你們去，我得去開車。」

「不，媽，不行。」蘿芮妲大喊。

湍急的水流企圖推倒愛瑟。她從小安溼溼的手裡抽出手，把他推向蘿芮妲。「你們去找個安全的地方。」

「不要，媽……」

愛瑟看見那個高大的志願者再次往他們這邊來，便將孩子推向那名男子說：「救救他們。」說完便轉身。

「太太，妳不能……」

愛瑟拚命地往貨車走去，此時水已經淹到門邊踏板的高度。有一尊穿著泥濘粉紅衣裙的塑膠娃娃漂流而過，藍色的玻璃眼珠大大瞪著上方。他們的營帳區已經被泥巴和水沖走，一樣東西都不剩。火爐翻倒在地，水打著旋從上頭流過。她想到他們放錢的盒子，知道是再也找不回了。

她爬上貨車，頭一回慶幸自己將鑰匙放在手套箱裡。因為買不起汽油，誰也不太擔心車子被竊。

拜託要發動。

愛瑟轉動鑰匙。

她試了五次也禱告了五次，貨車終於在噗噗幾聲後呻吟著甦醒過來。

她扭開車燈，打了檔。

貨車左搖右擺，死命地想脫離泥巴。愛瑟雙手緊握方向盤，腳踩油門。車子又是搖晃又是猛顛，有時引擎還嗚嗚哀鳴，但最後輪胎終於找到著力點。

愛瑟慢慢駛向大路，那兒有一整排的志願者正在幫忙居民上車。她看見蘿芮妲從一輛有木頭駕駛座艙的舊式貨車下來，進入滂沱大雨中，雙手在半空中揮舞著。「跟我們來，媽！」

愛瑟跟隨那輛舊貨車進入威提。進入鐵軌旁一條荒僻的街道後，舊貨車在一間以木板封釘的旅館前面停車。旅館兩側都是已經停業的店鋪，有一間墨西哥餐館、一間洗衣店和一間麵包店。街燈都沒亮。有一間營業的加油站掛了一幅醒目的手寫大字報：「**這裡是你的家鄉。別讓那些大爺們搶走了！**」

愛瑟從未見過這條街。與威提鎮中心相隔幾條街。放眼所見的寥寥幾棟房屋都很破舊，看似無人居住。她駛上前與貨車並排而停。

她下車時大雨如注，孩子們立刻向她跑來，她將他們拉攏過來牢牢抱住，渾身打顫。

「杜伊家的人呢？」愛瑟大聲地問以便壓過風雨聲。

「他們和其他志願者走了。」

這時貨車駕駛下車了。起初她只注意到他很高，還有他身上那件暗褐色長外套很眼熟。那是舊式的外套，牛仔會穿的那種。她不知在哪見過。他穿過照亮成串雨珠的車頭強光，朝愛瑟走來。

她想起來了：曾有一次在鎮上看到他滔滔不絕地宣揚共產主義理念，後來又有一次在監獄外面，就是蘿芮妲跑走那天晚上，他在那兒挨了打。

「囚犯。」她說。

「戰士。」他回應道：「我叫杰克．瓦倫。來吧，進來暖和暖和。」

「他就是我遇見的那個共產黨，媽。」蘿芮妲說。

「對，」愛瑟說：「我在城裡見過他。」

他引領他們來到掛著大掛鎖的旅館大門前，拿出鑰匙開鎖。大黑鎖喀嗒一聲往一邊傾斜，他隨即推開門。

「等等，旅館看起來已經封死了。」愛瑟說。

「外表可能會騙人。事實上，我們靠的就是這個。」杰克說：「這地方是一個朋友開的，只是外表看似荒廢。我們用木板把它封起來，是為了……算了，不用在意。你們可以在這裡過一兩個晚上，但願還能更久。」

「任何幫助我們都很感激。」愛瑟打著哆嗦說。

「你們的朋友杜伊一家人被帶到廢棄的鎮民會堂去了。我們能做的就盡量做，事發實在太突然了，明天會有更多幫手來。」

「共產黨？」

「我沒看到這裡有其他人啊，妳看到了嗎？」

他帶他們進入小旅館，裡面散發著腐敗、發霉的氣味和菸味。

愛瑟過了片刻才適應光線，看見了一張酒紅色辦公桌，後面的牆上掛滿黃銅鑰匙。

她隨杰克上樓，到了二樓，他打開一扇門，門內是一個積滿灰塵的小房間，有一張大大的華蓋床、一對床頭櫃和一扇關閉的門。

他搶先他們走進房間，打開那扇關著的門。

「是浴室。」愛瑟喃喃地說。

「有熱水，」他說：「不然至少也是溫的。」

小安和蘿芮姐尖叫著跑進淋浴間。愛瑟聽見他們打開水龍頭。

「快來啊，媽！」

杰克看著愛瑟。「妳除了『媽』還有其他名字嗎？」

「愛瑟。」

「幸會，愛瑟。現在我得再回去幫忙了。」

「我跟你去。」

「不需要。讓身子暖一暖吧。陪妳的孩子待著。」

「他們是我的同胞，杰克。我要去幫他們。」

他沒有反駁。「我下樓等妳。」

愛瑟進到浴室，看見兩個孩子一起在淋浴間裡，衣服也沒脫，大聲笑著。她說：「蘿芮妲，我要去幫杰克和他朋友的忙。你們兩個睡一會兒。」

蘿芮妲說：「我也去！」

「不，我要妳照顧小安，讓身子暖和。拜託了，別跟我爭。」

愛瑟匆匆回到外頭。這時停車場已有幾輛亮著燈的汽車。

志願者們以杰克為中心圍成半圓，杰克顯然是領頭的人。「回薩特路那邊的渠畔營地去，我們盡量能救幾個算幾個。鎮民會堂容納得下，遊樂場的倉庫和那些穀倉也可以。」

愛瑟爬上杰克的車。他們在雨中加入川流不息的模糊黃色車燈行列。杰克往旁邊傾身，從愛瑟座位後面抓起一個破破的褐色袋子。「來，把這個穿上。」他將袋子丟到她腿上。

她冷得十指發抖地打開袋口，發現裡面有一件男人的長褲和一件法蘭絨襯衫，尺寸都大得離譜。

「我有東西可以把褲頭繫緊。」他說。

到了千瘡百孔的營地後，他將車停在路邊。全身溼透、流離失所的人們朝大路走來，手裡抓著一切他們能挽救的東西。

愛瑟在貨車旁邊，趁黑脫下溼衣裙，穿上太大的法藍絨襯衫，然後穿上長褲。她的日記從連身裙的上身掉出來，把她嚇一跳。她都忘記當初保存了日記。她將本子放到貨車座椅上，然後重新穿上溼溼的膠鞋，步入急水中。

杰克扯下領帶，穿進借給她的那件長褲的腰帶環中，將褲頭繫牢。接著他脫下外套，為她披上。

愛瑟實在太冷，顧不得客套。她穿上外套，扣上釦子。「謝謝。」

他牽起她的手。「水還在漲。小心點。」

愛瑟拉著他的手，兩人一同涉過冰冷、泥濘又不斷上漲的水。毀壞的家當從他們身旁漂過，她看見一輛壞掉的貨車，車斗上用油布蓋著一堆無用的廢物。接著是一張臉。「那邊，」她對杰克大喊，手指了過去。

「我們是來幫忙的。」杰克喊道。

黑色發亮的油布慢慢掀開，愛瑟看見底下蜷縮著一個骨瘦如柴、穿著溼衣裙的婦人，懷裡抱著一名幼兒。她和孩子的臉都凍得發青。

「讓我們幫妳吧。」杰克伸出手說道。

婦人推開油布，抱緊孩子往前爬。愛瑟立刻伸手摟住婦人，感覺到了她有多瘦。大路邊，如今為數更多的志願者正拿著雨傘、雨衣、毛毯和咖啡在等著。

「謝謝妳。」婦人說。

愛瑟點了點頭，重回到杰克身旁。他們再次一起跋涉回到營區。

水與風猛烈地打在他們身上，愛瑟的靴子裡滿是泥巴，冷冰冰的。

他們忙了漫長而溼漉的一整夜，與其他的志願者齊力幫助民眾離開淹水的營地。他們盡可能地將更多的人送到溫暖處所，將人安頓在他們所能找到的任何建築物裡。

到了清晨六點，雨停了，水也不再上漲，黎明晨光照見暴洪過後的慘狀。渠畔營地全被沖走了，家當在水中漂流，帳棚東倒西歪，破爛不堪。紙板與鐵皮四處散落，箱盒、水桶和被子也都一樣。許多老爺車擋泥板以下的部分陷在水與泥巴中，卡住了動彈不得。

愛瑟站在大路邊，呆呆望著那片水鄉澤國。

像她一樣幾乎一無所有的人，失去了一切。

杰克來到愛瑟身旁，替她披上一條毛毯。「妳累壞了吧。」

她撥開落到眼前的頭髮，這一用力手就發抖了。「我沒事。」

杰克不知說了什麼。

她聽見他的聲音，但母音和子音都拉長到變了形。她正要再次開口說**我沒事**，不料這句謊話卻迷失在大腦與舌尖之間。

「愛瑟！」

她直瞪著他，疑惑不解。

噢，等等，我要倒下去了。

●

愛瑟在杰克的貨車上醒來時，車子正駛到木板封釘的旅館前面，在一陣空隆卡嗒聲中停下。愛瑟坐起身來，頭還暈暈的。她看見日記在旁邊的座位上便拿起來。

此時停車區滿滿都是人，這裡已成為災難的整備現場。志願者為一臉茫然四下走動的水災難民，提供食物與熱咖啡與衣物。

愛瑟下車時歪斜踉蹌了一下。

杰克及時扶住她。

她試著要掙開。「我應該去看看孩子……」

「他們很可能還在睡。我會去看看他們，告訴他們妳在哪裡。不過妳現在得去瞇一下，我替妳留了一個房間。」

睡覺。她不得不承認這聽來不錯。

他扶她步上階梯，進入孩子們隔壁的房間。一進房，他直接就帶她到浴室，然後打開蓮蓬頭的水，不耐地等著水變熱。水熱了之後，他一把拉開簾子。愛瑟忍不住嘆了一口氣。溫熱的水。她於是將日記丟到馬桶上方的架子。

她還沒清醒地意識到杰克在做什麼之前，他已經替她脫去膠鞋與厚重的帆布長外套，然後將衣著整齊的她推到水花底下。

愛瑟微仰起頭，讓熱水順著頭髮流下。

杰克拉起浴簾便徑自離去。

水流到愛瑟腳邊時已隨著泥巴變黑。她脫掉杰克的衣服（如今恐怕是不能穿了），拿起碟裡的肥皂放在手裡搓揉。**薰衣草香**。

她洗頭髮搓身體，直搓到皮膚微微刺痛。當水開始轉涼，她才跨出淋浴間，擦乾身子用浴巾包起來。浴室裡仍有蒸氣繚繞。她在洗臉槽洗了杰克的衣服，然後將襯衫長褲和她的襯衣襪子披晾在浴巾架上，才回到臥室裡。

乾淨的床單。

多享受啊。

也許杰克說得對，小睡一下會有幫助。

愛瑟想到自己這輩子洗了多少衣服，想到自己在晾床單時總是滿心喜悅，但直到此刻她才徹底地、深深地體會到裸露的肌膚接觸到乾淨床單，是肉體上何等的享受。還有她髮絲間薰衣草皂的清新香味。

她翻身側躺，閉上眼睛。少頃，便睡著了。

27

蘿芮姐一覺醒來，一時不知自己身在何處。

她慢慢坐起來，感覺到身子底下的床墊鬆軟如雲。頭髮亂糟糟地掉落在臉上，有薰衣草的味道。**媽媽的肥皂**。但香氣不太一樣，何況他們已經好多年沒洗薰衣草皂了。

記憶如電光石火閃現：泥水從旁邊洶湧而過，帳棚倒塌，人們尖叫驚呼。淹水。渠畔營地。

蘿芮姐慢慢地從被褥裡移出來，發現小安縮成一團睡在旁邊，身上只穿著他鬆垮的內褲和一件汗衫背心。

他們微溼的衣服用衣架掛在一個木頭斗櫃上。蘿芮姐下床後，拿了自己的衣服進浴室。上完廁所，她實在忍不住，便又沖了一次澡，但沒洗頭髮。然後才穿上連身裙與毛衣。她的外套不見了，他們所有的錢和食物也都不見了。

「不行，妳不可以。」她赤腳走回房間時，小安猛地掀開被子說。

「你在說什麼？」

「妳別想把我一個人丟在這裡。我已經不是小寶寶。我開始會想一些我本來都不懂的事情了。」

蘿芮姐不禁莞爾。「把衣服穿上吧，小安安。」

他穿上昨晚那身還溼溼的衣服——他們如今僅剩的——兩人便一塊兒離開房間，赤腳走下狹窄的樓梯來到樓下門廳。走到一半就聽到說話聲。

小小門廳裡擠滿了人，空氣裡有汗水、溼衣與泥巴漸乾的味道。蘿芮姐和小安擠過人群。到了外頭，燦爛陽光照耀著潮溼街道。這條街已經圍起來禁止車輛進入，有幾個組織在街上搭了帳棚：紅十字、救世軍，和一些州政府的救濟組織。有兩個教會團體。每個組織都擺了一張桌子和幾張椅子，桌上有甜甜圈、三明治和熱咖啡，還有一箱箱準備送人的糧食與衣物。

「好像遊藝會喔。」小安說，穿著溼衣的身體不住打顫。「可是沒看到什麼遊樂設施。」

「一個都沒有。」蘿芮姐抱起手來取暖。

流離失所的移民家庭一目了然；他們三五成群，渾身又溼又髒，穿披著毛毯，神情恍惚地啜著熱咖啡。

蘿芮姐看見有座帳棚與其他帳棚隔開些許距離，兩根營柱之間掛著一塊條幅，寫著「**勞工聯盟：羅斯福的新政應該為你們服務**」。

共產黨。

「跟我來。」蘿芮姐拉著小安到那個帳棚去，只見一名穿著黑外套的女子獨自站在那兒抽菸。她穿著黑色羊毛長褲和乳白色毛衣，戴著一頂貝雷帽，鮮紅色的口紅襯托得她的膚色更顯蒼白。

蘿芮姐走上前去。「妳好。」

女子從紅豔的雙唇抽出香菸，轉過身來。她瞇起深色眼眸將蘿芮姐從頭到腳仔細打量了一番。「妳要喝點咖啡嗎？」

蘿芮妲從未見過這樣的女人。那麼地……優雅，又或者只是大膽。她很可能和媽媽的年紀相當，但她的風格與美貌有點讓人看不出年齡。「我叫蘿芮妲。」

女子伸出一隻手來。短短的指甲上塗著大紅指甲油，熠熠生輝。「我叫娜妲莉，妳該凍壞了。」

「是溼……溼衣服的關係。但不要緊。我想加入你們。」

女人抽了長長一口菸，慢慢吐出。「真的嗎？」

「我認識瓦倫先生。我……參加過一次穀倉的集會。」

「真的？」

「我想加入抗爭的行列。」

娜妲莉頓了一頓。「的確，我想妳比大多數人都更有理由參加。不過，今天我們不抗爭，今天我們要幫助人。」

「幫助人好吸引他們的注意。」

「聰明的女孩。」

「我想要成為……」她壓低聲音。「妳知道的。挺身而出。站起來。」

娜妲莉點點頭。「好樣的。一個懂得為自己著想的女孩。妳可以先去給妳和弟弟找些乾爽的衣服和鞋子穿上，別再發抖。然後妳可以來幫我倒咖啡。」

志願者源源不絕地到達。中午時分，谷地裡已有數百人在分發熱咖啡、保暖衣物與三明治。紅十字會在一間廢棄的車行設立了臨時庇護所，讓人們有地方過夜。救世軍則接手了當地的鎮民會堂。據杰克說，好萊塢有半數共產黨員與社會主義份子，都前來幫忙或是送來捐贈物資。甚至聽說有幾個電影明星也來了，只不過蘿芮妲一個也沒見著。又或者娜妲莉就是演員，她確實有那種魅力。

過去幾個小時，蘿芮妲與小安都盡自己的能力幫助水災難民。蘿芮妲替他們家三人找到了乾爽保暖的衣服和鞋子，這些衣物——他們如今僅有的真正家當——放在共產黨帳棚的一只箱子裡。她給媽媽找到一件連身裙搭毛衣，並拿到樓上她的房裡。見媽媽還在睡，蘿芮妲便將衣服留下。此時，蘿芮妲在共產黨帳棚裡與娜妲莉並肩而坐，面前的桌上放著一個大大的金屬咖啡壺和一盤幾乎已經清空的三明治，還有一疊宣傳單，就算真有人拿，也是少之又少。

娜妲莉點了根菸，又遞了一根給蘿芮妲。

「不用，謝謝。比起抽菸我寧可吃東西。」

娜妲莉身子往前傾，拿起最後一份波隆那三明治遞給蘿芮妲。

蘿芮妲咬了一口，目光望向逐漸減少的人群。現在外面沒那麼多人了，大多數人若非被安置到其他地方，就是獲得某種幫助。

在圍起的街道上，杰克正在和小安投接壘球。小安竟為了這麼一點小事歡天喜地，蘿芮妲不由感到驚詫。她也因此想起爹地，以及他離開前他們一家人的模樣。他的離開依然是他們家人至今最不堪的遭遇。旱災與大蕭條會結束，爹地在這期間拋棄他們的痛卻永遠都在。

她看著杰克。儘管經歷了那麼多，度過漫長又可怕的一夜，他仍然展現出一種力量讓她覺得安心。這種男人可以依靠，她暗想。這種男人不會光說得天花亂墜，而是會為了理想奮鬥、挨打，堅定不移。要是父親更像杰克就好了。

當個叛逆份子而不是作夢的人。爹地給蘿芮姐的是空口白話，真正重要的卻是行動。如今她想通了。離開。留下。奮鬥。或是走開。

蘿芮姐想效法杰克，而不是她那個言而無信的父親。她想要作出一點主張，想告訴世人說她的能耐不只如此，說美國不應該只能讓她過這種生活。

但瞧瞧留在桌上的那一疊傳單，幾乎沒有人拿。大家拿了咖啡和三明治，卻似乎不想聽話語，特別是煽動性的話語。至於勞工聯盟的報名單上也只有蘿芮姐的簽名。

「妳是怎麼認識杰克的？」蘿芮姐看著她問道。

「我是很多年前在約翰．里德俱樂部遇見他的，當時我們倆都很年輕，很自以為是。」娜妲莉丟掉香菸，用她時髦的鞋子踩熄。「他是我所認識第一個開始在田裡宣揚勞工權利的人。幾年前，他帶領我們出面抗議墨西哥人被驅逐出境。那是個慘澹的時期，不過……」她聳聳肩。「民眾失業會害怕，而且往往會怪罪外來的人。第一步就是喊他們罪犯，接下來就簡單了。這妳是知道的。」她盯著蘿芮姐說。

「我知道。」

「幾年前，墨西哥人組織起來加入工會，發起罷工要求提高薪資，但後來爆發衝突。有人死了。杰克在聖昆丁坐了一年牢，出獄以後，他的決心更加堅定了。」

蘿芮姐沒有想到**監獄**。「要求較高的薪資怎麼會犯罪？」

娜妲莉又點了根菸。「嚴格說起來，沒有。但我們是資本主義國家，一切以高獲利為考量。州政府大力宣傳反移民政策，還把所有非法移民都抓起來遣送回墨西哥，這麼一來，地主本來會遇上大麻煩，但接著……」

「我們就開始來了。」

娜妲莉點點頭。「他們在全國各地廣發傳單，叫勞工們來。他們果然來了，而且來得太多，現在每份工作有十個人在搶。我們想將你們這些人組織起來，卻很困難。他們……」

「很獨立。」

「我是想說頑固。」

「也是啦，不過我們當中有很多農民，有時候就得頑固點才能活命。」

「妳頑固嗎？」

「嗯，」蘿芮妲緩緩地說：「應該是吧。不過最重要的是，我很氣憤。」

●

愛瑟在玻璃窗透進來的陽光中醒來，讓她想念起孤樹鎮的農舍。晚一點她要把這個寫進日記，寫寫關於看見陽光射穿乾淨的玻璃，金黃、純粹得有如天主的凝視，這種單純的喜悅，以及它如何讓人精神為之一振。

這要比去寫新的、駭人的生活真相來得好：他們的錢全沒了。

他們的家當、帳棚、火爐、食物。沒了。

不過，有人在斗櫃上留了一件淺藍色連身裙和一件紅色毛衣。**小小的恩典**。

她動作緩慢地──昨晚過後身體到處都痛──套上新衣服與依然泥濘的膠鞋，到隔壁房間找孩子。敲門無人應，她便下樓去。

旅館門前的街道圍起來了，車輛無法進入。紅十字會搭了一個帳棚，還有救世軍和一個當地的長老教會也是。她看見小安和蘿芮妲用托盤在分發食物。他們自己已經失去一切卻還能幫助他人，此情此景讓她感到驕傲。他們受了這許多苦——生活的艱難、失去的一切、失望的心情——但瞧瞧他們，還能面帶微笑遞出食物。幫助人。這讓她對未來有了希望。

杰克站在附近的一座帳棚裡，在和一個戴著貝雷帽的女人說話。愛瑟朝他走去。

他對她微微一笑。「喝咖啡嗎？」

「來一點也好。」

他替她拉來一張椅子。她看見他身旁的桌上放著好幾疊傳單。**馬上加入工會吧！共產主義就是新的美國主義。**有些傳單寫的是西班牙文。有一張請人加入勞工聯盟的報名單，上面只有一個名字：蘿芮妲。

「除了咖啡，連帶提供一點激進的理念嗎？」她說著將報名表揉成一團。「我女兒不報名這個。」

他在她旁邊坐下，身子湊近。「蘿芮妲一直跟在我後面，就像隻聞到臭跡的捕鳥獵犬。」

「她才十三歲。」愛瑟瞄了一眼聚在街上的人。「她光是跟你說話就可能惹上麻煩，更別說是加入共產黨了。地主們不想要工會。」

「這是關於這個時代一個可悲的註解。這裡畢竟是美國啊。」

「不是我所認識的美國。」她轉而面向他。「為什麼是共產主義？」

「有何不可？我下過田，知道移民勞工有多辛苦。羅斯福在大地主的幫助下當選，他對他們有虧欠。妳有沒有想過，為什麼他的政策幾乎幫助了所有勞工，只有農場工人除外？我想讓情況好轉。」

他看著她。「我可以感覺到妳是掙扎奮鬥過的。也許妳可以告訴我，為什麼來到加州的人多半不想加入工會？」

「我們有我們的傲氣，」她說：「我們的信念是努力工作與平等的機會。不是我為人人、人人為我。」

「妳不覺得這個世界如果更『人人為我』一點的話，也許對你們會有幫助嗎？」

「我覺得你想做的事會惹麻煩。」愛瑟喝完咖啡，將空杯子交給他。他取過杯子時，她注意到他手腕上戴的破表，時間已經不準。這小小的發現令她十分驚訝。她認識的男人沒有一個不重視時間的。「很感謝你的幫忙，杰克。真的。你們是最先幫助我們的人，可是……」

「可是什麼？」

「我沒時間搞共產主義。我得替我們找個住的地方。」

「馬提奈尼太太，妳以為我不明白，但其實我明白。而且超乎妳的想像。」

他喊她姓氏的口吻多少讓她有些詫異，聽起來幾乎像外國人，略帶一種她認不得的口音。「請叫我愛瑟就好。」

「妳願意讓我為妳做一件事嗎？」

「什麼？」

「妳會信任我嗎？」

「為什麼？」

「信任沒有為什麼，只有會或不會。妳會信任我嗎？」

愛瑟注視著他，深深看進他的深色眼眸中。他透露出一種強烈情感令她感到不安，假如是在她經歷這一切人生遭遇之前，她也許會覺得他可怕。她記得那一天在城中廣場看見他在宣揚理念並遭到警察毆打的情景，也記得在警局外碰面時他臉上的瘀傷。他和他的理想伴隨著暴力，這一點毫無疑問。

但他救了她的孩子，還給他們一個安頓之處。而且說也奇怪，在他表面的暴烈底下，她感受到了痛苦。

倒不是孤單寂寞，而是一種她能體會的孤軍奮戰。

愛瑟起身。「好。」她說道，目光毫不閃爍。

他於是帶她到紅十字帳棚，蘿芮達和小安在發三明治的地方。

「媽咪！」小安一看見她就大喊。

愛瑟忍不住微笑。這世上還有什麼比孩子的愛更能令人恢復活力呢？

「媽咪，妳應該來看看我有多會發食物。」小安咧開嘴笑著說：「而且我沒有把甜甜圈全部吃光。」

愛瑟撥撥他乾淨的頭髮。「我真為你驕傲。好啦，瓦倫先生說要讓我們看個有趣的東西。探險者俱樂部出動？」

「耶！」

蘿芮妲說：「我去拿我們的新東西。」她跑回共產黨帳棚，抱回一個裝滿衣服和床單和食物的箱子。

杰克輕輕碰一下愛瑟的胳臂。當她抬起頭，竟在他眼中看到一種令人驚訝的共鳴，他彷彿知道失去一切，又或者只是再沒有什麼可以失去，是什麼感覺。

「跟著我，我開那輛貨車。」

愛瑟和孩子走向他們自己那輛沾滿泥巴的貨車，爬上車去。車斗上放著寥寥無幾的物品與家當，是他們始終沒有卸下來的，這些東西在他們這段殘破的人生中用不著。

他們尾隨杰克往北走的一路上，處處可見暴風雨摧殘過後的景象：樹木碎裂傾倒，街道上滿是大小石塊，崩塌的土石掩住了車道。街道旁有水形成溝壑、形成水窪、形成瀑布。

大批的人魚貫地走在大馬路旁，帶著所有剩下的東西。

他們經過另一個全毀的渠畔營地。汪洋一片的泥巴與家當，卻已經有人踩著艱難的步伐回到這片溼地，在泥巴與死水中搜尋他們的家當。

來到一塊寫著「威提農場」的牌子時，杰克將車駛到路旁停下。愛瑟也照做。他走到她的車門邊，她搖下車窗。

「這裡是威提的營區，他收容了一些採收工。我聽說昨天有一家人離開了。」

「為什麼會有家庭離開？」

「有人死了。」他說：「跟哨亭的人說是葛蘭特讓妳來的。」

「葛蘭特是誰？」

「一個工頭。他酒喝得太凶，不會記得誰報他的名號。」

「你會跟我們來嗎？」

「我在這一帶名聲不好。他們不喜歡我的想法。」他很快地笑了笑，便走回自己的車子。

愛瑟還來不及道謝他就離開了。她慢慢駛進威提的土地，發現地面被雨水泡得溼軟但並未淹水。營區位在兩塊棉花田之間，離馬路有一大段距離。營區入口有圍籬，還設了一座哨亭。

愛瑟來到哨亭後停車。

有個男人端著一把獵槍站在那裡。他瘦巴巴的，脖子細如鉛筆，下巴則尖得像肘尖。灰白的小平頭被帽子蓋住了。

「你好，先生。」她說。

男人跨到貨車旁，往車內查看。「家被水淹了？」

「是的，先生。」

「這裡只收家庭。」他說：「不收下等人，不收黑人，不收墨西哥人。」他打量完他們三人又說：「不收單身女人。」

「我丈夫明天就會回來。」愛瑟說：「他去採收豌豆。」她頓了一下。「是葛蘭特叫我們來的。」

「沒錯，他知道有一間小屋空出來了。」

「小屋。」蘿芮達喃喃說道。

「一個月電費四塊錢，兩張床墊，一張一塊錢。」

「六塊錢，」愛瑟說：「我能不能只要小屋，不要電或床墊？」

「不行，太太。不過威提這裡有活兒可幹，妳要是住我們的小屋，就會先有工作。大老爺有十三四萬畝的棉花田，棉花季之前，我們這裡的人大多都靠救濟過活。我們也有自己的學校。還有一間郵局。」

「學校？就在這地界上？」

「這樣對孩子比較好，不會被欺負得太厲害。妳要還是不要？」

「她當然要了。」小安說。

「要。」愛瑟說。

「十號小屋。錢我們直接從妳的工資裡扣。裡面有間商鋪，妳可以去買東西，需要的話甚至可以拿點現金。當然了，是要還的。進去吧。」

「你不用問我的名字嗎？」

「不必啦，去吧。」

愛瑟沿著泥濘道路駛向一群小屋與帳棚，設置得幾乎像個小鎮。她順著標誌來到十號小屋，把車停在屋旁。

小屋是水泥木造結構，大約三米寬、三米半長。屋牆最底下是一層水泥磚，再上來是用木頭支撐的金屬牆板。沒有窗戶，不過兩面較高的牆壁上有金屬氣窗，天氣熱的時候可以往上推開固定。

他們下車進屋。裡面陰陰暗暗，黑影籠罩。天花板垂下一條電線，掛著一顆裸露的燈泡。「電。」愛瑟不敢置信地說。

有個小電爐放在一個木架上，加上兩張放了床墊、金屬架已生鏽的床，便占去了小屋大半空間，不過還有地方放椅子，說不定還能擺張桌子。腳下是水泥地板。**地板**呢。

「萬歲。」小安說。

「這**太棒了**。」蘿芮達說。

有電。有床墊。腳下有地板。頭上有屋頂。

可是……六塊錢。她到底要怎麼付這筆錢？他們所有的錢都弄丟了。

「媽，妳還好嗎？」蘿芮妲問。

「我們可以去探險嗎？」小安問：「說不定有其他小孩。」

愛瑟心不在焉地點點頭，仍站著不動。「去吧，別去太久。」

愛瑟跟著他們走出小屋，放眼可見幾棟小屋和至少五十座帳棚散布在三十多畝地上。到處有人走動，或是在撿拾柴火，或是追著孩子跑。這與其說是渠畔營地，其實更像小鎮，還有牌子標示著廁所和洗衣房和學校的方向。

由於害怕失去，住進這裡的幸運感覺逐漸轉淡。她能靠借貸撐多久呢？

她回車上搬蘿芮妲從救世軍那兒搜集來的那箱物資。有衣服，有小孩的鞋子和外套，有床單，有一只煎鍋，還有一些食物——省著點的話能吃上兩天。

然後呢？

她把箱子搬進小屋，關上門。

「嘿。」杰克坐在一張床上招呼道。

愛瑟嚇一大跳，手裡的箱子差點掉了。

「對不起，」他說：「我不是故意嚇妳。我好像沒法丟下你們不管。」

「你不是不能在這裡嗎？」

「我就喜歡不守規矩。」

愛瑟將箱子放到地上，在他身旁坐下。「我不知道我要怎麼付這個錢。我很感激，真的，只不過……」

「妳負擔不起。」

「對。」說出來的感覺真好。「我們的一切都被大水沖走了。」

「真希望我有錢能給妳，可惜我這種工作薪水不多。」

「竟然還有薪水，我倒是想不到。」她看著他說：「你到底在做什麼？」

「我在替勞工聯盟工作。或是人民陣線。妳愛喊什麼都行。」

「共產黨。」

「對。全加州正式僱用的約莫有四十個人。現在在好萊塢的支持度很高，因為歐洲情勢的關係。我會替《工人日報》寫稿、招募新會員、帶領讀書會，還有籌畫罷工。基本上，我就是盡力幫助那些被資本體制占便宜的人，同時告訴大家我們能過得更好。」他迎上她的目光，報以他特有的堅定眼神。「妳怎麼會住進那個營地？還是一個女人家……」

她將一邊的頭髮塞到耳後。「相信我，我的經歷你已經聽說過了。我們因為年月不好離開德州，沒想到加州更糟。」

「妳丈夫呢？」

「走了。」

「看來他是個傻瓜。」

愛瑟微微一笑。她倒是從未這麼想過，但她喜歡這個說法。「以我的立場來說，是的。你呢？結婚了嗎？」

「沒有，沒結過婚。女人往往都很害怕我帶來的麻煩。共產黨大壞蛋。」

「這年頭凡事都很讓人害怕。還能多出多少麻煩來？」

「我坐過牢。」他輕聲地說：「妳怕嗎？」

「本來應該會。以前。」愛瑟很不習慣他盯著她看的眼神。「你知道嗎，你再看我也不會變漂亮。」

「妳以為我看著妳的時候在想那個？」

「你為什麼要冒險？我是說，為了共產主義。你一定知道這在美國行不通。而且我看得出來你付出了很大代價。」

「為了我母親，」他說：「她十六歲來到這裡，因為餓肚子，還因為我的緣故和她家人斷絕了關係。我到現在仍然不知道我的父親是誰。她做牛做馬養活我們，能做什麼就做什麼，可是每天晚上睡覺前，她都會親親我跟我說晚安，還說我在美國有無限的可能。那是吸引她到這裡來的夢想，她傳給了我。但那是個謊言。總之，對我們這樣的人來說是謊言。來自不對的地方，擁有不對的膚色，說著不對的語言，或是向不對的神祈禱的我們。她死於一場工廠大火。所有的門都上了鎖，只為了不讓工人抽菸休息。這個國家把她榨得精光後棄之如敝屣，而她從頭到尾都只是想讓我得到機會，過上比她好的生活。」他靠向她。「妳明白的，我知道妳明白。你們全都餓著肚子，奄奄一息。成千上萬的人無家可歸。光靠採收賺不到足夠活命的錢。幫我說服他們吧，利用罷工爭取更好的工資。他們會聽妳的。」

愛瑟笑出聲來。「從來沒有人聽過我的。」

「他們會。我們正需要像妳這樣的人。」

愛瑟的笑容退去。他是認真的。「如果連工作都不保，罷工有什麼用？我可是有孩子要養。」

「蘿芮妲就像支火把，她會想要……」

「她得去上學。受教育才能讓她過更好的生活，不是加入共產黨。」愛瑟慢慢起身。「對不起，杰克。我不夠勇敢，沒法幫你。還有拜託你，拜託你了，讓你們的人離我女兒遠一點。」

杰克站起來。她看得出他眼中的失望。「我明白。」

「真的嗎？」

「當然。恐懼是精明的，除非……」他往門口走去，握住門把時停下腳步。

「除非什麼？」

他回頭看著她。「除非等妳發覺自己怕的不是該怕的東西。」

●

那天晚上，孩子入睡後，愛瑟從原先放在車上的箱子裡拿出日記。她一頁一頁翻著。孩子們說得對，書寫確實有幫助。一個個字句映入眼簾：**雨、包著薰衣草色毛毯的嬰兒、沒有工作、等候棉花、令人沮喪的雨**。今夜稍晚，她會寫下她時時刻刻的恐懼，寫下這份恐懼是如何隨時勒得她喘不過氣，她又是如何無時無刻不努力地克制，以免被孩子看穿。寫下這些會提醒她，他們活下來了。儘管水災嚴重，他們依然還在。

雖然這本日記是她的全部，卻也是他們手邊僅有的紙。她撕下一頁，寫了封信給東尼和蘿絲。

親愛的東尼、蘿絲：

我們有住址了！

我們——終於——離開了帳棚，搬進一個真的有牆壁，還有地板的家。孩子們可以註冊上學，學校離家門口就一步之遙。我們覺得好感恩。這是好消息。還有個不太好的消息是，我們的帳棚和大部分的家當都被大水沖走了。想想看，大水耶。我知道你們會很希望這些水能流一點到你們那邊去。

天哪，我好想家，有時候想到都快窒息了。

農場還好嗎？小鎮呢？你們倆呢？

希望早日收到你們的來信。

愛你們的愛瑟、蘿芮妲和小安上

28

昨晚，他們幾乎是飽餐了一頓，而且晚餐是在有四壁圍繞、頭上有屋瓦、腳下有地板的小屋裡，用電爐煮的。晚餐過後，他們爬上真正的床上真正的床墊，而不是席地而睡。蘿芮妲睡得很沉，弟弟就窩在她身畔，隔天醒來神清氣爽。

吃過早餐，他們各自穿上救世軍送的新衣和新鞋，來到外面一看，是個陽光燦爛的大晴天。

威提營區占地數十畝，就夾在兩片棉花田中間。雖然營區沒有淹水，下了太多雨的跡象仍處處可見。草被踩踏進泥巴裡，不過蘿芮姐看得出來，天氣較好的時候這裡應該是一片青綠草地。現在有許多樹的枝椏被暴風雨折斷，紛落四散在營區裡。在小屋群與最前面的帳棚之間，蘿芮姐看見一棟長形建築，裡面有洗衣房和四間廁所——兩間女用，兩間男用——每間前面都大排長龍。最重要的是，每個入口都有兩個水龍頭。乾淨的水。每次要用水時，再也不必到水渠汲水、燒沸、過濾了。

在營區商鋪，有更多人在排隊，多數是女人，抱著手站立，孩子跟在身旁。有一塊手畫的牌子指著學校的方向。

「要是我說我們明天再開始呢？」蘿芮姐悒悒地說。

「我會說妳只是在胡說八道。」媽媽說：「我要去洗衣服、買點吃的，你們要去上學。沒得討價還價。起步走吧。」

小安咯咯一笑。「媽媽贏了。」

媽媽帶路走向兩座帳棚，地點位在營區最盡頭的小樹林裡，那裡的樹都細細長長。她在較大的帳棚邊停下，帳前有一塊木牌寫著：**小小孩學堂**。

旁邊的帳棚寫著：**大小孩學堂**。

「我想我是大小孩。」小安說。

媽媽說：「我不這麼想。」隨即慢慢地將小安推向「小小孩」帳棚。

蘿芮姐動作很快。

她一點也不想讓媽媽陪她走進教室。她走到「大小孩」帳棚往內窺探。

裡面約有五張桌子，兩張空著。有個穿著土灰色棉布連身裙和橡膠靴的女人站在教室前方，一旁有個架子擺了一塊黑板，黑板上寫著：**美國歷史**。

蘿芮妲鑽了進去，坐到後面的空桌。

老師抬起頭來。「我是夏波老師，我們的新同學是誰呀？」

其他學生轉頭看著蘿芮妲。

「蘿芮妲．馬提奈尼。」

坐在旁邊的男生把桌子滑過來，一下子靠得太近使得桌沿相撞。她看得出來，他很高，瘦高型的，髒兮兮的帽子拉得很低，看不見他的眼睛。一頭金髮留得太長。他穿著丹寧布襯衫外加褪色的連身褲，有一邊的吊帶沒扣上，前片的一角翻落下來像狗耳朵似的。他還穿了一件冬季外套，不僅太大而且釦子多半都掉了。

他扯下帽子。「蘿——芮——妲，我從來沒聽過這個名字。很美耶。」

「嗨，」她說：「謝了。你是？」

「巴比．藍德。你們搬進十號小屋嗎？潘尼培克家在淹水以前剛離開。老爺爺死了。痢疾。」他微微一笑。「很高興來了一個跟我同年的人。沒有東西採的時候，我老爸就逼我上學。」

「是啊，我媽希望我上大學。」

他笑起來，讓人看見缺了一顆牙。「有意思。」

蘿芮妲怒瞪著他。「女孩也可以上大學的，我告訴你。」

「噢，我還以為妳在開玩笑。」

「我才沒有。你是從哪來的，石器時代嗎？」

「新墨西哥。我們本來有一間雜貨店，倒掉了。」

「同學們，」老師拿尺敲著架子頂端說道：「你們不是來這裡聊天的。現在打開你們的美國歷史課本到一百一十二頁。」

巴比翻開一本書。「我們可以一起看，雖然學不到什麼了不起的東西。」

蘿芮妲朝他傾靠過去，看著打開的書本。那個章節的標題是「開國元勳與第一屆大陸會議」。

蘿芮妲舉起手來。

「是……蘿芮塔，是嗎？」

蘿芮妲沒有糾正她的發音，夏波老師看起來不太像是會傾聽人說話的人。「老師，我對近代一點的歷史比較有興趣。像是加州這裡的農場工人，將墨西哥人驅逐出境的反移民政策，還有勞工的工會呢？我想了解……」

老師的尺狠狠往下一打，竟然斷了。「我們這裡不談工會主義。那不符合美國精神。我們有工作，能讓餐桌上有食物，是很幸運的。」

「但我們並不是真的有工作，不是嗎？我是說……」

「出去！馬上出去。等妳懂得感激以後再回來。而且別再多話，要有淑女該有的樣子。」

「這個州裡的人都怎麼了？」蘿芮妲說著忿忿地闔上課本，壓到巴比的手指。他吃痛哎喲了一聲。

「我們不需要知道一百多年前那些有錢的老男人做了什麼。現在的世界都要土崩瓦解了。」她說完大步走出帳棚。

再來怎麼辦？

蘿芮妲穿過泥濘草地走向……哪裡呢？

她要上哪去？若是回小屋，媽媽會叫她洗衣做活。

圖書館。這是她唯一想得到的地方。

她離開營區，轉上鋪設的道路走進城去。

威提鎮距離差不多一公里半，到了之後，她轉進大街，搭了遮陽棚的店鋪櫛比鱗次，昔日供應的商品顯然應有盡有，只要你有錢買。裁縫店、藥房、雜貨店、肉鋪、女裝店。但現在大多數店面都歇業了。有一間戲院矗立在鎮中心，看板燈箱沒有亮燈，窗子也封了木板。

她經過一間木板封釘的帽店，有個男人坐在門口台階上，一條腿往前伸，另一條腿屈起。他一隻胳臂擱在彎曲的膝蓋上，手往下垂，一根褐色的手捲菸鬆鬆地夾在指間。

他抬起眼，從那頂破舊樣的費多拉帽帽沿底下瞅著她。

兩人交換了一個心領神會的眼神。

蘿芮妲在圖書館外面駐足了片刻。自從剪髮那天之後，她就沒再來過。感覺已像是上輩子的事。今天的她顯得髒兮兮、蓬頭垢面、骨瘦如柴。至少身上穿著還算新的二手衣，但繫帶鞋和襪子上濺滿泥巴，任誰穿了都不好看。

蘿芮妲勉強自己去開門。進到裡面，她脫下泥濘的鞋子，留在門邊。

圖書館員對著蘿芮妲上下打量，從穿著髒襪子的腳一路看到她那件二手衣衣領的破舊蕾絲。

拜託妳，要記得我。別喊我奧克仔。

「馬提奈尼小姐，」她說道：「我就知道妳會回來。妳母親來領妳的圖書證的時候，多開心啊。」

「那是我的聖誕禮物。」

「很好的禮物。」

「我……因為淹水，我把『神探南茜』系列的書弄丟了。真的很對不起。」

奎斯朵夫太太對她幽幽一笑。「一點也不用擔心。看到妳安好無恙，我真是太高興了。妳希望我幫妳找什麼書呢？」

「我對……勞工權利有興趣。」

「啊，政治呀。」她走開來。「等我一下。」

蘿芮妲瞄了一眼攤開在旁邊桌上的報紙。有一份《洛杉磯先鋒快報》的標題寫著：「離加州遠一點：對流動部落的警告」。

沒什麼新鮮事。

「救濟移民導致州破產」。

蘿芮妲一頁翻過一頁，每篇報導都聲稱移民要求補助，使得州政府面臨破產。說他們是懶惰、不中用的罪犯，並報導說他們活得像狗，「因為他們什麼都不懂」。

她又聽到了腳步聲。奎斯朵夫太太來到她身旁，將一本很薄的書放到桌上的報紙旁邊。《震撼世界的十天》，約翰．里德著。

「約翰．里德。」蘿芮妲說。這名字她有點印象，卻想不起來在哪聽過。「謝謝妳。」

「不過，要提醒妳一下。」奎斯朵夫太太小聲地說：「言論和想法都可能是致命的。妳說話的內容還有說話的對象要謹慎，尤其是在這個城裡。」

●

營區的洗衣房位在一棟木造的長建築裡，有六個大金屬盆和三個用手轉動的絞衣機。還有——最大的奇蹟——只要轉動一個手把就有乾淨的水流出。住進營區的第一個早上，愛瑟洗了從救世軍那兒拿到的床單和他們水災時穿的衣服，然後全部放進絞衣桶，無須一件一件用手擰乾。都洗乾淨後，她將溼衣物帶回小屋，拉起一條線充當晾衣繩，把衣服全披掛上去。

接著她取出昨晚寫的信，拿到郵局去寄。光是這點——只須走個十五公尺就能寄信——便已經是令人難以置信的幸運。

接下來，買東西。就在這裡，在營區裡。多方便啊。

營區商鋪在一棟綠色雨淋板外牆的狹長建築裡，有尖尖的屋頂，白色前門兩旁各有一面細長窗。她得踩著泥巴過去——自從淹水與大雨過後，當然是到處泥濘——再爬上兩階泥巴痕跡斑斑的階梯。

愛瑟打開門時，頭上的鈴鐺叮噹響起，聽起來出奇地愉快。

她在店裡看見一排又一排的食物，一罐罐的豆子與青豆與番茄湯，一袋袋的米與麵粉與糖，還有煙燻肉、地方上做的乾酪、新鮮蔬菜、蛋、牛奶。

有一整面牆都是衣服。一匹匹的布料，從棉布到毛料一應俱全。也有一盒一盒的鈕釦、緞帶和縫線。各種大小尺寸的鞋子。膠鞋、雨衣和帽子。還有採棉花和馬鈴薯用的袋子、水壺和手套。

她發現，每樣東西都很貴。有一些（例如雞蛋）比城裡貴上一倍，掛在牆上那些採棉花用的布袋，甚至比愛瑟在城裡買的貴了兩倍。

她拿起一只空籃。

店內後側有一張長櫃檯，幾乎連接兩邊的牆壁，櫃檯後面站了一個男人，兩鬢留著狀似羊排的鬍子，眉毛濃密。他戴著深褐色帽子，穿著黑色毛衣和吊帶褲。「妳好啊，」他招呼道，一面將金邊眼鏡推高一些。

「妳想必就是十號小屋的新住戶吧。」

「是的，」愛瑟說：「其實是我和我的兩個孩子，還有我丈夫。」她沒忘記補上最後一句。

「歡迎。妳看起來是我們這個小社區不錯的新成員。」

「我們……家……被水淹了。」

「很多人都一樣。」

「錢也沒了，全都沒了。」

他點點頭。「的確，這也是，常聽到的遭遇。」

「我有孩子要養。」

「現在還得付房租。」

愛瑟硬吞下一口唾沫。「對，你們的價格……實在好貴……」

她身後再次響起鈴鐺聲。她轉身看見一個高壯的人走進來，紅光滿面、肉墩墩的臉咧嘴笑著。他兩隻拇指勾著褐色羊毛褲的吊帶，悠哉悠哉地往前走，邊走邊盯著兩旁的商品看。

「威提先生，」店裡的夥計說道：「您早啊。」

威提。店主人。

「等這該死的地面乾了以後會更好，哈洛。瞧瞧這誰啊？」他來到愛瑟身旁站住。這麼一靠近，她看出了他衣著的質地、外套的剪裁，這正是以前她父親工作時的穿著——男人會利用衣服的選擇來表達些什麼。

「愛瑟．馬提奈尼，」她說：「我們剛搬來。」

「可憐他們家全部家當都被水沖走了。」哈洛說。

「啊，」威提先生說：「那妳就來對地方了。多買點食物餵飽家人，想買什麼都行。等棉花季一到，妳就會大賺特賺了。妳有孩子嗎？」

「有兩個，老闆。」

「很好，很好。我們最喜歡童工了。」他用力地往櫃檯上一拍，把收銀機旁的糖果罐震得卡搭卡搭響。

「說真的，送她一些糖果給孩子吃吧。」

愛瑟向他道謝，但很確定他沒聽見，也或者沒在聽。他已經轉身走出店門。鈴鐺響起。

「好的，」哈洛打開一本本子。「十號小屋。我會記下妳這個月賒六塊錢，這是房租。那麼妳還需要些什麼？」

愛瑟眼巴巴地望著煙燻肉。

「需要什麼就拿吧。」哈洛以和善的口氣說。

愛瑟不能這麼做，否則她會把商品一掃而空，像賊一樣逃跑。她不能被賒賬的想法引誘，人生中沒有什麼是免費的，尤其是對移民而言。

話雖如此。

她在貨架間慢慢地走，暗自將每項價格一一往上加。她小心翼翼地將商品放進籃子裡，彷彿擔心一碰撞就會爆炸：幾罐濃縮乳、煙燻火腿、一袋馬鈴薯、一包麵粉、一袋米、兩罐醃牛肉片、少許的糖、一包豆子、咖啡、一點洗衣和洗手皂、牙膏和牙刷、一條毯子、兩個信封。

她提著籃子回到櫃檯，把商品一樣一樣拿出來。

她一邊拿，一邊覺得心裡充滿一種可怕的墜落感，彷彿即將大難臨頭。她從來沒有買過自己付不起的東西。沒錯，沃考特家在鎮上買東西會記帳，但那只是圖個方便，父親很快就會用銀行的存款把帳付清。想到沒有存款可提卻要賒帳，愛瑟覺得像在乞討。

「十一塊兩角。」哈洛說著在本子裡的十號小屋項下寫上總金額。

照這個速度，從現在到四月二十六日，也就是（但願）州政府的救濟金能提供些許幫助的日子，愛瑟將會債台高築。

「其實啊，」她輕輕地說：「我只需要一罐醃牛肉片。」

●

小屋裡沒有架子，因此愛瑟將食物小心地放進他們唯一一只箱子裡，推到床底下。她留了兩罐濃縮乳、一磅咖啡和一塊肥皂，重新放入商鋪的袋子，帶著離開小屋。

她坐上貨車往南開，經過了威提鎮，來到渠畔營地，把車停在路邊。田地裡一大片的死水與泥巴，殘破廢棄物到處散布。物品、樹枝、鐵皮四散漂流。由於無處可去，民眾又開始回到這塊土地上紮營。

愛瑟看見杜伊家的農用大貨車就在右手邊進去一點，半埋在泥中，四周圍著一群人。

她拎著雜貨穿過田地，每踩一步靴子便深深陷入鬆軟的泥巴，死水偶爾會輕舐過她的腳踝。

傑布父子正忙著在搶撈回來的合板上釘釘子，兩個小女兒坐在貨車後面，玩著衣服滿是泥巴、已不成樣的玩偶娃娃。一張破椅斜靠在塞滿泥巴的爐子邊，那只爐子是他們大老遠從阿拉巴馬拖來的，以為能安置在房子裡。

他們就住在貨車上，一家六口。

愛瑟看見傑布，揮了揮手。他露出羞愧的表情。「阿琴在渠邊。」

愛瑟的喉嚨收束得太緊說不出話，便只點點頭，將帶來的東西放到破椅上。她未發一語，便小心地穿過到處是破銅爛鐵又泥濘的田地走向水渠。

阿琴在渠畔，試著用桶子打水。愛瑟悄悄來到她身後，為了自己能脫離這個地方感到內疚，也為了自己萬分慶幸的心態感到羞愧。「阿琴。」她喊了一聲。

阿琴轉過身。在她露出微笑那一剎那，愛瑟看到了好友深沉的絕望。「愛瑟，」阿琴說：「妳看到了吧，這裡少了妳都變成什麼鬼樣子了。」

愛瑟沒有心情開玩笑。「娜汀呢？蜜琪呢？」

「娜汀他們又上路了，就用走的。淹大水以後就沒看到蜜琪了。」

阿琴慢慢站起來，將裝滿髒水的桶子放到身邊。

愛瑟謹慎地上前，擔心自己可能會哭。這時她終於了解祖父說「**必要時就假裝勇敢**」是什麼意思了。現在她正是這麼做，儘管淚水扎刺著眼睛，依然擠出笑容。「我好不想妳待在這裡。」

「我也是。」阿琴用一條髒手帕摀著嘴咳嗽。「不過傑布打算在貨車後面搭造個什麼東西，說不定還能有個遮蓋起來的門廊，很快就會好些了。地會乾的。」她微微一笑。「也許妳可以回來喝個茶。」

「茶？我想我們應該開始喝琴酒了。」

「但妳會來吧？」

愛瑟瞥見阿琴的恐懼，與她自己的一樣。「當然。妳要是需要我，也得讓我知道。隨時都行。無論白天或晚上。我們住在威提地主營區的十號小屋。就在這條路上過去一點。我……給妳帶吃的來了。」**不夠多**。

「愛瑟啊……我該怎麼謝妳才好？」

「妳不必謝我，妳知道的。」

阿琴提起水桶，她二人一同走回已故障的貨車。接下來幾個月，杜伊家該怎麼到處去採收作物？愛瑟不知道怎麼能把他們留在這裡，但她什麼也做不了。她知道有人情況更糟，連車子都沒得住。

「會變好的。」阿琴說。

「當然會。」

她們互看一眼，對於這個共同的謊言心照不宣。

「我們要喝琴酒，跳查爾斯頓舞，像那些上流社會的女孩。」阿琴說：「我一直都想學跳舞。我跟妳說過嗎？在蒙哥馬利，年紀還小的時候，我求我媽讓我去學，可是還是笨手笨腳。妳真該瞧瞧我在婚禮上的樣子。我和傑布跳舞真是慘不忍睹。」

愛瑟微笑道：「不會比我跟拉菲更糟。阿琴，總有一天我們可以教彼此跳舞，很快的。妳和我，和著音樂，不去在乎有誰在看或是他們怎麼想。」她說完緊緊抱住阿琴，實在放不開手。

「走吧，」阿琴說：「我們在這裡沒事。」

她很快地點了個頭，向其他家人揮揮手之後，便穿過軟爛的田地往回走。她看見了自己家的火爐，側翻半埋在泥巴裡，煙囪不見了。她每呼吸一口氣都幾乎就要哭出來，每憋住一次就是一次的勝利。她發現有只桶子從泥地裡突出來，便拾了起來繼續走。後來又發現一只咖啡杯，她也拾起來。

到了威提鎮，她走到加油站，用加油機旁的水龍頭清洗桶子，並將泥濘的靴子放到水下面沖洗，然後再穿上。這段時間裡她不停想著她的友人，在這寒冬裡住在貨車上，被那一大片泥水包圍。

「愛瑟？」

她關上龍頭轉身。

只見杰克站在那裡，手拿著一大疊紙。無疑是宣傳單，要鼓動人民為自己遭受的對待，憤怒地起身反抗。

她不該走向他，尤其在這光天化日下，但卻情不自禁，她覺得既脆弱又孤單。好孤單。

「妳沒事吧？」他迎上前來問道，兩人已接近超過一半距離。

「我去了……渠畔營地。阿琴……和孩子們……住在……」說到這兒，她聲音分岔了。

杰克張開手臂，她投入了他的懷抱。他將她貼身抱著，一語不發，由著她哭。儘管如此，他的臂膀安慰了她，他的襯衫吸乾了她的淚。

過了大半晌，她終於拉開身子看著他。他於是放手，伸出拇指擦去她臉上的淚水。

「那不是人過的生活。」她清清喉嚨說。兩人之間的親密時刻已消失，方才讓他抱著自己，她覺得很尷尬。他一定覺得她缺乏關懷又可悲。

「對，那不是。我開車送妳回家好嗎？」

「回德州？」

「妳想回那兒去？」

「杰克，我怎麼想一點也不重要，就算是對我來說也一樣。」她擦乾眼淚，對於自己顯露的軟弱感到難為情。

「妳要知道，這不是軟弱。妳可以對事情有深刻的感覺，有想望，有需求。」

心思被他看穿，讓愛瑟十分震驚。「我得走了，」她說：「孩子們就快放學了。」

「再見，愛瑟。」

她沒想到他說這句話時，看起來竟那麼傷心。也或許是對她失望。八成是這樣。「再見，杰克。」她說完便走開來，留下他站在原地。不知怎地，她就是知道他在注視著她的背影，但她沒有回頭。

●

三月底，地面乾了，渠畔營地再次住滿人的時候，蘿芮妲滿十四歲，馬提奈尼家也已負債累累。愛瑟不斷地在心裡默默打著算盤。到目前為止，她和蘿芮妲得採將近一千四百公斤棉花，才剛好能還清債務。但她還有房租要繳，有食物要買。當冬天來臨，這個極端的惡性循環又會重新展開。他們無法超越，無力擺脫。

然而，孩子去上課時，她還是每天出門找工作。運氣好的日子，可以幫人除草、洗衣或打掃家裡，賺個四十分錢。她和孩子們每星期都會去救世軍商店挑揀別人捐贈的衣服。

時序一入四月，她天天倒數著正式成為州民、有資格領救濟金的日子。她想都沒想過要拒絕政府的補貼。

到了指定那一天，她起了個大早，用麵粉和水給孩子們做薄煎餅，再把營區商鋪裡賣的一公升裝蘋果汁加水稀釋後，各給他們倒半杯。

兩個孩子帶著惺忪睡眼更衣穿鞋，接著一前一後離開小屋前往廁所，那裡應該已經大排長龍。

等他們回來，愛瑟給他們一人兩塊煎餅，還加了一滴珍貴的果醬。他們倆並坐在床上。

「妳得吃點東西，媽。」蘿芮妲說。

愛瑟盯著這個十四歲的女兒看了一會兒，雖然覺得安慰卻也傷心欲絕——皮包骨的臉蛋、高聳的顴骨；一件格子棉布連身裙鬆垮垮地掛在她的一身瘦骨上；兩邊的鎖骨從沒有一點肉的皮膚底下高高凸起。

她本該是去跳方塊舞、邂逅初戀的年紀才對……

「媽？」蘿芮妲叫喚道。

「噢，對不起。」

「妳頭暈嗎？」

「沒有，完全沒有，只是在想事情。」

小安笑著說：「那沒用的，老媽。妳應該知道。」

小安站起來。這個剛剛滿九歲的男孩全身皮包骨，一個個突出的關節，四肢細瘦卻連著太大的手肘和膝蓋和腳丫子。過去這幾個月他交到了朋友，又開始有了小男生的樣子；他不肯剪頭髮、討厭各種遊戲，還喊她老媽。

「猜猜今天是什麼日子。」愛瑟說。

「什麼？」蘿芮妲也懶得抬眼，直接就問。

「我們可以拿到州政府的救濟了。」愛瑟說：「是真真實實的現錢。我可以開始還債了。」

「說得好聽。」蘿芮妲說著，將她的空盤丟進那桶肥皂水中。

「我們是一年前跟州政府登記的，」愛瑟說：「現在可以以州民的身分得到補助了。」

蘿芮妲看著她說：「他們會想辦法拿回去的。」

「別這樣嘛，陽光小姐。」愛瑟邊說邊將外套遞給小安。

愛瑟自己倒是省了外套，只穿上膠鞋，披了塊毯子在肩上。

他們走進了熱鬧忙碌的營區。如今霜凍的威脅過去了，男人們都在田裡忙活。拖拉機不停地運作，為土壤作準備、翻土、播種。

他們三人都駐足傾聽著拖拉機的引擎聲。空氣中懸著剛剛翻鬆的土壤的氣味。

「這讓我想到爺爺。」蘿芮妲說。

「是啊。」愛瑟心中驀地湧上一股鄉愁。

他們繼續走，三人並排，直到來到上課的帳棚。

「回頭見，老媽。救濟金的事祝妳好運。」小安說完隨即跑開。

蘿芮妲也鑽進自己的帳棚。

愛瑟佇立了片刻，聽著孩子們說說笑笑、老師叫他們回座的聲音。倘若閉上眼睛——她也確實閉了一會兒——她可以想像出一個截然不同的世界。

她終於轉身走開。帳棚與小屋間的路徑已被千百個足印踏出深深的轍跡。到了廁所前，她排入隊伍等候。

這個時間來不用等太久，上個廁所不到二十分鐘。她原想沖個澡，但因為只有兩個淋浴間，一等總要個把小時。

她回到自家小屋，洗了早餐的碗盤後，收進撿拾回來充當碗櫥的蘋果箱內。淹大水後的這幾個月來，他們變得很善於撿破爛了。

她整理好床鋪，穿上外套便出門去。

進城後，州立救濟所前蜿蜒著一長排面帶憂色的男女，多數人都低頭看著自己交握的雙手。他們，大部分人，要不是中西部人就是德州人或南方人，全都很硬氣，不習慣接受施捨。

愛瑟排進隊伍末端。後面很快地加入更多人排隊，似乎是來自四面八方。

「妳還好嗎，太太？」

她略略抖擻起精神，勉強一笑。「大概是忘了吃東西吧。我沒事，謝謝。」

排在她前面的年輕人骨瘦如柴，身上那件吊帶褲想必是比現在胖二十五公斤的時候買的。他的鬍子需要刮一刮了，不過眼神倒是和善。「我們大家都忘了。」他微微一笑說道：「我從星期四起就沒吃過東西。今天星期幾？」

「星期一。」

他聳聳肩。「有孩子嘛，妳知道的。」

「我知道。」

「妳領過救濟金了嗎？」

她搖頭。「我到今天才符合資格。」

「符合資格？」

「你得在州裡住滿一年才能領救濟。」

「一年？到時可能都死了。」他嘆了口氣步出隊伍走開。

「等一下！」愛瑟喊道：「你現在得去登記！」

年輕人沒有回頭，愛瑟也不能離開隊伍去追他，一旦重排就要耗掉幾個鐘頭。

最後終於輪到她。她低頭看著坐在辦公桌後面、一臉容光煥發的年輕女子，在她面前擺著一部手提打字機，旁邊有一個長長的卡片盒。「姓名？」

「愛瑟．馬提奈尼。我有兩個孩子，安塞尼和蘿芮妲。我是去年今天登記的。」

女子翻找著紅色卡片，從中抽出一張。「找到了，地址呢？」

「威提地主營區。」

女子將卡片放進打字機，補上這項資料。「好的，馬提奈尼太太，全家三個人，每個月可以領到十三塊半。」她從打字機抽出卡片。

「謝謝妳。」愛瑟將鈔票盡可能捲成小小一捲，握在手中。

離開州救濟所時，她留意到街道另一頭的聯邦救濟所鬧鬨烘烘的。有一群人在大嚷大叫。

愛瑟來到人群外圍站到一個男人身旁。「發生了什麼事？」

「聯邦政府停發救濟，再也沒有物資了。」

群眾間有人咆哮道：「不能這樣！」

忽然一顆石頭朝救濟所窗戶飛去，打破了玻璃。憤怒的民眾一擁而上，大聲叫囂。

不消幾分鐘便聽見警笛聲，一輛警車閃著燈，駛了過來。兩名穿制服的警察拿著警棍跳下車。「誰想因為遊蕩罪去坐牢？」

其中一個警察抓住一個衣著破爛的男人，把他往警車拖去，然後推上車。「還有人想坐牢的嗎？」

愛瑟轉頭對旁邊的男人說：「他們怎麼能突然就中斷物資救濟？他們就不在乎我們嗎？」

男人用不敢置信的表情瞅她一眼。「妳在說笑嗎？」

●

離開救濟所後，愛瑟徒步走到薩特路的渠畔營地。

水災過後這數月間，已經有更多人搬到這片土地上。老住戶若是找得到空地，就在地勢較高的地方搭帳棚、停車或建棚屋，新來的則安頓在水渠附近。地面上四處點綴著春草，還有一些舊家當從這裡那裡的土中探出頭來，或是煙囪的一角，或是一本書，又或是一盞損壞的手提燈。有價值的東西多半要不是已經被挖走，就是埋得太深沒被發現。

她來到杜伊家的貨車前。他們利用撿來的木頭和瀝青油紙和鐵皮破片，圍著貨車蓋了一間棚屋。

她看見阿琴坐在貨車前擋泥板旁的椅子上，梅莉和露西盤腿坐在她身邊的草地，拿著樹枝在戳地。

「愛瑟！」阿琴作勢就要起身。

「別起來。」愛瑟看出了友人是多麼蒼白、多麼憔悴。

愛瑟往阿琴身旁一只倒翻過來的桶子上坐下。

「我沒有咖啡可以請妳喝，」阿琴說：「我在喝熱水。」

「我也可以來一杯。」愛瑟說。

阿琴於是倒一杯滾水遞給愛瑟。

「聯邦政府終止救濟了。」愛瑟說：「民眾在城裡鬧起來了。」

阿琴咳了幾聲。「我聽說了。真不知道要怎麼撐到棉花季。」

「可以的。」愛瑟慢慢張開手，看著手中要養活家人直到下個月的十三塊半。她抽出兩張一元鈔票交給阿琴。

「我不能拿。」阿琴說：「拿錢不行。」

「當然可以。」她們倆都心知肚明，杜伊家從州政府那兒領到的二十七塊錢根本不夠餵飽六口人。而愛瑟可以在店裡賒帳買東西，杜伊家不行。

阿琴伸手去接鈔票，勉強想擠出笑容。「好吧，我存起來買我們的琴酒。」

「可不是。我們很快就能狂歡醉酒了，醉得跟不檢點的女孩一樣。」愛瑟想著不禁露出微笑。「我這輩子就只不檢點過一次，結果妳知道有什麼後果嗎？」

「什麼？」

「一個壞丈夫和一個美好的新家庭。所以說，我們就不檢點吧。」

「說定嘍？」

「那可不。那天很快就會到了，阿琴。」

愛瑟走回威提農場，進入營區商鋪。從救濟所回家的路上，她暗自盤算了一下。如果每個月用一半的救濟金還債，手頭會很緊，但他們會有機會。

進了店裡，她挑了一條麵包、一條波隆那香腸、一罐醃牛肉片、一些熱狗和一袋馬鈴薯。另外還拿了一罐花生醬、一塊肥皂、幾罐濃縮牛奶和少許豬油。最重要的是，她很想多買一盒蛋和一根好時巧克力棒，但人們就是這樣欠債欠到破產的。

她把物品放到櫃檯上。

哈洛一面算帳一面微笑著對她說：「領救濟的日子哦，馬提奈尼太太？從妳的笑容就看得出來。」

「的確是救了我們一把。」

收銀機夸啦啦響，接著叮的一聲。「總共兩塊三十九分錢。」

「真的好貴。」愛瑟說。

「是啊。」他對她投以同情的目光。

她從口袋拿出現金，數出該付的錢。

「噢，我們不收現金，太太。只能記帳。」

「可是我終於有錢啦，我還想順便付之前欠的錢。」

「不是這麼回事。只能記帳。我甚至可以給妳一點零用錢……也是記帳。還要算利息。可以買汽油等等的。」

「可是……那我要怎麼還債？」

「採收。」

這下真實的處境清楚了。愛瑟之前怎麼沒想到呢？威提當然希望她欠債，希望她大大揮霍救濟金，到了明年冬天又再次身無分文。他們當然會借你現金——八成還是高利貸——因為窮人會為了較少的錢工作，要求也較少。如今她能做的就是盡量用救濟金到城裡買東西，價格比較低，以便抵銷在營區商鋪不斷增加的債務，但這樣不會有什麼幫助。他們沒法一個月靠十三塊錢度日。她於是從籃子裡取出一罐醃牛肉片，放回櫃檯上。「這個我買不起。」

他重新計算她的賒帳金額，寫了下來。「抱歉，太太。」

「是嗎？那如果到北邊去採桃子呢？我猜我不在的這段時間，得預付房租吧。」

「噢，不是的，太太。妳得放棄小屋和保障給妳的採棉花活兒。」

「我們不能跟著作物遷移？」愛瑟站在那兒瞪著他看了半晌，不明白他怎麼受得了在這裡當幫凶。他們不能隨著作物遷徙並保留小屋，換句話說，他們必須待在這裡，沒有工作，等著採棉花，依靠救濟金和賒帳過活。「所以說，我們是奴隸。」

「是工人。要我說，還是幸運的工人。」

「是嗎？」

「妳看過住在渠畔那些人過的是什麼日子嗎？」

「是的，」愛瑟說：「我看過。」

她抓起裝了雜貨的紙袋，走出店鋪。

外頭，許多人走來走去：婦女在晾衣服，男人在撿拾木頭，幼童在找隨便什麼被丟棄的東西好當作玩具。有十來個穿著寬鬆連身裙的女人，駝著背站在兩間女廁前排隊。現在已經有三百多人住在這裡，水泥地那邊又搭了十五座新帳棚。

她看著那些女人，很仔細地看著。一身灰撲撲，肩膀無力地下垂，沒有整理的亂髮用頭巾包住，破爛的衣裙一補再補，襪子鬆脫，鞋子破了，身子單薄消瘦。

然而，她們仍邊排隊邊互相微笑、交談、斥罵亂跑的孩子，那些還不到上學年紀的孩子。愛瑟在那兒排隊也排得夠多次了，知道女人談的都是日常瑣事——聊閒話、聊孩子、聊身體。日子還是照常地過，即便世道再艱難。

29

五月時，晴陽晒乾了谷地，萬物生長欣欣向榮。到了六月，棉花開始開花，需要整枝了。威提所言不假，住在威提農場地主營區的人都先得到這些寶貴的工作，愛瑟總是在烈陽下連續工作好幾個小時。谷地裡大多數的渠畔居民，包括傑布父子在內，紛紛搭便車往北找工作。阿琴母女則和那輛半截入土的貨車留下來，他們也就剩這輛車了。

今天天快亮時，一輛大貨車駛進威提營區，軋軋地冒著煙。站著排隊的人幾乎等不及停車就爬了上去。男男女女進到車斗上，密密地擠成一團，帽子拉得低低的，手上戴著手套（他們不得不以天價在營區商鋪買的手套）。

蘿芮妲抬頭看著媽媽，只見她被壓擠在緊鄰著駕駛座背面的木板。今早貨車到達時，她就排在第二個。

「要盯著小安做功課。」媽媽說。

「我真的不能……」

「真的，蘿芮妲。妳可以等棉花熟了再去採，就這樣。現在先去上學，學點東西，以後別像我一樣。我才四十歲，卻常常覺得像一百歲。再說，妳也只剩一個星期的課而已。」

一個男人關上貨車後面的門。不一會兒，貨車軋軋上路，朝棉花田駛去。天還沒熱，但就快了。

蘿芮妲回到小屋，小小的室內已開始變得溫熱。雖然明知這是炎熱夏天的前兆，但經過整個寒冬，蘿芮妲還是很享受此時的暖意。她打開氣窗，走到電爐前著手準備她和小安的麥片早餐。

當陽光射入小屋，小安爬下床走到門邊。「我要去尿尿。」

十五分鐘後，他回來了，一面搔著胯下。「媽媽有工作嗎？」

「有。」

他們坐到桌旁的一只木箱上，桌子也是撿回來的。用餐完後，蘿芮妲陪著小安走到學校。「放學後我們小屋見。」她說：「別鬼混，今天是洗衣日。」

「會很熱。」小安扮了個鬼臉便進教室去。

蘿芮妲也往自己的教室走去。正要掀開門簾，便聽見夏波老師說：「今天，女同學要來學調化妝品，男同學要做一項科學研究。」

蘿芮妲呻吟了一聲。做化妝品。

「我們都知道要想找到男人，美貌有多重要。」夏波老師說。

「不要，」蘿芮妲大聲地說：「就是……不要。」

她堅決不肯做化妝品。上星期，女生花了幾個小時學習篩粉揉麵，男生卻能在用合板拼裝、手繪儀器的仿製飛機駕駛艙裡學「開飛機」。

她並不常逃課，因為她知道母親有多重視教育，但老實說，有時候蘿芮妲就是受不了。而且老天曉得，不管蘿芮姐怎麼做，夏波老師都不會給她好臉色。老師很不欣賞她上課時的提問。她躲進自家小屋，找到最近向圖書館借的書，便往營區外走。

來到大路上，她感覺到自己挺直了背脊，昂起了頭，就這樣擺動著臂膀走進城去。還有什麼比逃課去圖書館更好的事呢？這星期她讀了《共產黨宣言》，現在迫不及待想找一本同樣發人深省的書。奎斯朵夫太太曾經提到一個姓霍布斯的人的著作。

今天大街上很熱鬧，許多穿著套裝的男人和一襲春裝的女人朝戲院走去，看板上寫著：「鎮民集會」。

蘿芮姐進入圖書館後，直接走向借書櫃檯。

她將書交給奎斯朵夫太太。

「看完有什麼心得啊？」奎斯朵夫太太壓低聲音問道，雖然館內似乎並無其他人。多數時候圖書館都空無一人。

「這裡面寫的都是階級鬥爭，對不對？有史以來就是農奴對抗地主。馬克思和恩格斯說得沒錯。如果只有一個階級，每個人都為了所有人的利益工作，這樣的世界會比較好。那就不會有大地主賺走所有的錢，苦活卻全由我們這樣的人來做的事情了。當有錢的人更有錢的時候，我們卻在餓肚子。」

「各盡所能，各取所需。」奎斯朵夫太太點著頭說：「這是大致上的概念，至於行不行得通，誰說得準呢？」

「對了，戲院那邊是怎麼回事？我還以為它關了。」

奎斯朵夫太太回頭望出窗外。「鎮民集會。那是政治，我想應該可以這麼說。事情就發生在我們眼皮子底下。」

「他們會讓我進去嗎？」

「是對外開放的，不過……怎麼說呢……有時候從一個好的、安全的歷史角度研究政治會比較好。真實情況有可能很醜陋。」

「他們怎麼能阻止我參加？我現在是州民了。」

「是的，不過……總之，還是小心為上。」

「妳放一百個心好了，奎太太，我很小心的。」蘿芮妲說。

外頭，熱辣辣的六月豔陽照射下來。她走出小巷進入大街，途中經過一個施膳廚房，門前排著長長的人龍。

蘿芮妲混進衣冠楚楚的人群，進了戲院。戲院裡有個高起的舞臺，兩側垂下紅絲絨布幕。木雕裝飾被鍍金邊襯托得更為繁複細緻。短短幾分鐘，多數座位都坐了人。

蘿芮妲坐在一個靠走道的位子，旁邊坐了一個穿黑套裝戴帽子、抽著雪茄的男人。雪茄的菸味讓她覺得有些噁心。

這時有個男人上臺，走到講臺後面站定。

眾人隨之安靜下來。

「謝謝各位前來，大家都知道這次聚會的原因。一九三三年，聯邦緊急救濟署的成立是為了暫時幫助來到加州的人，卻沒想到移民會如此氾濫。而且誰知道他們當中會有那麼多道德意志薄弱的人？誰知道他們會想靠救濟度日？多虧了羅斯福總統對商業的支持，我們終止了聯邦的救濟，但州政府仍然撥錢給在這裡住滿一年的人。說實話，州政府真的無力支應。」

道德意志薄弱？

有個男人從群眾間站起來。「聽說他們不採收了。何必做呢？靠救濟金就能過上好日子啦，那是我付的稅金！」

「萬一採棉花的工人不夠怎麼辦？」

「還有，聯邦政府正在亞文替移民蓋的那勞什子帳棚營區怎麼辦？那會變成煽動份子的溫床。聽說好像還打算給他們什麼醫療保健的玩意兒。」

有個男人站起來。蘿芮妲認得他是威提先生。他喜歡在營區裡走動，趾高氣昂的，一副瞧不起手下工人的模樣。

「那些要命的救濟人員把奧克仔給寵壞了。」威提說：「要我說啊，採收季期間就應該停發所有的救濟。萬一他們急切地想組織工會怎麼辦？我們可承受不起罷工。」

講臺後面那人舉起雙手請眾人安靜。「這正是我們今天集會的目的。社區協力農業會與各位有同樣的擔憂。我們不會讓作物收成——或是各位的收益——受損的。政府知道農作對於經濟有多重要。同樣地，我們也知道管理營區的疾病傳染，好讓我們的孩子安全無虞有多重要。我們得成立一間移民學校，一間移民醫院，把他們隔離開來。」

「這星期，那些該死的共產黨煽動份子到我的農場來興風作浪。我們得趁工人還沒罷工之前加以阻止。」

這時有個男人大步走過通道，好像主人似的。他穿了一件滿是灰塵又過時的褐色西裝外套。蘿芮妲一看見他立刻坐直身子。

杰克。

「他們是**美國人**。」杰克說：「你們一點都不覺得羞恥嗎？棉花成熟以後，把他們累死你們也不在乎，可一採收完，你們就像丟垃圾一樣把他們給丟了。你們對那些為你們採收作物的人向來都是這樣。錢、錢、錢。你們只在乎錢。」

群眾開始爆發爭吵。許多男人站起來大聲吼叫，氣憤地揮拳。

「採半公斤棉花賺一分錢的男人沒法養家。你們心知肚明，而且害怕。你們是應該害怕。狗被踢久了，總有一天會咬人的。」杰克說。

忽然有兩名警察匆忙趕到。其中一個抓住杰克將他拉走。

蘿芮妲跑到外面，眼睛被陽光刺得眨了好一會兒。傳單或是黏在人行道上、道路邊緣，或是順著街道飄遠。**勞工團結爭取改變！**

杰克四肢張得開開的躺在地上，帽子掉落在他身旁。

「杰克！」蘿芮妲大喊一聲，跑到他身邊蹲下來。

「蘿芮妲。」他抓起帽子往頭上一壓，站了起來，看著她慢慢地露出笑容。「我培訓中的小共產黨同志，妳過得怎樣啊？」

他鬢邊的傷口在流著血，怎麼還笑得出來？

警笛聲嗚嗚大響。

「我們走，」杰克拉起她的手臂說：「我這星期坐牢坐得夠多了。」他收拾起宣傳單，拉著她過街進入一間餐車飯館。

蘿芮妲爬上他身邊的椅凳坐定後，拿了張紙巾替他擦拭鬢邊的血。

「我這樣看起來是不是很瀟灑不羈？」

「不好笑。」她說。

「對，不好笑。」

「那到底是怎麼回事？」

他點了一杯巧克力奶昔給蘿芮妲。

「棉花跌價了。這對產業不好，對勞工也不是好消息。地主們開始緊張起來。」

蘿芮妲稀哩呼嚕喝著甜而柔滑的奶昔，因為喝得太快頭都痛了。「所以他們才在那裡集會罵我們？」

「他們罵你們是因為不想把你們當成和他們一樣。他們擔心你們會組織工會，要求加錢。所謂的『流民封鎖』政策——就是關閉州界——已經結束，所以移民又湧進來了。」

「他們不想付給我們足夠生活的錢。」

「一點也沒錯。」

「那要怎樣才能讓他們付錢？」

「你們必須挺身爭取。」他頓了一下，看著她，盡可能顯得漫不經心地說：「對了，丫頭，妳媽媽還好嗎？」

●

在烈陽下辛苦勞動了十個小時後，愛瑟爬下了貨車，戴著手套的一隻手裡拿著工資條，金額雖然不多，但畢竟不無小補。居民拿工資單到營區商鋪轉存入帳戶時，會被收取一成的手續費，卻又不能到其他地方兌現；假如想要現金不想記帳，就得付利息。因此，實際上，儘管他們的工資已經夠少了，卻還要再減去一成。筋疲力倦、手與肩膀也痛得難過的她，走向店鋪進入店內。開門時的鈴鐺聲聽得教人惱火。在這個地方她唯一能想到的就是不斷增加的債務與一個令人難捱的事實：她沒有解決之道。

櫃檯站的是個新夥計，她不認識。

「十號小屋。」她說。

新夥計打開帳本，看著工資條，寫下她賺的金額。她轉身從旁邊的貨架上挑了兩罐濃縮乳。她實在很不想付這個價錢，但小安和蘿芮妲需要牛奶才能讓骨骼強壯。「這個也記到我的帳上。」她頭也不回地說。

她來到女廁前排隊。平時總會和身邊的女人攀談，但在棉花田裡待了十個小時之後，實在沒力氣了。

輪到她時，她進到又暗又臭的廁所裡使用馬桶。

出來以後用壓水泵浦洗了手，便回到自家小屋。有個工頭跟了她一段路之後，停下來聽著圍籬邊的兩個男人說話。最近這種事愈來愈常見，地主會派奸細來偷聽工人們不下田的時候都說些什麼。

來到小屋門前，她暫停了一下，振作起精神，勉強帶著微笑才開門。「哈囉，探險……」

她驀地打住。

只見杰克坐在愛瑟床上，身子往前彎，好像在跟小安說故事，小安則盤腿坐在他跟前的水泥地板上，一臉入迷的神情。

「老媽！」小安跳起來喊道：「杰克在跟我們說好萊塢。他遇到過一堆電影明星，對不對，杰克？」

愛瑟看見一旁的椅子上放了一疊傳單。**勞工團結爭取改變！**

杰克起身。「我今天在城裡遇到蘿芮妲。她請我來的。」

愛瑟看著蘿芮妲，虧她還知道要臉紅。「蘿芮妲進城了，在要上學的日子，這可奇了。而且她還邀請你——一個共產黨員——帶著你的傳單回我們家，她想的未免太周到了。」

「我逃課去了圖書館。」愛瑟將牛奶收起時，蘿芮妲說道：「媽，夏波老師要教班上的女生做化妝品。我是說……我們買不起書又餓著肚子，做眼線膏有什麼重要的？」

「蘿芮妲跟我說妳最近工作得很辛苦。」杰克走向她說道：「今天真的很熱。」

「現在也還很熱。而我很幸運能有工作。」她說。當他接近到能聽見耳語的距離，她小聲地說：「你的出現會害到我們。」

「我答應帶孩子們去探個險。」他也小聲地回答：「小安說你們有個探險者俱樂部。我能加入嗎？」

「拜託，媽。」孩子們異口同聲地說。

「他們想聽的話隨時都能聽到胡狼的叫聲。」愛瑟說。

「拜託啦。」

「好吧，好吧。但我們應該要先吃……」

「不用，」杰克說：「現在一切都交給我了。我們到大路上見，我車子停在那裡。最好別讓人看見你們跟我在一起。」

「我很確定最好是別**跟你**在一起。」愛瑟說。

蘿芮妲跳起身來送杰克出門，然後將門關上。她慢慢地轉過身，做了個鬼臉。「學校的事……」

老實說，愛瑟現在又熱又累，根本無心質問逃課的事。她去洗了把臉將臉擦乾，又梳了頭髮。「我們明天再談。」她叫小安轉過身去，然後脫下身上的工作服，換上從救世軍商店拿回來的漂亮的棉布連身裙。

他們離開小屋走到大路上，杰克停車的地方。

一路上她都擔心有人在監視，但並未看見有哪個工頭在附近鬼鬼祟祟。

他們擠上了杰克的老舊貨車，愛瑟將小安抱在腿上。

「出發！」杰克將車駛上道路時，小安高呼道。

不久，他們轉進那間廢棄旅館所在的道路。「在車上等著。」杰克停車後跳下車，進入一間小墨西哥餐館，裡面似乎坐滿了人，十分忙碌。少頃，他提著一只籃子出來，放到貨車後面。

出了城老遠後，他們轉上一條愛瑟從未去過的路，沿路曲曲折折、彎來拐去地爬升到山腳下。最後杰克終於將車停在一大片草地區的邊緣，那裡還停了其他十來輛車。民眾在新種不久的樹木間走動，小孩和寵物在草地上奔跑。愛瑟可以看到三個湖，其中一個湖裡到處有人在划船。靠近岸邊的水裡有人在笑鬧戲水。左手邊的小樹林裡，有支樂隊在演奏吉米．羅傑斯的歌曲。水岸邊搭了一整排的布棚，空氣中可以聞到紅糖與爆米花的香味。

霎時間彷彿回到過去。愛瑟想到先驅日，想到她和蘿絲是如何忙碌一整天準備餐點，想到東尼拉著他的小提琴，大家一塊兒跳舞。

「好像回家喔。」蘿芮妲在她身旁說。

愛瑟拉起女兒的手握了一會兒，然後鬆開。

兩個孩子隨即奔向湖水。

「好美。」愛瑟說。

杰克從貨車後面拿來籃子。「公共事業振興署用羅斯福的專款打造的，讓男人有工作做，工資還不低。今天是開幕日。」

「我還以為你們共產黨討厭美國的一切。」

「一點也不。」他鄭重地說：「我們贊同新政。我們相信每個人都應該獲得正義與合理的薪資與公平的機會，而不是只有富人。共產主義真的就是新的美國主義，第一個說這句話的好像是電影導演約翰．福特，在新的好萊塢反納粹聯盟早期的一場集會中說的。」

「你把它看得非常嚴肅。」她說。

「這是嚴肅的事，愛瑟。」他拉著她的手臂，開始慢慢走過公園。「但今天不談。」

愛瑟感覺到其他人在看著她，在打量她的破衣與裸露的腿與不合腳的鞋子。

有個穿著藍色縐紗連身裙的高大女人從旁經過，戴著手套的手很快地抓緊手提包，同時幾乎細不可察地吸了吸鼻子，隨即別開頭。

愛瑟感到羞愧，停下腳步。

「那個老太婆有什麼資格評斷妳。妳儘管盯著她看。」杰克說著又催她繼續走。她爺爺肯定就會說這種話。愛瑟忍不住微微一笑。

他們來到湖邊，在草地上坐下。小安和蘿芮姐在深及膝蓋的水裡潑水玩耍。愛瑟和杰克脫下鞋子，杰克將帽子放到一旁。

「妳讓我想到我母親。」他說。

「你母親？我變得那麼老嗎？」

「這是讚美，愛瑟。相信我。她是個強悍的女人。」

愛瑟微笑道：「我哪稱得上強悍，不過現在，只要是讚美我都接受。」

「我時常很好奇我母親是怎麼做到的，一個女人家，幾乎不會說英語，帶著一個孩子又沒有丈夫，竟能在這個國家活下來。看到其他女人是怎麼對她的，她老闆是怎麼對她的，我就好恨。真不知道怎麼會跟妳說這個。」

「你八成是覺得她很孤單，擔心你自己不夠好。相信我，我知道孤單是什麼滋味，而我敢說是你拯救了她讓她不孤單的。」

他沉默了好一會兒，端詳著她。「我已經很久沒談起她了。」

愛瑟等著他說下去。

「我還記得她的笑聲。多年來，我都想不明白她有什麼好笑的……現在，在這裡看到妳，和妳的孩子……看到妳愛他們的方式，我想我有點了解她了。」

愛瑟感覺到他的目光定定地落在她身上，搜尋著，彷彿想要洞悉她。

「跟我們一起下水吧，媽咪！」小安招手喚她過去。

愛瑟慶幸有他轉移注意力，立刻中斷與杰克的凝望，對孩子們揮手。「你們也知道我不會游泳。」

杰克站起來並拉著愛瑟起身，兩人靠得好近，她的嘴唇都可以感覺到他吐出的氣息。「不，是真的，」她說：「我不會游泳。」

「相信我。」他拉著她往水裡走去。她原本是會反抗的，但此時他們吸引的目光已經夠多了。到了岸邊，他一把將她抱起，進入水中。

涼涼的水拍打在愛瑟背上，接著冷不防地她便在水裡了，被他抱著，仰視著晴朗藍天。

我在漂浮。

她覺得完全失去了重量，陽光與水、冷與熱的完美結合，整個人穩穩地躺在他臂彎裡。在那美好的剎那，世界消失了，她身處於在此之前，或是在此之後許久的另一個地方，而且她不餓、不累、不害怕也不生氣，就單純地存在著。她闔上眼睛，感受到多年以來頭一回的平和。**安全**。

當她睜開雙眼，杰克正俯視著她。他彎下身子，近在咫尺，她以為他會吻她，不料他只小聲地說：「妳知道妳有多美嗎？」

這明顯是個笑話，她聽了想笑，卻發不出聲音，被他盯得出不了聲。過了一會兒，她的沉默讓當下變得尷尬，然而她還是不知道該說什麼。

他抱著她回到岸上的草地，將她放下後逕自離去，留下她心思紊亂渾身打顫，既因為他的話也因為她突然間對他產生的感覺。

他回來時拿了一件墨西哥披肩替她披上，接著打開餐籃，呼喚孩子，他們倆於是全身滴著水跑過來。小安來到愛瑟身邊一屁股坐了下來。她拉他過來，一起披上披肩。

杰克打開籃子，拿出幾罐可口可樂和包了豆子、起司和豬肉的墨西哥粽，和一種美味的醬料。

不管對他們哪個人而言，今天都是這許多年來，打從沙塵暴、旱災與大蕭條之前至今，最美好的一天。

「妳想到了，對不對？」大半晌過後，當公園裡的人散去，天色變暗，星星開始閃爍時，蘿芮妲這麼問道。

「想到什麼？」

「家。」蘿芮妲說：「我發誓我聽到了風車的聲音。」

但其實只是湖水規律的拍岸聲。

「我想家。」小安說。

「我敢說他們也想我們。」愛瑟說：「明天給他們寫封信，告訴他們今天這好棒的一天。」她看著杰克。

「謝謝你。」

「不客氣。」

這兩句對話感覺出奇地親密，也或許是因為他看著她的神情，又或許是他那神情給她的感覺。**你讓我害怕**，她想這麼說，但這太荒謬了，何況又有什麼要緊？也不過就這麼一天，放個假罷了。「現在……」

不等她說完，杰克已經起身，小安和蘿芮妲也是。他將兩個孩子安頓到貨車後面，然後替愛瑟打開駕駛座艙的門。

回營區。真實的生活。

回家的路漫長、孤單又彎曲。愛瑟在腦子裡展開與他的無數對話，總能找到點點滴滴的話題說，但實際上她只默默坐著，心神恍惚得不知說什麼好。今天讓她覺得……很特別，不過像這種事情她懂什麼？她不想去想像某種不存在的感情，以免自取其辱。

到了威提營區入口，杰克把車停到路邊。愛瑟目視著他穿過車頭燈的黃光，繞到另一邊替她開門。她下車後，他拉起她的手。

「我很快就要去薩利納斯，試著號召那邊的勞工加入工會。也許會到罐頭工廠去。我會離開一陣子，所以……」

「你為什麼跟我說這個？」

「我不希望妳以為我就這麼……跑了。我不會這麼對妳的。」

「對一個你幾乎不認識的女人說這種話很奇怪吧。」

「如果妳願意留意的話，我正在努力改變這一點，愛瑟。我想認識妳，只要妳肯給我機會。」

「你讓我害怕。」她說。

「我知道。」他依然握著她的手。「地主們害怕，鎮民生氣，州政府花錢如流水，人們陷入絕望。現在時局不穩定，遲早會有變化。上回爆發時，死了三個工會召集人。我不想讓妳身陷危險。」

有趣的是，愛瑟完全不是這個意思。她害怕的是身為男人的他，是他的眼神帶給她的感覺，她害怕的是自己被他喚醒的情感。

「你不就是工會召集人嗎？」她問道。

「我是。」

這是她第一次想到他在冒什麼樣的風險。「那麼不是只有我需要小心嘍，對不？」

30

一整個漫長炎熱的夏天裡，愛瑟和蘿芮妲都極盡最大的努力找工作。她們不敢離開地主營區上其他地方找，也不想把救濟金花在汽油上頭，因此便留在威提，能找到什麼活兒就做什麼。沒有工作的日子，愛瑟會把家事做完，然後陪蘿芮妲和小安走到圖書館，奎斯朵夫太太會提供書和種種計畫讓他們有得忙。愛瑟經常利用孩子們安全地待在圖書館時，前往渠畔營地，與阿琴坐在混濁的水邊或半埋在土裡的貨車旁聊天。

「他人呢？」阿琴問道，這天是八月底格外炙熱的一天，營地籠罩在這暑熱中臭氣沖天，但她們倆都不在意，只要能有一點時間相聚就很開心了。

「誰啊？」愛瑟啜著阿琴沖泡的溫茶反問道。

阿琴看了愛瑟一眼，正是她們彼此間已十分熟悉的那種眼神。「妳知道我在說誰。」

「杰克。」愛瑟說：「我盡量不去想他。」

「那妳得再加把勁，」阿琴說：「否則就大方承認妳心裡有他。」

「我和男人沒有好的歷史。」

「妳知道什麼叫歷史嗎，愛瑟？就是結束了，已經消逝不在了。」

「聽說不好好留意歷史的人，注定會重蹈覆轍。」

「誰說的？我可從來沒聽過。要我說呢，巴著過去不放的人會錯過未來的機會。」

愛瑟看著好友，說道：「拜託，阿琴。妳看看我。在我狀況最好的時候，就是當我年紀輕、吃得好、乾乾淨淨、穿著美麗衣裳的時候，我都已經不漂亮了，現在就……」

「愛瑟啊，妳看錯自己了。」

「就算真的是這樣，我又能怎麼辦？父母說的話和丈夫沒說出口的話，會變成一面鏡子不是嗎？妳看到的自己就是他們眼中的妳，不管妳走了多遠，都會隨身帶著那面鏡子。」

「把它打破。」阿琴說。

「怎麼打破？」

「用一塊天殺的石頭啊。」阿琴將身子湊近說：「愛瑟，我也是一面鏡子，妳要記住。」

●

棉花成熟了。

九月裡一個乾熱的日子，這消息傳遍了威提營區。一簇簇的輕盈白絮飄浮在作物上方，飛升到藍色晴空裡。每間小屋與帳棚都貼了公告，通知大夥兒清晨六點準備出發去採收。

愛瑟穿了長褲和長袖上衣，做好早餐後喚醒孩子。這時他們正坐在床沿，吃著又熱又甜的玉米糕，默默地咀嚼。

今天他們得跟著她下田，愛瑟感到傷心不已，尤其是對小安。不過他們並沒有為此開會討論，這一季沒有。去年是他們太天真，愛瑟以為能讓孩子去上學，光靠她就能賺錢讓他們有得吃、有得住、有得穿。如今她學乖了。來到加州這麼久也看明白了：棉花是他們的命脈，就連小孩也得下田採收。

他們別無選擇，只能依照地主打的如意算盤落入惡性循環：賒帳度日，逐日累積債務，即使領了救濟金，也永遠無法逃脫。他們得採得夠多才能還清今年的債，那麼冬天一到，當工作消失，他們才能再度賒帳維生。

她捲起棉花袋、用水壺裝了水又備好午餐後，便催促著孩子出門前往那一列等候著的貨車。

「妳。」工頭指著愛瑟說：「有三個人？」

沒有，愛瑟想這麼回答。

「是。」蘿芮妲說。

「這小子瘦巴巴的。」工頭啐了口菸草說道。

「他沒有他看起來那麼瘦弱。」蘿芮妲說。

工頭探身到他旁邊的貨車斗，拉出三個三米半長的採收帆布袋。「到東邊的田裡去。袋子一個一塊半。會記在你們帳上。」

「一塊半！攔路搶劫啊。」愛瑟說：「我們有自己的袋子。」

「你們住在威提的地界上，就要用威提的袋子。」他看著她說：「這工作妳要不要？」

「要。」愛瑟說：「十號小屋。」

他於是將三個長袋子丟給他們。

愛瑟母子與其他採收工一起爬上貨車，被載到八公里外的另一處威提棉花田，各自都被指派了一行棉花。愛瑟將空空的長袋子展開來，綁在肩上，袋子拖在身後，然後向小安示範採摘方式。

在整行的棉花間，他顯得那麼瘦小。愛瑟和蘿芮妲都花了一點時間向他解釋該怎麼做，但他還是得跟她們一樣才能學得會——得被刺得滿手鮮血。

「別再瞪著我看了，老媽。」他說：「我不是小寶寶。」

「你是我的小寶寶。」她說。

他翻了個白眼。

開工的鈴聲響起。

愛瑟彎下身開始幹活，將手伸進多刺的棉花莖桿間，如針般的尖刺每扎進皮肉一次就抖縮一下。她摘下棉鈴，剝去葉子與細枝，再將一把一把的白色棉花塞進袋子。**別去想小安**。

她一而再、再而三重複相同動作：摘下、剝除、塞入袋子。

當太陽漸漸升上中天，愛瑟感覺皮膚發燙，汗水刮擦過晒傷部位聚積在衣領。身後的袋子愈來愈重，她一步一步地拖著前進。

到了午餐時間，田裡的氣溫已經超過四十度。

水車往前行駛，停在田壟的盡頭，也就是說他們要喝水就得走上一公里半。

愛瑟看見有多少想幹活的工人排在棉花田外邊，在熾烈毒辣的太陽下一站就是幾個鐘頭。數以百計的人。

絕望到願意接受任何工資，以便餵飽家人。

愛瑟繼續採摘，每時每刻、每次呼吸都充滿遺憾，因為孩子也和她一起在這裡採棉花。

袋子裝滿後，她用力拖出她採摘的那一行，來到秤臺前排隊。

蘿芮妲也站到她身邊。她二人都是整張臉紅通通，汗如雨下，呼吸粗重。

「他們搭一間茅房會死嗎？」蘿芮妲邊說邊抹去額頭的汗水。

「噓，」愛瑟厲聲說：「妳看有那麼多人等著要接我們的活兒。」

蘿芮妲朝入口的人龍望去。「可憐的人，比我們還慘。」

一輛貨車轟隆隆駛過泥土路，揚起一片塵土。貨車車身畫了一朵白棉鈴，並寫著「威提農場」。貨車噗噗了幾聲後停下來。威提先生下了車。他身型碩大，一臉威嚴，費多拉氈帽底下有一頭濃密蓬亂的白髮，看起來就像一簇簇棉花。他背後的貨車斗上載著捲起的鐵絲網。

所有人都停下手邊的活兒，轉頭去看。

地主，是他。工人群間低聲地交頭接耳。

他爬上放秤的平臺，眺望自己的田地與工人，接著眼神銳利地瞥向那數百個等候工作的人。「托聯邦政府的福，我今年得少種點棉花。要摘的棉花減少了，等著採摘的人卻變多了。所以，我要把工資再降一成。」

「一成？」蘿芮妲大喊：「那我們根本沒……」

愛瑟立刻摀住女兒的嘴。

威提直盯著愛瑟與蘿芮妲。「有人不想幹了嗎？不接受減薪就走吧。這裡每個人幹的活兒都有十個人等著要做。誰來幫我採棉花，我都無所謂。」他頓了一下。「誰住在我的營區，我也無所謂。」

沉默無聲。

「我想也是。」他說：「繼續幹活吧。」

鈴響了。

愛瑟慢慢放下摀住蘿芮妲嘴巴的手。「妳想像他們一樣嗎？」她的頭往那些排隊等工作的人一偏。

「我們就是他們！」蘿芮妲高喊：「這樣是**錯**的。妳也聽到杰克和他的朋友說……」

「閉嘴。」愛瑟斥道：「那些是危險的話，妳明明知道。」

「我不在乎，這樣是**錯**的。」

「蘿芮姐……」

蘿芮姐掙開來。「我不會跟妳一樣，媽。我不會忍氣吞聲，假裝沒事，只要他們沒有真的殺死我們就好。妳為什麼不氣啊？」

「蘿芮姐……」

「好啊，媽。妳可以叫我當個乖女孩，別多說話，繼續工作，然後我們就繼續每個月在營區商鋪裡賒賬欠債。」

蘿芮姐拖著她的袋子去過秤，並大聲地說：「好的，老闆，少付我一點錢。這份工作我很滿意。」過秤的人遞給她一張採棉花的綠色工資條。四十五公斤九十分錢，營區商鋪還要再扣掉一成。

●

「妳也太安靜了吧。」走回小屋時，媽媽這麼說。

「妳該覺得慶幸，」蘿芮姐說：「我要說的話妳不會想聽的。」

「這是真的，老媽。」小安說：「別讓她說話。」

蘿芮姐停下來，轉身面向母親。「為什麼妳不像我這麼生氣？」

「生氣有什麼用？」

「至少有一點意義吧。」

「不，蘿芮姐，那毫無意義。妳也看到了，每天有那麼多人湧進谷地來。莊稼變少，工人變多。這種基本的經濟理論連我都懂。」

蘿芮姐丟下空的棉花袋跑開來，在小屋與帳棚間閃來躲去。她真想不斷地跑，直到加州僅成為記憶。

她來到營區最遠端的一處樹叢時，忽然聽到一個男人的聲音說：「幫助？這個該死的州政府做過什麼事幫助我們？」

「今天又減工資了，整個谷地都是。」

「別這樣，艾克。小心點。我們有工作，這裡也有地方住，這樣不錯了。」

蘿芮姐躲在一棵樹後面，偷聽那群聚在暗處的男人說話。

「你記得棚屋營地吧，我們現在的生活好些了。」

艾克跨上前來。他很高，瘦得像竹竿，頭頂有一塊光禿，底下圍著一圈花白頭髮。「這也叫過活？這是我第二個棉花季，我已經可以告訴你們，我會做得累死累活，我的媳婦兒和小孩也都會，最後還完債以後就大概只剩四分錢。**四分錢**。你們都知道這話不是在挖苦。我們賺的每分錢都進了商鋪，去付小屋和帳棚、床墊的錢，去買貴得離譜的食物。」

「你們都**心知肚明**，他們是在作帳騙錢。」

「我們用工資條換現金，每塊錢要扣十分錢，但又不能到其他地方兌換。我們採棉花賺的每一分錢都拿去還在營區商鋪賒的帳，怎麼也存不了錢。他們就是要我們永遠都沒錢。」

「我有七張嘴要餵，艾克。」一個身材高大、穿著補丁連身褲、戴著草帽的男人說：「我們大多數人都有家人要靠我們養。」

「我們什麼都不能做。我不管那個瓦倫說什麼，聽他的話就是危險。」

杰克。

她早該知道這件事他多少有參與其中。他是個**行動派**。

蘿芮妲從樹後面站出來。「艾克說得對。瓦倫說得對。我們必須為自己挺身而出。這些有錢的地主沒有權利這樣對待我們。我們要是不採棉花，他們要怎麼辦？」

眾人緊張地面面相覷。「別提罷工……」

「妳只是個女孩家。」其中一人說。

「我這個女孩家今天採了九十公斤的棉花。」蘿芮妲說著伸出發紅破皮的雙手。「我說啊，**真的夠了**。瓦倫先生說得對。我們必須站出來……」

忽然有隻手抓住蘿芮妲的上臂，用力緊捏。「抱歉，各位。」愛瑟說：「我女兒今天過得很辛苦。你們不必在意她。」她隨即拖著蘿芮妲回小屋去。

「拜託，媽。」蘿芮妲掙脫開來，嘶吼道：「妳為什麼要這樣？」

「妳要是被當成工會的煽動份子，我們就完了。誰敢說那群人裡頭沒有地主派來的奸細？到處都有。」

蘿芮妲不知該如何忍受這股折磨人的怒火。「我們不應該過這種生活。」

媽媽嘆一口氣。「不會永遠這樣。我們會找到出路的。」

等下了雨。

等我們到了加州。

我們會找到出路。

新說詞，卻是一個從未實現過的舊希望。

●

谷地裡的緊張氣氛逐漸蔓延，在田裡、在領救濟金的隊伍裡、在營區裡，都感覺得到。減低的工資讓所有人惶惶不安。舊事還會重演嗎？沒有人把話說出口，但它終究飄浮在空氣中。

罷工。

入夜後，田裡的工頭開始手持棍棒，出現在地主營區與渠畔營地。他們在小屋間、帳棚間、棚戶間來回走動，聽聽大夥兒都說些什麼，他們的現身就是為了製造談話時的寒蟬效應。人人都知道他們當中有奸細，這些人選擇討好地主，只要聽到有人表達不滿或煽動騷亂，就會將名字報上去。

此時，採了一整天棉花的蘿芮妲，全身無力地躺在床上，看著媽媽用電爐加熱一罐豬肉豆子罐頭。

她聽見外面有腳步聲。

一張紙從小屋下方門縫塞進來。

直到腳步聲遠去之前，他們誰也沒動。

接著蘿芮妲很快地跳下床，搶在母親之前抓起紙張。

農場勞工團結起來

　行動號召。

我們必須爭取更好的工資。

更好的生活條件。

此時降低工資是巧合嗎？

恐怕不是。

貧窮、飢餓、絕望的人較容易掌控。

加入我們吧。
擺脫吧。
勞工聯盟願意協助。
星期四午夜，
到中央旅社的密室加入我們吧。

媽媽抓過紙張，讀完後揉成一團。

「不要……」

媽媽點了根火柴將紙燒了，丟到水泥地板上，任由它燒成灰燼。

「那些人會害我們被解雇，被趕出這間小屋。」媽媽說。

「他們會**拯救**我們。」蘿芮妲反駁道。

「妳看不出來嗎，蘿芮妲？」媽媽說：「那些人很危險。農場主人是反對組織工會的。」

「他們當然反對。他們想讓我們挨餓，受他們擺布，那我們就會無條件幹活了。」

「我們的確是受他們擺布呀！」媽媽大喊。

「我要去參加那個集會。」

「妳不能去。妳想想他們為什麼要半夜集會，蘿芮妲？他們**害怕**。那些大人害怕被人看見他們跟共產黨和工會召集人為伍。」

「妳一天到晚在說我的未來，在為我規劃遠大的夢想，上大學。媽，妳覺得我要怎麼走到那一步？秋天採棉花，冬天挨餓嗎？靠救濟維生嗎？」蘿芮妲往前靠近。「妳想想那些爭取投票權的婦女。她們一定也害怕，但她們為了爭取改變上街頭，哪怕要被關也不在乎。而現在我們可以投票了。有時候為達目的，任何犧牲都是值得的。」

「這不是好主意。」

「我們遭受這麼沒尊嚴的粗暴對待，卻也只能勉強度日，我再也不能忍受。他們這麼做是**錯**的。應該要讓他們付出代價。」

「而妳一個十四歲的女孩，妳能讓他們付出代價？」

「不，但杰克能。」

媽媽皺起眉頭，斂起下頜。「瓦倫先生和這個有什麼關係？」

「我很確定他會去參加集會。什麼都嚇不倒他。」

「關於這件事，我要說的都說完了。總之我們要離工會的共產黨遠一點。」

31

星期四，採了十個小時的棉花後，蘿芮妲全身痠痛，而明天一早，又得重來一遍。

工資還少了一成。

採四十五公斤棉花賺九十分錢。若是把營區商鋪那夥騙子拿走的份算進去，其實只有八十分錢。

她滿腦子不斷、不斷地想，對於不公的憤慨啃噬著她的心。

想到集會也是一樣。

還有她母親的恐懼。

蘿芮妲對恐懼的了解超出母親的意料。蘿芮妲怎麼可能不了解？她經歷過加州的冬天、受過水災之苦、失去了一切、在幾乎沒得吃的情況下努力求生、穿著不合腳的鞋子，她知道餓著上床餓著醒來的滋味，知道可以試著喝水充飢，但效果從來不持久。她眼見母親量著豆子做晚餐，還把一條熱狗切成三份。她知道母親每在店裡賒一分錢就多一分懊悔。

蘿芮妲與母親的差別不在恐懼——這是她們倆共有的。差別在於熱情。母親心中的火已經熄滅了，又或許她從未有過。蘿芮妲唯一一次見到母親真正顯露怒氣，就是在埋葬杜伊家嬰兒的那天晚上。

蘿芮妲想要生氣。和杰克相遇的第一天，他說了什麼來著？**妳是有熱情的，丫頭，別讓那些王八蛋把它熄滅了**。諸如此類的。

蘿芮妲不想成為默默受苦的那種女人。

她不肯。

今晚就是她證明的機會。

到了十一點，她仍清醒地躺在床上。等候著。數著每分每秒。

小安躺在她身旁，把被子全捲了過去。通常她會拽回來，甚至可能會順便踢他一腳。今晚她把力氣省下來了。

她溜下床踩在溫暖的水泥地板上。只要她活著的一天，就會對鋪設的地板心存感激。一輩子感激。

她很快地斜瞄一眼，確認母親睡著了。

蘿芮妲從衣架抓下一件上衣和連身褲，快速地穿上，套上鞋子後才扣起連身褲的前片。

來到外頭，四下安安靜靜。空氣中有成熟水果與肥沃土壤的味道。熄滅了的火留有些許柴煙味。其實這裡從來沒有真正留下過什麼，只是盤桓罷了。氣味、聲音、人。

她輕輕關上身後的門，傾聽有無腳步聲。她心跳得好急，她覺得害怕……而且生氣勃發。

她等著，數到十，但並未看到任何工頭在外走動。

於是她悄悄移動，進入夜色中。

進城後，她走過戲院與鎮廳，轉進一條僻靜街道，這裡的草長得很高，住屋與店鋪多半已經封釘起來。她避開街燈，貼著暗處走，直到來到他們淹水期間留宿的那間旅館。

這裡一片闃靜，但願他們沒有取消集會。這一整天，無論是在田裡揮汗賣力，或是拖著沉重的袋子，收下那張貶低她勞力的工資條時，她都想著今晚的集會。

中央旅社內沒有亮燈，但門前停了幾輛車，她還看見鎖住大門的沉重鎖鍊已經鬆開，掛在其中一個門把上。

蘿芮妲小心地打開大門。

有個長著鷹勾鼻、戴了一副小小的圓框眼鏡的男人，站在接待櫃檯後面，瞪著她看。

「妳要住房嗎？」他操著濃濃的口音問道。

蘿芮妲停下腳步。她會不會只因為露面就被捕？或者這個人是受雇於大地主，在這裡確認煽動份子的身分？又或者他是杰克的朋友，在這裡把風，只放行對的人進去參加集會？

「我是來參加集會的。」她說。

「樓下。」

蘿芮妲往樓梯走去，忽然感到緊張。興奮。害怕。

她扶著平滑的木欄杆步下狹窄樓梯，接著經過一個放掃把的工具間和一個洗衣間。

她聽見人聲了，便循聲來到後面的密室，門一打開，裡頭全是人。

大夥兒一個挨著一個站立，有男有女，還有一些小孩。巴比．藍德朝她揮手。

杰克站在最前面，請大家安靜。雖然他的穿著與四周的許多移民相同，都是褪色髒污的連身褲和破損的丹寧襯衫，外搭一件滿是塵土的褐色西裝外套，但他有一種活力，一種**生命力**，是她從未在任何人身上見過的。杰克有**信念**，並且會奮力讓世界變得更好。他是那種能讓女孩信賴的男人。

「……有一百五十個罷工的人被關進籠子裡，」他用激昂的聲音說道：「籠子啊。在美國。那些大地主和他們手下的腐敗警察還有公民組成的保安團，把各位的美國同胞關進**籠子**裡，以便破壞勞工們的罷工，而他們只是想爭取公平的對待而已。兩年前，圖萊里郡有一夥農地主朝人群開槍，只因為他們在**聽**罷工召集人說話。結果死了兩個人。」

「你跟我們說這個幹麼？」有人高喊道。蘿芮妲認出他是他們以前住的棚屋營地的人，有六個孩子，妻子死於傷寒。「你想嚇跑我們嗎？」

「你們都是好人，我不想對你們撒謊。罷工反抗富農是危險的，他們會用盡一切手段來對付我們。還有，誠如各位所知，他們掌控了一切：金錢、權力、州政府。」他拿起一張報紙，打開給所有人看，標題寫著：「勞工聯盟非美國」。「我來告訴各位什麼是非美國，那就是富農愈來愈富，而你們愈來愈窮。」杰克說。

「對！」傑布說。

「只因為地主的貪婪就苛扣採收工的工錢，這才是非美國。」

「對！」眾人高呼回應。

「他們不想讓你們組織起來，但如果你們不組織，就會挨餓，就像去年冬天尼波莫的豌豆採收工那樣。我人在那裡。當時許多小孩死在田裡，餓死的。在美國。因為棉花跌價，大地主們減少產量，也降低工資。

但願老天有眼，讓他們的收益也減少。他們甚至不假裝一下，至少給你們足以維生的工資。」

艾克高喊：「他們沒把我們當人看！」

杰克望著底下的群眾，一一與他們四目相交。蘿芮妲感覺彷彿有一道希望的電流從他傳到眾人身上。

「他們需要你們。那是你們的力量。棉花得趁著乾燥、初霜以前採摘，要是沒有工人怎麼辦？」

「罷工！」有人喊道：「給他們點顏色瞧瞧！」

「這不容易，」杰克說：「棉花田擴及幾十萬畝地，而地主們又聯手談定工資，絕不改變。所以我們也得團結。只有所有的勞工，每個地方的每個人，都聯合起來，我們才有機會。這需要靠你們把消息傳出去。我們必須徹底切斷生產方式。」

「罷工！」蘿芮妲大喊。

眾人也加入，齊聲唱和。「罷工，罷工，罷工。」

杰克看見蘿芮妲的同時，有人抓住了她的手臂。蘿芮妲痛得哀叫一聲，用力掙脫後轉過身去。她母親就站在那裡，看起來已氣得七竅生煙。「我真不敢**相信**妳會這麼做。」

「媽，妳聽到他說什麼了嗎？」

「聽到了。」媽媽往密室裡斜瞄一眼，看見了有多少人在場。

杰克擠過人群，朝她們走來。

「你說得太精采了。」他靠近後，蘿芮妲說道。

「我發現妳是一個人來的。」他說：「現在這麼晚了，妳這年紀的女孩不該一個人外出。」

「你會對聖女貞德這麼說嗎？」蘿芮妲問。

「妳現在是聖女貞德了？」媽媽說。

「我想要罷工，杰克……」

「蘿芮妲，」媽媽嚴厲地說：「是瓦倫先生。好了，妳上樓去，我有話跟他說。待會兒再來整治妳。」

「妳不能逼我……」

「去吧，蘿芮妲。」杰克語氣平和地說。他和媽媽互相對看著。

「好吧，不過我會罷工。」蘿芮妲說。

「**快去**。」媽媽說。

蘿芮妲回頭拖著腳步上樓。她不在乎媽媽說什麼，不在乎她惹上多少麻煩或是事情有多危險。有時候，人就是得挺身而出，說夠了就是夠了。

●

「你回威提多久了？」與杰克獨處後，愛瑟問道。

「一個星期左右。我正打算傳個話給妳。」

「噢，你是傳話了沒錯啊。」她凝視著他，暗自希望情況有所不同，她有所不同，希望她也能有女兒的熱情與勇氣。「她才十四歲，杰克，竟然三更半夜偷溜出門，走了一公里半到這裡來。你知道她有可能出什麼事嗎？」

「這在告訴妳什麼，愛瑟？她**在乎**啊。」

「那又證明了什麼？我們都知道那是錯的，可是你的解決辦法不會讓我們的生活更好過，只會讓我們被解雇，或甚至更糟。我們的存活是千鈞一髮，你懂嗎？」

「我懂。」他說：「但假如你們不站出來，他們會一分一分地埋葬掉你們。這一點妳女兒明白。」

「她才十四歲。」愛瑟又說一遍。

杰克和她一樣壓低聲音。「才十四歲，卻採了整天棉花。我想小安也是，因為只有這樣妳才養得活他們。」

「你是在批判我嗎？」

「當然不是。」他說：「但妳的女兒已經大到足以替自己作決定了。」

「沒有孩子的男人說什麼風涼話。」

「愛瑟……」

「我會替她作決定。」

「愛瑟，妳應該教她為自己挺身而出，而不是屈服。」

「你這話肯定是在批判我了。如果你以為我是個勇敢的女人，那你看錯人了。」

「我不這麼認為，愛瑟。不過我想妳的確這麼相信，真是不幸。」

「離蘿芮妲遠一點，杰克。我是認真的。我不會讓她成為你這場兒戲戰爭的犧牲者。」

「沒有人在兒戲，愛瑟。」

她走了開來。

他起步準備跟隨。

「不要。」她厲聲制止，接著繼續走。

到了外面，她抓住蘿芮妲的胳臂，半拖著來到街上後，兩人開始摸黑走回家。汽車轟隆隆地從身旁駛過，車頭燈明亮耀眼。

「媽，妳要是能聽聽他……」

「不行。」愛瑟說：「妳也一樣。保護妳的安全是我的責任。天主明鑑，以前不管我做什麼都失敗，這回不會了。妳聽到了嗎？」

蘿芮妲忽然止步。

愛瑟不得已也只能停下來，轉身。「怎麼了？」

「妳真的覺得妳沒有為我做什麼嗎？」

「瞧瞧我們。徒步走回一個比我們以前的工具棚還小的小屋。我們倆都瘦得根火柴似的，而且隨時在餓肚子。我當然沒為妳做過什麼。」

「媽，」蘿芮妲靠上前來，說道：「我是因為妳才活著。我去上學。我有想法，因為妳會盯著我讓我隨時思考。妳不是沒有為我做過什麼，妳救了我。」

「妳別想反過來說得好像妳長大了，會替自己打算了。」

「但本來就是這樣，不是嗎，媽？」

「我不能失去妳。」愛瑟說，這正是事實所在。

「我知道，媽。我愛妳，但這是我需要的。」

「不行。」愛瑟十分堅定。「不行。好了，繼續走吧。明天還要早起。」

「媽……」

「不行，蘿芮妲，不行。」

●

蘿芮妲五點半醒來，勉強逼著自己下床。她的手痛得要命，而且需要大約十個鐘頭的睡眠和一頓飽餐。她穿上破爛長褲和袖子已扯裂的長袖襯衫，步伐沉重地走到廁所前排隊。

營區裡靜得出奇。外頭當然還是有人走動，大夥兒卻不怎麼交談，也不太有眼神交流。有個田裡的工頭站在鐵絲網旁邊，拉低了帽沿，在盯梢。她知道四下裡還有更多奸細，在偷聽有沒有人談論罷工。

她排進廁所前的隊伍，約莫有十個女人排在她前面。

等候之際，她看見樹林那邊有人影閃過。是艾克，正在壓水井旁往桶子裡打水。蘿芮妲想直接走過去找他說話，卻又不敢。

終於輪到她上廁所了。

她上完後從後門出來，反手將門輕輕帶上。她張望了一下，沒看到有人在閒晃或監視，便盡可能裝著若無其事的樣子，信步走到壓水井旁。

艾克還在。他見到她來便退到一旁，她於是彎身用冷水洗手。

「今晚有集會，」艾克低聲說：「午夜，在洗衣房。」

蘿芮妲點點頭，手往褲子上擦乾。直到回小屋的半路上，她才感覺到彷彿有芒刺在背。有人在看著她或是跟蹤她。

她停下來，猛然轉身。

只見威提先生站在林子裡，抽著菸，兩眼直盯著蘿芮妲。「過來，小姑娘。」他說。

蘿芮妲慢慢走向他。他瞇起眼睛看她的眼神，讓她不由得背脊發涼。「什麼事，先生？」

「妳在替我採棉花嗎？」

「是的。」

「工作滿意嗎？」

蘿芮妲迫使自己與他四目相交。「非常。」

「妳有沒有聽到哪個男人在談罷工？」

男人。他們總以為一切都是男人的事。但女人也能為自己的權利站出來，女人也能像男人一樣舉起標語牌、阻止生產。

「沒有，先生。但我要是聽到了，會提醒他們沒有工作會是什麼下場。」

威提微笑著說：「好姑娘。我就喜歡像妳這種知道自己有多少斤兩的工人。」

蘿芮妲慢慢走回小屋，牢牢將門關閉後上鎖。

「怎麼了？」媽媽抬頭問道。

「威提問我話。」

「別惹那個人注意，蘿芮妲。他問了什麼？」

「沒什麼。」蘿芮妲從電爐上抓起一塊煎餅說道：「貨車剛剛到了。」

五分鐘後，他們三人一塊出門，走向沿著鐵絲網排列停靠的貨車。

他們安靜地加入其他工人，爬上貨車後面。

當太陽升到棉花田上空，蘿芮妲看到了地主一夕之間所做的改變：圍籬上方加設了蛇籠刺網。田的正中央矗立著一座未完成的建物，像是某種塔樓。建築的巨大噪音響徹田間。有一些她沒見過的男人端著獵槍，在鐵絲網籬與道路之間來回走動。整個地方有如監獄的院子。他們正在為打鬥做準備。

但用**槍**？他們該不會射殺罷工的人吧。這裡可是美國呀。

然而，不安的漣漪在勞工間擴散開來。這正是威提想要的：讓工人害怕。

貨車在轟隆聲中停下。工人們隨即下車。

「他們怕我們，媽。」蘿芮妲說：「他們知道罷工……」

媽媽的手肘用力撞了蘿芮妲一下，讓她閉嘴。

「快點，」小安說：「在分配行列了。」

蘿芮妲將袋子拖在身後，來到指定的那一行棉花前站定。

鈴聲一響，她便彎下身，動手從尖刺的殼裡摘下柔白的棉鈴。但她滿腦子想的都是今天晚上。

罷工集會。午夜。

中午，鈴聲再次響起。

蘿芮妲挺直身子，試著舒緩僵硬疼痛的頸子和背部，同時聽著男人敲打榔頭的聲音。

威提站在高起的過秤平臺上，眺望著那群流著血汗為他賺錢的男女與孩童。「我知道你們有些人和工會的召集人說過話。」他宏亮的聲音傳遍田裡。

「也許你們以為能在其他田裡找到工作，也或許你們以為我需要你們更甚於你們需要我。現在我就告訴你們：沒有這回事。站在我土地上的你們每一個人，在圍籬外面都有十個人在排隊等著接手你們的活兒。現在，只因為幾顆爛蘋果，我就得架設網籬，雇人看管土地，花費可不少。所以，我要再降低一成工資。留下的人就代表同意這個價錢，而離開的人將永遠不能再替我或是谷地裡的其他任何一個地主採收。」

蘿芮妲越過一行棉花看著母親。

田中央的建築差不多完工了，現在很清楚可以看出他們整個上午在忙著蓋什麼：是槍塔。很快就會有一個工頭到上面去，拿著步槍來回巡視，以確保工人們知道分寸。

妳看吧？蘿芮妲用嘴型說。

夜深後，愛瑟仍醒著，煩憂著減少的那一成工資。

在小而陰暗的房間另一頭，她聽見另一張生鏽的鐵床發出吱嘎聲響。

月光從打開的氣窗照下來，愛瑟看見女兒的身影。蘿芮妲悄悄地下床。

愛瑟坐起來，看著女兒偷偷摸摸行動；她穿好衣服走到小屋門邊，伸手握住門把。

「妳想去哪裡？」愛瑟說。

蘿芮妲停頓下來，轉過身。「今天晚上有個罷工集會。在營區裡。」

「蘿芮妲，不……」

「媽，妳得把我綁起來，用布條塞住我的嘴。不然，我要去。」

愛瑟看不清女兒的臉，卻聽出她聲音中的強硬。儘管愛瑟十分害怕，心裡仍不禁閃過一絲遲疑的驕傲。女兒比她堅強、勇敢太多了。沃考特爺爺也一定會為蘿芮妲感到自豪。「那我跟妳去。」

愛瑟套上白天的衣裳，用帕巾包住頭髮。因為懶得綁鞋帶，便穿上膠鞋，跟著女兒離開小屋。

外頭的月光照得遠方的棉花田一片亮晃晃，使得白色棉鈴變成銀白。

人聲沉寂、闃靜，卻能聽見蟲獸在黑暗中移動的窸窣聲，一頭郊狼的長嚎聲。她還見到一隻貓頭鷹棲在高枝上看著她們。

愛瑟想像著到處都有奸細與工頭，藏在每個陰暗處，監視著看誰膽敢揚聲抗議。這是個蠢主意。又蠢又危險。

「媽……」

「噓，」愛瑟說：「別出聲。」

她們經過較新的帳棚區後轉進洗衣房——一棟長形的木造結構，裡面有金屬洗衣盆、長桌和幾部絞衣機。男人鮮少踏足此間，但此時裡面有四十來個男人緊密圍站在一起。

愛瑟和蘿芮妲悄悄溜到人群後面。

艾克站在最前方。「大家都知道為什麼要來這裡。」他輕聲地說。

沒有人應聲，連腳都沒有移動一下。

「今天又降工資了，以後還會再降，因為他們可以。我們全都看見了絕望的人不斷湧進谷地來，他們會不計代價工作，他們有孩子要養。」

「我們也是啊，艾克。」有人這麼說。

「我知道，雷夫。可是我們必須為自己挺身而出，要不會被他們給毀了。」

「我可不是赤匪。」有人說。

「要叫什麼隨你高興，蓋瑞。總之公平的薪資是我們該得的。」艾克說：「但假如不抗爭就得不到。」

愛瑟聽到遠處有貨車引擎的聲音。

她看見大夥兒轉頭往後看。

車頭燈。

「快跑！」艾克喊道。

眾人驚慌地作鳥獸散，從洗衣房往四面八方跑。

愛瑟抓住蘿芮妲的手，將她拉進後面臭烘烘的廁所。沒有其他人逃往這個方向。她們磕磕絆絆地跑進建築後方的陰暗處躲起來。

一群男人跳下貨車，手握球棒、木棍，其中一人還拿著獵槍。他們排成一列背向著車燈，起步走過營區，引擎的軋軋聲蓋過了腳步聲。他們拿著武器拍打手心，持續地啪、啪、啪響。

愛瑟伸出食指壓在自己嘴上，然後拉著蘿芮妲沿鐵絲網走。好不容易回到小屋區後，她們奔回自己住處，溜了進去，反手將門鎖上。

愛瑟聽見腳步聲朝這邊來。

亮光在小屋的縫隙間閃動，那些男人走了過去，伴隨著球棒拍打掌心的聲音。聲音愈來愈近——**啪、啪、啪**——接著逐漸遠去。遠遠地，有人發出尖叫。

「看到了嗎，蘿芮妲？」愛瑟小聲地說：「他們會傷害威脅到他們買賣的人。」

過了許久蘿芮妲才開口，而她說出的話語絲毫不令人安慰。「有時候我們就是得反擊，媽。」

32

「老媽，我們這星期可以開車去領救濟金嗎？」在又一個漫長炎熱的日子，採完棉花的小安無精打采地問。

愛瑟不得不承認，在田裡累了一整天，想到要徒步往返城裡委實提不起勁。可是當冬天來臨，女人家總會一再面臨這種抉擇。

「就這麼一次吧。其實，小安，你也可以留在營區裡和朋友們玩，如果你想的話。」

「真的嗎？那太棒了。」

「我留下來看著他。」蘿芮妲說。

愛瑟用鋒利的眼神横了女兒一眼。「妳，不許離開我的視線。」

她們將小安留在小屋後，上了貨車。

「我可以練習開車嗎？爺爺叫我要勤練習。」蘿芮妲說：「不然萬一有緊急狀況怎麼辦？」

「需要妳開車的緊急狀況？」

「有可能。」

「好吧。」

蘿芮妲坐到駕駛座。

愛瑟則爬上駕駛座旁的座位。天哪，還真是熱。蘿芮妲發動引擎。

「妳記得怎麼踩踏板嗎？慢慢來，小心點。要找到……」

貨車往前一顛，熄火了。

「抱歉。」蘿芮妲說。

「再試一次。別急。」

蘿芮妲踩下踏板，打一檔，車子緩緩前進。

引擎快速旋轉。

「打二檔，蘿芮妲。」愛瑟說。

她們一頓一顛地往前開，駛上了大路朝州立救濟所去，到了那兒已經有一大票人在等待。人龍從門口蜿蜒而出，穿過停車場，一路排到街尾。

愛瑟和蘿芮妲加入隊伍。

她們站在那裡時，太陽開始緩緩西下，山谷被照耀得金黃美麗，片刻過後天色才變暗。

快要輪到她們的時候，有兩輛警車駛進停車場，四名穿制服的警察從車上下來。不一會兒，一輛威提的貨車駛來，下車的是威提先生。

排隊的人都轉頭去看，但誰也沒說話。

兩名警察和威提先生插到隊伍最前面，大步走進救濟所，沒有再出來。

愛瑟緊拉著蘿芮姐的手。平常，排隊的民眾可能會轉頭互問是怎麼回事，但現在不是尋常時刻。奸細無所不在，人人都想在威提找到一份工作，想要有活兒幹。

愛瑟終於跨入悶熱的小辦公室，辦公桌前坐著一位漂亮的年輕女子，裝滿居民姓名卡的資料盒就擺在她面前。

威提站在女子身旁，幾乎像是龐然大物威懾著這個可憐的女孩。兩名警察則站在他旁邊，兩手搭放在槍帶上。

愛瑟鬆開蘿芮姐的手，獨自走上前去。她喉嚨太乾，清了兩下才得以出聲說話。「愛瑟．馬提奈尼。一九三五年四月。」

威提指著愛瑟的紅卡。「地址是威提農場。她也是其中一個。」

女子同情地看著愛瑟。「抱歉，太太。凡是能採棉花的人就不能領州政府的救濟金。」

「可是……」

「妳如果能採就必須去採。」她說：「這是新政策。不過別擔心，等棉花季一結束，妳的名字就會重新放回救濟名單上。」

「等一下。現在州政府要砍掉我的救濟金？但我是居民啊，而且我在採棉花。」

「我們要確保妳會繼續採。」威提開口道。

「威提先生，」她說：「拜託，我們需要……」

「下一個。」威提大聲地說。

愛瑟不敢相信這新的殘酷措施。人們需要這筆救濟金餵養孩子，哪怕是在採棉花的人。「你不覺得羞恥嗎？」

「下一個。」他又喊一次。一名警察上前來將愛瑟強行拉出隊伍。

她往旁一個踉蹌，感覺到蘿芮妲扶住了她。

愛瑟走出救濟所（這名稱多可笑），瞪著長長的人龍看，有許多人還不知道自己的救濟金被砍了。看來，州政府為了幫助地主避免罷工，竟不顧人民已幾乎活不下去，還是砍了救濟金。

她聽見一聲吶喊，回頭去看。

只見兩名警察抓著一個男人重重撞到牆壁上，問說：「今晚的集會在哪裡？在哪裡？」他們又抓他撞一次牆。「你要怎麼養活你從聖昆丁來的家人？」

「愛瑟！」

她看見傑布．杜伊匆匆走來，像是快急瘋了。

「傑布。怎麼了？」

「是阿琴。她病了。妳能幫忙嗎？」

「我去開車。」愛瑟說時已經一面跑向貨車。

愛瑟駛出城來到舊日的棚屋營地，將車停在杜伊家的貨車旁。她和傑布與蘿芮妲下了車。那貨車車斗上方用木頭和鐵片搭了屋頂，另有一片屋頂從側面延伸出去，形成一個有遮蔽的煮食空間，此時孩子們就坐在那裡。阿琴則躺在後車斗的床墊上。

「我們聽妳吩咐。」傑布說。

愛瑟爬上貨車斗，在阿琴身邊跪下來。「嘿，妳啊。」

「愛瑟，」阿琴的聲音輕得幾乎聽不見，眼神呆滯、渙散。「我跟傑布說妳今天會去領救濟。」

愛瑟摸摸阿琴的額頭。「妳好燙。」她高聲對傑布說：「幫我拿點水來。」

少頃，蘿芮妲遞給愛瑟一杯溫水。「喏，媽。」

愛瑟接過杯子，扶著阿琴的頸脖，讓她啜點水。「來，阿琴，喝一口。」

阿琴想推開她。

「喝吧，阿琴。」愛瑟強將水灌下阿琴的喉嚨。

阿琴抬眼看她。「這回不好了。」

愛瑟低頭看著傑布。「你有阿斯匹靈嗎？」

「沒有。」

「蘿芮妲，」愛瑟說：「妳開車去我們的營區商鋪，買一點阿斯匹靈，和一支溫度計。鑰匙插在車上。」

蘿芮妲跑著離開。

愛瑟坐得離阿琴更近些，將她抱在懷裡，輕撫她熱燙的額頭。

「我想是傷寒。」阿琴說：「妳可能要離遠一點。」

「我可沒那麼輕易就能擺脫。不信去問問我丈夫。所以他只好三更半夜逃跑。」

阿琴無力地笑了笑。「他是個傻瓜。」

「杰克也這麼說。現在想想，拉菲的媽媽也說過同樣的話。」

「我現在真的很想喝一點我們一直在說的那琴酒。」

愛瑟用手指梳過阿琴微溼的頭髮。熱氣從阿琴的身體擴散到愛瑟身上。「我可以唱歌……」

「拜託不要。」

兩個女人互相莞爾一笑，但愛瑟看見了阿琴的恐懼。「不會有事的，妳很堅強。」

阿琴閉上雙眼，在愛瑟的懷中入睡。

愛瑟抱著阿琴，撫摸她發熱的額頭，低聲喃喃說著打氣的話，直到聽見貨車回來的隆隆聲。

感謝天主。

蘿芮妲駛上前來停了車，接著打開車門下車，砰的一聲關上車門。「媽！」她大喊：「商鋪沒開。」

愛瑟伸長脖子去看蘿芮妲。「為什麼？」

「八成是因為罷工的傳聞。他們想提醒我們說我們有多需要他們。豬玀。」

阿琴的身子忽然往上拱，變得僵硬，眼珠也往上翻。她的身體開始劇烈顫抖。

愛瑟抱著好友直到她靜定下來。

「沒有阿斯匹靈，阿琴。」愛瑟說。

阿琴眨巴眨巴地睜開眼。「別煩惱，愛瑟。索性就讓我……」

「不，」愛瑟厲聲打斷她。「我馬上回來。妳給我在這兒好好等著。」

阿琴的呼吸變慢了。「我可能會去跳舞。」

愛瑟輕輕放下阿琴的頭，離開貨車。「妳留下來，」她對蘿芮妲說：「盡量讓阿琴再喝點水。在她額頭上放條溼布，別讓她踢被。」接著轉向傑布說：「我馬上回來。」

「妳上哪去？」傑布問。

「我去幫她找阿斯匹靈。」

「上哪找？妳有錢買嗎？」

「沒有。」愛瑟咬牙說道：「他們鐵了心要讓我們永遠沒錢。你們待著。」

她跑向貨車，發動後駛上大路。

到了醫院，她穿過停車場推開大門，走向服務櫃檯時在乾淨的地板上留下骯髒的褐色腳印。只有一個女人坐在櫃檯後面，在玩接龍。

「我需要幫忙，」愛瑟說：「拜託了，我知道你們不讓我們到醫院來，但給我一點阿斯匹靈就好，這會幫上我們天大的忙。我朋友發燒了，真的是發高燒，可能是傷寒。幫幫我們吧，拜託，**求求妳**。」

女人坐直起身子，伸長脖子來回看著門廳。「妳知道那是會傳染的吧？政府在亞文新設立的帳棚營區有個護士，去找她幫忙吧。她專門照顧你們這種人。」

你們這種人。

夠了，真天殺的夠了。

愛瑟走出醫院，回到貨車，從車斗上抓起小安的球棒。她拎著球棒，走過停車場，極力保持鎮定。

這回她重敲著球棒走進大門，看了一眼那個斜睨著她的女人，接著掄起棒子狠狠打在櫃檯上，把木頭都打凹了。

女人高聲尖叫。

「啊，很好，妳注意到我了。我需要一點阿斯匹靈。」愛瑟平靜地說。

女人猛地轉身，拽開一個櫃子，抖著手開始翻找藥物。「該死的奧克仔。」女人嘟噥著罵道。

愛瑟砸了一盞燈，接著砸電話。

女人抓起兩只藥瓶丟給愛瑟。「你們這些人是禽獸。」

「妳也一樣，女士。妳也一樣。」

愛瑟拿起阿斯匹靈。

快走到前門時，有個大塊頭男人踩著笨重腳步，沿著走廊朝她而來。

「攔下她，弗瑞德！她是罪犯！」櫃檯的女人大嚷。

男子擋住大門。

愛瑟向穿著棕色警衛制服的男人靠近，球棒拎在身側。她的心怦怦狂跳，但奇怪的是她覺得很平靜，甚至沒有失控。她拿到藥了，誰也阻止不了她把藥送去給阿琴。「弗瑞德，你有多想阻止我？」

男人的目光放軟了。「我和我媳婦兒大概是五年前從印地安納來到這裡，當時候可真是輕鬆太多了。看到你們被這樣對待，我很難過。」他掏出一張五元紙鈔。「這會有幫助嗎？」

這小小的善心讓愛瑟都快哭了。「謝謝你。」

「走吧。艾麗絲很可能已經叫警察了。」

愛瑟奔出醫院，將球棒丟上車斗，然後發動引擎猛踩油門。老舊貨車在碎石地上一個甩尾後，慢慢拉直，駛上黑暗的道路。

她轉進棚屋營地的道路，來到杜伊家的貨車前停下來。

她發現傑布陪阿琴待在車斗上，將妻子摟在懷裡，孩子們則和蘿芮妲站在靠近貨車側邊的木簷下。兩個男孩牽著妹妹的手。

「她一直討著要喝琴酒。」傑布說道，臉上顯得失落而迷惘。「她不肯喝水。」

愛瑟爬上貨車斗，跪坐到阿琴另一邊。「喂，妳這個壞丫頭。我拿到一點阿斯匹靈了。」

阿琴顫顫巍巍地睜開眼。

「聽說妳在找麻煩，在討琴酒喝。」愛瑟說。

「死前喝杯馬丁尼，這要求不算過分吧。」

愛瑟餵阿琴吞下兩顆阿斯匹靈，喝了一杯水，然後輕撫好友發燙的額頭。「妳不許放棄，阿琴……」

阿琴凝視著愛瑟，呼吸粗重，冒著汗。「妳去跳舞，愛瑟。」她用幾乎細不可聞的聲音說：「為我們倆跳。」阿琴捏著愛瑟的手。「我是愛過妳的，姊妹淘。」

別用過去式，拜託。

她聽見傑布哭了。

「我也愛妳，阿琴。」愛瑟呢喃著說。

阿琴慢慢轉頭看著丈夫。「好了……我的寶貝們……在哪裡，傑布？」

愛瑟不得不挪移身子，離開貨車。換杜伊家的四個孩子爬上去，圍在阿琴身邊。

愛瑟聽見啜泣聲。埃羅義在小女孩的哭聲中說：「我會的，老媽。」

接著是阿琴沙啞的聲音說：「我還有好多好多話想跟你們說……」

蘿芮妲碰了碰愛瑟的肩膀。「妳還好嗎？」

愛瑟回以一聲原始的吶喊。

一旦出聲，便停不下來了。

蘿芮妲將愛瑟拉進懷裡抱著，讓她為了這一切——他們生活的方式、他們失去的夢想、他們如此盲目相信的未來——哭個痛快。為了那幾個將在不認識阿琴的情況下長大的孩子。不識她的幽默、她的溫柔、她的剛強、她對他們抱持的希望。

愛瑟一直哭到覺得整個內裡被掏空。

她將蘿芮妲往後一推，見她滿臉驚惶。「對不起。」愛瑟抹著眼睛說。

「有時候妳就是會……承受不住。」蘿芮妲說：「發洩一陣會有幫助的。」

「妳說得對，」愛瑟說。夠了。「如果我想找瓦倫先生和他的共產黨友人，妳知道要上哪兒找嗎？」

「應該知道。」

「哪裡？」

「有一座穀倉，是他們製造傳單等等東西的地方。在楊柳路底。」

「好。」愛瑟深吸一口氣，然後緩緩吐出。「那好。」

●

稍晚，當夜幕降臨整座山谷，星子撒滿天穹，愛瑟帶著孩子靜悄地離開小屋，走向貨車。爬上車駛離的這段時間，他們誰也沒有說話，三人都明白今晚決定做的事有多危險。

「這裡轉彎。」蘿芮妲說。

愛瑟轉進一條泥土路，穿過一片褐色的荒蕪田地。到了路盡頭，一棟灰褐色穀倉與一間老舊農舍並排而立，農舍的窗戶破裂，門用木板封釘了。屋前停放了六七輛汽車。

愛瑟把車停在一輛滿布灰塵的帕卡德旁邊。她、蘿芮妲和小安下了車，走向穀倉。蘿芮妲推開半殘破的門。

穀倉內以手提燈照明，鋪著乾草的泥土地上擺了幾張桌子，一些椅子隨意地靠牆放置。至少有十來個人在忙著：有的在打字，有的在油印。香菸的煙霧使得空氣混濁，卻掩不住乾草的香味。

愛瑟母子走在共產黨群間，似乎沒有人留意到他們。愛瑟看見一張紙從油印機跑出來。粗黑的標題寫著「勞工團結！」她聞到一種油墨混雜金屬的怪味。

他們從一個深色頭髮、戴眼鏡的矮小女子身旁走過，她正一面踱步一面口述，讓另一名女子打字。「我們不能容許富者愈富，貧者卻愈貧。當有人流落街頭死於飢餓，我們怎能自稱是自由國度？極端的改變就需要極端的手段……」

蘿芮妲用手肘撞愛瑟一下，愛瑟隨之抬頭。

杰克正朝他們走來。

「女士們好，」他目光灼灼地盯著愛瑟，接著又說：「蘿芮妲，娜妲莉在油印機那邊，她可能需要幫手。」

「你也去，小安。」愛瑟說：「跟著姊姊。」

杰克帶愛瑟到屋外的一個小火坑，四周圍放了許多不成套的家具。幾個菸灰缸裡彎折的菸屁股都滿出來了。「原來共產黨也和一般人一樣，會坐在火邊抽菸。」愛瑟說。

「那樣的我們幾乎是有人性的。」他靠近了一些。「發生了什麼事？」

「阿琴死了。我們救不了她。營區的商鋪沒營業，為了教訓我們，醫院也不肯幫忙。我甚至用……球棒來引起他們注意。結果只拿到幾顆阿斯匹靈。噢，還有，今天他們把我們的名字從救濟名單中剔除了。能採棉花的人就得去採。沒得領州救濟金。」

「我們聽說了。地主們逼迫州政府這麼做的。他們說這叫『不工作沒飯吃』政策。他們擔心你們罷工、要求提高工資的時候，救濟金能讓你們餵飽孩子。」

愛瑟又起手來。「我從小到大受的教育就是不要吵鬧，不要要求太多，只要獲得一分一毫都要心存感激。我也這麼做了。我以為只要盡女人的本分，照規矩做事，就會……怎麼說呢……有改變。可是我們受到的對待……」

「很不公平。」他說。

「那是錯的。」她說：「這不是我們在美國該有的待遇。」

「不是。」

「罷工。」她輕輕地說出這個可怕字眼。「能奏效嗎？」

「也許能。」

她感激他的誠實。「我們嘗試的話會受傷。」

「對，」他說：「可是人生不單單只是我們的遭遇，愛瑟。我們還得作選擇。」

「我不是勇敢的女人。」

「可是妳來了，就站在戰場的邊緣。」

他的話觸動她的心弦。「我祖父是德州騎警。他曾經告訴我勇敢是騙人的，那只不過是被你忽視的另一種恐懼。」她看著他說：「老實說，我很害怕。」

「我們全都害怕。」他說。

「我有孩子要擔心，有孩子需要張羅吃穿，還要保他們安全。我不能讓他們冒生命危險。」

他沒有作聲，而她知道為什麼。他要讓她自己說。

「他們已經有生命危險了。」她說：「我們不能讓他們以為這是他們應得的，美國就是這個樣子。我必須教他們為自己挺身而出。」

愛瑟同時感覺到一股無以名狀的輕鬆感，近似回家、找到自己的感覺……以及一股深沉、恆久的恐懼。勇敢是你忽視的恐懼。但實際上，究竟該怎麼做？

「他們在田裡建造的槍塔……那是用來嚇唬我們的，對不對？我們做的這個……罷工……是合法的。」

「是合法的。搞什麼啊，這才是美國真正的精髓。我們是建立在抗議權的基礎上，但執法的政府，是警察。妳也看到他們是如何支持大業主了。」

愛瑟點頭。「我們怎麼辦？」

「首先得把消息傳出去。我們預訂星期五有一場罷工集會。但光只是告訴別人都很危險，何況是出席集會。」

「每件事都很危險，」她說：「那又如何？」

他一手輕放在她臉頰上。

她將臉頰貼向他的手心，從中獲取力量與慰藉。

33

黎明前的黑暗中，蘿芮妲打開小屋門來到外面。昨晚勞工聯盟的集會激勵了她、振奮了她。共產黨很努力地想發起罷工，但他們需要蘿芮妲這樣的人在各營區傳布消息。共產黨人無法自己來。

不過很危險，昨晚娜妲莉對蘿芮妲這麼說，妳別忘了這點。我年輕的時候，親眼目睹過革命。街上滿地鮮血。妳一刻也別忘記州政府擁有一切力量──金錢、武器和人力。

但我們有心，而且不顧一切，蘿芮妲是這麼回答的。

「是啊，」娜妲莉吐著菸說：「而且有腦子。所以，好好用妳的腦子。」

蘿芮姐反手關上門，走進營區。她可以聽見大夥兒正在準備迎接這一天，將食物端上桌，打包午餐。廁所前排了長隊。

但有一種新的、令人不安的寧靜。沒有人在笑，或甚至說話。恐懼已移入營區。人人都知道有人在監視，而監視者效忠的是地主，不是勞工。不幸的是你永遠不知道誰是叛徒，直到你找錯對象說錯話之後，半夜便會有人來敲你家的門。他們就聽到過一些家庭被拖出營區時的哭喊聲。

旭日初升的繽紛光線照射在新圍籬上方的蛇籠刺網。她走向廁所的隊伍，排隊等候。之後，她看見艾克拿著水壺在洗衣房外面的水口裝水。蘿芮姐走向他時盡可能裝作若無其事，但或許沒有成功。她全身滿滿的腎上腺素，既害怕又欣喜又興奮。

她來到他身邊，沒有停步直接說：「星期五。楊柳路的穀倉。八點。傳話出去。」

她繼續往前走，甚至沒有回頭看他是否聽見了。她很慢很慢地走回小屋，隨時都等著被人攔下。

她進屋後關上門。

媽媽和小安看著她。

「怎麼樣？」媽媽輕聲問。

蘿芮姐點頭。「我告訴艾克了。」

「很好。」媽媽說：「我們去採棉花吧。」

●

當天，又在田裡度過漫長炎熱的一天之後，晚上收到東尼與蘿絲的來信讓他們三人都大為振奮。吃完晚餐，孩子們和愛瑟一起爬上床，她打開信封抽出信來。內容就寫在愛瑟上次寫給他們的信背後。沒有道理浪費紙張。

親愛的家人：

今年夏天又熱又乾，好消息是風和沙塵已經暫時休兵，連續十天沒有沙塵暴了。還不能說是結束，但禱告終究是得到了回應。八月和九月前半個月過得一點也不舒心，好像一天到晚都在掃地，但最近這幾日，老天有仁慈一點。另外，政府終於了解到我們最需要的是水，便派大貨車送水來了。我們祈禱今年冬麥能有收成，至少夠餵飽我們新買的兩頭牛和一匹馬就好。但希望難以實現。

送上滿滿的愛。好想念你們。

愛你們的蘿絲與東尼

「媽，妳覺得我們還會再見到他們嗎？」愛瑟讀完信後陷入沉默，蘿芮妲如此問道。

愛瑟往後背靠著生鏽的金屬床架。小安重新換個姿勢，將頭枕在她腿上。她輕撫著他的頭髮。

蘿芮妲與愛瑟對面而坐，靠著狹窄的床尾。

「出發來加州那天，我順道去了達爾哈特的一棟房子，妳記得嗎？」

「有破窗的那間大屋子？」

愛瑟點頭。「是很大沒錯。我是在那裡長大的……一間沒有心的房屋。我的家人……捨棄了我，這應該是最貼切的說法。我的家人很重視外貌，我缺乏魅力是個致命的缺點。」

「妳……」

「我不是想索取讚美，蘿芮妲。而且天主明鑑，我早已過了說謊的年紀。我是在回答妳的問題。現在這個問題，還有妳已經好一陣子沒問的那個。關於我和妳的外祖父母和妳父親。總之，我想說的是我年輕的時候很孤單。我始終不明白我做了什麼才讓自己被孤立。我是那麼努力地想討人喜歡。」愛瑟吸了深深一口氣，又吐出來。「遇見妳父親以後，我以為一切就改變了。也的確是改變了。對我來說，但對他沒有。他一直想要過農場以外的生活，一直都是，妳是知道的。」

蘿芮妲點點頭。

「我愛妳爸爸，真的愛。但這對他來說不夠，而現在我發覺對我來說也不夠。他值得更好的人生，我也一樣。」說出這番意想不到的話，愛瑟覺得自己似乎也被重塑了。「不過妳知道真正改變我人生的是什麼嗎？不是婚姻，是農場。是蘿絲和東尼。我找到一個歸宿，找到愛我的人，他們成了我年輕時夢想過的家。然後有了妳，妳讓我知道愛能有多大。」

「但我對妳就好像妳有瘟疫似的。」

愛瑟淡淡一笑。「有幾年是這樣。不過在那之前，妳……妳黏我黏得跟什麼似的。睡午覺總會哭著找我，說沒有我妳睡不著。」

「對不起，」蘿芮妲說：「因為……」

「不用說對不起。我們吵嘴，我們爭鬥，我們互相傷害，那又怎樣？愛就是這樣吧，我想。淚水、憤怒、喜悅、爭鬥，全都是愛。重要的是它很牢靠，很持久。在這所有逆境中，無論是沙塵、乾旱或是與妳的爭吵，我從沒有一刻，從沒有一刻停止愛妳或小安或農場。」愛瑟笑著說：「所以，我這麼長篇大論要給妳的答案就是：蘿絲和東尼和農場是家，我們都會再見到他們的，總有一天。」

「他們真是瘋了，」蘿芮妲說：「我是說妳另外的家人。而且他們錯過了。」

「錯過什麼？」

「妳。他們始終沒看到妳有多特別。」

愛瑟微笑道：「這可能是妳對我說過最中聽的話了，蘿芮姐。」

●

星期五又在田裡採了一整天棉花，到了晚上，愛瑟母子偷偷溜出營區，開車前往楊柳路底參加罷工集會。穀倉裡，打字機夸啦夸啦響，許多人大聲說話、走動。多數是共產黨人。來的勞工不多。

杰克看見他們進門便趨上前來。「地主們開始緊張了，」他說：「聽說威提暴跳如雷。」

「昨天晚上營區裡好多拿著槍的男人。他們沒有威脅人，但我們都明白。」蘿芮姐說。

「其實也不能怪大夥兒躲避。」杰克說。

「布雷南家的人不來。」小安說：「他們說我們瘋了才會來。」

「我們不在地主的地界，又沒有法律規定我們不能說話。」蘿芮姐說。

娜妲莉走過來找杰克。她一如平常穿著打扮一絲不苟，黑長褲搭配合身的棕褐色西裝外套，裡面是一件白色絲質襯衫，鈕釦一路扣到喉嚨處。也難怪蘿芮姐會崇拜這個女人。在一場危險的集會中，她仍能光彩照人保持鎮定。一個女人怎能如此堅定平穩？

「來吧，」她挽起杰克的手臂說道：「你們全部。」

娜妲莉引領他們來到穀倉門口。

在穀倉與大路之間的田野中，愛瑟看見車輛朝著穀倉川流而來。車子一輛接著一輛停在穀倉前面，車門開了，下車的人猶疑地聚在一起，接著又有更多人來。還有人徒步穿越光禿的牧草地。

愛瑟看見了眾人移動聚集時的神態——十分緊張，眼睛不停往回瞄向大路，瞄向曠野。

到了八點，愛瑟估計人數已超過五百。還有更多人走上大路，加入聚集在穀倉前的人群。他們彼此交談，但聲音很輕。每個人都害怕出現在這裡，害怕光是傾聽罷工的言論就可能遭致的後果。

「妳應該跟他們說一說。」杰克對愛瑟說。

她笑出聲來。「我？有誰會聽我的？」

「妳認識這些人。他們會聽妳說。」

「你去吧，」她推了他一把，說道：「像你說服我一樣去說服他們。」

杰克從穀倉拉出一張桌子，放到大大的雙扇門前面，然後跳上去。

眾人安靜下來。愛瑟望著那些熟悉的面孔：來自中西部或南方、德州與大平原的鄉親；已經辛苦努力一輩子卻仍希望繼續努力的鄉親，他們在如此令人費解的艱難世道中跌了一大跤，以至於茫然困惑、失去希望。他們所有人都有（或是曾經有過）和愛瑟一樣的想法，只要能獲得一次公平對待，一次機會，就能導正自己人生的方向。

「八年前，這個大谷地裡的作物幾乎都是墨西哥人採收的。」杰克說：「他們越過邊界，遷移進這些田地，採收作物，然後離開。二月在尼波莫採豌豆，六月在聖塔克拉拉採杏，八月在佛雷斯諾採葡萄，九月就來這裡採棉花。他們來了，他們採收，然後回家過冬。每個階段對當地人來說他們就像隱形人。直到二九年的股災打破這個制度，讓加州人擔心起自己的工作。他們的恐懼就是美國人一直以來的恐懼：外來的人。於是州政府開始打擊非法移民，指責墨西哥人是罪犯，將他們驅逐出境。到了三一年，大多數墨西哥人要不是走了就是躲起來。這本來會對農業造成巨大災難，但就在這時候……」——杰克張開雙臂——「黑色風暴。乾旱。經濟大蕭條。數百萬人失去工作和家園。你們往西邊來，需要工作，只希望餐桌上能有吃的，能餵飽家人。你們下田取代了墨西哥人。現在，有九成的採收工都是你們的人。但你們不希望沒被看見，對不對？你們來到這裡生活，是為了落地生根，成為**加州人**。」

「我們是美國人！」群眾間有人高喊。

「我們絕對有權利待在這裡！」

「權利，」杰克望著眾人說：「這在美國是重要的，對不對？」

「對！」

「在這裡你們有權利以勞力換取工資，而且是合理的工資。你們有**權利**獲得足以維生的待遇，只是你們必須爭取。他們不會雙手奉上。比起你們能不能活命，他們更在乎自己的荷包。我們必須團結起來，替他們採收的男女孩童，必須攜手挺身，大聲說出**到此為止**。我們不要被當成廢物對待。我們要在十月六日進行抗爭，把消息傳出去。要以和平的方式進行。這點很重要。這是為了抗議，不是為了打架。你們要進入棉花田，坐下來。就這樣。如果能拖延生產，哪怕只有一天，也會讓他們有所警覺。」

「他們的警覺是危險的，」有人嚷道：「他們會想傷害我們。」

「他們每天都在傷害你們。我們必須記住我們要爭取的是什麼。」杰克說：「六號那天，我的同志們會盡可能在整座谷地裡的每塊田、每座農場帶領罷工。假如能在每個地方同時罷工，就可以……」

警笛聲打斷了他。

警察。開著巡邏車、閃著警示燈，沿著大路急馳而來。

「是警察！」有人大喊。

「六號罷工。」杰克說：「把消息傳播出去。所有人都在同一天，在每個田裡。」

警車後面跟著貨車，貨車後車斗站滿了手持棍棒和鏟子的男人。

站在其中一輛貨車上的一個男人用擴音器說道：「請解散。你們這是非法活動。」

車輛駛過來停下。大群男人跳下車，手裡拿著武器。

群眾四散開來，有人大聲叫喊，互相推擠。

「蘿芮妲！」一片混亂中，愛瑟看不見自己的孩子。「小安！」

大夥兒往四面八方跑開。開車來的人跳上自己的車駛離，其他人則奔過田野逃命。

愛瑟看見蘿芮妲和小安緊抱在一起，被人潮簇擁著往前走。

她正要跑過去，卻不知被什麼重重地打中頭，隨即倒地不省人事。

●

愛瑟分幾個階段清醒過來。她口乾舌燥，覺得渴。

她記得的最後一件事——

「蘿芮妲！小安！」由於起身起得太猛，不禁一陣暈眩。

杰克在她身邊，說道：「我在這裡，愛瑟。」

她人在床上，所在的房間卻是從未見過。床邊有一張空椅。

杰克遞給她一杯水後坐到椅子上。

「我的孩子呢？」

「娜妲莉送他們到你們的小屋去了。她開妳的車回去。」

「你怎麼知道？」

「我叫她這麼做的。娜妲莉做事從不令人失望。她會進到小屋，把門鎖上。只要有人想傷害他們，她就會開槍。」

「他們會知道我沒事嗎？」

「娜妲莉知道妳跟我在一起，所以他們會知道。她信任我就像我信任她。」

「你們倆好深厚的情誼。」

「我們一起經歷過許多事。」

愛瑟喝了水一頭倒回床上。她有耳鳴，後腦勺也砰然作痛。她小心地伸手去摸，一看指尖上有血。「是怎麼回事？」

「其中有個壞蛋打了妳。」

愛瑟看見杰克的指節破皮流血。「你揍他了？」

「還有另外幾個人。」他將一條毛巾泡進水盆裡，擰乾後放到她額頭上。

涼涼的感覺很舒服。「過了多久了？」

「大概一個小時。他們得到想要的結果了：大家都害怕罷工。」

「他們以前也害怕呀，杰克，但他們還是來了。除了我還有人受傷嗎？」

「有三五個，另外有一些人被捕。他們把穀倉燒了，我們的油印機和打字機也全部被沒收。」

愛瑟環視這個小房間，裝潢非常簡單：一個老舊的斗櫃、一個床頭櫃上面有一盞黃銅燈、一塊碎布小地毯。每面牆邊都排放著疊得高高的紙張、書本、雜誌和報紙，掩蓋了大部分牆面。沒有鏡子，沒有衣櫥，只有幾件男人的衣服掛在牆壁掛鉤上。一切看起來都很臨時，也或許沒有女人的男人生活就是這樣。「我們在哪？」她問道，但其實她知道。

「我進城的時候會在這裡過夜。」他停頓下來。

「真有趣，你沒說你住在這裡。」

「我的生活，它……比較像是一個理念。一個目的。又或者本來是這樣。」

「這是什麼意思？」

「許多年來，我都在抗爭，想讓有錢人付給工人足夠維生的工資。我討厭貧富之間的不平等，也曾經因此被毆打還入獄。我看過我的同志們挨打，可是今晚……當我看見妳被打……」

「怎麼了？」

「我覺得……不值得。」他看著她。「妳動搖了我，愛瑟。」

她感覺好像與他產生了一種連結，卻不知該如何是好，該如何向他伸手又不自取其辱。「跟你在一起，我也不像平常的我。」她只想得出這句說詞。

他伸出手握住她的手。

沉默變得尷尬。他彷彿在等她開口，但要說什麼？

「妳的臉和頭髮上有血。我送妳回家以前，也許妳會想先洗個澡，免得孩子們看見妳這副模樣。」

杰克扶她下床，走進小浴室，轉開瓷浴缸的水後，便留下她一人。

她脫去衣服跨入浴缸，嘆了一口氣的同時，滑入熱水中。

好久沒有這麼放鬆了。她洗了頭髮和身體，整個人感覺煥然一新。

但在此同時，她也想著杰克。

妳知道妳有多美嗎？她始終沒忘記他說過這句令人驚訝的話，而現在，他又說她動搖了他。可以肯定的是他也同樣讓她心旌搖曳。

她跨出浴缸擦乾身子，然後用浴巾裹住裸體，彎腰拾起破舊的連衣裙。

她忽然定住。

一旦重新穿上那身衣裳，她又會成為愛瑟。

她不想這樣。至少她不想要成為那個老是保持沉默、獲得較少也認命的愛瑟。她寧可主動求愛，就算失敗也好過從未爭取。

她慢慢轉動門把。

即使在開門之際，她仍不太敢相信自己會這麼做；她，滿心渴望丈夫的撫觸超過十二年，卻一次也鼓不起勇氣向他伸手，此時竟只圍著一條浴巾要走出浴室。

這似乎是她這一生最大膽的舉動。她開了門走進臥室。

杰克叉著手，靠牆而立。看見她後，他放下手臂，走向她。

她任由浴巾掉落，盡可能不為自己的一身瘦骨自慚形穢。

他停下來，隨後又靠近了些，輕喚她的名字。

愛瑟不敢相信他眼中的神情，但明明白白。那是慾望。對她的慾望。

「妳確定嗎?」他問道，同時從她裸露的肩膀拈起一綹頭髮。

「我確定。」她說。

他拉起她的手牽著她上床。她伸手想去關燈，被他阻止了，他粗聲說道：「不要，我想看妳，愛瑟。」

他將襯衫與汗衫丟到一旁，踢掉長褲，將她抱進懷裡。

「告訴我妳想要什麼。」他吻上她的唇，喃喃地說。

面對他的要求，她不知該說什麼，她沒有答案。

「也許妳想要我親妳這裡？或這裡？」

「我的天哪……」她驚呼一聲，他笑著又吻了她。他的撫觸十分神奇，製造出一種她既無法控制也無法拒絕的需求，讓她渴求更多。

他的手在她全身遊走，那種親密的撫摸她想都沒想過。世界不存在了，它不停往下旋轉消失殆盡，直到只剩下她的慾望與需求。從來沒有人如此了解她，他讓她看見自己身體的力量，自己需求的美。她與他一起大膽嘗試她一直以來夢想的所有事情。紓解的感覺一波接著一波，她覺得整個人輕飄飄、沒有軀體，與房間裡的空氣合而為一。在飄浮著。當她終於甦醒過來——在她化為無物僅剩需求之後，肉體又再度重現，確實是這樣的感覺——她睜開眼睛。

杰克側躺，凝視著她。

她大膽地湊上前去，親吻他的唇、他的鬢邊。吻著吻著，她赫然發覺自己在哭。

「別哭啊，我的愛。」他輕輕地說，一面摟住她，讓她依偎在他懷裡。「不只是這樣而已，我向妳保證。這只是開始。」

我的愛。

●

「妳快把地板給踩凹了。」娜姐莉吐出香菸說道。

蘿芮姐於是不再踱步。「都已經兩個小時了。說不定她死了。」

小安倏地起身。「妳覺得她死了？」

蘿芮姐搖頭。笨蛋。「不是，小安安。我沒有。」

「她會回來的，」娜妲莉說：「杰克會把她安全送回來。」

蘿芮姐聽見外面有腳步聲。

「小安，」她急忙喊道：「過來。」

他衝到她身邊，緊貼著她的大腿。她一手搭在他肩上護著他。

門打開時，娜妲莉起身站到他們倆前面。

杰克和媽媽走了進來。

「媽咪！」小安撲向母親。

「哇，」媽媽說：「慢一點，小兄弟。我沒事。」她低頭親親兒子的頭頂。

杰克說：「她現在應該睡一覺。」他扶著媽媽上床就寢。

小安立刻爬上母親的床尾，像隻小狗似的縮起身體。

蘿芮姐、娜妲莉和杰克往門口走去。

「她真的沒事嗎？」蘿芮姐問。

「是的。」杰克回答：「後腦勺被狠狠打了一棍，不過要阻擋妳母親，光是這一棍可不行。她是個戰士。」

「好危險。」蘿芮姐第一次體會到這幾個字有多真實。大家都這麼說，她卻直到今晚才真正領悟。罷工得冒著失去一切的危險，不只有工作，事情可能真的會一發不可收拾。

「妳現在知道了，」杰克說：「像這樣的抗爭並不浪漫。國民兵拿著刺刀追罷工人士的時候，我人就在舊金山。」

「那天有人死去。」娜妲莉說：「是罷工的人。他們把那天叫作血腥星期四。」

「但我們還是得對抗他們，」蘿芮妲說：「用我們所有的一切。就像媽媽拿著球棒到醫院去替阿琴討阿斯匹靈一樣。」

「對，」杰克看著她們說：「我們必須要。」

34

六號清晨，天將亮之前，愛瑟和孩子們爬上一輛等著載人的威提貨車。

工人們安安靜靜，默不作聲，也不太願意有眼神的交流。愛瑟不知道這究竟意味著他們支持或是反對罷工，但所有人都知道這件事。罷工的傳聞無所不在。小心的言詞，在陰暗的角落裡談論著。凡是在谷地裡工作的人都知道今天要罷工。這表示地主們也知道。

「我要妳和小安一刻都不能離開我的視線。」貨車來到棉花田前面停下時，愛瑟這麼說。杰克的車停在路中央，他、娜妲莉和幾位同志拿著標語牌，在等候罷工者。通往田裡的柵門開著。

「合理工資！合理工資！合理工資！」工人們爬下貨車時，杰克高呼著口號。

杰克和娜妲莉背後的路上出現了幾輛汽車與貨車，慢慢地往前開。不到幾分鐘，杰克與同志們便會被夾在前面的罷工人士與後面的地主之間，同時被兩旁架設了圍籬的棉花田包抄起來。

工人全體停下，聚攏站在一起，面對著共產黨員。

那第一輛汽車來到杰克的貨車後面停了下來。有三個人下車，個個手持步槍。

另外有一輛貨車停在汽車旁邊，又有兩個人跳下車。

第三輛貨車駛到定位，威提先生拿著獵槍現身。他往前走，來到杰克身後約一米處止步，面向著罷工者。「今天的工資要調降為四十五公斤棉花七十五分錢。」威提說道：「你們要是不肯接受這個工資去採收，多的是願意的人。」

五名持槍的男人在他背後一字排開，隨時準備開槍。

杰克轉身面對威提，無畏地朝地主走去，直接站到他跟前，成為罷工者的箭頭。

「他們不會接受那種工資。」杰克說。

「你根本也不是替我工作的人，你這滿口謊言的赤匪。」威提說。

「我想幫助這些工人，如此而已。你的貪婪違反了美國精神。他們不會拿七十五分錢的工資。那根本不夠維生。」杰克轉向工人們。「他需要你們採收，卻不想付錢。各位怎麼說？」

沒有人回答。

威提的手下用槍管拍打著掌心。

「他們比你聰明，赤匪。」威提說。

愛瑟知道他們現在應該怎麼做，他們每個人都知道。杰克在穀倉時告訴他們了。**平和地進到田裡，坐下來。**

如果他們不移動，不行動，這場罷工還沒開始就會結束，他們也就輸了，而大老闆們會更強大。

愛瑟兩手各搭在一個孩子肩上。「走吧，孩子們。我們下田。」

他們往前走，穿過人群，走出人群，三個孤單單的身影，走在最前面，朝棉花田入口移動。

鐵絲網籬上方的刺網在陽光下閃爍不定，有個持槍男人站在槍塔的矮牆邊，槍口瞄準工人。

「看到了吧？」威提對杰克說：「這個小婦道人家知道是誰出的錢。七十五分錢總比什麼都沒有要好。」

愛瑟從杰克和威提身旁走過，沒有向兩人看上一眼。她和兩個孩子走進了棉花田。

蘿芮妲回頭看。「沒有人跟我們來，媽。」

跟上來吧，愛瑟暗想，**拜託，別讓我們孤軍奮戰。否則一切就白搭了**。杰克說全部的人都得一起行動，才能阻止生產。

「合理工資！」杰克在她背後高喊：「合理工資！」

走進棉花田這段路是愛瑟這一生中最漫長的六分鐘。她來到一行棉花前面站定，轉過身。

有好一會兒，採收工們動也不動地站在原地，看著愛瑟母子三人獨立於田間。

艾克率先挺身而出，他擠過人群，朝敞開的柵門走去。

「媽，妳看。」蘿芮妲壓低了聲音說，只見工人們一個一個跟隨艾克走進田裡，站到田壟間。

工人們一齊面向威提。

「開工吧，爺們。」威提說。

好像在場的只有男人。

愛瑟注視著站在一行行棉花間的人，**她的**同胞，她的同類。他們的勇氣讓她慚愧。「大家都知道該怎麼做！」她高聲喊道。

工人們坐了下來。

●

暮色將近時，罷工者在東家與其手下的怒視下，紛紛起身走出棉花田。

罷工者靜坐占據了田地一整天。

杰克在大路上等他們，他嘴唇在流血，還有一隻眼睛變得黑青，卻仍露出微笑迎接眾人。「幹得好，各位。我們讓他們上心了。明天我們得更早開始。這回他們會做好準備，而且不會派車去接你們。我們清晨四點，在中央旅社外會合。」

他們走長長的路回家，所有人一起。

蘿芮姐歡天喜地地說：「今天一顆棉鈴都沒採。這下肥貓先生總該知道不能再占我們便宜了。」

愛瑟走在杰克身旁。她真希望自己能像女兒那般高興，只是她的憂慮凌駕了興奮。她感覺得出來大多數罷工者都和她有同樣的心情。看著杰克瘀青的臉，她說道：「看得出來，你的確是吸引到他們的注意了。」

他靠近過來，走路時手指拂過她的手。「當一個人訴諸於暴力，就代表他害怕。」杰克說：「這是好預兆。」

「我們的情況會不會變得更糟？」

「他們明天會準備好應付我們。」杰克說。

「這要持續多久？」她問道：「沒有救濟金，我們會有麻煩的，杰克。我們不採收就不能在店裡賒帳，而我們誰都沒有積蓄。我們沒法撐太久……」

「我知道。」杰克說。

他們來到了威提地主營區。住在這裡的工人轉了進去，走回自己的帳棚與小屋。蘿芮姐和小安跑到最前頭去了。其他人則繼續沿著大路走。

杰克和愛瑟停下腳步，看著彼此。「妳今天真了不起。」他輕聲說道。

「我只是坐下來而已。」

「這是很大膽的，妳也知道。我就說他們會聽妳的吧。」

她摸摸他眼下腫起發紫的皮膚。「你明天得要小心。」

「我向來很小心。」他對她微微一笑，卻並未發揮本該有的撫慰作用。

●

當天晚上稍晚，愛瑟站在電爐前攪動一鍋豆子。

忽然有人用力敲門，震得牆壁晃動起來。

「孩子們，到我後面來。」她說完便去開門。

只見一個男人站在門口，拿著一把鐵鎚。「喲喲，」他說：「這不是站在隊伍最前面那個女人嗎，赤匪的婊子。」

愛瑟用身體擋住孩子。「你想做什麼？」

他塞給她一張紙。「識字嗎？」

她從他手中搶過通知書讀了起來。

致真實姓名不詳之某某：

特此告知住戶須遷出並返還目前住所予本人，該住所地址為「加利福尼亞土地十號屋」。

由於住戶非法侵占上述住所，須於收受此通知後三日內遷出，倘未能如期遷出，將依法提起訴訟。

威提農場主人湯瑪斯·威提

「你要趕我們出去？我住這裡怎麼會是非法？」愛瑟說：「我可是每個月付六塊錢租金呢。」

「這是採收工的小屋。」男人說：「你們今天有採收嗎？」

「沒有，可是……」

「再兩晚，太太。」男人說：「到時我們會回來把你們所有的廢物都丟到外面去。已經通知過嘍。」

他隨即離去。

愛瑟站在開著的門口，注視著一片混亂的營區。有十來個男人晦氣森森地往前移動，或是拿著通知單猛敲門，還把門踢開，遞出驅逐通知，或是將通知單釘在每座帳棚附近的柱子上。

「他們不能這樣！」蘿芮妲嚷嚷道：「豬玀！」

愛瑟拉著孩子們進屋，砰地將門關上。

「他們不能因為我們行使美國人的權利就把我們趕出去，」蘿芮妲說：「對不對？」

愛瑟看出蘿芮妲已接受了事實，她確實了解了風險所在。以前在渠畔營地的生活儘管艱難，他們至少有個帳棚。如今若是被踢出這裡，他們就什麼都沒有了。

地主們知道這一切，知道明天工人會較難作出不採收的決定，後天還要更難。挨餓、無家可歸、就快餓死的人，能挺一個理念挺多久？

●

愛瑟被一隻手緊緊摀住嘴巴而驚醒過來。

「愛瑟，是我。」

杰克。她坐起身來。

他這才將摀嘴的手放下。

「怎麼了？」她小聲地問。

「聽說會有事端。我要妳和孩子今晚離開營區。」

「對。他們今天驅逐了所有的人。我想這只是個開端。」她掀開被子下床。他的手滑下她的身側，很快地輕撫一下。

愛瑟關上氣窗，然後點亮煤油燈，叫醒孩子。

小安嘟囔著踢她，翻身又睡。

「怎麼了？」蘿芮妲打著呵欠問。

「杰克說明天可能會出事，他要我們搬出去。」

「離開小屋？」蘿芮妲說。

在微弱的燈光下，愛瑟看見女兒眼中的驚恐。「是的。」愛瑟說。

「那好吧。」蘿芮妲用手肘撞撞弟弟。「起來，小安，我們要走了。」

他們很快地收拾好寥寥無幾的家當，將箱子連同過去幾個月撿回來的木箱與桶子，一起裝上貨車車斗。

最後，愛瑟與蘿芮妲站在門口，同時凝望著那兩張生鏽的金屬床架與床墊以及小電爐，心想那是多麼奢侈的享受。

「等罷工結束，我們可以再搬回來。」蘿芮妲說。

愛瑟沒有答腔，但她知道他們不會再住這裡了。

他們離開小屋，走向貨車。

孩子們爬上後車斗，愛瑟坐上駕駛座，杰克則坐到她旁邊的位子。

「準備好了嗎？」他說。

「應該吧。」

她發動引擎，但沒有開頭燈。貨車低聲隆隆地上了路。

愛瑟將車停在以木板封釘的中央旅社前面，就是淹水時他們待的地方。

杰克解開前門的沉重鎖鏈，帶領他們進去。

門廳散發著香菸與汗水的臭味。有人來過，而且是最近不久。杰克摸黑帶他們上樓，到了二樓第一扇關著的門前停下來。「這裡面有兩張床。蘿芮妲和小安？」

蘿芮妲疲倦地點點頭，讓半睡半醒的弟弟斜靠在自己身上。

「別開燈，」杰克說：「早上要罷工的時候，我們會來叫你們。愛瑟，妳的房間在……隔壁。」

「謝謝。」她捏捏他的手，讓他走，然後將孩子分別安頓到他們自己的床上。

沒一會兒功夫，小安就睡著了，她可以聽到他的呼吸聲。她頓時痛苦而清楚地意識到這個單純的聲音正是她最基本的責任，他們的生命仰賴著她，而她要讓他們參加明天的罷工。

「妳露出充滿擔憂的臉了。」當愛瑟來到蘿芮妲床邊在她身旁坐下時，蘿芮妲這麼說。

「我這是充滿愛的臉。」愛瑟撫著女兒的頭髮說：「我很為妳驕傲，蘿芮妲。」

「妳害怕明天的事。」

讓蘿芮妲明明白白看出自己的恐懼，愛瑟本該感到羞愧，但她沒有。或許她厭倦了在人前隱藏自己，厭倦了自認為不夠好；那口井她已填埋多年，如今井空了，它的重量不見了。「對，」她說：「我害怕。」

「但我們還是要去做。」

愛瑟微微一笑，又再次想起祖父。事隔數十年，但她終於徹底明白他當時說的話是什麼意思。人生中重要的不是恐懼，而是當你害怕時所作的選擇。勇敢是因為你害怕，而不是不害怕。「是的。」

她彎下身親吻女兒的額頭。「好好睡，寶貝女兒。明天會是個大日子。」

愛瑟留下孩子，走進隔壁房間，杰克正坐在床上等她。床頭櫃上的黃銅燭臺點了一根蠟燭。裝著他們家當的幾只箱子堆在一面牆邊。

杰克起身。

她大膽地迎上前去。在他眼中，她看見了愛。對**她**的愛。那份愛年輕、嶄新，不像蘿絲與東尼的愛那麼深沉、篤定、熟悉，但終究是愛，否則至少也是個美麗、充滿希望的愛的開端。她這一輩子都在等待這一刻，渴望這一刻，她不會視而不見、不理不睬地任由它溜走。罷工前的這幾個小時感覺格外珍貴。「我答應了一個姊妹淘要做一件瘋狂的事。」

「哦，是嗎？」

她舉起雙手勾住他的脖子。「我從來沒邀請過男人跳舞，而且我知道現在沒有音樂。」

「愛瑟，」他湊上來吻她，一面隨著沒有聲音的歌曲移動腳步，一面低聲地說：「我們就是音樂。」

愛瑟閉上雙眼，由他帶引。

獻給妳，阿琴。

35

愛瑟是被吻醒的。她慢慢張開眼。昨晚她睡了這輩子最舒服的一覺，在目前這種情況下，幾乎有種淫穢的感覺。

杰克俯身對她說：「我的同志們應該已經在樓下了。」

愛瑟坐起來，撥開掉在眼前的凌亂髮絲。「你們有多少人？」

「全州有數千人，但我們分成許多戰線。從這裡到佛雷斯諾的每塊田地，我們都盡可能地分派召集人。」他又親她一下。「樓下見。」

愛瑟下了床，（赤身裸體）走向一只放家當的箱子。翻找一陣後，找到了她的日記和小安最新從學校垃圾桶撿回來的鉛筆頭。

她重新坐回床上，將日記翻開到第一頁空白，動筆寫了起來。

一切都失去後留下的只有愛。這句話在我們離開德州時，我就應該告訴孩子們的。今晚我會告訴他們，雖然他們還無法理解。怎麼可能理解呢？我四十歲了，我自己也才剛剛領會到這個根本的事實。

愛。在美好歲月裡，它是夢想。在艱難歲月裡，它是救贖。

我戀愛了。事實擺在眼前。我現在把它寫下來。很快我會大聲說出來。對他說。

我戀愛了。儘管聽起來瘋狂、荒謬又不可置信，但我戀愛了。而且我也獲得愛的回報。

而這個——愛——給了我今天所需要的勇氣。

四方的風將我們吹到這裡來，大夥兒從全國各個角落，來到這塊遼闊土地的邊緣上，如今我們終於表明自己的立場，為我們所知道對的事情而戰。我們為我們的美國夢而戰，讓這個夢想能再次變得可能。

杰克說我是個戰士，雖然我並不相信，但我知道：戰士會相信一個看不見的目標，並為它而戰。戰士絕不會放棄。戰士會為比自己弱小的人而戰。

在我聽來就像母愛。

愛瑟闔上日記本，很快地換好衣服，便到隔壁房間去。

小安正在床上蹦跳著說：「看我，蘿芮妲。我在飛。」

蘿芮妲不理會弟弟，自顧自地咬著大拇指指甲一邊踱步。

愛瑟一進來，他們倆都停止動作。

「時間到了嗎？」蘿芮妲問道。她兩眼發亮，神情興奮，已準備出發。

愛瑟覺得憂慮揪心。「今天會很……」

「危險。」蘿芮妲說：「我們知道。大家都在樓下了嗎？」

「我想我們應該……」

「再談談？」蘿芮妲不耐地說：「我們已經談很多了。」

小安跳下床，赤腳落定在姊姊身旁。「我是魅影！我誰也不怕。」

「好吧。」愛瑟說：「總之今天我們要待在一起，我每分每秒都要看到你們兩個。」

蘿芮妲推著愛瑟走向房門，小安邊穿靴子邊喊：「等等我魅影！」

他們三人下樓時，門廳空蕩蕩，但短短幾分鐘內便擠滿了人。勞工聯盟的成員三五成群，有的將傳單疊放到桌上，有的將標語牌靠在牆邊。來自渠畔營地、威提農場與在亞文新建立的移墾管理局營區的勞工們，默默地站在一旁，神情焦慮。

愛瑟看見傑布和幾個孩子站在後面的角落裡，艾克則和幾個威提營區的工人在一起。

蘿芮姐拿起一塊寫著「合理工資」的牌子站到娜妲莉旁邊，娜妲莉的牌子上寫的是「勞工團結」。

杰克站在大廳最前面。「朋友們，同志們，時候到了。要記住我們的計畫：和平罷工。我們到田裡坐下來，如此而已。希望今天早上全州都能同時進行，也希望能有更多工人加入我們。我們走吧。」

眾人魚貫走出旅館，集結在街上。他們的人總數不到五十。娜妲莉坐上杰克貨車的駕駛座，啟動引擎。杰克站在鋪著木板條的後車斗上，面向少少的群眾。「少數幾個勇敢的人也可能改變世界。今天我們要為那些害怕的人而戰。我們要爭取足以維生的薪資。」他扯開嗓子大喊：「合理工資！合理工資！」

蘿芮姐高舉起標語，跟著他一起高呼：「合理工資！合理工資！」

貨車緩緩往前行駛，罷工者尾隨在後。杰克彎身拿起擴音器，將他的呼喊聲傳送出去。「合理工資！合理工資！」

愛瑟母子三人與罷工者走在貨車後面，聽著杰克喊口號。

他們經過一塊「鴻運」牌菸草的廣告看板。有幾個生活在看板底下的人站了起來，漫步走過褐色田地，加入罷工行列。

走了四百公尺後，又有一群神職人員舉著「給勞工最低工資！」的標語加入他們。

每到一條新的路或營地，就有更多人加入。他們的聲音愈來愈響亮。**合理工資！合理工資！**

愈來愈多人融入。

到了某處，愛瑟轉頭看見了大批人群，肯定有六百人了，全都是要來一起爭取像樣的薪資。

她用手肘撞了撞蘿芮姐，頭往後一扭，好讓蘿芮姐回頭看看他們身後的人。

蘿芮姐咧嘴一笑，呼喊得更加大聲。「合理工資！合理工資！」

杰克和勞工聯盟的人說得對。地主們若想在天氣變冷、作物被霜凍壞以前採收棉花，就得合理地對待工人。這和共產黨或煽動份子無關，這是為了爭取每個美國人應有的權利。

過了一公里半，他們轉了個彎，現在已有將近千人，舉著標語高呼口號前進，眼看就快到威提農場的入口。面前的道路筆直地往前延伸，兩邊都是圍著圍籬的棉花田。有個男人單槍匹馬站在路中央等他們。是威提。

娜妲莉把車停在他正前方。

杰克依然站在車斗上，透過擴音器對大批群眾說話。「勞工們，今天是你們的大日子。你們的重要時刻。地主們會聽你們的。你們有這麼多人在說『**到此為止**』，他們不能充耳不聞。」

蘿芮妲大聲地回應，呼喊道：「到此為止！到此為止！」

群眾也加入了，同時揮舞牌子壯大氣勢。

「我們要平和，但也要堅定立場。」杰克透過擴音器說：「不要再任人擺布，不要再挨餓。你們工作一天就應該領一天的合理工資。」

愛瑟聽見引擎的隆隆聲。她知道其他人也聽見了。呼口號的聲音逐漸淡去。

「下田去吧，」杰克說：「去坐下來，必要的話就衝破柵門。」

愛瑟回過頭，看見一輛載滿工人的乾草貨車停在罷工群眾後面，駕駛按著喇叭要他們讓路。

「是工賊。他們來搶你們的工作了。」杰克說：「別讓他們進去。」

眾人分散開來，用身體擋住貨車進入柵門的路。

「拒絕工作！合理工資！」杰克高喊。

威提走到杰克的貨車側邊，面向罷工者說道：「我今天要付七十五分錢。誰想要餵飽家人，搬進我的小屋住？這個冬天誰想在營區商鋪裡賒帳，還有床墊可睡？」

「才不要！」杰克大喊。

群眾紛紛鼓譟附和。

威提身後的路上出現一輛貨車，有個男人下車來，一把步槍隨意地扛在肩上。他走向棉花田打開柵門。

「他們不會開槍。我們又沒做錯什麼。」艾克嚷道：「堅定點！」

持步槍那人爬到槍塔上，用槍瞄準罷工群眾。

「他不能無緣無故射我們。」艾克喊道：「這裡可還是美國。」

罷工群眾後面又來了更多貨車，載滿了願意接受七十五分錢工資的工人，車子按著喇叭要罷工者讓開。

「別讓他們過去。」杰克喊道。

警笛聲。

警車與汽車與貨車疾駛過遠方道路，揚起漫天塵土。他們一輛接著一輛轉進這條路，停成一整排，在杰克的貨車前方形成一道屏障。

車門開了，手持棍棒與槍的蒙面男子跳下車來。

是保安團。有十個人。

警察也從警車上下來，槍已在手。

保安團的人慢慢往前走。

罷工群眾往後退，呼口號的聲音安靜了下來。

「會蒙面就是因為他們對自己的所作所為感到羞恥。」杰克透過擴音器說：「他們知道這是錯的。」

愛瑟瞪視著蒙面男子朝她和孩子走來。她將孩子摟在身邊，開始後退。

「媽，不要！」蘿芮姐叫嚷道。

「噓。」愛瑟連忙將蘿芮姐拉近。

「不要動搖。」杰克說。接著他正視著愛瑟說：「不要害怕。」

三名保安團員跳上杰克的貨車車斗，一人用棍子狠打杰克的背，杰克手中的擴音器掉落，人往前踉蹌。保安團員抓住杰克的頭髮，把他拖下車，其中一人用槍托重擊杰克的頭。杰克跪了下來。

「開工吧，」威提吼道：「罷工結束了。」

保安團員將杰克圍起來，開始對他又打又踢。

工人們往後退，有些人慢慢靠近棉花田。工賊的貨車還在按喇叭要他們讓路。

「愛瑟！」杰克大聲呼喊，也因此又被重踢。

她知道他想要什麼。**他們會聽妳的。**

愛瑟爬上後車斗，拿起杰克的擴音器面對罷工者。她的手在發抖。「停下來！」她高喊道。

工人們不再後退，都仰頭看她。

她呼吸粗重。再來呢？

好好想。

她認識這些人，了解他們。他們是她的同胞。**她的同類**，加州人不屑地這麼說，但其實這是讚美。

他們和她一樣。今天，他們是一個新團體的份子，眾人一齊挺身而出，用自己的聲音說出「到此為止」。他們在半夜裡餓著肚子醒來，為自己的權利站出來，現在該輪到愛瑟讓孩子們看看她祖父許久以前教了她什麼。她伸手握住頸子上那個柔軟的絲絨小袋。**聖猶達，絕望者與無望之人的主保聖人，幫幫我吧。**

「怎樣？」有人喊道。

「希望，」愛瑟開口道。她的輕聲細語透過擴音器成了怒吼，眾人頓時安靜下來。「希望是我隨身攜帶的一枚硬幣，價值一分錢，是我愛上的一個男人送給我的。在人生旅途中的……某些時刻，我會覺得這枚硬幣與它象徵的希望，是唯一推著我往前走的動力。我向西行……尋求較好的生活……但我的美國夢卻完全變調，因為艱困與貧窮。」她看著威提說：「還有貪婪。這些年來，一直都在失去：失去工作、家、食物。我們遭到深愛的土地背叛，一敗塗地，無一倖免，就連經常談論天候、為了當季小麥作物大豐收互相道賀的頑強老人也不例外。『男人得拚命才能在這裡謀生，』他們會對彼此這麼說。」

愛瑟望著群眾，看見在場有那麼多婦女孩童，仰頭看著她。她在他們眼裡看見自己的人生，從他們下垂的肩膀看見自己的痛苦。

「男人。說的總是男人。他們似乎覺得煮飯打掃、生養小孩、照顧園子，根本不算什麼。可是我們這群大草原上的婦女也是從日出忙到日落，在小麥農場上辛勤耕耘，直到和自己深愛的土地一樣被太陽烤得又乾又焦。有時候，閉上雙眼，我發誓我還能嘗到塵土味。」

愛瑟在此打住，驚訝於自己的聲音竟變得那般鏗鏘有力。她凝神注視這群工人，頭一次發現他們襤褸的衣衫與飢餓的面容其實是勇氣與存活的徽章。他們是沒有放棄的好人。「我們來這裡是為了找到更好的生活，為了餵養我們的孩子。我們並不懶惰也不是不中用。我們不想過現在這種生活。是時候了，」她說：「是時候該說出**到此為止**了。營區商鋪欺騙我們，讓我們貧窮不得翻身，到此為止。降低薪資，到此為止。把我們利用完就丟棄，還讓我們互相鬥爭，到此為止。我們值得更好的待遇。**到此為止了**。」

「到此為止！」艾克吼道。

蘿芮妲也高喊：「到此為止！」

大夥兒停頓片刻後，重新整隊，阻擋住工賊，並齊聲高喊與愛瑟應和。

「到此為止。到此為止。到此為止！」

群眾揚起聲音與標語，無視高塔上的槍手與警察與蒙面保安團員。

他們的勇氣令愛瑟驚愕也獲得鼓舞，她於是跟著一起高呼口號。

「合理工資！」採收工們呼喊道，同時高高舉起標語牌。

愛瑟聽見一個尖銳的呼嘯聲，接著好像有個金屬物體重重掉在她腳邊。轉眼間，冒煙了，煙霧掩蓋了一切，遮蔽了整個世界。

愛瑟的眼睛刺痛。她看見罷工群眾盲目地奔跑互撞，驚慌失措。他們退離開了貨車。

有人喊道：「他們在丟催淚彈！」

又有更多催淚金屬罐呼嘯而過，落在人群中，冒出洶湧翻滾的煙霧。

愛瑟拿起擴音器。「往田裡跑，不要跑開。」她扯著嗓子喊，一面劇烈咳嗽。她擦拭雙眼，卻沒有幫助。「別放棄呀！」

工人們驚惶地往四面八方跑，彼此撞來撞去，在刺眼的催淚瓦斯當中，誰也看不清。

忽然一聲槍響，即使在混亂之中也清晰可聞。

愛瑟感覺被什麼東西打中，力道大得讓她打了個踉蹌，脅邊驀地一緊。

溫熱，溼溼，黏黏的。

我在流血。

她聽見蘿芮妲尖叫：「媽！」愛瑟想回答，想說**我沒事**，可是好痛。

好痛。

擴音器從她手中掉落，她聽見它撞在車斗上砰咚一聲。在灼熱、刺眼的煙霧瀰漫中，她看見蘿芮妲一面推擠過人群一面叫喊，小安則跌跌撞撞跟在她身旁。

愛瑟一心只希望保持清醒，等他們來到她身邊，告訴他們她有多愛他們，但疼痛漸漸超越她所能忍受，不斷地掐緊直到她無法呼吸……**我的寶貝們**，她心中暗想，手朝他們伸出。

●

事情彷彿以慢動作發生：槍響、媽媽顛仆向前、血染紅她的衣裙。杰克甩開阻擋他的人。

蘿芮妲尖叫著拉起小安的手，在驚慌的人群中，拚命擠向貨車。她看見杰克搶了一名保安團員的棍子反打對方，又揮拳打倒另一人。

「他們開槍射她了！」有人高喊道。保安團的人退離開貨車。

杰克跳上貨車車斗，將媽媽抱在懷裡。

「她還活著嗎？」蘿芮妲尖聲問道。

媽媽睜開發紅、泛淚的眼睛看著杰克。「我們失敗了。」

杰克抱起媽媽下了貨車。

他抱著愛瑟，站在罷工者面前。她的血從他的手指間滴落地上。催淚瓦斯從旁飄過。

「罷工……帶領他們。」媽媽低聲地說，蘿芮妲明白她的意思。

「抓住他們！」威提對著他的爪牙吼道，但警察一一退離開這個滿身鮮血的女人。保安團員都呆立不動，有些人還丟下武器。工賊們也都靜默無聲。

蘿芮妲看見腳邊有一把步槍。她拾起了槍，走向擋在棉花田入口的威提，用槍口抵住他的胸膛。

威提雙手舉到半空中。「妳不敢……」

「是嗎？你要是不閃開，我就殺了你。我說到做到。」

「這麼做不會有什麼好處。我不會讓你們這該死的罷工得逞。」

蘿芮妲拉開保險。「不會是今天。」

威提慢慢地往旁邊移動。

艾克推開人群，走上前來。他從杰克身邊經過，走進田裡。接著傑布父子們也跟了上去……接著是巴比・藍德父子。

工人們默默地、肅穆地魚貫走進田裡，在田壟間就定位，今天絕不讓任何人採棉花。

倒在杰克懷裡的媽媽抬起頭，望著集結在她面前的罷工者，微微一笑輕聲地說：「到此為止。」

蘿芮妲儘管害怕又震驚，卻感到有生以來從未有過的驕傲。

●

杰克抱著媽媽踢開醫院大門。「我妻子需要救助。」

櫃檯的女人滿臉驚恐地從舒適的椅子上站起來。「你不能……」

「我他媽的是加州州民。」杰克說：「叫醫生來。」

「可是……」

「馬上，」杰克的口氣充滿危險，連蘿芮妲都感到一絲恐懼。

女人於是去找醫師。

他們等候之際，鮮血滴落在乾淨的地板上。小安見著了開始哭起來。蘿芮妲於是拉他近身。

這時一個穿白袍的男人匆匆朝他們而來，身邊跟著一個穿著筆挺制服的護士。

「腹部中槍。」杰克說，他話還沒說完聲音就分岔了，蘿芮妲看見他的恐懼，也因而更增添她自己的恐懼。

醫生請求支援，片刻過後，媽媽便躺上輪床被推走。

杰克將小安拉進懷裡抱住，蘿芮妲移步到他們身邊，杰克也伸出手臂摟住她。

蘿芮妲滿腦子只想到自己以前對母親有多壞。這許多年來。如今有太多話要說，有太多結要解。她想告訴母親她有多愛她、多崇拜她，說她長大以後想變得跟她一樣。這些話以前為什麼不說呢？

蘿芮妲擦拭淚水，淚卻仍掉個不停。她甚至無法為了小安堅強起來。這是她多年來第一次禱告。**求求祢，天主，救救她。**

我不能沒有媽媽。

●

白色。

燈光太亮。

刺眼。

痛。

愛瑟再次睜開眼睛，由於頭頂上的燈光太強，不由得瞇起眼。

她躺在床上。

她慢慢轉頭，每一口呼吸都痛。

杰克坐在床邊的椅子上，腿上抱著小安。她兒子的眼睛紅通通，布滿血絲，長著雀斑的臉頰淚痕斑斑。

「愛瑟。」杰克輕聲喊道。

「她醒了。」小安說。

蘿芮姐衝了過來，幾乎是把杰克和弟弟推開。「媽咪。」她喊著。

媽咪。

這兩個字喚回了所有記憶：愛瑟哄著蘿芮姐入睡，念故事書給她聽，教她做義大利寬麵，在她耳畔小小聲地說**要勇敢**。

「這是哪……」

杰克摸摸她的臉。「妳在醫院。」

「所以呢？」

她從這幾個她心愛的人眼中看到了答案。他們已經在哀悼。

「他們無法挽救，」杰克說：「體內出血太嚴重，還有妳的心臟……他們說心臟有點問題，說是無力之類的。他們給了你止痛藥……其他的就做不了什麼了。」

「可是他們錯了，」蘿芮姐說：「一直以來每個人都誤會妳了，媽。對不對？就跟我一樣。」蘿芮姐哭起來。「妳不會有事的。妳那麼堅強。」

愛瑟不需要他們說也知道自己命在旦夕。她感覺得到自己的身體正慢慢停止運作。

但不是她的心。當她看著讓她見識到全世界的這三人，她覺得心已飽脹到容不下那所有的愛。她原以為她有一輩子的時間可以向他們展現她的愛。

時間。

她的時間走得太快。她才剛剛發現真正的自己。

她原想用一輩子教給孩子們他們需要知道的事，只可惜天主並未賜給她如此的恩寵與時間。然而，她已經給了他們重要的東西：他們是被愛的，而且他們知道。其餘一切都只是點綴。

愛會留下。

「小安。」她張開雙臂喊道。

他像隻猴子似的從杰克懷裡爬進她懷裡。他的重量壓下來，讓她一陣劇痛。她親吻他溼濡的臉頰。

「妳不要死，媽咪。」

比起槍傷，這讓她更痛。「我會……看護著你……一輩子。就像……魅影一樣。在晚上……你睡覺的時候。」

「那我怎麼會知道？」

「你會……記得我。」

他哭起來。「我不要妳走。」

「我知道，寶貝。」她替他拭淚，卻感覺到自己的淚水湧現。

杰克看出她的痛，便將小安拉進自己懷裡。看見他抱著自己的兒子，她心如刀割。在電光火石的瞬間……她瞥見了正慢慢消失的未來。他們原本能成為一家人的。

她凝視著杰克。「天哪，我們原本可以擁有多美好的人生啊。」

他往前俯身，懷裡仍抱著小安，然後親吻她的唇，這一吻逗留到她嘗到了他的眼淚。

她抬起一隻手，掌心貼到他臉頰上，讓他最後一次感覺她的觸摸。「替我帶他們回家。」她抵著他的嘴唇輕聲說道。

他點頭。「愛瑟……我愛妳……」

蘿芮妲鑽到杰克旁邊，杰克於是退開，同時撫摩著小安的背安慰他。

「嘿，媽。」蘿芮妲以細如絲的聲音說。

愛瑟注視著她莽撞、美麗、急躁的女兒。「我真想看著妳挑戰這個世界，寶貝女兒。」

「我不能失去妳。」

「妳可以的……而且妳會。」

「這不公平，」蘿芮妲說：「再也不會有人像妳這麼愛我了。」

愛瑟覺得呼吸困難，好像整個人從裡到外都溺水了。她慢慢抬起手，每動一下都痛，然後解開頸間的項鍊。她用顫抖的雙手將絲絨小袋放到女兒的手心。「妳要繼續……相信……我們。」愛瑟停下來喘口氣。疼痛的感覺一秒強似一秒。

蘿芮妲將小袋拿在手裡，淚水撲簌簌落下。「沒有了妳，我怎麼辦？」愛瑟試著微笑卻笑不出來，她太累，太虛弱。「妳要活下去，蘿芮妲。」她喃喃地說：「每一分一秒……都要知道……我有多愛妳。」**找到自己的聲音大聲說出來……把握機會……絕不放棄。**

愛瑟再也睜不開眼。有太多話想說，有一生的愛與忠告想給予孩子，但已經沒有時間了……

要勇敢，她可能說了這句話，也可能只是想在心裡。

36

「她想要我們回家。」蘿芮妲說。這個意想不到的字眼——家——讓她情緒稍稍穩定了下來，像是有個東西可以倚靠。爺爺奶奶。現在她需要他們。

「她是這麼說的。」

杰克抱著哭到睡著的小安。

「那好，我不會把她埋在這裡。」蘿芮妲說：「我和小安也不能留下。就算德州還有沙塵暴，我們也不能留在這裡。我不要留在這裡。」

「我當然會送你們回去，只是……」

「錢。」蘿芮妲鬱悶地說。一切到頭來都是錢。

「我會跟勞工聯盟談談，也許……」

「不必。」蘿芮妲厲聲說道，那股突如其來、灼灼然的怒氣，把她也嚇一跳。夠了就是夠了。

他媽的夠了。

絕望時刻需得使出絕望手段。她知道媽媽在這樣的時刻裡，為阿琴做了什麼。

「我知道可以上哪弄到我們需要的東西。」她說：「可以開你的車嗎？」

「聽起來不是好主意……」

「的確不是。鑰匙可以給我嗎？」

「在車上。妳可別讓我後悔。」

「我會盡快回來。」

蘿芮妲衝出醫院，開著杰克的車北行。**看吧，媽，需要開車的緊急狀況**，她想到這裡又哭了起來。進城後，她遇見一些保安團的人，開著車在街上來來回回，用擴音器警告眾人回去工作，否則會被以遊蕩罪逮捕，難逃苦役。

她可以這麼做。

她**可以**。

要是丟了性命或是下地獄或是去坐牢，好啊，沒關係。天主為證，她一定要送母親回家鄉，讓她能葬在她心愛的土地裡，而不是這裡，不是這個壓垮他們、背叛他們的地方。

她將車停在中央旅社門前，奔上樓到媽媽的房間。進房後，她抓起獵槍，往洗衣袋裡塞了幾件衣服，又下樓回到車上往北開去。

在離威提營區不遠處，她將車停在一塊「古金」牌香菸的廣告看板後面。她抓起獵槍與洗衣袋，急奔入營區，經過空無一人的哨亭。

營區裡悄無聲息，驅逐通知單在每間小屋的門上啪啪飄動。她從一根晾衣繩上扯下一些男孩的衣服——一件毛褲、一件黑色毛衣——又在一個泥坑裡找到一頂軟趴趴的黑帽。她將太大的男孩衣服套到自己褪色的連衣裙外面，挽起頭髮塞進帽子裡，然後往臉上塗泥巴。

但願看起來就像個要去獵兔子的男孩。

沉重的頹敗氛圍籠罩著營區。保安團的人走了，但效果已經達成，權力已重新建立。蘿芮妲毫不懷疑，儘管媽媽為這次的罷工犧牲了性命，罷工仍舊會失敗。即便不是今天，也會是明天或後天。飢餓、絕望的人就只能撐這麼久。

她經過一些在排隊的婦孺——等著沖澡、等著上廁所、等著洗衣——沒有和任何人對上眼。反正她認識的人也不多，營區裡已經漸漸住進新人，他們為了讓餐桌上有食物，已準備好接受任何工資。

營區商鋪獨自坐落於一角，裡面亮著燈，準備引誘更多大意的新住戶欠下債務。

蘿芮妲小心地打開門，往內窺探。

沒有顧客。

她安心地舒了口氣。

她讓門砰地關上，然後盡量學著男生的步態大搖大擺地走，同時低垂雙眼。

收銀機前的男人是新面孔，她沒見過。

好運氣。

蘿芮妲舉起獵槍對準他。

男人瞪大眼睛。「你幹麼，小子？」

「我要搶劫。把收銀機裡的錢給我。」

「我們都只記帳。」

「別侮辱我。我知道你們會讓人記帳借現金。」她拉開槍的保險。「你準備為了威提的錢送命嗎？」

男人猛地拉開收銀機，抽出所有鈔票，放到櫃檯上推給蘿芮妲。

「銅板也要。」

他在一陣嘈雜聲中撈起硬幣，全部塞進一只麻布袋。「拿去，我們有的就這些了。不過威提會找到你然後……」

她一把搶過袋子。「蹲到角落去。要是被我看到你追出來，我就射死你。相信我，我已經瘋到什麼事都做得出來。」

她退出店鋪，槍口始終對著他拱起的背。

到了外面，她把槍丟進矮樹叢裡，往營區後方的林子跑，邊跑邊脫去男孩的毛衣。她用毛衣擦掉臉上的土，然後脫下帽子和長褲，全部一起丟進垃圾桶，再把裝滿錢的麻布袋塞進她的洗衣袋。

這會兒，她只是個瘦巴巴、穿著褪色連身裙的女孩。

她往哨亭走到半路時，聽見一聲哨音。

一群持槍男人跑進營區，到了商鋪才止步。

蘿芮妲連忙排進等著洗衣的隊伍。

有人嚷嚷道：「找到他的槍了！」

「全體散開，到處去找！威提要找到這小子。」

那可不。這些大地主，他們不在乎欺騙人，卻容不得自己被搶。他們巴不得把持槍搶劫的人送進牢裡。

蘿芮妲隨著隊伍慢慢前進，她心跳砰然、口乾舌燥，但沒有一個保安團員朝排隊洗衣的婦女瞥上一眼。

有時候當女人也有好處。

那群大男人在營區裡跑來跑去，一發現男孩就大聲咆哮，加以質問，不管他們手裡拿著什麼都一律搶走。

然後一切落幕。

當他們終於都走了，蘿芮妲離開隊伍，背著那只裝滿錢的洗衣袋，沿著圍籬走出營區。誰也沒有多看她一眼。

到了大路上，她看見紅燈閃爍。警察正一個營區一個營區地質問人，並粗暴地將不相干的局外人拖到旁邊去。

蘿芮姐開著車回醫院。

到了以後，她停下車數錢。

一百二十二元，外加九十一分錢。

好一筆巨款。

●

當天晚上，他們在沒有星光照亮的漆黑中，筆直飛快地越過群山與莫哈維沙漠最險惡的部分，貨車車斗上載著一具松木棺。

路上少有其他車輛。除了車頭燈亮光所及之處，蘿芮姐幾乎什麼也看不見。小安靠在她身上睡。媽媽去世後，他沒出聲說過一個字。

午夜時分，剛過巴斯托，杰克將車靠路邊停下。

由於沒有帳棚，他們便將毛毯與被子鋪在一塊平地上，躺了下來，小安睡在杰克和蘿芮姐中間。

「妳現在該告訴我了吧？」在小安的鼾聲中，杰克輕聲說道。

「告訴你什麼？」

「妳怎麼弄到錢的？」

「我為了一個好理由做了壞事。」

「多壞？」

「和拿球棒到醫院去討阿斯匹靈一樣壞。」

「有沒有傷到人？」

「沒有。」

「而妳不會再犯，也知道那是不對的？」

「對。不過這世界亂七八糟的。」

「的確。」

蘿芮妲嘆了口氣。「我好想念她，想到都不能呼吸了。我這樣要怎麼過完這一生？」

她很感激他沒有應聲。他的沉默中存在著事實。她已經知道這是她永遠忘卻不了的悲傷。

「我從來沒有說過我以她為傲。」蘿芮妲說：「我怎麼能……」

「閉上眼睛，」杰克說：「現在告訴她。這麼多年來我都是這麼跟我媽媽說話的。」

「你覺得她會聽見嗎？」

「當媽媽的無所不知，丫頭。」

蘿芮妲閉上了眼睛，想著她但願曾經對媽媽說過的所有的話。**我愛妳。我以妳為傲。我從沒見過這麼勇敢的人。為什麼這麼久以來我都對妳那麼壞？媽，妳給了我翅膀，妳知道嗎？我感覺得到妳在這裡。這感覺永遠會在嗎？**

當她睜開雙眼，頭頂上出現了星星。

尾聲　一九四〇年

我現在站在一片藍綠色野牛草地裡的一棟農舍後面，左手邊是在微風中緩緩波動的金黃麥海。祖父母的農場已重新開闢等高犁溝，一如郡內所有的大型農場。報紙上將大草原的獲救歸功於總統的土壤保育計畫，但祖父母說是天主救了我們，是天主和祂的甘霖。

我的外表與同年齡的女孩無異，卻與她們大多數人都不相同。倖存者。我無法忘記我們在經濟大蕭條時期經歷的一切，也無法拋卻艱苦生活學到的教訓。儘管只有十八歲，我仍記得我的童年是一段失去的歲月。

她。

她是我每天想念的人，無可取代的人。

我走向屋後的家族墓地。過去幾年已重新修復了：新的白色圍籬環繞著一方青蔥茂密的草地。我們每天都會有人來澆水。圍籬邊的紫苑開花了，每開出一朵新花蕾便能帶來一抹微笑。從來沒有什麼是理所當然的。

我原想坐在祖父做的長椅上，但不知為何一直站著，低頭怔怔地看著她的墓碑。今天她應該要在這裡，陪在我身邊。這對她來說會是意義非凡……對我更是如此。我緊緊握著她的日記，這輩子我只能靠著她寫下的寥寥數語撐過去。

我聽見身後的柵門打開，知道是奶奶跟著我來了。我內心泛起憂傷時，她都可以感受得到，有些日子她會讓我與悲傷獨處，有些日子則會牽起我的手。不知道她是怎麼辦到的，但她總會知道我需要哪一種方式。

柵門呀然關閉。

祖母上前站到我身旁。我可以聞到她加入肥皂的薰衣草香與她今天烘焙用的香草味。如今她的頭髮白了，她說這是她的勇氣徽章的顏色。「這是今天寄來給妳的。杰克寄的。」

她交給我一個黃色大信封，寄件人地址是好萊塢。最近杰克展開了另一場戰役，對抗法西斯，因為現在歐洲在打仗。

我打開包裹，裡面是一本薄薄的書，還特別標記了其中一頁。我翻到那頁。

是母親一張顆粒粗大的黑白照片，只見她站在一輛貨車車斗上，拿著擴音器在講話。說明文字寫道：**工會召集人愛瑟．馬提奈尼在催淚彈與子彈掃射中領導罷工工人。**

我用手去摸圖片，好像盲人一般，多少能透過手指觸摸到更深層的影像。我闔上雙眼，回想起她站在那裡高喊著：「**到此為止，到此為止……**」

「那天她找到她的聲音了。」我說。

祖母點點頭。過去這幾年，我們經常談起這件事。

「妳真該看看當時候的她。」我說：「她讓我覺得好驕傲。」

「就像今天她也會為妳感到驕傲。」奶奶說。

我張開眼睛看見面前的墓碑。

愛瑟・馬提奈尼
一八九六年生，一九三六年卒
她是一位母親，一位女兒，
也是一位戰士。

「我真希望我告訴過她我以她為傲。」我輕輕地說。懊悔在最奇怪的時間點再次湧現。

「唉，**cara**，她知道的。」

「可是我說了嗎？所有事情都那麼可怕，我……略過了她，不斷想著我的人生在外面，在其他地方，其實就在我身邊。她就在我身邊。」

「她知道。」奶奶溫柔地說：「現在該走了。」

「我怎麼能離開她？」

「妳沒有。就像她也永遠不會離開妳。」

遠處，傳來小安的笑聲，我轉頭看見他和我們的黃金獵犬正往這裡跑來，人狗互相撞來撞去。爺爺在風車旁等著載我去火車站，好讓我前往加州一座靠海的城市上大學。

加州，媽，我要回去了。

重聚。

「火車可不等人，」祖母說：「別磨蹭了。」

我聽見她走開，知道她要給我最後一點時間獨處，好像這些年來我始終想不出該怎麼說的話會忽然冒出來似的。「我要去上大學了，媽。」

一陣微風吹過野牛草地，我發誓，我在風中聽見了她的聲音，並想起她說過卻早已被遺忘的話：**妳是我的一塊肉，蘿芮妲，我們永遠都分不開。妳讓我學會了愛，妳是這世上第一個人，就算我離開了人世，我對妳的愛也依然還在。**

這是個單純完美的記憶。一個給予我平靜與勇氣的道別。她的勇氣。哪怕只擁有那麼一丁點，都是我的幸運。

要勇敢。

這是她離世前對我說的最後一句話，倘若當時能告訴她說她的勇氣會永遠引導我就好了。在夢裡，我會說**我愛妳**，我會每天告訴她，她如何塑造了我，如何讓我學會站起來，找到我女性的聲音，即使是在這個男人的世界裡。

我對她的愛便如此延續著：偶爾憑藉記憶，偶爾憑藉想像。這是我讓她活著的方式。我的腦中，我的意識裡，會聽到她的聲音。我透過她的眼睛看見這個世界，至少有一部分。她的故事——述說一個時代與土地與一群人不屈不撓的意志的故事——就是我的故事；兩個生命交織在一起，而一如所有美好的故事，我們的故事也會展開、結束後又重新展開。

留下的只有愛。

「再見了。」我呢喃說道，但並沒有真正說出口，而是說在嘴裡。我看著她的墓碑，看見了那兩個字，那將是她在我心中永遠的形象：戰士。

我帶著微笑，回頭望向農場，這裡將永遠是我的家，它會等待我歸來。

但現在的我又再次成為探險者，艱苦的日子為我壯了膽，生離死別讓我變堅強，如今西行是為了尋找只存在我想像中的東西。一個不同於我昔日經歷的人生。

希望是我隨身攜帶的一枚硬幣，是我終生所愛的一個女人給我的，如今我握著它西行，加入新一代追尋者的行列。

第一個上大學的馬提奈尼家人。

一個女孩。

作者後記

一九三六年九月六日，羅斯福總統在他對全國人民的爐邊談話中說：

「我永遠忘不了麥田被酷熱摧殘到無法收成。我永遠忘不了一畦接著一畦發育不良的玉蜀黍，沒有穗也沒有葉子，因為在烈陽下僅剩的部分也被蝗蟲奪走了。我看見大片的褐色牧草地，三百畝地也養不活一頭牛。

「但我一刻也不會讓國人們以為這些乾旱地區的災難是永久的，或是我所見到的景象就代表這些地區的人口會減少。長期下來，無論是龜裂的土地、熾烈的太陽、火燒般的熱風或蝗蟲，都敵不過堅毅不撓的美國農民與畜牧業者與其妻小，他們熬過了絕望的日子，以他們自力更生的精神、他們的毅力與他們的勇氣激勵了我們。建立家園是他們先人的任務，保住那些家園是他們的任務，而幫助他們奮戰則是我們的任務。」

他們的毅力與勇氣。他們自力更生的精神。這些字句描述的是那個最偉大的世代。這些字句與我常在且意義深遠。

尤其是現在。

我寫這篇後記是在二〇二〇年五月，當時世人正在與新冠肺炎疫情搏鬥。外子最好的朋友Tom是最早鼓勵我投入寫作的朋友之一，也是小兒的教父，他上星期感染了病毒，剛剛去世。我們卻無法陪著他的遺孀Lori與家人一起哀悼。

三年前，我開始著手寫這部關於美國艱困歲月的小說：我們史上最嚴重的環境浩劫；經濟崩潰；大規模失業的影響。我萬萬想不到經濟大蕭條會與我們的現代生活如此息息相關，也想不到我會看到這麼多人失業、陷入困境、對未來感到惶恐。

我們都知道，前車之鑑，後事之師。我們能從他人面對的艱困中汲取希望。我們曾經歷過苦難，存活了下來，生命力甚至更加旺盛。歷史向我們展示了人類精神的力量與耐力。到頭來，能拯救我們的正是我們的理想主義、勇氣與對彼此的奉獻——亦即我們所共同擁有的。如今，值此黑暗時期，我們可以仰賴歷史、仰賴最偉大的世代遺留的精神與我們自己過往的經歷，從中獲取力量。

雖然我的小說聚焦於虛構的人物，但愛瑟·馬提奈尼代表了一九三〇年代，成千上萬為了尋找更好的生活而西行的男女孩童。他們當中有許多人，一如百年前的西部拓荒先人，只帶著一股求生的意志與一個但願未來會更好的希望。他們的堅定力量與勇氣令人讚佩。

寫這個故事時，我盡可能如實地還原歷史。小說中提到的罷工事件是虛構的，但卻是以三十年代在加州發生的多起罷工為雛形。威提鎮同樣也是虛構的。書中背離史實之處主要在於事件發生的先後順序，有些地方我為了更符合小說的敘述，選擇竄改了日期。在此要先向當代的史學家與學者們致歉。

若想得知更多關於黑色風暴時期或加州移民經驗的資訊，請參考我的網站 KristinHannah.com 中列出的推薦書單。

致謝

我要感謝Sharon Garrison帶我走過她在加州亞文的「雜草地」營區那段漫長的親身經歷，那是公共事業振興署於一九三六年為了收容移民勞工所建立的營地。Sharon，謝謝妳與我分享這段回憶。也謝謝許多義工透過每年舉辦的「黑色風暴歲月」紀念活動，讓那段時期活在人們心中。能夠見到那麼多曾經生活在該營區的人並與他們交談，我心存感激。

感謝德州大學奧斯汀分校與哈利．蘭森中心。莎諾拉．巴布的原始手稿是無價之寶。凡是對這段時期感興趣的人，務必讀一讀她的小說《姓名不詳》（*Whose Names Are Unknown*）。

向我的創意「村民們」致上最大敬意。沒有你們，我寫不成這本書。以下沒有依照特別順序，要感謝Jill Marie Landis、Jennifer Enderlin、Andrea Cirillo、Jane Berkey、Ann Patty、Megan Chance、Jill Barnett與Kimberly Fisk。有時候，我會在編輯或寫作過程中（有時候兩者皆然）失去理智，幸虧有這群聰慧女子讓我不致於脫軌，讓我發笑。

感謝Jane Rotrosen經紀公司的精銳團隊。今年正好是我們合作滿二十五年。一晃眼就過去了，在這有如搭雲霄飛車般的出版歷程中，我無法想像還能有更好的夥伴。

感謝Matthew Snyder，與他一起工作是莫大的樂趣，他以穩健而愉快的態度引領我認識令人費解的電影與電視世界。也感謝Carol Fitzgerald盡其所能將我留在虛擬的世界中。謝謝Felicia Forman與Arwen Woehler

幫忙搜尋那個時期的資料，謝謝Cindy Urrea提供寶貴的建議。

感謝真正將這整本書匯總起來的St. Martin's出版社工作人員，與你們所有人合作讓我樂在其中：Sally Richardson、Lisa Senz、Dori Weintraub、Tracey Guest、Brant Janeway、Andrew Martin、Anne Marie Tallbert、Jeff Dodes、Tom Thompson、Kim Ludlam、Erica Martirano、Elizabeth Catalano、Don Weisberg、Michael Storrings。此外當然最要感謝掌舵的船長John Sargent。你們不會知道，身為這個團隊一分子的我內心有多感激。

謝謝我的教母Barbara Kurek。我愛妳。

而今年，我要特別感謝站在防疫第一線的人員——現場急救人員、醫護人員、基本工作人員，與保障我們社區安全的每一個人。你們最了不起了。

謝謝Tucker、Sara、Kaylee與Braden。最後也是最重要的一個是外子Ben，謝謝他帶給我愛、歡笑，讓我保持穩定。一切都謝謝他。

Hit

暢／小說

113

風再度吹起

The Four Winds

•原著書名：The Four Winds•作者：克莉絲汀．漢娜（Kristin Hannah）•翻譯：顏湘如•排版：李秀菊•協力編輯：林奕慈•美術設計：莊謹銘•責任編輯：徐凡•國際版權：吳玲緯•行銷：闕志勳、吳宇軒•業務：李再星、李振東、陳美燕•總編輯：巫維珍•編輯總監：劉麗真•總經理：陳逸瑛•發行人：凃玉雲•出版社：麥田出版／城邦文化事業股份有限公司／104台北市中山區民生東路二段141號5樓／電話：(02) 25007696／傳真：(02) 25001966、發行：英屬蓋曼群島商家庭傳媒股份有限公司城邦分公司／台北市中山區民生東路二段141號11樓／書虫客戶服務專線：(02) 25007718；25007719／24小時傳真服務：(02) 25001990；25001991／讀者服務信箱：service@readingclub.com.tw／劃撥帳號：19863813／戶名：書虫股份有限公司•香港發行所：城邦（香港）出版集團有限公司／香港灣仔駱克道193號東超商業中心1樓／電話：(852) 25086231／傳真：(852) 25789337•馬新發行所／城邦（馬新）出版集團【Cite(M) Sdn. Bhd.】／41, Jalan Radin Anum, Bandar Baru Sri Petaling, 57000 Kuala Lumpur, Malaysia.／電話：+603-9056-3833／傳真：+603-9057-6622／讀者服務信箱：services@cite.my•印刷：漾格科技股份有限公司•2023年07月初版一刷•定價499元

國家圖書館出版品預行編目資料

風再度吹起／克莉絲汀．漢娜（Kristin Hannah）著；顏湘如譯. – 初版. -- 臺北市：麥田出版：家庭傳媒城邦分公司發行, 2023.07

面；　公分. --（Hit暢小說；RQ7113）

譯自：The Four Winds

ISBN 978-626-310-471-6（平裝）

一般電子書978-626-310-477-8（epub）

博客來獨家電子書978-626-310-497-6（epub）

874.57　　112007384